KB052891

DOGORA 드골라

ALLEN 알렌

KEEL 킬

HELMIOS 헤르미오스

SOPHIE 소피

CECIL 세실

KRENA 클레나

HAMUO 지음
하무오
일러스트 모 MO
4
헬모드
HELLMODE
~파고들기 좋아하는 게이머는
폐급 설정 이세계에서 무쌍한다~

SENTS , MO ILLUSTRATION HELLMODE 1 : HAMUO PRESENT
RATION HELLMODE 1 : HAMUO PRESENTS , MO ILLUSTRATIC
DE 1 : HAMUO PRESENTS , MO ILLUSTRATION HELLMODE
SENTS , MO ILLUSTRATION HELLMODE 1 : HAMUO PRESENT
RATION HELLMODE 1 : HAMUO PRESENTS , MO ILLUSTRATIC
DE 1 : HAMUO PRESENTS , MO ILLUSTRATION HELLMODE
SENTS , MO ILLUSTRATION HELLMODE 1 : HAMUO PRESENT
RATION HELLMODE 1 : HAMUO PRESENTS , MO ILLUSTRATIC
HAMUO PRESENTS , MO ILLUSTRATION HELLMODE 1 : HAM
S , MO ILLUSTRATION HELLMODE 1 : HAMUO PRESENTS , I
TIOI CELLMODE 1 : HAMUO PRESENTS , MO ILLUSTRATIO
HAM 10 PRESENTS , MO ILLUSTRATION HELLMODE 1 : HAMU
S , MO ILLUSTRA HOHCELMODE 1 : HAMUO PRESENTS , I
TIOI CELLMODE 1 : HAMUO PRESENTS , MO ILLUSTRATIO
HAM 10 PRESENTS , MO ILLUSTRATION HELLMODE 1 : HAM
S , MO ILLUSTR HOHCELMODE 1 : HAMUO PRESENTS , I
TIOI CELLMODE 1 : HAMUO PRESENTS , MO ILLUSTRATIO
HAM 10 PRESENTS , MO ILLUSTRATION HELLMODE 1 : HAM
S , MO ILLUSTR HOHCELMODE 1 : HAMUO PRESENTS , I
TIOI CELLMODE 1 : HAMUO PRESENTS , MO ILLUSTRATIO
HAM 10 PRESENTS , MO ILLUSTRATION HELLMODE 1 : HAM

제1화 로젠헤임으로

"로젠헤임으로 가자."

알렌 파티는 마왕군의 침공을 받은 로젠헤임을 위한 지원군으로서 출동 요청을 받았다.

학장에게 로젠헤임의 왕도는 이미 함락됐으며, 국가 존속의 위기에 처했다는 이야기를 들은 알렌은 로젠헤임으로 가야 한다고 생각했다.

"얘들아, 지금은 로젠헤임으로 가야 해."

"알렌 님……. 정말 감사합니다."

그 말에 소피가 눈물 흘리며 기뻐한다.

현재는 소피의 어머니인 엘프 여왕의 안부조차 확인할 수 없는 상황이니까.

"잠깐만, 알렌. 중앙 대륙은 어떡할 거야?"

세실이 알렌의 결단에 바로 의문을 표시했다. 당연한 반응이다. 200만의 군세가 쳐들어오고 있는 와중에 중앙 대륙의 회복 담당을 맡은 엘프 부대가 당장이라도 사라질 수 있는 상황 아닌가.

"……중앙 대륙에는 용사도 있네."

학장은 염려하는 세실에게 중앙 대륙은 용사 헤르미오스에게 맡기면 괜찮다고 말했다.

"저, 전선이 얼마나 넓은데! 용사는 한 명이에요!"

세실이 비명 지르다시피 반응할만했다. 중앙 대륙을 동서로 횡단하는 전선은 굉장히 길다.

마왕군의 침공에 대비하여 지은 10만 명은 수용할 수 있는 주요 요새만 하더라도 50개는 족히 넘는다. 용사 헤르미오스의 힘에도 분명하게 한계가 있기 때문에 세실은 오빠 미하이를 잃었다. 용사가 있는 요새를 지키더라도 다른 전부가 함락당하면 제국도 중앙 대륙도 끝장 아니겠는가.

"그러나, 우리에게는…… 로젠헤임에는, 용사가 아예 없단 말이네!!"

학장이 무의식중에 강한 말투로 외친다. 표정은 몹시 초췌했다. 어쩌면 학장 본인도 모국 로젠헤임으로 돌아가고 싶은 걸까?

"아, 알렌. 진짜로 로젠헤임에 갈 거야?"

세실은 알렌에게 결단을 내린 진실된 의도도 포함하여 되물었다.

'으음, 조금 더 정보가 필요하긴 한데…….'

"지금 상황에서는 로젠헤임을 구하는 것이 유일한 선택지라고 생각해."

"저, 정말인가!! 가주는 건가! 그러면 내일 당장 출발할 수 있도록 바로 고속 마도선을 준비하겠네!"

학장은 혹시 알렌의 결단이 바뀔까 서둘러 마도선을 준비하려고 한다.

'아, 대륙이나 타국의 수도로 이동할 때 쓰는 「고속 마도선」이 있었나?'

마도선에는 이동속도에 따라 통상과 고속, 두 종류가 있다. 이번에는 긴급한 파견이라는 이유도 있기 때문인지 마석을 통상 마도선

보다 몇 배나 사용하는 고속선을 써서 이동할 예정인가 보다.

알렌 파티는 북부 대륙의 중앙 부근에 위치한 기암트 제국의 남쪽, 라타쉬 왕국의 학원 도시에 있으니 이곳에서 이웃 대륙인 로젠헤임까지 이동시키겠다는 말이었다.

"그나저나 학장님……. 조금 더 상세하게 전황을 알려주실 수 있겠습니까?"

"무, 물론이지. 무엇이든 물어보게나."

"현재 마왕군은 300만이 로젠헤임에, 200만이 중앙 대륙 최전선까지 10일 정도의 거리에 있다고 말씀하셨죠. 혹시 바우키스 제국은 어떤 상황인지 아십니까?"

마왕군은 1000만 마리를 동원했다는데, 들은 이야기에서 언급된 것은 500만이 전부다. 알렌은 현 상황을 파악하고자 물었다.

학장은 고개를 끄덕거리고 마왕군의 병력에 대해 설명해줬다. 바우키스 제국군은 아직 상대와 접촉하지 않고 대륙에서 조금 떨어진 해상에 진지를 구축하고 있다고 한다.

【마왕군의 배치 상황】
· 로젠헤임에 300만.
· 중앙 대륙(맹주국/기암트 제국)에 200만.
· 바우키스 제국에 100만.
· 예비군 400만.

"바우키스 제국 방면에 100만……."

내내 불안해하는 눈치였던 바우키스 제국 출신의 드워프 메르르가 중얼거린다. 메르르의 아버지는 하급 사관이며 비전투원이라고 했다. 지금도 군함에서 근무하고 있다.

"바우키스 제국을 노린 마왕군의 침공은 과거의 두 배 정도군요."

'중앙 대륙이나 로젠헤임과 달리 바우키스 제국과 싸울 땐 해상전이니까.'

【바우키스 제국의 상황】

· 바우키스 제국은 대륙을 1만 대의 골렘으로 지키고 있기 때문에 마왕군은 상륙하지 못한다.

· 마왕군은 해상에서 물량전으로 바우키스 제국과 개전 예정.

(그곳에는 메르르의 아버지도 있다)

· 물량전은 마왕군 또한 소모가 심할지언정 과거의 두 배 병력을 투입하여 전투에 임한 마왕군이 정말 바우키스 제국을 멸망시키려 함을 짐작할 수 있다.

· 바우키스 제국도 지원군을 바라고 있다.

"그래서 말일세. 메르르 군."

"네, 네엣."

"자네에게는 바우키스 제국으로 귀환 명령이 내려왔다네."

"저, 정말인가요!"

메르르도 알렌 파티로서 로젠헤임에 동행할 생각이었던 것 같다만, 왕국에서 보낸 칙서에 쓰여 있었던 이름은 알렌을 필두로 클레나, 세실, 드골라, 킬이 끝이었다. 바우키스 제국 출신인 메르르와 로젠헤임의 왕족인 소피의 이름은 없다.

학장은 알렌이 기분 나빠하지 않도록 요청이라는 말을 사용했었지만, 실제로 왕에게 명령을 받았다는 사실은 달라지지 않는다. 솔직히 국왕 따위는 안중에도 없었으나 귀족인 세실의 입장을 생각하면 굳이 무리해서 거절할 이유도 없다.

'뭐, 칙서가 있는 한 거절하지 못했겠지만.'

알렌은 현 국왕이 왕태자였던 시절부터 국왕에게 주목받아왔다. 전장에 갈 의무는 분명 귀족에게만 있는데도 일부러 칙서까지 써가며 알렌에게 멸망의 위기를 목전에 둔 로젠헤임으로 가도록 명령을 한 셈이다.

'내가 진짜로 싫은거 같은데?'

국왕은 알렌이 저 멀리 타지에서 죽어도 전혀 아쉬워하지 않을 것이다. 전쟁이 끝난 뒤 살아서 돌아가면 인사차 찾아가서 한껏 빈정거려줘야겠다.

알렌은 마음속으로 한숨을 쉬며 학장에게 다시 물었다.

"귀환 명령은…… 메르르뿐만 아니라 바우키스 제국 출신의 드워프 전원에게 내려왔습니까?"

"그렇다네. 게다가 로젠헤임도 모든 엘프에게 귀환 명령을 내린 참이지."

제국과 왕국 이외의 나라에 진학해서 지내고 있는 엘프와 드워프들에게도 각 학원의 학장을 통해 마찬가지로 귀환 명령이 전달되었나 보다. 5대륙 동맹에 따라 만들어진 1국 1학원 제도의 영향으로 중앙 대륙의 각국은 학원을 한 곳씩 보유한다. 지금 멸망의 위기에 처한 로젠헤임이라면 각국의 학원에서 귀환한 엘프 학생들을 곧장 전장으로 내보내는 결정도 고려하지 않을까.

'흠, 침공을 당한 각국의 상황은 대충 짐작되네.'

"그러면, 마왕군의 진짜 목적은 무엇입니까?"

"진짜 목적?"

'이봐, 당연히 목적이 있지 않겠냐. 병력과 공격 시기가 대놓고 한쪽으로 쏠렸는데.'

학장이 어리둥절하며 답을 안 하는지라 타박을 놓고 싶어지지만 참았다.

"알렌은 마왕의 목적을 아는 거야?"

이런 전략의 이야기가 나오면 언제나 세실이 말을 받아주기에 고마웠다.

"아직 추측인데, 공격의 차례를 봤을 때 우선순위가 있는 것 같아."

"마왕군이 아무리 많아봤자 숫자는 엄연히 유한하지. 마왕군의 총 규모는 알려지지 않았지만, 용사가 나타난 이후로 5년 이상의 시간을 들여 준비한 병력의 수는 1000만. 이번 작전이 실패하면 여태까지 쓴 시간과 노력을 허망하게 낭비하는 셈이야. 무의미하게 소비하진 않겠지."

"잘 사용해서 성과를 거두고 싶겠네."

"그런 거야. 마왕군의 1000만 마리가 많기는 한데, 세 개 대륙을 공격해서 멸망시키기에는 충분한 숫자가 아니잖아? 그뿐 아니라 로젠헤임을 최우선으로 노린 이유는 로젠헤임이 엘프 부대를 파견해서 중앙 대륙을 지원하고 있기 때문에, 회복 담당인 엘프 부대가 잔뜩 있는 중앙 대륙을 멸망시키기는 어렵다고 판단했기 때문이 아니려나."

알렌은 단지 숫자에 압도당하지 않도록 사실을 근거로 하여 설명했다. 단순하게 힘만 비교하여 이야기를 하면 재능을 보유한 병력의 수가 마왕군의 대부분을 점하는 B랭크 마수보다 강하다. 분명 로젠헤임에는 200만 정도의 재능 보유자 병력이 있다고 말을 들었다.

A랭크 마수쯤 되면 별 하나짜리 일반 병사가 상대하기에는 어려울 테지. 하지만 그런 강적의 수는 마왕군 전체를 구성하는 마수의 1퍼센트 정도에 불과하다.

"그렇구나. 세계를 멸망시키기에 충분한 숫자가 아니었어."

따라서 로젠헤임을 궁지에 몰아넣어 중앙 대륙의 엘프 부대를 귀환시키고, 엘프를 먼저 멸망시킨 뒤 천천히 중앙 대륙에 쳐들어가자는 작전일 것이다. 실제로 이미 엘프 부대를 철수시키려는 의도는 달성되었다.

이 작전에 의해 야기되는 사태는 5대륙 동맹의 와해다. 국가 존망의 위기에 처한 로젠헤임은 독단으로 엘프 부대를 귀환시키고 말았다. 이것은 5대륙 동맹에서 빠져나가겠다는 선언과 마찬가지이기에 설령 이번 난관을 버텨내더라도 국가 간의 관계에 큰 균열이 생겨나는 것은 필연적이다. 이후의 전쟁에서도 다른 대륙은 더 이상 협력해주지 않을 것이다.

5대륙 동맹의 붕괴 이후에는 중앙 대륙의 맹주국인 기암트 제국을 공격해서 멸망시킬 테지. 엘프 부대는 기암트에서도 철수를 개시했다. 그 덕분에 이제까지와는 달리 공격하기 몹시 수월해질 것이다.

그리고 마지막은 수비가 견고하여 몰아치기 어려운 바우키스 제국이다. 바우키스 제국은 지원을 맡았기에 골렘병 중 일부를 중앙 대륙의 전선에 보내주고는 있지만, 지금도 병력의 대부분은 자기 대륙을 방어하는 용도로 배치했다. 이때 마지막으로 병력을 전부 쏟아부어서 총력전으로 끌고 가려는 의도가 아닐까.

"그럼 예비 400만 마리는 유격 부대처럼 나중에 더 쳐들어오는 거야?"

대화에 따라가지 못하는 클레나 및 다른 파티원을 놓아둔 채 학원에서 전술과 전략 쪽 수업을 수강했었던 세실이 알렌의 설명을 듣고 반응했다.

"그렇게 될걸? 만약 로젠헤임이나 중앙 대륙이 지금 병력으로도 충분했다면 400만의 예비병은 전부 바우키스 제국에 보내야 했을 테니까."

"혹시 예비병을 합친 600만의 군세가 기암트 제국에 곧 들이닥친다는 뜻으로 하는 말이니?"

"물론 그렇게 될 거야."

예비병은 언제나 우선순위가 높은 작전에 배치되는 법이다. 이대로 로젠헤임이 멸망하는 광경을 구경하겠다면 다음에는 중앙 대륙으로 600만의 대군이 밀려닥칠 것이다.

따라서 로젠헤임에 가야한다는 것이 알렌의 주장이었다. 먼저 로젠헤임을 구원하는 것이 중앙 대륙, 나아가서는 세계를 구하기 위한 첫 번째 걸음이 되어줄 테니까.

"하지만 회복 담당이 없는데 200만의 군세를 상대하는 건 도저히 힘들지 않겠냐?"

이제까지 묵묵히 말이 없었던 킬이 입을 열었다. 로젠헤임에 가자는 말에 반대하는 것은 아니지만, 이대로 방치하면 중앙 대륙에는 회복 담당이 사라지기에 분명 수많은 병사가 죽게 될 것이다. 붕괴 직전의 로젠헤임을 구원하고 돌아왔더니 정작 기암트 제국이 붕괴해버렸다……. 이 같은 사태가 벌어질지도 모른다.

"맞아. 그 문제도 해결법이 있어."

알렌에게는 이 상황을 타개할 만한 작전이 있었다.

"중앙 대륙에 직접 가세할 순 없지만, 대신에 뭔가 도움을 준다는 건가?"

드골라가 알렌에게 비장의 수단이 있다는 것을 깨달았나 보다.

"그래. 완벽한 대책이라고 말할 순 없겠지만, 중앙 대륙의 북부 전선에서 싸우고 있는 병사들을 위해서 회복약을 보내줄 생각이야."

그렇게 말한 뒤, 알렌은 풀E 소환수를 써서 만들어 놓았던 생명의 잎을 모두에게 보여주었다.

"이 약으로 전선을 유지시키겠다는 말이구나."

"회복약인가. 회복약이라면 전선에도 제법 있네만."

학장은 알렌에게 건네받은 생명의 잎을 뚫어져라 보고 있었다.

"이것 한 장으로 학원의 훈련장 하나 정도의 범위에 있는 병사 전원의 체력을 1천 회복할 수 있습니다."

"1천이라고! 게다가 그토록 넓은 범위를 말인가!!"

학장이 알렌의 말에 경악한 데는 이유가 있다. 승려의 회복 마법은 레벨이 올라갈수록 회복 범위가 넓어진다. 다만 승려가 쓰는 회복 마법의 효과 범위는 레벨 6에서도 25미터 정도의 수영장 한 면에 불과하다. 그런데 알렌이 건넨 생명의 잎은 수영장보다 몇 배나 넓은 훈련장 전체를 회복시킬 수 있다잖은가. 또한 회복량은 지력에 의존하기에 레벨 60에 도달한 승려가 생명의 잎보다 체력을 많이 회복시켜줄 수 있다.

"60만 장쯤 준비했습니다. 이것을 전선에 보내면 어느 정도는 충분히 잘 버텨줄 겁니다."

알렌은 재고 65만 장의 대부분을 중앙 대륙에 제공하겠다고 말했다.

"60만 장이라고?! 아, 알렌, 그 말이 진실인가?"

알렌은 1년 반 동안 생명의 잎 65만 장을 생성했다. 한때는 마석이 너무 많아서 생성 속도가 못 쫓아갔던 때도 있었지만, 고속 소환을 습득한 이후로는 대부분을 생명의 잎으로 바꿀 수 있었다. 그렇게 만든 분량 중 60만 장을 엘프 부대가 떠난 중앙 대륙의 전선에 보내주겠다고 제안한 것이다.

"네, 추후에 전부 건네드리겠습니다."

"아, 알겠네. 넓은 장소를 준비하지."

회복약을 놓아두는 데 필요한 장소를 제공해주려나 보다.

"감사합니다. 한 군데에서 쓰기보다 더욱 효과적으로 활용하려면…… 지도를 봐주시죠. 주요 요새는 쉰 곳이 넘습니다. 하지만 이번 전쟁을 버티는 것만 목표로 하면 회복약이 많이 필요한 요새는 용사가 있는 곳을 제외하고 아홉 곳 정도. 아마 여기에서 최전선까지 마도선을 쓰면 8일 정도로 도착할 수 있을 겁니다."

마왕군이 들이닥칠 때까지 최소한 10일이 걸린다면 그 전에 회복약을 최전선으로 보내줄 수 있다. 알렌은 거듭 설명을 이어 나갔다.

알렌은 이번 전쟁을 마왕군이 몇 년이나 들여 준비한 총력전으로 추측하고 있다. 마왕군이 확실하게 기암트 제국의 제도를 무너뜨리고 싶다면 침공 경로는 한정적이며 전투가 벌어질 만한 요새는 많아도 대략 열 군데.

그리고 마력 회복 링을 보유한 용사가 범위 회복 마법을 쓴다면 회복약이 필요한 요새는 더욱 줄어들 것이다. 어디까지나 어림잡아 계산한 것이지만, 한 번의 회복 범위를 감안했을 때 합계 60만 장의 생명의 잎을 요새에 분배한다면 하루 소비량은 1만 장 정도일 것이다.

"이래서는 2개월밖에 못 버티겠군."

학장은 알렌이 말하려는 바를 이해한 것 같았다.

"맞습니다. 따라서 2개월 이내에 로젠헤임의 전황을 바꿔 놓아야만 합니다."

붕괴 직전의 로젠헤임과 섣부른 판단이 용납되지 않는 기암트 제국. 바우키스 제국도 여유가 있는 상황은 아니다. 기암트 제국에 제공한 회복약의 양을 생각해봐도 로젠헤임에서 해야 할 싸움은 반드시 단기 결전으로 끝내야 한다. 마왕군의 최우선 사항이 로젠헤임 공략이라면 그곳의 전황이 달라졌을 때 중앙 대륙의 침공 작전에도 변동이 일어날 수밖에 없을 것이다.

'뭐, 이런 수 싸움은 건너편에 상대가 있으니까 사실은 중앙 대륙을 공격하는 게 진짜 목표고, 이번 로젠헤임 공략은 그냥 우연히 침공이 잘 진행됐다는 가능성도 생각할 수 있지만……. 그리고 또 신경 쓰이는 것은 기암트 제국의 동향이야. 제국도 호락호락 멸망당하지는 않을 테지만…….'

이것은 전쟁이기에 상대가 있다. 상대의 작전을 완전하게 예상하기는 어렵다.

"제국은 혹시 비상사태 선언을 발령했습니까?"

알렌은 학장에게 물었다.

"그렇다네. 기암트 황제는 이미 비상사태 선언을 발령했지."

각국의 국가 원수인 국왕과 황제는 비상사태 선언 발령권을 가지고 있다. 이것이 발동되면 귀족만을 대상으로 했던 징병의 의무가 평민 및 농노에게도 부여된다. 평민들의 불만이 폭발하면 국가 전복으로도 연결될 수 있기 때문에 이 선언은 이번 사태와 같이 국가 존망의 위기가 벌어졌을 때만 발령된다. 이른바 히든카드다.

제국은 예비병, 현역병, 지원병, 징용병 등 온갖 병력을 투입하여 서둘러 전력 증강에 힘쓰고 있을 것이다.

예비병이나 현역병 등 훈련 없이 싸울 수 있는 병력은 약 1개월 안에 작전 지역으로 배치된다고 했다.

'역시 통신 마도구가 있는 세계군. 이미 제국 전체에 비상사태 선언이 다 전달된 거야. 요컨대 1개월만 버티면 전선의 병력이 늘어나는 건가.'

"그나저나 60만 개나 되는 회복약을 혼자서 만들 줄이야……. 이것도 소환사의 힘인가."

학장이 알렌에게 묻는다. 이 말이 진실이라면 소환사 단 한 명으로 전황이 뒤집히는 것을 어렵지 않게 상상할 수 있을 것이다.

"아뇨, 이것은 소환사의 힘이 아닙니다."

"뭐?! 이봐, 알렌, 갑자기 무슨 소리냐?"

알렌의 말을 거의 이해하지 못한 채 멍하니 듣기만 하던 드골라가 불쑥 큰 목소리로 외쳤다.

드골라나 다른 동료들도 이 생명의 잎은 틀림없이 알렌이 만든 회복약임을 잘 알고 있었다.

던전 공략의 휴식 시간 중에도 수납으로 흙을 꺼내서 생명의 잎을 만들고 있던 광경을 자주 봐왔다. 게다가 이 약은 파티 전원이 나누어서 각각 일정량을 도구 주머니에 넣어 가지고 있기도 했다. 당연히 지금도 드골라의 도구 주머니에는 생명의 잎이 듬뿍 들어 있다.

"이것은 로젠헤임의 엘프가 만든 영약입니다. 본래의 영약보다 효과가 상당히 약합니다만, 양산화에 성공한 약이지요."

"……엘프의 영약인가. 이것이?"

알렌은 용사 헤르미오스와 대결했을 때 헤르미오스가 풀B의 특기 「대지의 은혜」를 엘프의 회복약이라고 착각했던 것을 기억하고 있다. 요컨대 소환사의 능력은 누구에게도 알려지지 않았으며, 어떻게든 얼버무릴 수 있는 셈이다.

'용사의 반응이 진짜였다면, 엘프의 영약은 신체 결손도 회복시켜 주는 것 같았거든.'

다만 엘프의 왕족이자 학장인 테오도실은 「진짜」 엘프의 영약을 알고 있는 눈치였다.

학장이 알렌에게 「무슨 소리를 하는 것인가」라고 묻고자 했을 때.

"알렌 님의 말씀이 옳습니다. 이것은 틀림없이 엘프의 영약이랍니다."

소피가 절묘하게 시기를 맞춰 알렌의 말을 거들어줬다.

"소피아로네 님?"

"로젠헤임이 엘프 부대를 철수시키는 대신에 이 엘프의 영약을 중앙 대륙의 전선으로 보내주었다는 말씀이시죠, 알렌 님."

소피가 선생님과 채점을 하는 것처럼 귀엽게 눈을 뜨며 알렌을 바라본다.

"맞아. 로젠헤임은 동맹의 가치를 모를 리 없으니까."

마왕군은 엘프들의 자국 귀환을 예측하며 5대륙 동맹의 붕괴까지 노리고 있다. 동맹이 깨지면 다른 대륙을 침공하는 것도 더욱 수월해지기 때문이다. 그런데 이렇게 회복약에 「엘프의 영약」이라는 이름 붙여서 로젠헤임의 지원품으로 꾸미면 기암트 제국 측에서 받는 인상도 크게 달라진다.

'뭐, 마왕이 있는 한 동맹은 이대로 계속 유지하는 게 좋거든.'

마왕이 사라진다면 5대륙 동맹은 변모를 거듭하여 패권주의의 대국이 뜻하는 대로 좌우되는 소국가라는 구도로 바뀔 것이다. 알렌은 그렇게 생각하고 있으나 지금 할 이야기는 아니다.

"정말 멋져요! 로젠헤임을 구원하고 기암트 제국도 돕고 동맹까지 유지할 수 있다니요!"

소피가 감탄해서 소리 높였다.

"아니, 이건 어디까지나 지금 들은 설명으로 앞으로의 전개를 예상했을 경우의 대응책이야. 실제는 상대에 따라 전황도 많이 달라지겠지."

 처음 잠깐은 동맹국의 입장에 유리하게 전황이 진행될 것이다. 왜 냐하면 엘프 회복 부대가 없다는 전제하에 중앙 대륙으로 쳐들어온 마왕군의 작전과 달리 이쪽에 회복약이 60만 개나 있으니까. 다만 실상을 파악하면 상대의 방침도 달라질 것이다. 알렌 파티가 원정 을 나가 로젠헤임이 다시 일어나면 중앙 대륙을 공격하는 것으로 계획을 변경하는 사태도 생각할 수 있다.

 분명 모든 상황이 잘 풀리지는 않을 것이다.

 '그래서 더더욱 보험을 들어놔야겠지.'

 알렌은 자신이 사용할 수 있는 수단을 떠올렸다.

 "고맙네, 회복약 제공은 정말 큰 도움이 될 거야."

 학장은 알렌과 소피의 대화를 전부 이해한 뒤 알렌에게 감사의 말 을 전했다.

 "아닙니다. 아무쪼록 『엘프의 영약』이라는 것을 잘 알려주세요. 그리고 메르르."

 "으, 응."

 바우키스 제국으로 귀환을 명령받아서 아까부터 기운이 없는 메 르르에게 말을 건넨다.

 "4월부터는 다 같이 바우키스 제국에 가기로 했지? 이 약속은 바 뀌지 않아."

 "어?"

 "속공으로 마왕군을 없애버리고 4월에는 다 같이 바우키스 제국 의 S급 던전에 갈 거야."

"으, 응."

"메르르도 아마 전장에 동원될 테니『엘프의 영약』을 줄게."

메르르에게는 미스릴급 골렘을 가동할 수 있는 마암장이라는 재능이 있다. 천만 명에 한 사람이 타고나는 천부의 재능이기에 이 재능을 가지고 있는 메르르는 전쟁에 동원될 가능성이 높다. 따라서 알렌은 이 소녀가 상비하고 있는 분량과는 별개로 생명의 잎을 더 건네줬다. 물론 이때도 주위 사람들에게는 로젠헤임에서 베풀어준 엘프의 영약이라고 둘러대라는 것을 다시금 당부한다.

"고, 고마워……."

'마력 회복약도 챙겨줘야 겠네. 마력의 씨앗을 1천 개쯤 주면 전황을 바꿀 수 있겠지.'

중앙 대륙 북부의 병사들에게 필요한 것은 체력 회복약이다. 하지만 마력으로 움직이는 골렘을 조종하는 메르르와 바우키스 제국의 드워프에게 필요한 것은 마력 회복약이었다.

알렌이 마력의 씨앗을 가득 담은 자루를 건네주자 메르르는 울먹이며 고맙다는 말을 했다. 던전에서 눈에 띄는 활약을 하지 못했을 뿐만 아니라 이런 시기에 잠시나마 파티를 이탈한다는 것에 부담감을 느끼고 있었나 보다.

"나는 니나한테 사정을 제대로 설명해주고 싶다."

킬이 다시 입을 열었다.

"그래. 거점에서 작별 인사를 나누도록 하자."

거점에 있는 킬의 여동생 니나. 아울러 가족과 다를 바 없는 고용인들에게도 한마디 전한 뒤 전장에 가고 싶었다.

알렌 파티는 로젠헤임으로 떠나기 위한 준비를 진행하며 꼬박 하루를 보냈다. 학장은 식량 등 필요한 물자는 미리 준비했다고 말했지만, 알렌이 필요로 하는 물품은 다른 것이었다.

2년간 지냈던 이 도시로 더는 돌아올 수 없을지도 모른다. 그렇게 생각하니 왠지 아쉬운 기분이었다. 전쟁에서 장담은 못 할뿐더러 반드시 이긴다는 보장도 없다. 이 도시의 주민 대부분은 마왕의 존재를 모른 채 변함없는 일상을 보내고 있다.

자신들이 행동에 나서더라도 앞으로도 쭉 모르게 해줄 것이라 결의했다.

킬은 여동생 니나 및 고용인들에게 사정을 설명했다. 니나는 상당히 큰 충격을 받은 모습이었지만, 꼭 돌아와달라고 울먹이면서 가까스로 말을 꺼냈다. 킬의 출병에 따라 니나와 고용인들은 예정보다 1년 빨리 해밀턴 백작가에 신세를 지는 것이 결정되었다.

알렌은 단기 결전을 생각하고 있으나 반드시 의도한 대로 상황이 진행되리라는 법은 없다. 학장실에서 나온 뒤 같은 교실에서 학교생활을 보냈던 해밀턴 백작가의 리폴에게 사정을 이야기하고 니나와 고용인들을 긴급하게 해밀턴 가문에서 맡아줄 것을 허락받았다.

"나와 알렌 군의 사이인걸. 전혀 문제없어."

저 대답에 빚을 진 셈이었다. 이 빚은 이번 전쟁이 끝난 다음에 차분하게 갚아주도록 하자.

 학원 도시의 교외로 나간 알렌은 소환 레벨이 7로 올라 B랭크 소
환이 가능해졌기에 마도서를 펼쳐서 B랭크 소환수의 스테이터스와
특기, 각성 스킬을 확인했다

・개미처럼 생긴 벌레B의
스테이터스
【종　류】 벌레
【랭　크】 B
【이　름】 아리퐁
【체　력】 2600
【마　력】 1000
【공격력】 2400
【내구력】 3000
【민첩성】 3000
【지　력】 2000
【행　운】 1800
【가　호】 내구력 100, 민첩성
　　　　　 100
【특　기】 개미산
【각　성】 산란

・케르베로스처럼 생긴 짐승B의
스테이터스
【종　류】 짐승
【랭　크】 B
【이　름】 케로린
【체　력】 3000
【마　력】 1000
【공격력】 3000
【내구력】 2700
【민첩성】 2800
【지　력】 2000
【행　운】 1400
【가　호】 체력 100, 공격력 100
【특　기】 3연속 깨물기
【각　성】 9연속 물어뜯기

・그리폰처럼 생긴 새B의
스테이터스
【종　류】 짐승
【랭　크】 B
【이　름】 그리프
【체　력】 2000
【마　력】 1000
【공격력】 2000
【내구력】 2300
【민첩성】 3000
【지　력】 3000
【행　운】 2400
【가　호】 민첩성 100, 지력 100
【특　기】 비상
【각　성】 하늘 질주

・복숭아처럼 생긴 풀B의
스테이터스
【종　류】 풀
【랭　크】 B
【이　름】 모모코
【체　력】 100
【마　력】 3000
【공격력】 100
【내구력】 100
【민첩성】 100
【지　력】 100
【행　운】 3000
【가　호】 마력 100, 행운 100
【특　기】 대지의 은혜
【각　성】 하늘의 은혜

· 미스릴 풀 플레이트처럼 생긴
돌B의 스테이터스
【종　류】돌
【랭　크】B
【이　름】미러
【체　력】3000
【마　력】1000
【공격력】2800
【내구력】3000
【민첩성】2300
【지　력】2000
【행　운】2500
【가　호】체력 100, 내구력 100
【특　기】반사
【각　성】전반사

· 원시거북 아르케론처럼 생긴
물고기B의 스테이터스
【종　류】물고기
【랭　크】B
【이　름】겐부
【체　력】2900
【마　력】3000
【공격력】2000
【내구력】2900
【민첩성】1000
【지　력】3000
【행　운】2600
【가　호】마력 100, 지력 100
【특　기】터틀 실드
【각　성】터틀 배리어

· 여성의 영혼처럼 생긴 영혼B의
스테이터스
【종　류】영혼
【랭　크】B
【이　름】에리
【체　력】2600
【마　력】3000
【공격력】2600
【내구력】3000
【민첩성】2600
【지　력】3000
【행　운】1800
【가　호】내구력 100, 지력 100,
물리 내성(강)
【특　기】그래비티
【각　성】블랙홀

· 드래곤처럼 생긴 용B의
스테이터스
【종　류】용
【랭　크】B
【이　름】도라도라
【체　력】2800
【마　력】1000
【공격력】3000
【내구력】2900
【민첩성】3000
【지　력】1800
【행　운】1600
【가　호】공격력 100, 민첩성
100, 브레스 내성(강)
【특　기】불 뿜기
【각　성】분노의 업화

『그럼 저희는 마왕군이라고 불리는 마수들을 죽이면 되겠·사·와요?』

알렌의 옆에서 금발의 여자아이가 말을 걸어온다. 영혼B 소환수였다.

몸이 살짝 비쳐 보이며 허공에 둥실둥실 떠 있다. 말투는 무척 정중한데 내용은 몹시 과격했다.

"그래. 대상은 어디까지나 마수야. 상당히 많은 인간 병사가 있을 텐데, 그 사람들은 절대 건드리지 말아줘. 설령 공격을 받게 되더라도."

『명심하겠·사·와요.』

200만 마리 이상의 마왕군에 맞서서 소환수들이 과연 얼마나 활약할 수 있을지는 모른다. 어쨌거나 병력은 조금이라도 많을수록 좋다. 그런 생각으로 알렌은 중앙 대륙 북부의 최전선에 보내기 위한 소환수를 묵묵히 소환하고 있었다. 소환수를 보내놓으면 시야를 공유해서 실제 전황까지 파악할 수 있다.

만약 기암트 제국이 패배한다면 중앙 대륙에서 다음 표적이 될 곳은 알렌과 파티원들의 고향인 라타쉬 왕국이다. 북부의 전황을 알면 이후의 대응도 빨라지니 이번과 같이 설명을 들은 다음 날 곧장 로젠헤임으로 떠나야 하는 빠듯한 일정은 이제 피하고 싶었다.

소환수 소환을 연속해서 유지할 수 있는 기간은 1개월. 지금까지 소환수들의 임무는 던전 안에 머물거나 연락 담당으로 그란벨 가문의 저택에 가거나 로단 마을의 개척을 돕는 등, 1개월이면 충분한 일뿐이었다. 하지만 이번에는 광대한 제국을 남쪽에서 북부까지 이동해야 하니 파견 가능한 소환수는 하늘을 날 수 있으며 이동속도도 빠른 소환수로 제한된다.

【대륙 북부로 보내는 소환수】
　·새E 소환수 2마리
　·새D 소환수 2마리
　·영혼B 소환수 5마리
　·용B 소환수 5마리

'색적이랑 전투, 정보 수집을 포함하면 이런 정도인가. 그리고 회복약도 적당히 들려주고…….'
　알렌은 소환수들에게 한 가지 더 명령을 덧붙였다.
　"아, 마신이나 마족이 나타나면 가능한 한 정보를 보내줘."
　'일단 조사해봤는데 거의 정보가 없었잖아. 하다못해 얼마나 센지 가늠이라고 하고 싶다고.'
　『그래, 알겠다. 정보를 얻기 위하여 잘 살펴보도록 하지.』
　용B 소환수가 대표로 대답했다.
　어디까지나 학장과 담임에게 얻은 정보이지만, 마왕군 측에도 서열이 있고 대장을 맡는 적이 있다고 한다.
　"좋아, 잘 부탁해. 전장의 상황을 파악하면 지원군을 더 보내줄 수도 있겠지만, 별로 기대는 하지 말고."
　『모조리 죽이고 오겠·사·와요.』
　『그래, 전부 불살라버리겠다.』
　인간의 말을 할 수 있는 영혼B와 용B 소환수가 대답을 한다. 곧

이어 알렌과 시야를 공유한 채 하나로 뭉쳐 날아오르더니, 중앙 대륙의 북부를 향해 떠나갔다.

＊　　＊　　＊

"기다렸지."

"알렌, 다 끝났어?"

"그래, 클레나. 잘 보내줬어."

알렌은 100미터가 넘는 규모의 고속 마도선 앞에서 파티원들과 합류했다. 배에 동승한 수백 명의 엘프 학생들은 갑작스럽게 귀환 명령을 받아 불안해하며 한 곳에 모여 있었다. 소피가 「불안해하지 마라, 우리에게는 알렌 님이 계시다」라며 한 명 한 명에게 근거 없는 격려의 말을 건네며 돌아다니고 있다.

니나와 고용인들과 마지막 작별 인사를 하고 있었던 킬은 가장 나이가 많은 고용인과 뭔가 실랑이를 벌이는 것 같았다. 아무래도 던전에서 벌어들였던 꽤 많은 금액을 고용인에게 맡기려다가 「받아라」「못 받습니다」라며 옥신각신하는 분위기였다. 어젯밤에도 저러지 않았나 싶어 지켜보던 중에 결국은 고용인이 못 이기고 「니나 님을 위해서 사용하겠습니다」라는 대답과 함께 돈을 받아 들었다.

알렌은 드골라에게 말을 건넸다.

"괜찮겠어?"

칙서가 내려왔음에도 굳이 드골라에게 묻는다. 알렌은 이번 칙서와 관계없이 전쟁에 참가하는 것은 어떻게 결정하든 자유라고 생각하고 있다. 특히 평민인 드골라라면 더더욱.

"엉? 뭔 소리냐."

이번 전쟁에 참가하는 파티원 중 가장 위험한 사람을 꼽자면 드골라다. 물리 직업이기에 A랭크 이상의 마수하고도 접근전으로 싸워야만 한다. 위험도는 내구력이 낮아도 후방에서 소환수의 보호를 받을 수 있는 세실과 킬과 다를뿐더러, 능력치가 상당히 높게 올라간 클레나와도 다르다.

'A랭크 이상의 적이 나타나면 완벽하게는 못 지켜줄 테니까.'

드골라는 온몸에 아다만타이트 무기와 방어구를 장비하고 있다. 따라서 절대 쉽게 패배하지도, 죽지도 않겠다고 생각은 하고 있지만 이번 전쟁에는 학원의 던전에서 고전했었던 드래곤 이상의 강적이 기다리고 있을 것이라고 예상된다. 만에 하나의 사태가 알렌의 머릿속을 스치고 갔다.

"이렇게 계속 날 따라다닐 이유는 없지 않겠어?"

"뭔 헛소리야? 국왕 폐하의 칙서에는 내 이름도 똑똑하게 쓰여 있었다고. 전장에서 활약을 하고 거하게 포상을 받아내야지."

드골라는 히죽 웃더니 마치 알렌이 할 법한 소리를 늘어놓았다.

"그래, 맞아. 클레나와 같이 최전선에 보내줄 거다."

'어떤 형태로 전투에 참가할지는 아직 모르지만.'

"당연하지, 리더. 맡겨줘라."

드골라는 어깨에 짊어졌던 거대한 도끼를 세게 부여잡았다.

'처음 행선지는 네스트인가.'

이제 곧 탑승할 고속 마도선의 행선지는 4일쯤 떨어진 거리에 있는 로젠헤임의 최남단, 네스트라는 커다란 항구 도시라고 했다.

"이제 타도 되는 것 같아. 자, 다들 가자."

알렌의 말을 따라서 파티원은 모두 전장으로 향하는 마도선에 올라탔다.

제2화 라타쉬 왕국 왕성에서 정보 수집

휘황찬란한 왕성의 한 곳, 창가의 나무에서 옆으로 뻗은 가지에 한 마리의 작은 새가 내려앉아 방 안을 살피고 있다. 안쪽의 문이 열리며 들어온 인원은 귀족과 기사와 집사 세 명. 기사가 작은 새를 알아보고 창문을 열어주자 작은 새는 날렵하게 안으로 들어갔다.

『그란벨 자작님, 실례하겠습니다.』

작은 새가 안쪽에 있는 귀족에게 머리를 숙인다. 알렌의 새G 소환수였다.

"그래, 꽤 오래 기다렸겠구나. 미안하다. 알현에 시간이 제법 걸려버렸어."

『아닙니다. 뭔가 알아내셨습니까?』

알렌은 학장에게 이야기를 들었던 당일에 곧장 저택에 대기시켜 놓았던 소환수를 통해 그란벨 자작에게 보고했고, 자작은 알렌의 파티가 느닷없이 전장에 가게 되었다는 사실을 알자 곧바로 왕도에 가서 설명을 요구했다. 다만 도착한 날에는 「바쁘다」라는 핑계만 들었을 뿐 국왕을 알현하지는 못했다고 한다. 그러다가 날이 바뀌어서 「알렌의 파티가 마도선에 탑승했다는데 이유를 자세히 듣고 싶다」라고 말하자 갑자기 접견 허가가 떨어졌다던가.

'이제 출발을 했으니까 만나주겠다는 건가.'

"그래. 우선 전쟁의 상황부터 이야기하마. 마왕군이 로젠헤임으로 진군한 것은 1개월쯤 전의 일이었다더구나."

알렌은 자작에게 이번 전쟁의 진행상황을 확인해달라고 부탁했었다. 알현 때문에 대기하고 있는 동안에 장군 등 군부의 요직에 있는 귀족들이 조사해주었다고 한다. 그란벨 가문의 난 이후로 몇몇 파벌과 협력 관계를 맺었기에 귀족들은 그란벨 자작에게 기꺼이 힘을 보태주었다고 한다.

—1개월 전, 300만의 군세가 들이닥쳐서 로젠헤임 북부 방어를 맡은 요새가 함락되었다.

본래 엘프는 보조와 회복, 활이 특기인지라 성벽을 두고 수비하는 방어전에 특화된 종족이다. 이렇듯 허망하게 로젠헤임의 요새가 함락된 것은 좀처럼 예상하기 힘든 사태였다.

그러나 모두가 믿지 못하겠다며 고개를 갸웃하고 있던 동안에도 마왕군은 거센 공세를 늦추지 않았다. 로젠헤임의 북부에 위치하며 수십 년이나 굳건하게 국가를 지켜왔던 거대 요새도 며칠 사이에 함락되었다. 이런 사실로, 마왕군이 로젠헤임 침공에 주력하고 있음은 분명하다.

이제까지도 마왕군은 중앙 대륙, 바우키스 제국, 로젠헤임 전부를 공격했었다. 다만 바우키스 제국에는 골렘으로 구성된 군대가 있고 로젠헤임에는 정령왕의 가호가 있기에 마왕군은 가장 공격하기 수월한 중앙 대륙을 오랫동안 집요하게 침공해왔다. 그랬기에 다른 대륙과는 달리 중앙 대륙에는 마왕군이 지배하는 영토가 있다.

하지만 중앙 대륙에 용사가 나타남으로써 사정이 달라졌고, 3국의 강약 순위에 변화가 발생했다. 정령왕의 가호가 있을지언정 로젠헤임은 다른 두 대륙과 비교하면 병력의 수가 훨씬 적다. 엘프는 오래 사는 반면에 아이가 잘 태어나지 않는 특성에 더하여 다른 종족이 로젠헤임에 오는 것을 꺼린다. 배타적인 국가 운영이 화를 불러서 언제부터인가 최약은 로젠헤임으로 바뀌었던 것이다.

5대륙 동맹을 통해 왕국에 긴급 지원 요청을 보냈을 무렵에는 이미 수도와 가까운 곳까지 적이 몰려왔었다고 한다.

그리고 왕국이 답신을 보냈을 때는 이미 수도가 함락된 다음이었다.

로젠헤임의 수도에 통신을 해도 연결되지 않았던 터라 왕국은 급하게 대륙의 요소 중 한 곳이며 남부에 위치한 도시, 네스트에 「알렌과 파티의 동료들을 왕명에 의해 파병하여 요청에 부응하겠다」라고 회답했다.

"현 상황의 로젠헤임은 상당히 위태롭네. 남부에 있는 몇몇 요소에서 지금도 지연작전을 펼치고 있는 것 같군."

로젠헤임의 수도를 함락시키면서 마왕군은 제법 시간을 소모했고, 그동안에 엘프들의 피난이 진행되었다. 또한 남부의 요충지에 사람을 모으는 데도 성공했다고 한다. 어디까지 마왕군이 침공했는지는 알지 못하나 남부의 요새에서 엘프들은 지금도 싸우고 있을 것으로 짐작된다.

『두루 알아봐주셔서 감사합니다.』

"괜찮다. 한데, 국왕이 한 말이다만……."

방금 전 알현에서 들은 이야기를 해줬다. 국왕이 자작에게 말한 내용은 아래와 같다.

「지금은 전대미문의 국가 존망이 걸린 위기상황이다. 우리나라도

5대륙 동맹에 협력하는 자세를 보여야 하지. 우리나라의 입장에서도 귀중한 전력인지라 매우 안타까우나 알렌에게 로젠헤임 구원군의 역할을 명령한다.」

이어서 알렌이 지닌 실력을 유감없이 발휘할 수 있도록 자작의 딸 세실을 포함하여 파티원들도 동행할 것을 명령에 덧붙였다고 한다. 알현장에서 국왕은 자작이 이런저런 질문을 해도 아예 듣는 시늉조차 하지 않았다.

'흠. 있어 보이는 말로 포장했는데, 나를 동료들과 같이 300만 군세의 먹이로 내주겠다는 속셈인가.'

『괜히 저 때문에, 죄송합니다. 그때…… 국왕에게 지나치게 나쁜 인상을 주었습니다.』

학원 무술 대회 후 뒤풀이 자리에서 왕태자와 나눴던 대화를 떠올린다.

결과적으로 그란벨 자작의 딸 세실까지 사태에 휘말렸다.

"……아니, 괜찮다."

자작은 일순간 말을 하지 못하다가 곧 다부지게 처신을 했다. 이어서 한 가지 부탁의 말로 알렌에게 간청했다.

"다만, 꼭 부탁하마. 세실이 무사히 돌아올 수 있도록 돌봐주거라."

『반드시 약속드리겠습니다.』

알렌은 자신감을 갖고 자작에게 약속했다.

* * *

마도선 안쪽. 알렌의 파티는 같은 객실에 모여 있었다.

"그래서, 뭐가 어떻게 된 거냐?"

알렌이 자작에게 들은 이야기를 알려주자 드골라는 잘 모르겠다는 표정을 지은 채 되물었다.

"......"

한편 소피는 수도 함락까지의 경위를 듣고 상당히 침울해하는 모습이다.

"아직 엘프들은 포기하지 않고 싸우고 있어. 엘프들이 포기하지 않았다면 우리도 절대 포기할 순 없지."

"......알렌 님."

알렌의 말이 소피의 눈에 희미하게나마 반짝임을 되찾아줬다.

"하지만 이번 파견은 내 실수야. 국왕이 이렇게까지 노골적인 수를 쓸 줄이야."

'애당초 가장 위험한 곳에 킬과 클레나를 보내겠다는 이야기는 처음 저녁 식사 자리에서도 나왔었고. 표적이 나로 바뀌었지만.'

"엉? 뭐냐. 사과하지 마라. 어쨌든 동료를 위해서잖냐."

"맞아. 이제껏 쭉 잘해왔어. 알렌은 하고 싶은 대로 하면 돼."

"동감이다. 나도 더 빨리 귀족이 될 수 있겠군."

클레나가 드골라의 말을 거들어주고, 킬은 전공을 세우면 빨리 귀족이 될 수 있기 때문에 알렌의 행동에는 문제가 없었다고 주장한다.

"알겠니? 알렌. 모두 각오는 되어 있어."

동료들의 마음을 대변하는 것처럼 세실이 대표로 이렇게 말했다. 마왕군과의 전쟁으로 오빠 미하이를 잃은 다음부터 줄곧 세실에게는 각오가 있었다. 내년 봄으로 예정되었던 참전이 조금 앞당겨졌을 뿐이라고 생각하고 있다.

　'전장에는 S랭크급 마수도 나온다고 들었어. 그러니까 장비라도 오리하르콘으로 맞추고 전쟁에 임하고 싶었는데……. 아니, 지금 생각해봤자 소용없나.'

　모두 전쟁에 참가하는 데 적극적이었다. 알렌도 물론 문제없다. 유일하게 아쉬운 것이 있다면 최고 레벨 달성 후 상한 개방에 대하여 아무런 정보도 얻지 못했다는 사실뿐이다. 이 부분은 용사 헤르미오스와 검성 드베르그조차 아직 노말 모드에서 벗어나지 못한 만큼 거의 절망적일지도 모르겠다. 바우키스 제국의 S급 던전에서 장비만이라도 갖추고 싶었지만, 지금은 할 수 없는 상황이니 할 수 있는 것을 하는 수밖에 없지 않겠는가.

　"그나저나 알렌, 네스트에 도착하면 어떻게 할 셈이니?"

　세실이 이후 계획을 확인하고자 묻는다. 마도선에 탑승한 지 꼬박 3일. 이제까지 편성 등 여러 이야기를 나눴으나 정작 알렌의 목적을 듣지 못했다.

　"바다 건너에 네스트라는 도시는 로젠헤임의 최남단에 있는 곳이라니까 그곳에서 북쪽으로 올라가면서 마왕군을 소탕할 생각이야."

　알렌은 마왕군을 싹 쓸어버릴 생각이 가득했다. 방금 막 「폐를 끼쳤다」라며 꺼냈던 말은 도대체 무엇이었나. 동료들은 기가 막힌다는 내색을 숨기지 않는다.

"잠깐만, 의욕이 조금 지나친 거 아니야?"

세실이 가만히 있지 못하고 끼어들었다.

"마…… 마왕군 300만 마리를 전부 없애버리겠다는 말씀이세요? 알렌 님."

소피가 당황하면서 알렌이 꺼낸 발언의 의도를 확인했다.

"아니, 가능하면 예비병 400만도 합쳐서 700만 전부를 없애고 싶어."

알렌은 전황이 달라졌을 때 행동을 개시하리라 추측되는 예비병 400만까지 포함해서 언급했다. 예비병은 아마도 중앙 대륙의 북쪽 해상에 대기하고 있을 것이다.

"그, 그런 목표를, 정말 달성할 수 있을까요……."

말도 안 나온다는 것이 이러한 경우였다만, 소피가 겨우 알렌의 답에 대꾸하면서 또 묻는다.

"뭐, 이번에는 요청을 받아 도우러 가는 형식이니까 실제로 어떻게 전쟁에 참가해서 움직일지는 알 수 없지만 말야. 소피, 손을 써 줄 수 있겠어?"

지금은 아직 현지에 간 뒤에 무엇을 해야 하는지도 듣지 못했고, 도우라는 명령을 받았을 뿐이었다. 어느 부대에 편입되는 것인가, 혹은 유격대인가. 어떤 역할을 맡을지도 알지 못한다. 알렌도 물론 들었던 정보를 활용하여 쓸만한 작전을 몇 가지 떠올렸지만, 결국 재량이 주어져야 제대로 움직일 수 있다.

"그 부분은 문제없답니다."

"정말이야?"

"왕녀의 이름을 걸고 자유롭게 싸울 수 있도록 지원해드릴게요. 그렇죠? 포르말."

"네, 네엣. 소피아로네 님."

소피는 알렌의 전법이 종래의 형식에 들어맞지 않는 까닭에 엘프 부대에 편입시켜도 별 의미가 없다는 것을 잘 숙지하고 있었다. 자신에게 주어진 차기 여왕의 지위는 지금 이때 알렌이 자유롭게 싸울 수 있도록 뒷받침하기 위한 것이었다고 벌써부터 앞서 나가며 사명감에 불타고 있다.

저마다 이후의 싸움을 머릿속으로 상상하는 동안에 일행은 다음 날이면 네스트에 도착하는 거리까지 와 있었다.

* * *

다음 날 저녁때. 마침내 로젠헤임의 남단으로 짐작되는 육지가 눈에 들어왔다.

"저기 육지가 보이네. 드디어 로젠헤임에 도착했어."

"그래, 예정대로야."

세실의 말에 알렌이 대답을 한다.

'다행이다. 네스트 방향에서는 아직 불길이 솟아오르지 않았어.'

이제 곧 착륙해야 하는 네스트는 로젠헤임의 최남단에 위치한다. 만약 지금 불길이 솟아 연기가 피어오르는 상황이었다면 로젠헤임이 완전히 마왕군의 손에 떨어졌음을 의미하는 셈이다.

소피는 걱정스럽게 네스트를 바라보고 있었다. 왕성에서 확인한 정보가 전부인 탓에 지금도 엘프 여왕의 안부는 알 수 없었다.

마도선은 머지않아 네스트에 설치되어 있는 선착장에 착륙하였고, 알렌 파티는 수백 명의 엘프들과 함께 거리에 내려섰다.

로젠헤임의 국토는 중앙 대륙의 3분의 1 정도의 크기이지만, 이곳에서 살고 있는 엘프의 수는 소국인 라타쉬 왕국과 별 차이가 없는 2000만 명 정도라고 한다. 국토의 넓이를 비교하면 라타쉬 왕국은 로젠헤임보다 몇 분의 1에 불과하지만.

'화물이 엄청나게 많군.'

슬쩍 둘러봤더니 나무 상자에 담긴 화물이 빼곡하게 가득 놓여 있었다. 로젠헤임의 모든 물자를 모아온 것인가 싶을 정도로 많은 양이다. 잘 살펴보면 일부가 타서 눌어붙은 나무 상자도 있었다. 전쟁의 불길을 피해 도망치며 가져왔을 테지. 엘프 군대의 지휘관으로 짐작되는 인물이 화물 정리 작업으로 지시하는 모습이 보였다.

엘프 학생들은 주위를 두리번거리며 달려가기 시작했다. 가족의 안부가 무척이나 신경 쓰였을 테지.

선착장에 부모가 있지는 않을까 찾아다니는 것 같았다. 하지만 매우 번잡한 상황인지라 부모를 찾지 못하는 학생도 많았다.

문득 마차가 접근했다. 마차가 멈춰 서더니 한 명의 엘프가 내려서 알렌과 일행이 있는 곳으로 다가와 몹시 정중하게 예를 갖췄다.

"소피아로네 님, 무사히 복귀해주셔서 다행입니다. 장로회에서 뵙고자 합니다. 저를 따라와주십시오."

"……알렌 님, 가시죠."

소피는 장로라는 말에 순간 눈살을 찌푸렸으나 일행을 마차로 재촉했다.

"학생들은 어떻게 하는 거야?"

알렌은 마차가 천천히 나아가는 동안에 이곳까지 함께 도착한 엘프 학생들을 놔두고 온 것이 신경쓰여 질문했다.

"문제없답니다. 집합 장소는 사전에 지시가 이루어졌거든요."

선착장을 빠져나갔을 때 모두가 숨을 죽였다. 마차의 창문 너머로 도시의 풍경을 봤기 때문이었다.

"⋯⋯끄, 끔찍해."

세실이 말을 못 잇는다.

회복 부대의 엘프들이 피투성이의 엘프들을 죽기 살기로 회복시키고 있다. 울며 부르짖는 아이들의 목소리가 곳곳에서 울려 퍼졌다. 야전 병원을 떠올리게 하는 광경이었다.

'이 광경은 어디까지 이어지는 거냐. 도시 바깥에도 부상자와 피난민이 넘쳐나고 있군⋯⋯. 피난민만 세봐도 100만 명 이상은 되겠어.'

알렌은 선착장에 도착한 이후 새E 소환수 열 마리를 불러내고 상공에서 네스트라는 도시 전체를 확인하기 시작했었다.

도시의 전모를 파악하면 전선까지 지형과 상황을 확인할 예정이다.

커다란 만을 끼고 있는 남부의 요새답게 네스트는 상당히 큰 도시였다. 알렌이 「매의 눈」으로 도시의 실태를 확인하니 다양한 곳에서 부상자와 피난민이 뭉쳐 있고, 건물에 들어가지도 못한 채 길가에서 치료를 받고 있는 인물이며 신체가 결손된 인물도 몹시 많았다.

'이미 회복될 가망이 없다고 판단한 건가, 아니면 중상자를 회복시킬 여유와 마력이 없어 포기한 건가.'

회복 마법에 뛰어난 자가 많다고 알려져 있는 로젠헤임에서 이렇게나 많은 중상자, 부상자를 볼 수 있다는 것 자체가 전선의 상황이 얼마나 처절한지를 대변해준다.

지나치게 생생한 전장의 참혹함을 목격한 동료들은 충격을 받은 모습이었다.

그런 와중에 알렌은 회복약의 재고와 전황 확인을 위해 필사적으로 상황을 분석했다.

"알렌, 빨리 도와주자!"

감정을 미처 억누르지 못하고 클레나가 소리 높였다.

"아니, 지금은 시간이 아까워. 회복약도 무한하지는 않고."

분명 가만히 놔둘 수는 없는 상황이다. 다만 여기서 시간을 썼다가 국가가 함락되면 정말 끝장이다. 얼마나 큰 피해가 발생했고 얼마나 많은 회복약이 필요한지도 알 수 없는 상황에서 망설이면 손 쓸 시기를 놓쳐버릴지도 모른다. 따라서 알렌은 계속 나아가자고 주장했다.

"그치만 가만히 놔둘 수는 없어!"

얼굴을 새빨갛게 붉히며 호소하는 클레나에게는 뜻을 굽히려는 낌새가 전혀 없었다.

"그럼 이렇게 하자."

알렌과 클레나의 사이에 킬이 끼어들었다.

킬의 제안은 모든 파티원은 던전 공략에 필요한 회복약을 도구 주머니에 항상 일정량 상비하고 있으니 클레나, 드골라, 킬까지 세 사람이 회복약과 킬의 회복 마법을 활용해서 한 명이라도 많은 사람을 구하자는 내용이었다.

"그동안 장로회와 얘기를 마치면 되지 않겠냐. 리더."

"알겠어. 하지만 다음 방침이 결정되면 바로 데려갈 거야."

그렇게 말한 뒤 알렌은 용사 헤르미오스에게 받았던 마력 회복 링을 킬에게 건네줬다.

"그러면 꾸물꾸물할 순 없겠군. 가자!!"

대화가 매듭지어진 것을 확인한 드골라가 마차에서 훌쩍 뛰어내렸다.

"가자!"

"잠깐?! 클레나!!"

클레나는 몹시 당황한 킬을 허리에 끼고 드골라를 따라 뛰었다.

"뭐…… 셋이 같이 갔으니 별문제는 없지 않겠니?"

"그러게."

킬이 회복 마법을 썼는지 마차 뒤쪽의 창문으로 빛이 퍼진다.

갑자기 둘로 나뉘는 모양새가 되었지만, 동료의 의사를 존중해주기로 했다.

잠시 더 나아가다가 도시의 중앙에 있는 커다란 목조 건물 앞에서 마차가 멈췄다. 마차에서 내리자 주위가 술렁술렁 어수선해진다. 왕녀의 귀환을 도시 주민들이 알아차렸나 보다. 개중에는 손을 맞대며 절을 올리는 부류도 있다. 차기 여왕이라고 불리는 소피의 커다란 존재감을 이렇게 목격하게 된 셈이었다.

"알렌 님, 이쪽입니다. 포르말, 장로들은 어디에 모여 있습니까?"

"네, 바로 확인하고 오겠습니다."

도시의 참상을 보고 있었던 소피가 굳건하게 포르말에게 지시 내린다. 시간이 없다는 것은 소피도 같은 인식을 갖고 있었나 보다.

포르말이 다시 나타나서 일행을 건물 안쪽으로 안내했다. 열어준 문의 너머는 커다란 회의실이었고, 힘없이 비틀거리는 엘프들 이외에도 고위의 군인, 장군으로 짐작되는 엘프들이 있었다. 그중 장군 한 명은 한쪽 팔을 잃은 모습이었는데 명백하게 전장에서 방금 돌아왔을 것이다.

커다란 원탁에는 지도를 펼쳐 놓았는데, 마왕군의 공세 앞에서 멸망하기 직전인 이 상황을 어떻게 대처해야 하는가 상의하고 있던 것 같았다.

그런 상황 속에서 소피를 필두로 알렌 파티가 회의실에 들어갔다.

"오오, 소피아로네 님. 잘 돌아와주셨습니다."

열두 명 있는 장로 중 한 명이 매우 기뻐하며 소리 높였다. 다만 소피는 넓은 회의실을 흘낏 둘러보자마자 장로들을 향하여 말을 쏟아 낸다.

"여왕 폐하는 어디 계시죠?"

"예?"

"여왕 폐하는 어디에 계시냐고 물었습니다."

"드, 드릴 말씀이 없습니다. 저희도 대피할 것을 간청했습니다만……."

"그렇다면, 역시 전선에 남아 계시는군요?"

"예, 예에."

그러자 소피는 지금 상황에 격노했다.

"당신들은 여왕 폐하를 외면한 채 뻔뻔하게 물러났던 겁니까!!"

장로들이 거친 기세에 놀라서 부들부들 떨었다.

'여왕을 전선에 남기고 장로회 사람들만 피난해서 화가 난 건가?'

엘프의 나라에는 여왕이 존재하지만, 국가 운영에 관련되는 사안은 열두 명으로 구성된 장로회에서 결정을 내리고 여왕은 장로들이 정한 사안에 대해 거부권을 가지고 있는 구조다. 여왕이 전선에 남은 상황에서도 아무도 여왕과 함께 남으려 하지 않고 이곳으로 한 명도 빠짐없이 도망친 장로들을 보고 소피가 격노하고 말았다. 장로 중 하나가 필사적으로 소피를 달래려 한다.

"드, 드릴 말씀이 없습니다. 소피아로네 님."

"그래서, 여왕 폐하께서는 어찌 되셨습니까!"

"여왕 폐하는 현재 티아모에 남아 싸우고 계십니다."

'티아모는 상당히 큰 도시라고 배웠는데, 거기가 최전선이 된 건가?'

알렌은 티아모라는 도시가 대륙에서 다소 남쪽의 내륙에 위치하고 있는 대도시 중 한 곳이라는 사실을 떠올렸다. 로젠헤임이 이미 7할이나 마왕군에게 점령당했으며, 또한 티아모라는 도시의 규모를 감안해봐도 그곳이 최전선이 된 것은 어느 정도 이해할 수 있었다.

"그러면 아직 무사하시다는 말이군요."

"아……."

장로 엘프가 말을 흐렸다.

"왜 입을 다물죠? 대답하세요."

"아마도…… 티아모는 며칠도 더 버티지 못할 겁니다."

장로들은 원통한 표정으로 답했다.

소피는 묵묵히 갑옷을 몸에 착용한 장군을 향해 돌아선다. 부상을 당한 장군 엘프가 눈을 내리깔았다.

몸이 성하지 않은 것 같은데 갑옷을 입고 있는 이유는 다시 싸우겠다는 의지가 있기 때문일까.

'장군조차 큰 부상을 당하고 피난해야 하는 상황인가. 소피 본인이 마음대로 나서도 괜찮다고 말을 해줬으니 슬슬 나도 끼어들어볼까.'

"이 도시에 있는 인원은 전쟁을 피해 도망친 피난민과 전쟁터에서 후송된 부상병뿐이라는 말씀이군요. 그리고 최전선이 된 티아모는 며칠 지나지 않아 함락될 상황이고, 그곳에 계신 여왕님의 안위도 위험하고요."

알렌은 이제껏 들은 대화의 내용과 도시의 상황을 정리한 뒤 말을 꺼냈다. 모두가 놀라 주목하는 가운데 한쪽 팔을 잃은 장군으로 짐작되는 엘프 한 명이 입을 열었다.

"이, 이분은 설마?"

소피가 조용히 고개를 끄덕거린다. 알렌이 발언함에 따라 생겨난 정적으로 다시 차분한 모습을 되찾은 것 같았다.

"그렇습니다. 정령왕님께서 예언하신 구세주님입니다. 로젠헤임을 구하기 위하여 모셔 왔습니다."

"알렌이라고 합니다."

"이 소년이, 정령왕님이 말씀하신……."

한쪽 팔을 잃은 장군은 의아해하며 알렌을 뚫어져라 관찰했지만, 전혀 강하다는 인상은 받지 못한 듯했다.

'자, 상황은 파악했으니 우선순위를 정리해서 행동에 옮겨야겠군.'

"오오, 이분이 구세주님……. 기쁘기 그지없구려. 지금은 군사 회의 중이온지라 귀하께도 꼭 참가를 부탁드리고 싶군."

장군이 자리를 좁혀서 새 의자를 준비하려고 한다. 그러나 알렌에게는 더 이상 회의를 할 의미가 없다.

그보다 더욱 우선해야 할 행동이 있었다.

'좋아, 보조는 잘 부탁한다.'

알렌이 소피에게 눈짓하자 소피가 반응하며 고개를 끄덕거린다.

"군사 회의입니까? 물론 그것도 중요하지만 먼저 팔부터 치료하도록 하죠."

"아, 말씀은 고맙지만 우선은 회의를……."

장군은 사라진 자기 팔보다 로젠헤임의 장래를 걱정했다.

"루키드랄, 알렌 님의 말씀에 따르세요."

"네, 네엣."

왕녀 소피가 장군의 이름을 부르며 알렌의 곁에 다가가도록 재촉한다. 장군은 시키는 대로 고분고분 알렌을 향해 이동했다. 회복 마법으로 출혈은 막아 놓은 것 같은데 상처 부위를 덮은 천에는 붉은 피가 배어나고 있어서 부상이 심각한 모습이었다. 알렌은 수납에서 붉은 복숭아와 비슷한 물체를 꺼내 들었다.

「하늘의 은혜」를 써볼까.'

얼마 전 알렌은 부상자 회복을 우선하면 안 된다고 말을 꺼냈었지만, 부상을 당한 장군을 회복시키는 행동과의 차이에 대해 동료들은 불만이 없는 듯 했다. 알렌이 어떤 목적으로 이런 행동에 나서는지는 학원 생활을 같이 하면서 잘 알게 되었을 테니.

하늘의 은혜는 풀B의 각성 스킬을 써서 만드는 회복약이며, 반경 100미터 정도 범위에 있는 동료들의 체력과 마력을 전부 채워준다. 시가지에서 갈라졌던 다른 세 명에게도 열 개씩 주었다.

하늘의 은혜를 쓰자 루키드랄의 한쪽 팔이 천을 뜯어 내면서 세차게 자라났다. 그뿐이 아니다. 회의실에 있는 부상당한 엘프들까지 곧바로 전원 완치됐다.

"이, 이럴 수가?!"

루키드랄은 자신의 팔을 움직이며 확인했는데 흉터조차 남지 않았다. 비틀거리던 장로 중 하나가 놀라 의자 아래로 떨어져버렸다.

"이, 이것은…… 엘프의 영약인가?"

"그렇습니다."

루키드랄이 놀란 표정으로 묻는다. 알렌은 긍정의 답을 함으로써 하늘의 은혜를 「엘프의 영약」이라고 둘러댔다.

회복약에는 몇 가지 랭크가 있다. 엘프의 영약은 엘프의 나라 로젠헤임에서 고이 간직하고 있는 비장의 회복약이었다. 듣기로는 수도 포르테니아의 근방에서 있는 세계수라고 불리는 거대한 수목의 열매를 엘프들의 비전 기술로 가공하여 만들어 낸다고 한다.

신체 결손을 치료하는 수준의 회복약이라면 엘프의 영약이라고 생각하는 것도 무리는 아니었다. 과거에 알렌의 아버지 로단의 생명을 구한 뮈라제의 꽃이라는 금화 다섯 닢짜리 귀중한 회복약으로도 결손된 신체를 수복하지는 못한다.

또한 신체 결손까지 회복시키는 마법을 사용 가능한 재능은 희귀도 별 세 개짜리 성녀 직업부터 가능하다고 알려져 있다. 승려 재능을 보유한 킬은 레벨과 스킬 레벨을 한계까지 올려놓았지만, 그럼에도 신체 결손을 회복하는 마법은 쓰지 못한다.

"이 도시에 피난을 온 부상병은 숫자가 얼마나 됩니까?"

"약 10만 명 정도군. 부상을 당한 난민까지 포함하면 더욱 많다네."

"그 10만 명의 부상병을 전부 회복시킬 수 있습니다."

"뭣?! 아, 아니. 가능할 리 없어. 싸, 싸우지 못하는 인원만 빼서 후송했단 말일세."

곧바로 하늘의 은혜를 또 하나 꺼내서 손 위에 올려놓았다.

"이것 하나로 방금 지나왔던 거리의 광장보다 넓은 범위의 부상자를 회복시킬 수 있습니다. 그리고 이 회복약은 3천 개 있습니다."

이 건물로 오는 경로에서 지나쳤던 광장이 하나 있었다. 가장 인파가 많은 곳, 클레나와 다른 동료들이 뛰어내려서 손 닿는 대로 부상을 입은 엘프들을 회복시키고 있는 장소다.

네스트는 제법 큰 항구 도시였다. 알렌이 새E 소환수를 써서 파악한 바로 적어도 수백 개는 필요할 것 같았다.

'지금 전부 다 건네줄 필요는 없겠지만, 천 개 정도는 넘겨줄까. 빨리 보충할 수 있게 마석을 모아야겠군.'

알렌은 현재 소환수를 불러내서 싸우기 위해 1만 2천 개 정도의 B랭크 마석을 소지하고 있다. 그리고 그것과는 별개로 2년 동안의 학원 생활 중 비축했던 B랭크 마석을 하늘의 은혜 3천 개로 바꿔놓았다.

"3천? 3천 개라니……. 세, 세상에……."

이러한 기적 같은 회복약이 3천 개나 있을 리 없다. 루키드랄이 말을 잇고자 했을 때 소피가 나서서 제지했다.

"루키드랄. 알렌 님의 말씀을 믿으세요."

"……네, 네엣."

소피의 말에 루키드랄은 고개를 끄덕일 수밖에 없었다.

"현재 제 동료들이 광장에서 회복 중입니다만, 고작 셋인지라 손이 너무나 모자랍니다. 이제 회복해서 움직일 수 있는 병사도 많을 테니 그분들의 도움을 받아 부상자를 한곳에 모을 수 있도록 지시를 내려주십시오."

루키드랄 대장군은 자기 몸으로 직접 효과를 확인했으니까.

"알겠네. 바로 부하에게 지시하지. 그나저나 군사 회의 말인데……."

지금 알렌이 해야 할 일은 무엇인가. 그것은 전선을 재정비하고 마왕군의 침공을 저지하는 것이다.

"군사 회의를 진행하는 것은 저 또한 찬성입니다. 다만 대리로 소환수를 남겨 참가하겠습니다. 저희는 서둘러서 티아모로 갈 생각입니다."

"뭣?"

"양해를 부탁드립니다. 티아모 함락까지 며칠도 남지 않았다고 하셨죠. 티아모와 여왕 폐하를 구출하기 위해 저희는 지금 당장 출발하고 싶습니다."

"마음은 기쁘네만……. 티아모까지는 마차를 타도 1개월은 걸린다네. 마도선을 이용하면 제때 도착할 수도 있겠지만, 그렇게 큰 탈것으로 티아모에 접근했다가는 마왕군의 사냥감이 되어버릴 테지."

루키드랄은 「손쓸 방도가 없네. 이미 도시가 마왕군에 포위되어 접근조차 할 수 없어」라고 분한 기색을 내비치며 계속 말했다.

'마도선은 있는데 마왕군에 격추가 가능한 능력을 갖춘 적이 있다는 말이구나. 군사 회의에서 마왕군의 침공 정보는 철저하게 수집해야겠어.'

"에리, 철저하게 정보를 확인해줘."

『네, 알렌 님. 분부 받들겠 · 사 · 와요.』

"아니?! 이, 이자는 대체……."

영혼B를 소환하자 루키드랄과 장로들이 놀란다. 시간이 없는 알렌은 영혼B 소환수에게 군사 회의에 참가하는 역할을 넘겼다. 정보는 항상「공유」하는지라 영혼B를 통해서 알렌이 전하고 싶은 말 또한 발언할 수 있다.

'맞아, 우리쪽 상황을 전해주기 위해서 뾰포도 한 마리 남겨 놓을까.'

새F 소환수의 각성 스킬「전령」은 100킬로미터 범위 안 임의의 대상에게 말뿐만 아니라 영상도 포함해서 알렌이 알려주고 싶은 내용을 전달할 수 있다.

광범위를 한순간에, 게다가 영상으로 전달할 수 있는 새F 소환수의 각성 스킬은 분명 이 전쟁에서 큰 도움이 되어줄 것이다.

소피가 소환수에게도 적극 협조하라며 장로들과 루키드랄 대장군에게 지시를 내리고 있다.

알렌은 하늘의 은혜 1천 개를 엘프들에게 넘겼다. 어디에 얼마나 많은 부상자가 있는지는 이들이 잘 파악하고 있을 것이다.

"바로 티아모로 가자."

"그 전에 클레나, 드고라, 킬을 데리러 가야겠구나."

건물에서 나왔을 때는 해가 이미 저물었다. 왕녀 소피가 귀환했다는 소식을 들었는지 많은 엘프들이 건물을 둘러싸고 있었다. 소피의 얼굴을 보자마자 울먹거리며 도움을 청하는 인물, 감사의 말을 바치는 인물, 어서 도망치라며 부르짖는 인물 등 반응은 다양했다. 마도구로 만든 가로등이 사람들을 희미하게 비추고 있다.

"알렌, 그 소환수를 타고 갈거지?"

세실이 티아모로 가는 방법을 확인하고자 묻는다.

"그래, 물론이지. 나와라, 그리프들!"

┏┏크르르!!┛┛

"""으, 으아앗!!"""

사자의 팔다리와 매의 머리에 날개. 코끼리만큼 거대한 그리폰이 일곱 마리 나타났다. 뒷다리로 일어나서 날개를 펼치자 몸집이 지붕까지 닿았다.

알렌의 명령에 따라 그리폰들이 다리를 접어 쪼그리자 제각각 목덜미로 올라탔다. 군중도 병사들도 도저히 이해할 수 없는 상황을 만들어 놓고 소피가 루키드랄에게 다음 지시를 내렸다.

"루키드랄, 네스트를 잘 부탁할게요. 여왕 폐하와 티아모의 백성들은 반드시 구출할 테니 부상병이 신속하게 전선으로 복귀할 수 있게 지시를 내리도록 하세요."

"넷!"

병사들이 엘프식 경례를 하고, 새F 소환수들이 날개를 펄럭이며 다른 파티원을 찾기 위해서 광장 쪽으로 날갯짓하며 날아갔다.

"……정령왕님의 예언은 진실이었던 건가."

루키드랄은 알렌과 동료들을 배웅하면서 작게 중얼거린 뒤 발길을 돌려 병사들에게 지시를 하기 시작했다.

*　*　*

'늦지 않는다. 절대로 안 늦게 도착한다!'

새B 소환수를 능숙하게 다뤄서 도시의 광장에 내려선다. 클레나가 알렌에게 가까이 달려왔다.

"클레나, 다음 목적지가 정해졌어. 티아모다!"

"으, 응. 하지만, 아직……."

클레나가 고개 돌려서 부상을 당한 엘프들을 바라본다.

"괜찮아. 곧 회복약을 갖고 온 엘프들이 도시의 사람들 모두를 치료해줄 거야."

"정말? 그렇구나. 고마워. 다들 살 수 있겠네."

하늘에서 불쑥 날아온 알렌을 보고 새로운 작전이 시작됐다는 것을 깨달았나 보다. 클레나, 드골라, 킬이 각각 새B 소환수 한 마리를 골라 올라탄다.

"얘들아, 다들 꽉 붙잡아!! 그리폰들, 하늘 질주를 써라!"

"야, 또 날아가는 거냐!"

던전에서도 자주 사용했던지라 킬이 곧바로 푸념을 늘어놓았다.

ᑊᑊᑊ크르르!!ᴊᴊᴊ

그러나 알렌의 명령을 들은 새B 소환수들은 아랑곳않고 속도를 쭉 높인다. 야간 비행을 위해 소환했던 새D 소환수는 도저히 따라

붙지 못하는 속도였다. 알렌은 고속 소환을 써서 새D 소환수를 전방에 다시 꺼내며 밤눈으로 확인 가능한 구역을 거듭 갱신한다.

그렇게 불과 몇 시간 만에 티아모가 가까워졌다. 무수히 많은 화톳불이 도시를 포위하고 있는 광경이 보인다. 불덩이를 던져 넣었는지 도시 안쪽에서도 외벽과 가까운 건물에서도 불길이 넘실거리고 있었다.

제3화 티아모의 위기

"도, 도시가 불타고 있어!"

저 멀리 보이는 도시가 불타고 있는 광경을 보고 가장 먼저 클레나가 소리쳤다.

완전히 새카맣게 물든 심야다. 수십 만의 햇불로 짐작되는 불빛이 도시를 포위하고 있다. 그리고 도시 곳곳에서는 연기와 함께 불길이 활활 올라오고 있었다.

"호로우, 백야로 확인해라!!"

『호~!!』

새D 소환수로 각성 스킬「백야」를 발동시켰다. 이 스킬은 야간으로 한정되지만 반경 100킬로미터에 있는 것 전부를 확인할 수 있다.

'좋아, 아직 도시가 함락되지는 않았다!'

백야 스킬을 통해 정보가 직접 알렌의 머릿속으로 들어온다. 비록 건물 안쪽은 안 보일지라도 도시의 상황이나 마왕군의 정보를 손바닥 보듯 파악할 수 있었다.

야간에는 싸우지 않는 것일까. 엘프와 마왕군이 전투를 하는 움직임은 없었다. 마왕군은 도시 바깥을 포위하고 있기는 해도 공격을 할 분위기는 아니었다. 엘프들은 도시 안에서 타오르는 불을 끄거나 다친 사람을 옮기는 등 끊임없이 움직이고 있다.

"도시는 아직 무사하다! 애들아, 일단 쭉 상승했다가 도시 안으로 들어갈 거야!"

알렌이 지시 내렸다. 그 말에 소피가 안도하는 표정을 짓는다.

마왕군 중에는 하늘을 나는 마수도 있다. 비록 심야라지만 마왕군에게 발견되는 사태를 되도록 피하기 위해 일단은 상승, 도시의 상공으로 도달한 뒤 하강을 개시한다. 마왕군은 알렌 파티의 존재를 알 도리가 전혀 없겠지만, 기묘한 지원군이 도착했음을 굳이 알려 주지 않는 것이 최선이다. 목표는 도시 중심 가까운 곳에 위치한 가장 큰 건물이다.

"내려간다."

"응? 잠깐만, 아직, 마음의 준비가……."

알렌이 한마디 하는 동시에 당황하는 세실을 무시하고 새B들은 강하를 시작했다.

* * *

알렌이 목표로 한 도시 중심의 커다란 건물에는 많은 엘프 병사가 모여 있었다.

알렌 파티를 태운 소환수가 건물 앞쪽에 내려서자 곧장 주변이 소란스러워졌다.

"앗?! 저, 적습이다!! 마수가 안에 들어왔다!!!"

많은 병사들이 줄줄이 건물에서 뛰쳐나왔다. 등에 짊어지고 있었던 활을 꽉 쥐고 화살을 메긴다. 정령 마법사들은 손바닥을 상공의 소환수에게 뻗었다. 그 손이 막 희미하게 빛나기 시작했을 때, 새B

소환수에 올라탄 포르말이 병사들을 향해 외쳤다.

"이, 이런!! 머, 멈춰라! 소피아로네 님께서 납시었다!!"

'좋아, 잘한다. 지금은 반성하고 있어. 미안하지만 상황이 상황이니까 용서해줘라. 꾸물댈 때가 아니잖아. 포르말, 힘내.'

엘프들에게 완전히 적으로 인식되고 있는 와중에 알렌은 병사들을 말리는 포르말을 조용히 응원했다. 포르말은 알렌이 이 같은 급강하로, 게다가 도시의 중심지를 지키는 병사들 앞에 느닷없이 내려앉을 줄은 생각하지 못했나 보다.

"소, 소피아로네 님?"

포르말의 고함소리와 마도구의 불빛에 비치는 은발과 금색 눈동자를 본 병사들이 한 사람, 또 한 사람 깨닫기 시작한다. 소피가 그들의 앞에 착륙한 소환수에서 천천히 내려선 뒤 입을 열었다.

"제가 돌아왔습니다. 많이 놀라게 해서 미안해요. 무기를 내려주세요."

"""대, 대단히 죄송합니다!"""

소피를 중심으로 병사들이 파도처럼 무릎 꿇는다.

"괜찮아요."

소피가 다정하게 말을 건네며 사람들을 진정시켰다.

"소피아로네 님, 이쪽으로 안내하겠습니다!"

계급이 높아 보이는 병사 한 사람이 안내를 자처했다. 소환수를 회수한 뒤 일행은 눈앞의 커다란 건물 안으로 들어갔다.

2층의 넓은 공간으로 들어가자 시끄러운 소리가 들린다. 아마도 말싸움을 하고 있는 것 같았다. 곧장 실내로 들어갔더니 십수 명의 엘프가 원을 그리고 서있었다.

"여, 여왕 폐하만이라도 도망치십시오!"

"이곳은 내일 당장에 함락될 것입니다!"

"안됩니다. 네스트로 피난을 마치지 못한 수많은 백성들이 이곳에 남아있습니다. 내일은 나도 전선에 서겠습니다. 내 안위를 염려한다면 다 같이 내일을 반드시 극복하도록 합시다."

"많은 병사가 죽고 상처 입어서 저희는 이미 한계입니다. 도망쳐주십시오. 여왕 폐하께서 살아 계셔야 로젠헤임도 살 수 있습니다!"

"아니요, 백성들이 우선 살아남아야⋯⋯."

여왕 폐하로 짐작되는 엘프와 주위의 엘프들이 논쟁을 이어 나가는 와중에 이곳까지 안내를 해준 병사가 소리 높였다.

"실례합니다! 소피아로네 님과 포르말 님을 모시고 왔습니다!"

'우리도 같이 왔거든? 그건 그렇고 포르말 님인가. 포르말은 왕녀의 최측근이니까 나라에서 신분도 꽤 높겠지?'

소피의 호위로서 언제나 곁을 지키는 포르말은 언제나 과묵하며 자기 이야기를 안 하는 남자다.

"어허! 뭐냐, 이런 때에 소란을 부리⋯⋯ 음? 소피아로네 님!"

엘프 중 한 사람이 병사를 꾸짖으려다가 소피의 존재를 깨닫고 곧장 쥐 죽은 듯이 조용해졌다.

'저 사람이 여왕 폐하⋯⋯. 소피랑 똑같이 생겼네. 음, 어깨에 올려놓은 녀석은 하늘다람쥐인가?'

넓은 공간의 가장 안쪽에는 옥좌가 놓여 있었는데, 대화의 내용으로 짐작하자면 여왕 폐하라고 짐작되는 엘프도 다른 엘프들과 똑같이 한 명의 군인으로서 회의에 참가한 것 같다. 외모는 20대 후반쯤 되어 보인다. 은색의 머리카락과 금색의 눈동자. 순백의 드레스…… 아니, 갑옷을 착용했다.

여왕의 어깨에 올라가 있는 녀석은 역시 하늘다람쥐였다. 엘프에게는 자연을 사랑하는 이미지가 있는데 역시 동물들과 사이가 좋은 것일까? 아무튼 이런 급박한 분위기와는 별로 어울리지 않는다. 하늘다람쥐가 알렌을 보고 이쪽을 응시하기에 알렌도 지지 않고 바라봤다.

"소피……. 무사히 돌아와주었군요."

"예, 여왕 폐하. 서둘러 돌아왔습니다."

엘프 중에서는 「세상에……」라는 목소리도 들려왔다. 당장 내일이면 함락될 위험이 높은 티아모에 여왕 폐하뿐 아니라 왕녀까지 와버렸기 때문이었다.

"소피, 방금 이야기를 들었겠지요. 티아모는 이대로 가면 내일을 버티지 못하고 함락됩니다. 기껏해야 이틀이겠죠. 이제 막 도착한 사람에게 할 말은 아닙니다만……."

여왕은 「도망치세요」라고 말을 이으려다가 깨달았다. 소피는 이 도시에 대체 어떻게 들어왔을까. 티아모의 주변은 온통 마왕군에게 포위되어 있다. 이 공간에 있는 장군들은 여왕에게 피난할 것을 간청했지만, 이런 상황에서는 현실적이지 못한 발언이었다.

"여왕 폐하, 알렌 님을 모시고 왔습니다. 이 전쟁에서 이제 걱정하실 일은 없습니다."

소피의 말에 여왕은 흑발 소년의 존재를 깨달았다. 일동의 시선이 알렌에게 집중된다.

"아, 알렌 님…… 정령왕님께서 예언하셨던 구세주 소년인가!"

장군으로 짐작되는 엘프 한 사람이 소리 높였다.

"네, 알렌이라고 합니다. 로젠헤임 여왕 폐하. 긴급 요청을 받아 이렇게 찾아뵈었습니다."

알렌은 예를 갖추며 머리 숙여서 인사함으로써 여왕에게 경의를 표했다.

"오, 오오. 그, 그런가. 잘 와주셨소."

장군들은 순간 알렌 파티를 보고「고작 일곱 명이서 무엇을 할 수 있단 말인가」라는 표정을 지었지만, 곧 속내를 숨기며 환영의 뜻을 표시했다. 네스트에서 만난 루키드랄이라는 장군도 처음에는 같은 반응이었다. 아무리 강한 실력자가 있더라도 전장에서 한 사람의 힘이 전황을 바꿔주기를 바라는 것은 헛된 기대임을 오랜 세월 싸운 경험으로 알기 때문일 테지.

설령 중앙 대륙의 용사처럼 압도적인 존재가 있더라도 다를 바 없다. 바라기만 하고 현실을 직시하지 않는다면 장군의 책무를 내던지는 것과 마찬가지 아니겠는가.

'모든 인물이 정령왕의 잠꼬대를 완전히 믿는 건 아니라는 말이군. 뭐, 멸망의 위기에 처한 이때에 정령왕에게 마냥 의존하기 전에 각자가 해야 할 일이 있을 테니까.'

알렌은 주위 인물들의 태도로 자신들에게 로젠헤임의 사람들이 어떤 인식을 갖고 있는지 짐작했다.

"용사 헤르미오스와의 대결 내용도 소식을 들어서 알고 있습니다. 아무쪼록 꼭 힘을 보태주시길 부탁드립니다."

아무래도 자신이 부름을 받은 이유는 오직 정령왕의 예언이 전부
는 아니었나 보다. 몇 개월 전 학원 무술 대회에서 헤르미오스와 펼
친 시합의 이야기도 소식이 전해진 것 같다.

"물론입니다."

"그, 그럼 현 상황의 설명부터……."

'또 회의인가. 뭐, 내일이 오면 이 요새가 무너질지도 모르는 상황
이니까 작전 계획은 중요하지. 하지만 위급한 만큼 지금은 시간이
더 아깝거든.'

"죄송합니다. 먼저 여쭙고 싶은 게 있습니다만, 부상병과 싸울 수
있는 병사의 숫자는 얼마나 됩니까?"

장군으로 짐작되는 엘프가 현 상황을 설명하고자 말을 꺼냈을 때
알렌이 끼어들었다. 네스트 때와 마찬가지로 알렌의 능력을 고려하
지 않은 채 군사 회의를 진행해봤자 시간만 낭비하는 셈이다.

"음? 부상병이 14만이고, 싸울 수 있는 인물은 대략 6만쯤 될 걸세."

버릇없게 알렌이 말을 가로막았는데도 상대는 별로 마음에 담아
두지 않는 듯했다.

'마왕군의 군세는 방금 「백야」로 쭉 확인했어. 약 30만쯤 될 거야.'

야영 중이던 마왕군의 숫자는 방금 전 각성 스킬 「백야」로 대강 파
악했다.

아마도 티아모에 배치되었던 병력 자체는 10만 이하였을 것이다.
전쟁이 시작되고 1개월 이상 지나가는 사이에 대부분의 부상병은
북쪽의 도시 및 요새에서 후송되어 왔을 것으로 생각된다.

'네스트에도 열 대 가까운 마도선이 대기 중이었잖아. 수송 능력은 제법 괜찮다고 봐도 되겠군.'

마도선을 총동원해서 부상병과 피난민을 구출해 데려왔다고 네스트에 있는 영혼B 소환수에게서 확인을 받아 파악했다. 하지만 그런 마도선도 도시가 포위당할 만큼 안 좋은 전황에서는 활용할 방법이 없는 셈이다.

"부상병이 14만이군요. 그럼 이 약을 써서 조속히 회복을 부탁드립니다."

알렌은 수납으로 하늘의 은혜를 하나 꺼내서 엘프들에게 보여줬다.

"이, 이게 무엇이지요?"

"이것은 엘프의 영약입니다. 이 회복약 하나가 이 건물 네 개만한 범위에 있는 대상을 회복시켜줍니다. 신체 결손을 포함해서 전부 완치되지요."

설령 상대가 엘프의 여왕이어도 쭉 엘프의 영약이라고 우길 작정이다.

"""뭣이?"""

"1천 개를 드릴 테니까 내일 결전에 대비해서 곧장 처리를 진행해주시면 감사하겠습니다."

"서, 설마, 마, 말이 안 된다."

장군들은 놀란 기색을 숨기지 못한다. 효과가 말이 안 되는 것인가, 숫자가 말이 안 되는 것인가. 분명 양쪽 다 말이 안 된다는 반응일 테지.

"알렌 님께서 하신 말씀은 전부 진실입니다. 네스트로 후송되었던 10만 명의 부상병도 내일이면 다 완치될 겁니다."

소피가 여왕과 장군들 모두를 진지하게 바라보면서 말한다. 소피의 말에 숨을 멈추는 인물도 있었다.

"……그, 그렇다면, 우리는 아직 싸울 수 있다는 말이구려."

"……그런가 봅니다. 어떻게 보답을 드려야 할지 모르겠습니다."

여왕이 벌써 보답을 무엇으로 할지 고민하고 있었다.

"그런 이야기는 나중으로 미뤄주시죠. 우선은 눈앞에 있는 망국의 위기를 극복합시다."

'보답을 바라지 않겠다는 말은 아니야.'

알렌은 마음속으로 못을 박았다.

"그, 그러나, 한 가지 문제가 있습니다. 적에게 포위당한 상황에서 눈에 띄는 행동을 하면 마왕군이 행동을 개시할지도 모릅니다."

"아, 딱히 문제가 되진 않을 겁니다. 저희가 이제부터 야습을 진행할 계획이거든요. 시간을 벌어드릴 테니 그사이에 회복을 부탁드리겠습니다."

"야습?!"

"예, 야영지에서 마음 놓고 푹 잠들어 있더군요."

놀라는 장군에게 알렌은 평소와 같이 심술궂은 얼굴로 대답했다.

"야습? 바로 싸우는 거야?"

"맞아, 클레나. 우리 두 사람은 별동대로 움직일 테니 잘 따라와줘."

"알았어!"

알렌의 말에 동료들은 고개를 끄덕거렸지만, 정작 자신들의 리더가 어떤 생각을 갖고 있는지는 알지 못했다.

알렌은 던전 공략에서도 잘 이해되지 않는 전법이나 작전을 곧잘 입에 담고는 했는데, 모르면 모르는 대로 따라다니다가 나중이 되어서야 무척 치밀한 전술이었음을 깨닫게 되는 경우가 무척 많았다.

"그, 그 말씀은, 지금부터 일곱 명으로 도시 바깥으로 나가겠다는 뜻입니까?"

"아니요. 포르말은 이곳에 남을 겁니다."

여왕의 물음에 소피는 포르말을 이곳에 남기겠다고 답했다.

"그대는 회복이 잘 진행되도록 통제를, 그리고 전장에서 보내주는 정보 공유를 담당하세요."

확실히 회복약의 효과를 정확하게 이해하고 있는 인물이 이곳에서 지휘를 맡아주는 것이 좋다.

"네, 소피아로네 님."

'그렇군. 역시 소피야. 나도 에리를 한 마리 남겨 놓을까.'

이곳에서는 군사 회의도 진행될 것이다. 네스트 때와 마찬가지로 영혼B 소환수를 한 마리 남겨서 군사 회의에 참가시키기로 했다.

"에리, 여기서 나눈 대화와 정보를 공유해줘."

『알렌 님, 분부 받들겠 · 사 · 와요.』

"""정령인가?"""

엘프들이 영혼B 소환수를 보고 정령일까 생각하는 것 같았다.

"아뇨, 이 녀석은 제 소환수입니다."

"그런 건가."

엘프들이 경악하면서 영혼B 소환수를 뚫어져라 쳐다보고 있다.

'네스트에서도 비슷한 반응이었는데 엘프들은 에리를 보고 꽤 놀

라는구나. 영혼B 소환수가 정령이랑 많이 닮았나? 이 세상에는 정령사도 있었지. 언젠가 꼭 보고 싶은걸.'

정령사라는 명칭으로 직접 정령과 계약을 맺어 싸우게 하는 직업이 있고, 엘프만 가질 수 있는 직업이라고 알려졌다. 드워프의 골렘술사처럼 종족 특성이라고 학원에서 배웠다.

"그러고 보니 도시를 상공에서 감시하려는 것처럼 움직이는 눈알 큰 박쥐 비슷한 녀석은 정령이 아니겠지요?"

'척 봐도 아군 같은 생김새가 아니었거든. 전부 격추해도 되겠지?'

티아모의 외곽에 여섯 마리쯤 되는 대형 박쥐가 날아다니고 있는 광경을 「백야」로 확인했다.

"그것들은 마왕군의 척후라네."

지금까지도 도시의 궁병이 상당히 많은 숫자를 쏘아 떨어뜨렸지만, 떨어뜨려도 계속해서 도시 상공에 나타났다고 한다. 그 결과 도시의 정보 대부분이 이미 마왕군에게 넘어가버렸다.

"그러면 먼저 척후를 격추할 테니 그것을 신호 삼아서 행동을 개시해주십시오."

이제 곧 티아모라는 도시가 힘차게 움직인다.

적의 척후는 계속 끊임없이 나타난다니까 완전히 정보를 봉쇄하는 것은 어려울지도 모르겠다. 어쨌든 가능한 한 적에게 정보를 주지 않고자 노력할 생각이다.

"소피, 잘 부탁해요."

알렌이 출발하려던 때에 여왕이 소피에게 말을 건넸다.

"네, 여왕 폐하."

친딸 소피가 이제부터 30만의 마왕군에 맞서 야습을 하러 간다는 데도 여왕은 딱히 말리려고 하지 않는다. 왕족으로 태어난 자의 숙명이라고 생각하는 것일까.

알렌은 하늘의 은혜 1천 개를 꺼내 내려놓은 뒤 동료들과 함께 건물 바깥으로 나왔다.

"좋아, 우선은 적 척후부터 노린다. 호로우, 에리, 나와라."

『호~!』

『알렌 님, 적의 눈을 부수겠·사·와요.』

각성 스킬 「백야」는 한 번 사용하면 쿨타임이 하루 필요하기 때문에 티아모에 왔을 때와는 다른 새D 소환수를 불러내서 쓴다. 마왕군 척후의 위치를 파악한 뒤 영혼B 소환수가 저격을 맡아줬다. 방금 전 건물 안쪽에 남기고 왔던 영혼B 소환수가 곧장 상황을 보고했다. 너무나 빠른 대처였기에 엘프들이 놀라는 와중에 알렌은 이미 다음 행동을 시작하고 있었다.

"좋아, 이제 북문 방향으로 가자."

"북쪽으로 가는구나?"

"그래, 북문을 나간 곳에 마수가 가장 많아."

각성 스킬 「백야」의 색적 효과는 도시 바깥을 넘어간다. 이미 마왕군이 어디에 얼마나 모여 있는지도 파악이 다 완료되었다.

티아모는 한 변이 5킬로미터쯤되는 정사각형 모양의 제법 큰 도시다. 높이 10미터짜리 거대한 방벽으로 보호받고 있으며, 벽의 동서남북에 하나씩 문이 위치하고 있다. 마왕군은 현재 각 문에서 1킬로미터가량 떨어진 곳에 3만씩 도합 12만의 군세를 배치해 놓았다.

침공이 다 끝나지 않은 남쪽 방향의 엘프들을 놓치지 않고 죽이기 위함인지 남문 부근에는 5만의 군세가 또 동서로 뻗어서 진을 치고 있다. 나머지 13만의 군세는 북쪽에 둥글게 뭉쳐있었다. 아마도 저 13만의 군세가 본진이리라.

이번 작전에서 노리는 것은 북쪽에 밀집해 있는 13만의 군세다. 숫자도 많은 데다가 지휘 계통도 부수고 싶다. 알렌은 새B 소환수를 소환해서 다들 올라탔을 때 상승을 개시했다. 이런 밤중에 1킬로미터나 상승하면 적군에게 파악당하지 않은 채 이동할 수 있을 것이다. 곧장 도시의 북문을 향해 날아간다.

방벽 너머에서는 3만의 군세가 모여있었다. 알렌 파티는 군세를 피하고자 호를 그리며 본진으로 향했다. 3만의 군세가 뭉친 곳으로부터 다시 3킬로미터쯤 떨어진 위치로 다가가자 13만의 군세가 눈에 들어왔다. 상당히 넓은 범위로 퍼져있었다. 마왕군은 B랭크 이상의 마수로 구성되어 있기 때문에 한 마리의 크기가 인간과 비교도 되지 않는다. 5미터 이상의 대형 마수도 상당히 많았다.

'티아모를 마왕군 30만으로 공격하고 있는 거면, 나머지는 어디에 있지? 다른 주변도 확인해둘까.'

로젠헤임을 공격하고 있는 마왕군은 300만이라고 들었다. 더 가까이 가서 적 본진의 동쪽 1킬로미터 지점에 내려섰다.

"여기에서 단숨에 공격하는 거야?"

"맞아, 클레나. 마수의 종류를 살펴봤는데 여기부터 공격해야 공격이 수월하겠더라."

"알았어."

이제부터 공격할 마수의 계통을 감안하면 여기서부터 시작해야 날아서 도망치기 쉽고 유사시에 이탈하기가 편리하다.

또한 새B 소환수가 당했을 경우 무사한 동료가 탄 다른 새B 소환수로 이동하도록 지시를 했다.

새B 소환수는 덩치가 코끼리정도로 크니 여차하면 세 명이 한 마리에 같이 탈 수도 있다.

"도라도라들, 케로린들, 나와라."

그러자 용B 소환수 서른 마리와 짐승B 소환수 열 마리가 나타난다. 알렌은 이어서 이야기했다.

"알지? 도라도라는 무조건 브레스로 광범위 공격을 날려. A랭크가 섞여있으니까 그 녀석들은 케로린들한테 맡기도록 해."

『오냐, 알겠다. 졸병들은 우리가 처리하면 되겠군.』

『넷! 우두머리를 노리겠습니다!』

용 계통은 B랭크 소환수에서 처음 나왔다. 용B는 원거리 범위 공격이, 짐승B는 근거리 집중 공격이 특기였다. 아울러 용B 소환수는 각성 스킬을 써도 마왕군에 섞여있는 A랭크를 쓰러뜨리지 못한다. 따라서 짐승B 소환수의 각성 스킬로 드래곤 이외의 A랭크를 일격에 처리할 수 있는 특성을 활용한다.

고속 소환으로 전원 물고기 버프를 걸고, 각성 스킬도 꽉꽉 걸어준다. 그에 맞춰서 킬과 소피가 보조 마법을 걸어주었다. 새D의 밤눈을 쓴 색적 범위 안쪽을 상공에서 확인한 바로 희미하게 빛나는 버프와 보조 마법에 마왕군이 반응하는 낌새는 없다. 마수의 모든 행동은 새D가 빠짐없이 포착하고 있었다.

"좋아, 문제없군. 세실, 나랑 같이 상공에서 공격하자."

"알았어."

"너희는 우리 공격이 시작되면 전진해줘. 드골라는 무모하게 적진으로 돌진하다가 포위당하지 말고."

"엉? 무모한 짓은 안 한다고. 맡겨줘라, 알렌."

"도라도라들과 케로린들은 마음껏 날뛰어줘."

『아무렴, 맡겨주게.』

『넷!』

이후 행동에 대해서도 확인을 마친 뒤, 알렌과 세실이 탄 새B가 하늘로 날아오른다. 쭉쭉 상승해서 적 본진의 상공 1킬로미터에 도달했다.

'아직 못 알아챘군…… . 대충 괜찮은 색적조가 있다면 알아차릴 만한데.'

엘프가 상공으로부터 공격을 하지 못하기에 무방비해진 것일까. 마왕군은 각자 편하게 잠들어 있다.

이 세계에서는 일부 사령계 등 특이 마물을 제외하고 마수일지라도 휴식을 필요로 하며 식량도 필요로 한다. 그 덕분에 밤새도록 공격을 받는 상황도 없는 것 같다.

이것은 알렌이 시종으로 지내던 때에 오크나 고블린과 싸우면서 이미 파악을 끝냈다.

1개월이라는 긴 기간 공세를 펼친 마수들도 분명 체력이 제법 소모되어 지쳤을 것이다.

'붙잡힌 뒤 포로로 살아남은 엘프는 없군. 전부 다 잡아먹힌 건가?'

분명 마왕군은 이제껏 엘프의 거점 수십 곳을 점령했는데도 이곳 본진에 포로는 단 한 명조차 없는 듯했다.

'너희가 먼저 시작했다. 죽음을 맞이하면서 후회해라.'

"세실, 할 수 있겠어?"

"잠깐 기다려줘."

적이 방심하고 있는 상태일 때 날리는 첫 공격은 최고 화력이 기본이다. 이전까지는 알렌의 돌E 폭탄이 담당하는 역할이었는데 지금은 아니다. 압도적인 화력을 보유한 소녀가 곁에 있었다.

세실은 눈을 꾹 감고 의식을 집중시키기 시작했다. 세실의 몸 주변에 아지랑이 비슷한 것이 일렁거리기 시작한다.

'오, 성공이군.'

알렌이 쳐다보던 중 세실은 두손을 하늘로 쑥 뻗더니 눈을 부릅떴다.

"프티 메테오!!"

세실의 목소리와 함께 새빨갛게 열기를 두른 거대한 바위 덩어리가 하나 하늘에서 떨어져 내려온다.

클레나에 이어 파티의 두 번째 엑스트라 스킬인 「소운석」이 발동된 것이다.

세실의 엑스트라 스킬 「소운석」은 수십 미터의 거대한 바위를 떨어트려 공격하는 스킬이다. 어딜 봐서 작다는 이름이 붙은 건지 명명자의 센스에 의문이 솟구치지만, 아무튼 불덩어리는 빨려 들어가는 것처럼 적의 본진을 향해 격돌해서 마수와 함께 지면을 뒤엎으며 날려버렸다.

티아모의 시가지까지 들릴 것 같은 굉음이 야습 개시의 신호였다.

운석의 바로 아래쪽에 있었던 마수는 소멸되었고, 지면을 파헤치며 뒤집어 놓은 운석은 거대한 크레이터를 만들어 냈다. 직격을 면한 마수들도 몸이 부스러지고 불타서 사라져 갔다. 아랫세계는 이미 아비규환의 혼돈으로 가득 차 있다. 대형 마수가 많기 때문인지 1킬로미터 상공까지 마수들의 포효가 들려왔다.

'이게 완전한 상태의 엑스트라 스킬인가. 클레나도 잘 보고 배우면 좋겠다. 로그가 못 따라가고 있는데, 1만 마리 가까이 해치운 거 아니야?'

알렌의 동료 중 첫 번째로 엑스트라 스킬을 사용한 사람은 클레나였지만, 완전한 상태의 엑스트라 스킬을 사용한 사람은 세실이 처음이었다. 범위 공격 마법인데 적이 밀집한 상태였다는 조건이 겹쳐지자 정말 터무니없는 위력을 발휘했다. 마도서에 표시되는 로그가 눈에 제대로 보이지도 않는 속도로 올라갔다.

"후유, 끝났어. 엑스트라 스킬은 하루에 한 번이라는 게 아쉽네."

엑스트라 스킬은 뽑기 요소가 상당히 강해서 같은 직업이어도 사람에 따라 획득하는 스킬은 각양각색이었다. 세실의 「소운석」은 발동에 모든 마력을 필요로 하기 때문에 마력이 가득 찬 상태가 아니면 발동이 되지 않는다. 무척이나 마도사다운 엑스트라 스킬이다.

엑스트라 스킬의 쿨타임은 대부분의 경우 하루인 것 같다. 쿨타임을 단축해주는 장비나 스킬의 재사용을 가능하게 해주는 소비 아이템 등이 존재한다는 것 같은데 전설 수준의 불확실한 정보라고 한다. 참고로 세실은 2년 가까이 던전 공략으로 벌어들인 금화 5천 닢을 써서 지력을 1천 올려주는 반지와 마력을 1천 올려주는 반지를 경매장에서 낙찰받았다.

세실은 모든 재산을 엑스트라 스킬의 위력을 향상시키는 데 투자했다.

"고생했어. 슬슬 클레나 쪽도 움직이고 있네."

세실의 엑스트라 스킬을 신호 삼아서 클레나와 드골라, 뒤따라 킬과 소피가 용B와 짐승B 소환수를 데리고 마왕군의 무리로 돌격한다. 용B 소환수들이 범위 공격으로 B랭크 이하 마수를 싹 쓸어버리면 클레나, 드골라, 짐승B 소환수가 남은 마수를 협력하면서 쓰러뜨리고 있었다.

"계획대로 잘 싸우고 있어. 저 부근에는 짐승계 마수가 많았거든."

"그래. 잘 싸우고 있구나."

마왕군은 검을 든 좀비와 해골의 사령계, 대형 곰이나 늑대 등 짐승계, 오거와 트롤 등 거인계, 바실리스크와 와이번 등 용계 등 다양한 종족으로 구성되어 있다. 계통을 맞춰 편성되어 있으며 현재 공격하고 있는 마왕군 본진의 동편에는 짐승 계통이 많았다.

클레나 등 본대의 목표는 눈앞의 적을 확실하게 죽여서 마왕군의 수를 한 마리라도 더 줄이는 데 있었다. 사령계는 숨통을 끊기 어렵고, 오거와 트롤 등은 체력이 꽤 높은 데다가 자기 재생 부류의 스킬을 보유하고 있다. 그런 점에서 짐승 계통은 공격력이 높아도 비교적 쓰러뜨리기 쉽다. 전쟁은 곧 숫자인 만큼 쓰러뜨리기 쉬운 부류부터 공격을 해서 규모를 줄이는 것이 제일 효율적이다. 또한 적이 날지 못하는 덕에 이탈도 수월하다는 장점이 있다.

다만 이것은 클레나 등 본대에게 주어진 과제이고, 알렌과 세실이 맡은 역할은 따로 있었다.

"알렌, 시작한 것 같지?"

"맞아, 저 부근이야. 자, 받아. 하늘의 은혜야."

"고마워."

세실의 소운석으로 발생한 화재에 의해 마왕군도 이변을 감지하면서 화톳불이 일제히 타오르기 시작했다.

동시에 다른 불빛도 확인할 수 있었다. 회복 마법 사용자가 아군을 회복시키기 시작한 것이다.

범위 마법을 쓰는 것인지, 세실도 회복의 빛을 포착할 수 있었다.

'회복 마법을 펑펑 쓰는구나. 어디 보자, 누가 쓰고 있지?'

새D 소환수의 밤눈을 활용해서 아래쪽 상황을 확인하니 네크로맨서와 비슷하게 로브를 입고서 해골 지팡이를 든 마수가 회복 마법을 마구 쓰고 있었다. 그 밖에도 회복 마법을 사용 가능한 마수가 있는 것 같다.

새F 소환수를 소환해서 「전령」을 쓰고 영상을 세실과 공유한다. 각성 스킬 「전령」은 알렌이 직접, 혹은 소환수의 공유로 본 광경을 동료에게 전해줄 수 있다.

"저 해골 지팡이가 회복을 쓰고 있어. 나는 이쪽을 박살낼 테니 세실은 저쪽을 맡아줘."

알렌이 저 멀리 아래쪽을 가리키며 세실에게 지시했다.

"알았어. 위치는 계속 가르쳐줘."

"그래, 나한테 맡겨!"

알렌은 대답하는 동시에 행동을 개시했다.

'이 자식들, 죽어라.'

돌E 소환수를 열 마리 정도 생성하자 돌E는 소환된 시점에서 곧장 자유 낙하를 시작했고 회복 마법의 불빛을 향해 쏟아졌다. 네크로맨서는 체력이 높지 않은지 돌E 소환수의 각성 스킬 「자폭」에 맥없이 폭사당하고 있다.

알렌과 세실의 목표는 적의 회복사를 박살내는 것이었다. 또한 회복사뿐만 아니라 지휘관과 원거리 공격이 가능한 적 등등 특수한 능력을 가진 적을 우선해서 처리하는 것이 효율좋게 전투하기 위한 정석이라고 생각하고 있다. 세실이 엑스트라 스킬 「소운석」을 써준 덕분에 어느 마수를 우선해서 잡아야 하는지 쉽게 파악할 수 있었다.

"요령이 꽤 붙은 것 같은데?"

"나도."

세실도 자신감을 내비치면서 흙 마법으로 직접 생성한 큰 바위 덩어리를 가차 없이 떨어뜨리고 있다.

'E랭크 마석은 가능한 한 절약해서 써야겠는걸. 그건 그렇고 나도 솜씨가 점점 더 좋아지는 것 같아. 성장한 게 느껴진다.'

네크로맨서를 쓰러뜨리는 것도 요령이 꽤 붙은지라 한곳에 떨어뜨리는 수를 한두 마리로 변경하자 그만큼 이곳저곳에 돌E 소환수를 떨어뜨릴 수 있었다.

'도라도라가 세 마리 당했군. 어서 보충해주자.'

접근전을 하는 클레나와 본대는 소환수의 수가 줄어들면 부담이 무척 커진다. 따라서 알렌은 용B 소환수가 당하자마자 곧바로 생성, 강화한 상태로 원군을 보내줬다. 이렇듯 본대의 지원도 잊지 않으며 회복사를 거듭 쓰러뜨리자 마왕군도 반격을 하고자 나섰다.

"뭔가 날아오고 있어!"

날개가 달린 석상 마수가 몇십 마리나 들이닥친다.

알렌은 새B 소환수에게 지시를 내려 상승을 개시했다.

"가고일이네. 그리프, 상승해라."

『크르르!!』

'느려. 우리 그리프의 상대는 못 되는군. 이거나 먹어라!'

가고일들을 돌E 소환수로 폭격한다.

"좋아, 여기까지 올라오는 마수가 있으면 속공으로 쓰러뜨리자. 우리가 더 높은 위치를 점하고 있는 한 절대로 유리하니까."

"그래."

알렌은 언제나 즐겁게 마수와 싸운다.

그 후는 사령계 등등 하늘을 나는 마수도 상공으로 들이닥쳤지만, 그때마다 격추했고 동시에 지상의 회복사들도 잡아 숫자를 줄였다.

"음!"

"무슨 일 있어?"

"아니, 북문의 3만 군세에 움직임이 있었어."

'벌써 움직이는 건가. 회복사를 꽤 많이 줄여서 섬멸 속도는 이제부터 쭉쭉 올라갔을 텐데 말이야.'

마왕군의 본진에서 이미 만 단위의 피해가 발생한 만큼 당연히 가만히 구경만 할 수는 없는 상황일 것이다. 티아모 북문 방향에 진을 친 3만의 군세가 클레나와 본대가 싸우고 있는 위치로 전진하고 있다. 이래서는 다른 동료들이 본진과 북문 쪽 군세에게 협공을 받는 포진이 만들어진다.

알렌은 새F 소환수의 각성 스킬 「전령」을 써서 새D의 밤눈으로 본 상황을 본대 쪽 전원에게 영상으로 전했다. 그리고 용B와 짐승B 소환수가 시간을 끌어주는 동안에 알렌과 세실이 있는 곳으로 이동하도록 지시 내린다. 곧 클레나와 동료들이 다가왔다.

"알렌, 잔뜩 쓰러뜨렸어!"

"그래. 잘 싸우더라."

짐승계 마수를 마구 베어버렸을 테지. 클레나의 온몸이 마수의 피로 새빨갛게 물들었다.

"이쪽도 꽤 쓰러뜨렸어."

"응, 봤어. 세실의 엑스트라 스킬 굉장하더라!!"

지상에서 봐도 박력이 엄청났다며 클레나는 흥분 상태로 이야기했다.

"그치?"

세실은 은근히 기뻐하는 모습이었다.

"이번 야습은 적 진영에 상당한 타격을 주었겠군요."

"응. 하지만 많이 부족했나봐."

"부족하다고? 쓰러뜨린 숫자가 부족하다는 말이냐?"

꽤 많은 숫자를 쓰러뜨렸는데도 알렌이 부족하고 말하는 터라 킬이 무엇이 부족했는지 확인한다.

알렌은 회의장에 대기시켜 놓았던 영혼B 소환수가 보고 들은 티아모의 상황을 동료 모두에게 가르쳐줬다.

벌써 야습을 시작한 지 두 시간째. 지금도 인력을 총동원해서 부상자 회복에 집중하고 있지만, 아직도 시간이 많이 필요하다는 것 같다.

"이대로 복귀하면 내일 작전에 문제가 생기겠어."

알렌은 설명한다. 네스트 때도 마찬가지였지만, 하루의 반 정도의 시간으로 부상자 전원을 회복기에는 시간이 부족한 데다 회복이 끝난 다음에 대열을 정비하는 데도 시간이 걸릴 것으로 생각된다.

'이런 절차상의 시간 감각을 분명하게 갖고 있어야겠지.'

"그럼 어떡할 거야?"

세실과 동료들의 시선이 모여든다. 생각에 잠겨 있었던 알렌이 한 가지 결단을 했다.

"남쪽에 5만 군세가 있으니까 그쪽에도 야습을 하고 싶어. 다들 더 싸울 수 있지?"

온라인 게임에서 「아직 로그오프하면 안 돼」라고 말하는 듯한 분위기로 동료들의 사기를 확인했다.

"그래, 문제없다. 가보자고."

온몸을 선혈로 새빨갛게 적신 드골라가 가장 먼저 대답을 했다.

그 말에 전원이 고개를 끄덕거렸고, 일행은 남쪽에 있는 5만 군세를 향해 새B 소환수에 올라타 달려간다.

이렇듯 도시 티아모를 포위한 마왕군의 동향을 경계하면서 조금이라도 큰 전공을 올리고자 알렌 파티의 급습은 몇 차례나 계속 이어졌다.

제4화 정령왕 로젠

알렌 파티는 새벽녘까지 하룻밤 내내 기습을 감행해서 티아모의 북쪽과 남쪽에 있는 4만 마리 남짓의 마왕군을 쓰러뜨렸다. 척후를 가장 먼저 처리한 덕분인지 북문에서 알렌 파티가 실행했던 야습의 내용이 남쪽에는 거의 전해지지 않아서 마구 날뛸 수 있었다. 이 작전으로 마왕군의 지휘에 큰 혼란이 발생한 터라 티아모를 공격할 만한 상황이 아니게 된 듯싶다.

마왕군이 티아모를 공격하는 것보다 부대 재배치 등 수습을 우선한 결과, 다음 날 티아모를 노려야 했을 마왕군의 공세가 중지된 것은 큰 도움이 됐다.

그동안에도 새로운 전개가 있었다. 알렌은 한창 전투 중에도 영혼 B 소환수를 통해 티아모와 네스트의 군사 회의를 참관하고 있었는데, 그로부터 알게 된 것이 티아모 이외의 도시도 전쟁의 불길에 휩싸였다는 사실이다. 로젠헤임의 북쪽으로부터 침공한 마왕군은 도시와 요새를 없애버리며 남하하는 중인데, 그들의 본진은 이미 점령을 마친 수도 포르테니아에 있다고 했다. 그곳을 거점 삼아서 부대를 나눠 북쪽으로부터 순서대로 남하하고 있는 것이다. 아울러 티아모와 거의 같은 위도에 위치하는 도시가 세 군데 있고, 이 도시들이 동시에 침공을 받는 중이다.

'티아모를 포함한 네 곳의 도시가 싸우고 있는 이유가 거의 같은 위도에 위치하기 때문이라는 것은 불행 중 다행이었어. 그 덕분에 여왕의 소재를 「불명」으로 만들 수 있었으니까 말이지—.'

수도 함락 뒤 여왕이 없다는 것을 파악한 마왕군은 여왕을 찾아내서 죽이기 위해 곧바로 남쪽으로 진군했다. 마왕군이 모든 전력을 집중시켰다면 어느 도시도 버티지 못할 뻔했지만, 로젠헤임 각지의 장군들이 진력하여 여왕의 소재지를 철저하게 숨겼기에 공을 탐낸 마왕군은 전력을 분산시켰고, 네 곳의 도시를 동시에 공격하자는 작전을 채택했던 것이다. 그 덕에 마왕군의 공세가 분산되었고 여왕이 은신 중이던 티아모는 알렌이 서둘러 달려올 때까지 시간을 끌 수 있었다.

여왕의 소재지는 최고 기밀인지라 도시에 주둔한 병력들도 이 도시에 여왕이 있다는 것은 여왕이 머무른 건물을 호위하는 일부 엘프를 제외하면 거의 모른다. 단지 「자신들의 싸움이 곧 여왕을 지키는 결과로 이어진다」라는 설명을 듣고, 우직하리만큼 여왕을 믿고 따르며 임무를 속행하고 있다.

로젠헤임에 파견되자마자 티아모로 가느라 그동안의 상세한 상황을 알 틈이 없었지만, 이제 알렌 파티는 전모를 파악한 뒤 전략을 계획해서 다음 행동에 나서기로 했다. 티아모에 있던 장군 세 명을 새B 소환수에 태워 동행시키고 다른 세 곳의 도시를 지원하러 날아간 것이다. 세 명의 장군을 데리고 간 이유는 목적한 도시에 있는 장군들에게 전황 설명을 듣기 위해서였다. 그들은 제각각 도시로 분산되어 각지에서 마왕군을 요격하는 데 참전했다.

티아모뿐 아니라 각 도시에도 부상병과 피난민이 많이 있었다. 난민은 티아모 한 곳에서만 70만 명 가까이 되었는데 만약 도시가 함락되면 사람들은 전부 마왕군의 식량이 되어버릴 테니까 비전투원도 포함해서 엘프들은 필사적으로 맹렬하게 싸움에 임했다. 알렌 파티는 각지에서 회복약을 나누어 주며 지원을 계속했다. 물고기 계통 소환수는 내일 이후의 공방전에 대비하여 각각의 도시에 남겨놓았다.

할 일은 전부 다 했다. 각각 도시에 10만을 넘는 병력이 곧 복귀할 것이다. 적어도 며칠 안에 함락당하는 사태는 피한 것 같다.

한편 마왕군은 전황이 변화함에 따라 작전을 변경해야 하는 상황에 몰린 셈이다. 다만 지난 1개월의 쾌진격을 잊지 못한 마왕군이 짧은 시간 사이에 작전을 전환하기란 극히 어려울 것이다.

* * *

다음 날 저녁때.

겨우 티아모로 다시 돌아온 알렌 파티는 도시 중앙에 있는 가장 큰 건물의 복도를 걷고 있었다.

여왕이 은신하고 있는 건물이다. 모국의 왕성과는 달리 간소하면서도 나뭇결의 무늬를 잘 살린 꾸밈새가 아름답다.

"알렌 님, 이제야 복귀했네요."

야습 전 심각한 표정과는 확 달라진 밝은 음색으로 소피가 말을 걸어온다.

"그러게. 오늘은 편하게 자고 싶어."

'지금 당장 자고 싶어. 식사도 나중에 할래……'

한숨도 못 자고 전투에 몰두했던 터라 모두가 졸려보였다.

"동감이에요……. 하지만 먼저 여왕 폐하께 보고만 마치도록 하죠."

"……그래."

소피가 「그럼 곧바로 잠자리를 준비시킬게요」라고 말해주기를 바랐는데 기대가 어긋나고 말았다. 소피는 기뻐하면서 여왕이 있는 곳으로 척척 걸어간다.

'엄마와 딸 사이니까 여왕 폐하 알현도 얼굴만 보여주면 통과인가? 아니, 절차야 뭐 괜히 안 기다려도 되니까 편하긴 한데.'

알렌 파티가 여왕의 거처 앞쪽에 도착하자 큰 문이 저절로 열렸다. 역시 소피와 동행하면 그냥 통과인가 보다. 옛날에 했던 게임에서도 옥좌가 있는 곳으로 들어갈 때는 약속이 딱히 필요하지 않았다는 기억이 떠오른다.

이것도 영혼B 소환수가 전해준 덕분에 알게 된 사실인데 알렌이 장군이라고 생각했던 엘프 중에는 더욱 높은 계급을 가진 인물도 있었다. 네스트에서 만난 루키드랄이 가진 직책은 「대장군」이었고, 그 밖에 엘프의 군대 전체를 지휘하는 「원수」도 있다고 한다.

어제와 달리 여왕은 가장 안쪽의 옥좌에 앉아 있었다. 역시 이분이 여왕 폐하인가 보다. 소피에 이어서 옥좌 앞까지 나아간다. 가까이에서 보니 여왕의 어깨에는 역시 하늘다람쥐가 있었고, 다시 또 알렌과 눈이 마주쳤다.

'또 나를 쳐다보는군. 응?'

하늘다람쥐는 거하게 하품을 하고 여왕의 무릎 위로 이동하더니 몸을 둥글게 말고 눈을 감고서 새근새근 잠에 든다. 하늘다람쥐도 많이 졸린가 보다.

"……먼저 여쭙지요. 다른 세 곳의 도시는 어떤 상황이었습니까?"

알렌이 하늘다람쥐를 응시할 뿐, 말을 꺼내지 않는지라 여왕이 먼저 입을 열었다.

"네, 아직 함락되지 않고 버티고 있었습니다. 따라서 각 도시에 『엘프의 영약』을 5백개 나누어 주고 왔습니다……. 전황은 아마…… 제법 여유가 생기겠지요."

'그 덕분에 나는 하늘의 은혜를 전부 썼지만 말이야. 그래도 부족해서 추가했더니 B랭크 마석을 2천 5백 개나 소모해버렸어.'

그럼에도 이후에 하늘의 열매는 더 많이 필요해질 것이다. 비축량을 늘리기 위해 화분을 좀 빌려야겠다.

"""오오오!! 훌륭하군!!!"""

엘프의 장군들에게서 기쁨의 목소리가 솟아 나왔다.

졸음기 때문일까, 알렌의 말에는 평소와 달리 기력이 없다. 알렌의 상태를 알아차린 소피가 이후의 보고 내용을 대신 말해주었다. 병사들에게 버프를 걸고 왔다는 것, 회복약을 쓴 덕에 각지에서 곧 10만 이상의 병력이 복귀할 예정이라는 것을 이야기하자 아직은 더 싸울 수 있음을 알게 된 장군들이 한꺼번에 탄성을 내질렀다.

"그러면 30만 이상의 병사들이 전선에 복귀할 수 있다는 말씀이구려!"

"다만 마왕군은 오늘 아침부터 괴조와 같은 날짐승을 준비하기 시작했더군. 어제처럼 일방적인 야습은 어려워질 것 같다네."

적은 항공 부대를 무척 힘줘서 편성한 것 같은데, 오늘 밤 알렌은 직접 야습을 할 생각이 조금도 없다.

'그러면 도라도라를 꺼내서 하늘의 부대를 불살라버릴까. 적이 대응책을 내놓았을 때 기선을 제압하는 것도 중요하지.'

"……알렌 님, 정말 감사드립니다."

"아닙니다."

옥좌에 앉은 여왕 폐하가 머리 숙였다.

"그대 덕분에 많은 힘없는 엘프의 생명을 살릴 수 있었습니다. 알렌 님, 추후에 꼭 보답해드리겠습니다."

'아직 4만 정도밖에 못 잡았다고. 남은 게 296만이야. 아, 맞다. 그동안 엘프들이 쓰러뜨린 숫자도 포함하면 270이나 280만 정도인가.'

장군들의 이야기에 따르면 그간 치렀던 전투는 수비하느라 벅찼기에 마왕군의 숫자를 거의 줄이지 못했다고 한다. 첫날에는 조금 숫자를 줄일 수 있었지만, 최북단의 요새가 함락당한 이후 오로지 방어전뿐이었다. 아직도 규모는 마왕군이 훨씬 압도하고 있지만, 그럼에도 엘프들이 고위 마수들을 상대로 20에서 30만은 쓰려뜨렸다니까 제법 선전했다고 말할 수 있지 않을까. 현재 엘프의 병력은 티아모, 네스트, 그리고 오늘 도우러 갔던 세 곳의 도시를 포함해서 60만 정도라고 들었다.

"아뇨, 아직 전쟁은 끝나지 않았으니까요. 그 말씀은…… 음, 혹~시…… ."

'보답을 해주겠다면 할 말이 따로 있었거든.'

"뭔가 바라는 게 있으십니까? 혹시 제 딸을 아내로 맞아들이고 싶다거나?"

"어머나, 여왕 폐하……."

여왕의 갑작스러운 말에 소피는 하얀색 뺨을 새빨갛게 물들였다.

"아뇨, 다른 겁니다."

""…….""

'응? 지금 뭔가 이벤트가 발생할 뻔한 것 같은데…… 착각인가?'

너무 졸려서 여왕의 말이 머리에 잘 들어오지 않았다.

"사실은 대략 두 가지 부탁이 있습니다."

"네, 네에. 무엇인가요?"

동료들은 알렌이 어떤 이야기를 꺼낼까 궁금해하며 귀를 쫑긋 세운다. 장군들도 흥미진진한 모습이다.

"우선 마석입니다. 마석을 회수 가능한 것은 전부 다 회수해주십시오."

"물론입니다. 시그르 원수. 이 도시에는 마석이 얼마나 보관되어 있습니까?"

여왕은 엘프 군대의 최고 지휘관인 시그르 원수에게 물었다.

"아뢰옵기 송구하오나 대부분은 마도선을 가동하는 데 사용해버린지라……."

이 세계에서 마석은 모든 문명적인 활동의 에너지원이다. 또한 마석은 지금 상황처럼 농성을 하면 공급이 멈추고 비축량은 줄어든다. 엘프들은 지금 마른 수건을 쥐어짜는 심정으로 적은 마석을 아껴서 쓰고 있을 것이다.

"아, 죄송합니다. 설명이 부족했습니다. 저희가 쓰러뜨린 마수의 마석에 한정되는 요청입니다."

"물론 마음껏 회수하셔도 좋습니다. 다른 하나는 무엇인가요?"

"여왕 폐하, 정령왕님과 만나고 싶습니다."

"예? 정령왕님 말씀인가요?"

엘프들이 웅성거렸다. 기본적으로 이방인을 싫어하는 것이 엘프라는 종족이다. 정령왕의 어전에 이방인을 데려가달라는 말은 혹시 가당찮은 부탁이었을까.

"안 되겠습니까?"

"그, 그렇군요. 문제는 없을 것이라 생각합니다만 확인해보지요."

"감사합니다."

그러자 지금껏 잠들어 있던 하늘다람쥐가 눈을 뜨더니 알렌을 뚫어져라 쳐다본다.

곧이어, 불쑥.

『내가 로젠인데? 시작의 소환사 군, 무슨 볼일이야?』

"하, 하늘다람쥐가 말했다!"

알렌의 목소리가 실내에 울려 퍼졌다.

하늘다람쥐의 정체는, 아신의 위치에 올랐다고 알려진 정령왕 로젠이었다.

너무나 놀란 알렌의 졸음기는 이미 어딘가로 싹 날아간 뒤였다.

* * *

『나한테 볼일이 있어?』

'잠꼬대나 하는 정령왕이 조그만 동물이었다고?'

하늘다람쥐는 무척 편안한 자세가 아주 당연하다는 듯이 알렌에게 말을 건넸다.

쭉 늘어서 있던 엘프 장군들이 숨을 멈추고 등에 철사를 감아 놓은 것처럼 차렷 자세를 유지했다. 정령왕이 직접 말을 꺼내는 때가 상당히 드물어서 저러는 걸까. 정적 속에서 알렌이 자세를 바로잡았다.

"네. 먼저 감사의 말씀을 드리고 싶습니다. 마력 회복 링을 만들어주셔서 정말 큰 도움이 되었습니다."

'뭐, 용사가 조건을 붙여 넘겨줬지만. 그 부분은 굳이 언급하지 말자.'

용사의 이야기로 짐작하건대 정령왕은 소환사의 재능을 가진 알렌의 존재를 이미 알고 있었다. 그리고 일부러 마력 회복 링을 만들어준 것 같다.

알렌은 들은 이야기에서 용사 헤르미오스는 엘프의 군대를 구해줬다고 했다. 그 보답으로 헤르미오스가 정령왕 로젠에게서 마력 회복 링을 받은 셈이다. 자신이 쓸 것도 포함해서 두 개의 마력 회복 링을 말이다.

『아, 반지 말이구나. 별거 아니야. 용사가 재촉하러 왔었거든. 하하.』

'용사는 나랑 만나기 조금 전에 링을 회수하러 왔던 건가.'

알렌을 학원 무술 대회에 끌어낸 뒤 정령왕 로젠이 예견했던 힘을 보기 위해서 용사는 일부러 마력 회복 링을 가지러 로젠헤임까지 다녀왔었던 것이다.

"사실은 정령왕님께 긴히 부탁드리고 싶은 것이 있습니다."

『응?』

다른 동료들은 정령왕의 존재와 외형을 당연하게 받아들이고 대화를 나누는 알렌과 정령왕을 멍한 모습으로 지켜보고 있었다.

엘프의 여왕도, 이곳에 늘어서 있는 장군들도 마찬가지다. 정령왕과 만나고 싶다는 말을 꺼냈기에 무슨 이유일까 듣고 있다가 이렇듯 이유를 알게 되면서 비록 말은 안 할지언정 무척 놀라는 모습이었다.

"현재 저희는 엘프와 함께 마왕군과 싸우고 있습니다. 로젠헤임을 해방시킨다면 제 요청을 부디 이루어주시기를 부탁드립니다."

그렇게 말한 뒤 알렌은 정령왕에게 머리 숙였다.

『오호, 나라를 구한 보답을 달라?』

"예."

하늘다람쥐 정령왕은 차분한 표정으로 턱을 만지작거리기 시작했다.

『그래. 미리 묻겠는데, 어떤 요청이지?』

"제 동료 전원을 『헬 모드』로 변경하고 싶습니다."

"응? 헬 모드?"

알렌은 이세계에 오고 처음으로 「헬 모드」라는 단어를 입 밖에 꺼냈다. 못 들어본 낯선 말이었던지라 곁에 있었던 세실이 무심코 따라 되풀이했다. 다른 동료들도 무슨 소리냐며 얼굴에 의문을 드러내고 있었다.

『응? 헬 모드? 어라? 응응?』

정령왕은 턱에 손을 얹은 채 허공을 바라보고 있다. 들어보긴 했는데 잘 떠오르지는 않는다는 모습이었다.

"네, 헬 모드입니다. 신이 내려주는 시련의 난이도를 백배로 만드는 세상의 이치입니다."

『아, 그거 말이구나. 사람들에게 주어지는 시련의 정도를 가리키는 표현이었어.』

정령왕은 헬 모드의 내용을 떠올린 것 같다.

"맞습니다. 제 파티 멤버는 모두 노말 모드인지라 이미 성장의 제한선에 막혀버렸습니다. 더욱 성장하기 위해서 다른 멤버들도 헬 모드로 바꿔주시기를 요청드립니다."

『그래, 무슨 뜻인지는 알겠어. 잠깐 확인해볼게.』

그렇게 말한 뒤 정령왕은 제자리에서 굳어버렸다.

'뭔가 박제가 된 것 같아 보이는데? 앗.'

"으악!"

갑자기 뒤쪽에 있던 세실이 목덜미를 잡아당겼다. 세실은 알렌에게 얼굴을 가까이 들이대고 작은 목소리로 말을 건넨다.

"얘, 너 아까부터 정령왕님께 이상한 얘기를 이것저것 늘어놓고 일방적으로 부탁을 하고 있는데 괜찮은 거야?"

"아마 괜찮지 않을까? 안 되면 엘프들이 막았을 테고."

알렌과 세실이 말을 주고받는 동안에 굳어있었던 정령왕의 몸이 쭉 풀어졌다.

『창조신 에르메아 님께 물어봤는데 안 된대. 모드는 절대 바꿀 수 없는 거 같아.』

"엑스트라 모드도 안 되는 겁니까?"

시련이 노말 모드의 열 배로 설정되어 있는 엑스트라 모드에 대해서도 확인을 했다.

『그러게. 안되는 것 같네. 내가 들어주기에는 무리가 있는 요청인 것 같아. 하하.』

'으음~「아」신은 신계에서도 지위가 낮구나.'

"그렇습니까, 유감이군요. 그러면 다른 부탁으로 바꿔도 되겠습니까?"

『나의 귀여운 엘프들을 구해주겠다면 가능한 한 들어주도록 할게. 하하.』

"제 파티 멤버를 상위 직업으로 전직시켜주십시오. 예를 들어서 검사를 검성으로 올려주는 느낌입니다."

그 말을 듣자마자 이제껏 태연자약했던 정령왕의 표정이 무척 딱딱하게 바뀌어 간다. 정면에서 알렌을 날카롭게 주시하는데도 알렌은 전혀 동요하지 않고 똑바로 정령왕의 시선을 마주 바라봤다.

잠시 시간이 지나서 정령왕은 긴장을 풀고 한숨을 쉰다.

『휴……. 너에 대해 조금 알겠어. 신의 이치를 몸소 경험했구나. 에르메아 님께서 관심을 주실 만한걸.』

"예? 제 이야기를 들으셨던 겁니까?"

이세계로 건너온 알렌이라는 존재는 신계에서 어떠한 위치에 있는 것일까.

『응, 꽤 예전부터 말을 들었어. 듣자 하니까 마왕이 되려고 했던 바람에 급하게 상위 직업인 소환사를 만드셨다더군? 그때 별 여섯 개짜리 직업으로 설정할 생각이었는데 실수로 여덟 개가 되어버렸다던가. 정말 괜찮은 건가 충고도 했었는데 소환사에서 변경을 안

해주니까 난처했다더라. 하하.』

'아하, 소환사가 별 여덟 개짜리 직업이 된 이유는 신의 실수가 원인이었던 건가. 이제는 무척이나 옛날 일이지만, 확실히 「정말 소환사로 괜찮겠어?」 비슷한 메시지가 나왔던 것 같기도 하네.'

뜻하지 않게 소환사 탄생의 비밀 이야기랄까, 실수 이야기를 들어버렸는데 지금은 신경 쓸 때가 아니다. 알렌은 곧장 대화를 본론으로 되돌렸다.

"……아무튼, 괜찮겠습니까? 엘프에게는 가능한데 인간에게는 불가능한 겁니까?"

엘프의 나라에는 회복 마법 사용자가 많다. 누군가가 의도적으로 늘려 놓았다는 생각이 들 정도다.

신의 영역에 오른 정령왕이 모종의 수단으로 재능을 하사해주고 있는 것이 아닐까. 그렇게 짐작한 알렌은 선수를 쳐서 정령왕에게 사실을 확인하고자 했다.

또한 이 세계에는 다양한 종족이 존재하며 엘프족, 드워프족도 있는데 인간은 인족이라는 표현을 쓴다고 한다.

모드 변경에 대한 요청은 밑져야 본전으로 꺼낸 말이었지만, 알렌의 가정이 맞다면 전직은 분명 가능할 것이다.

『인간에게는……? 꽤 야유가 담긴 표현이네. 이러니 에르메아 님이 고생을 하지. 하하.』

정령왕이 난처해하며 머리를 긁적거렸다.

'역시나 손을 쓴 건가. 뭐, 로젠헤임은 인구가 적은 데다가 엘프는 아이를 갖기 힘들잖아. 회복 능력자를 다수 확보해서 장수를 유

지하는 것은 엘프의 존속에도 관련이 있는 사안이겠지.'

"그럼 가능한 겁니까?"

『으음~ 재능이 없는 자에게 새로운 재능을 부여하는 것과 원래 가지고 있는 재능을 더 높이 끌어올리는 것은 좀 다른 문제거든. 「대가」도 없이 해주기는 많이 어려워.』

"그럼 로젠헤임을 구하는 것은 대가로서 성립되지 않는다는 말씀이군요."

『내 힘으로는 조금 어렵겠네. 로젠헤임을 구해주는 것에 대한 보답이기는 한데 「대가」는 아니라서 말이야. 예를 들어 대가로 수명을 받아간다거나? 조건이 달라.』

'수명인가. 아하, 알겠다. 나쁘지 않군.'

다들 직업을 바꾸려면 수명을 내놓으라고 말한 정령왕의 발언에 숨을 멈췄다. 목숨과 맞바꿔서야 겨우 이루어줄 수 있는 큰일이라는 뜻이다. 그런 와중에 알렌 혼자만이 그 발언의 뜻을 정확하게 이해했다.

"그럼 성장의 제한선에 도달할 때까지 경험했던 전부를 지불하는 것을 대가로 하면 어떻겠습니까?"

'어때, 수명이라는 말은 이런 의미겠지? 앞으로 남은 목숨이 아니라 지금까지 소모한 경험과 시간을 지불해도 똑같지 않아?'

『응? 괜찮겠어? 이제껏 쌓은 경험을 전부 잃고 레벨도 1이 될 텐데.』

"문제없습니다. 검술 같이 직업 스킬 이외의 것은 남지 않습니까?"

그러자 정령왕은 또 굳어버렸다. 무엇인가를 확인하고 있는 것 같았다.

『알았어. 맞네, 문제는 없어. 다만 직업 랭크를 하나 올리는 게 한계야. 그러니까 뭐, 별 네 개구나. 다섯 개는 무리고.』

"감사합니다."

『단, 여기에 없는 멤버나 나중에 들어온 멤버는 안 된다?』

'쳇, 메르르도 나중에 전직시켜줄 생각이었는데.'

"그런 억지는 안 부립니다."

알렌이 시치미를 떼도 정령왕은 못을 박는다.

『나는 마음을 읽을 수 있거든. 하하.』

"이런, 실례했습니다. 아무튼, 가능하면 제……."

전직에 의한 랭크 상승은 정작 알렌에게는 아무런 소득이 없다. 알렌은 자기 몫의 보상에 대해서도 상담하고자 했다.

『에이, 말했잖아. 난 마음을 읽을 수 있다고. 시작의 소환사 군은 여동생이 있지. 이름은 뭐라였던가? 재능이 없는 아이이니까 여동생한테 재능을 주면 어떨까? 어느 재능이 좋은지는 선택권을 줄게. 희망하는 재능은…… 나중에 다시 물어볼게…….』

정령왕은 꾸벅꾸벅하는 모습이 무척이나 졸려 보였다. 이야기를 나누는 것이 귀찮아졌을까, 알렌의 마음을 읽고 빠르게 대화를 마무리 지었다.

"감사합니다, 정령왕님. 저희는 로젠헤임을 구원하기 위해 전력을 다해 임하겠습니다."

『응, 꼭 구해주렴…….』

정령왕이 다시 한번 중얼거리더니 여왕의 무릎 위에서 잠에 들었다.

'나도 또 졸음이 쏟아지는군.'

이제 로젠헤임을 구하면 동료들을 상위 직업으로 올려줄 수 있는 방법이 생겼다. 알렌 본인도 여동생 뮈라에게 재능을 줄 수 있게 되었다. 이 졸음기는 안도감에서 오는 것일까.

알렌의 파티에는 드골라와 킬, 소피, 포르말 같이 별 하나짜리 재능을 가진 동료가 많다. 별 하나 동료의 입장에서 이후의 싸움이 무척 험난해질 것을 염려했었다. 그 때문에 전직과 모드 변경의 기회는 혹시 없을까 고민했었는데 이렇듯 정령왕과 담판을 지은 덕분에 마왕군과 로젠헤임의 전쟁은 전직 퀘스트가 되었다. 이번 전쟁을 끝까지 이겨낸다면 앞으로 더욱 격렬해질 마왕군과의 싸움에서도 희망을 찾아낼 수 있을 것이다.

* * *

다음 날 아침—.

어제는 공격이 없었으나 엘프의 척후조가 얻은 정보에 따르면 마왕군은 부대의 수습을 어느 정도 마친 것 같다. 몇 시간 뒤에는 분명 티아모 공방전이 개시될 것이다.

이곳은 여왕이 은신하고 있는 건물의 어느 방. 알렌은 동료들과 마주하고 있다.

세실을 중앙에 두고 가로로 쭉 서 있는 동료들. 세실이 주도하여 「증인 소환」의 명목으로 모인 이 자리에서 허위 보고는 문책의 대상이 되겠지.

"……좋은 아침이야, 알렌. 여기에 앉아."

세실 등 동료들이 탁자 앞쪽에 일렬로 앉아있는 와중에 알렌은 맞은편에서 정면 중앙에 앉도록 지시를 받았다.

"세실 님, 좋은 아침입니다. 분부에 따르겠습니다."

"뭐야, 말투가 왜 그래? 한번 혼나고 시작하는 게 좋아?"

"아뇨……. 아무것도 아닙니다."

어제 정령왕과 나눴던 대화. 즉, 파티원의 상위 직업 전직을 언급한 것, 의미, 거기까지 생각이 미친 경위에 대해 설명하도록 요구받았다. 어제 정령왕과 알현을 마친 뒤 곧바로 잠에 들었던 알렌은 싸움에 대비하고자 해가 떠오르기 전부터 하늘의 은혜를 만들며 작업하고 있었다. 분명히 어제 주고받았던 이야기는 중요하지만, 물자 보급도 중요하다. 둥근 탁자에 앉은 알렌은 탁자 위쪽에 화분을 놓고 곧바로 하늘의 은혜 생성을 시작했다.

"좋아. 어제 정령왕과 나눈 대화는 대체 뭐였니?"

돌이켜보면 어제 알렌과 정령왕의 대화는 창조신 에르메아, 헬 모드, 전직같이 세실은 영문을 알 수 없는 말뿐이었다. 그런 이야기는 알렌이 그란벨 가문에서 일하던 때도, 같은 거점에서 쭉 시간을 보냈던 학원·생활 중에도 들어보지 못했다.

다만 알렌은 처음부터 갖고 있었던 던전 공략의 지식이나 소환사라는 들어본 적도 없는 직업과 관련된 이야기를 주고받았다는 것은 정령왕과의 대화에서 느낄 수 있었다.

클레나는 차분한 표정으로 알렌을 똑바로 바라보고 있다. 한편 소피는 눈동자를 반짝이며 알렌을 바라보고 있다. 엘프인 소피에게 정령왕은 특별한 존재이다. 그런 정령왕 앞에서 위축되지 않고 대등하게 대화를 진행하며 보상을 약속받은 구세주 알렌의 존재감은 끝없이 커다랗게 팽창하고 있었다. 그리고 포르말은 소피를 걱정스럽게 보고 있다.

드골라와 킬은 알렌이야 원래 놀라운 녀석이니까 또 어떤 말이 나온들 놀랄 필요가 없다고 생각하면서 대화 나누는 세실과 알렌을 방관하고 있었다.

'어째서 나는 전생 이야기를 하지 않았더라? 정신병이나 악마에게 씌었다는 취급을 받기 싫어서였던가?'

알렌은 낮은 지위의 농노가 되어 이세계로 건너왔다. 평민보다 못한 입장에서 느닷없이 「전생했다」라는 말을 늘어놓았다면 기피의 대상이 되어 부조리한 제재를 받았을지도 모른다. 따라서 부모에게도 말하지 않았다.

'지금은 어떨까. 꼭 숨겨야 하는 난감한 이유가 있었던가?'

알렌은 동료들을 한 사람씩 바라봤다. 동료들에게 지금까지 숨겨왔던 진실을 이야기해도 받아들여 줄 것이라는 생각이 들었다.

'아, 이미…… 숨겨야 하는 이유는 없어졌던 건가.'

"정령왕과 나눈 얘기는…… 전제를 알지 못하면 이해할 수 없는 이야기였겠지. 나는 창조신 에르메아의 인도로 이 세계를 찾아온 사람이야. 간단하게 말하면 다른 세계에서 왔어. 저번 세계의 지식이 지금의 나한테 계승되어 있기 때문에 그 지식이 이쪽 세상의 이치를 이해하는 데 활용됐던 거야."

알렌은 이쪽 세계에 오게 된 경위와 어제 정령왕과 세상의 이치에 대해 이야기할 수 있었던 이유를 설명했다.

"뭐? 응? 갑자기 이상한 소리를. 아니, 음~."

세실이 무작정 부정하고자 한다. 하지만 이제까지 알렌은 쭉 전인 미답의 던전을 압도적인 속도로 공략하거나 평범한 사람과 거리가 있는 발상과 행동으로 여러 문제들을 타개하기도 했다.

그 기억은 그란벨의 저택에서 지내던 때 카르넬 가문이 손을 써 납치당했던 순간까지 거슬러 올라갔다.

방금 설명을 믿는다면 설명이 된다고 할까, 납득할 수 있는 부분 도 많다.

"어머나! 그 말씀은 창조신 에르메아 님께 구세주로서 지목되셨 다는 뜻이군요!!"

"아니, 에르메아는 딱히 아무 말도 안 했어. 단지『이 세계를 즐겨 라』라는 말뿐이었지. 실제로 연락은 전혀 없기도 했고."

"그야 당연하지요. 신은 곧 지켜보는 존재. 간섭 따위 하시지 않 습니다. 로젠 님께서도 평소에는 아무 말씀도 안 하시는걸요."

알렌은 마왕군에게서 세계를 구원할 수 있는 재능을 보유한 인물 이다. 따라서 이 세계에 직접 손을 쓸 수 없는 창조신 에르메아에게 지목받았다. 그렇게 생각한 것 같다.

'아하, 좀 알겠네. 신은 인간의 세계에 직접 간섭을 못 하는 게 원 칙인가. 정령왕은 아신이니까 다소의 간섭은 관대하게 넘어갈 수 있는 셈이고? 따라서 적당히 융통성을 발휘할 수 있지만, 마왕군의 손에서 직접 엘프들을 구해주는 건 불가능했나 본데.'

"그랬구나. 그래서 알렌은 언제나 뭐든 즐겁게 하는구나!"

클레나는 알렌이 농노였던 동안에도 학원에서 던전을 공략하던 동안에도 다를 바 없이 즐겁게 지냈다는 것을 떠올렸다. 드골라도 납득한 표정으로 고개를 끄덕거리고 있다.

"갑자기 궁금해졌는데, 저쪽 세계에서는 몇 살이었어?"

알렌이 이쪽 세계로 건너온 경위를 알게 된 세실은 가끔씩 나이에 맞지 않는 발언을 했던 알렌의 예전 나이가 신경 쓰였나 보다.

"서른다섯 살."

"엥? 뭐야. 완전히 아저씨잖아."

'누가 아저씨냐. 실례군. 서른다섯은 아저씨가 아니라고.'

이 세계에서 서른다섯 살은 꽤 많은 나이인지라 세실에게서 당연한 반응이 새어 나온다.

"어머, 그러면 저랑 같은 나이이네요."

"뭐, 그런 셈이네."

'소피는 열세 살부터 다녀야 하는 학원에 마흔여덟 살로 입학했지. 서른다섯에 열셋을 더하면 마흔여덟. 응, 동갑이군.'

소피는 들었던 바로 정령왕이 예언한 알렌을 만나고자 학원에 왔다고 했다. 어떤 수단을 써서 마흔여덟 살로 학원에 입학한 걸까. 아마도 5대륙 동맹의 맹주로서 특권을 사용했겠지만, 알렌이 보기에는 부정 입학의 수법이 훨씬 더 수수께끼였다.

"맞다, 이 말도 해야겠네."

알렌이 말을 더 이어 나간다.

"또 뭔가 할 말이 있니? 전부 다 말하렴."

세실이 또 있냐며 입을 삐죽거렸다.

"어느 세계에서도 마왕을 쓰러뜨리지 못한 경우는 없어. 마왕은 발견하는 대로 반드시 쓰러뜨려야 해. 이게 세계의 상식이야."

마왕은 언제나 토벌 대상이라고 잘라 말했다.

'……뭐, 게임의 상식이지만 별 지장은 없겠지.'

"엥? 알렌은 마왕은 쓰러뜨린 경험이 있다는 거야?"

"당연하지, 클레나. 기본적으로 마왕은 박멸하는 거야."

"오오! 마왕은 박멸한다!"

모두 기막혀하는 와중에 클레나가 두 손을 치켜들고 두근두근하며 알렌의 말에 대답을 했다.

알렌은 제아무리 강한 마왕도 당연하게 토벌당하는 세계에서 왔나 보다.

동료들은 알렌이 살았던 지난 세계가 어떤 곳인지를 상상조차 할 수 없었다.

"그건 어쨌든 간에…… 잘됐어. 이제 모두들 직업을 갱신할 수 있잖아?"

알렌의 말에 웬일로 세실이 히죽 웃었다.

"맞아, 이제 난 대마도사가 될 수 있어. 으흐흐."

'세실이 으흐흐 소리를 냈다. 역시 대마도사가 될 수 있다는 게 마도사로 태어난 만큼 많이 기쁜가 보군. 으음, 지금 모두들 상태가 어땠더라.'

【현재 파티의 직업】

별 1개: 드골라(도끼잡이), 킬(승려), 소피(정령 마법사), 포르말(활잡이)

별 2개: 세실(마도사)

별 3개: 클레나(검성)

"대마도사는 별 세 개짜리인데, 별 네 개는 명칭이 뭘까?"

"무슨 소리니? 졸려서 잘 못 들었던 거야? 정령왕님은 제한은 별 네 개라고 말씀하셨지만, 한 단계 위 직업으로 올리는 게 끝이라고 했잖니."

직업과 희귀도인 별의 개수는 잘 이해하고 있다. 따라서 별 두 개짜리 마도사는 한 단계 위, 요컨대 별 세 개짜리 대마도사로 올라가면 끝이 아니냐는 것이 세실의 말이었다.

"전직이 한 번뿐이라는 제한은 없었잖아?"

"잠깐만, 설마……."

세실은 어떠한 말이 나올지를 알 수 있었다.

"당연히 전직해서 레벨과 스킬 레벨을 끝까지 다 올리면 한 번 더 전직을 부탁할 거야. 학원 도시에서는 C급 던전부터 시작했으니까 시간이 꽤 걸렸지만, 이번에는 상한선까지 도달하는 데 1년도 안 걸릴걸? 짬짬이 학원에 다녀야 하는 것도 아니고."

"잠깐만, 그러면…… 부탁이 좀 과하지 않니?"

"에이, 우리는 약속을 지켜달라고 말할 뿐이야. 전원이 정령왕님이 약속한 별 네 개까지 직업 스킬을 올리도록 하자."

알렌은 못된 표정으로 딱 잘라 말했다.

알렌은 별 네 개짜리 직업으로 바꾸기 위해 몇 번씩 전직할 수 있겠냐는 말은 일부러 하지 않았다.

'잘됐어. 정령왕이 마지막에 졸았던 덕분에 횟수 이야기를 얼버무릴 수 있었어. 「마음을 읽을 수 있다」라고 말했을 때는 솔직히 엄청 불안했는데 다행이야.'

알렌의 꿍꿍이에 가장 먼저 동조한 사람은 뜻밖에도 소피였다.

"그렇군요. 그러면, 저, 저는……. 로젠헤임에서 두 번째 정령사가 될 수 있겠어요. 으흐흐."

'소피도 넘어왔네. 그러고 보니까 티아모에는 로젠헤임 유일의 정령사가 있다는 말을 했었지?'

"자…… 내 이야기는 이제 다 했어. 전쟁 준비를 시작하자. 반드시 이겨서 전직 퀘스트를 달성하자!"

"응, 힘내자!"

기운차게 일어나 외친 알렌의 말에 따라서 클레나가 힘차게 고개를 끄덕거린다. 다른 동료들에게도 전직이라는 목적이 생김으로써 파티에 새로운 희망이 생겨난 순간이었다.

제5화 티아모 방어전

대화가 끝나고 다 같이 늦은 아침 식사를 마쳤다. 알렌은 식사 중에 방금 이야기를 한 이유는 동료이기 때문이라는 말을 덧붙였다. 자신의 이야기가 세상에 널리 퍼져 나가도 아무것도 좋을 게 없다.

입장이 분명해지면 왕가를 섬겨야 한다거나 어떤 조직에 꼭 소속되어야 하는 경우도 있다. 스스로에게 힘이 있다면 전부 다 거절해버리는 것도 가능하겠지만, 힘이 모자라면 여러 불편함을 강제당하게 될 것이다. 동료들 모두 이 같은 발언에서 알렌다움을 느끼고 납득했다.

마왕군은 대열을 정비하며 천천히 티아모로 접근한 뒤, 현재는 티아모의 외벽으로부터 1킬로미터쯤 떨어진 위치에 있다.

도시를 포위하고 있는 군세는 3만의 숫자에서 변함이 없다. 추가로 북부에는 10만쯤 되는 본진이 있고, 남부에도 4만 정도의 후방부대가 있다. 20만 마리를 넘는 B랭크 이상의 마수가 우렁차게 지르는 울음소리가 티아모의 온 시가지에 울려 퍼졌다.

로젠헤임 남부 도시 네스트로 미처 피난을 가지 못했던 많은 엘프들은 그 포효를 듣고 자신들의 목숨은 끝났다고 생각했다.

＊　　＊　　＊

마지막으로 가족과 함께 시간을 보내는 자. 그러지도 못하는 자……. 도시 곳곳에 지어진 피난소는 지금도 많은 엘프들로 인해 혼잡했다. 로젠헤임 최북의 요새가 함락된 이후 비전투원 피난민들은 병사들이 최전선을 죽기 살기로 사수하고 있는 동안 북쪽 도시 및 수도로부터 죽기 살기로 도망쳐 왔다. 그런 피난민들이 티아모에 모였고, 그리고 바로 얼마 전부터 이 도시도 마왕군에게 포위되었다.

이런 상황에서는 마도선으로 도망치는 것도 도저히 불가능함을 잘 알고 있다. 언제 도시의 벽이 뚫려서 마수들에게 유린당하게 될지 알 수 없었다. 사람들은 오로지 정령왕과 여왕에게 간절히 기도를 올릴 뿐이었다.

그런 와중에 10미터에 가까운 높이의 외벽에 올라간 엘프 병사들은 점점 가까워지고 있는 마수들을 노려봤다. 병사들은 이 도시에 여왕이 있다는 사실을 알지 못하지만, 남아있는 도시 중 어딘가에 여왕이 은신하고 있다는 말은 들었다. 설령 이곳에 여왕이 없더라도 마왕군의 교란, 그리고 시간 끌기에는 도움이 된다. 병사들이 사력을 다해 싸우기에는 충분한 이유였다.

이렇듯 병사들은 1개월 동안 남하하는 최전선을 사수하기 위해 부상을 당해서 남쪽의 요새 및 도시로 후송되면서도 죽기 살기로 싸워왔다.

두렵지 않다고 말한다면 거짓말이다. 막상 전투가 벌어지면 마수들은 이 방벽도 손쉽게 훌쩍 넘어올 것이다. 그러나 병사들은 공포에 굴복하지 않는다. 바로 얼마 전 기적은 일어난다는 것을 목격했다.

부상이 심해 이제는 포기해야 한다고 생각했었던 동료가 지금은 완전히 회복된 상태. 지금 이 도시에 부상병은 단 한 명도 없었다. 외벽에 선 자, 지상에서 활을 꽉 쥐는 자. 완전 회복된 20만의 병력이 곧 시작될 전투에 대비하여 기력을 끌어올리고 있다.

재능을 보유하고 혹독하게 단련한 엘프 궁병의 사정거리는 1킬로미터에 달한다. 엘프의 주력 부대라고도 말할 수 있는 궁병대는 외벽에서 조용히 상황을 지켜보고 있는 상관의 신호를 기다리는 중이다. 정령 마법사들도 대열을 짜서 회복과 보조를 준비 중이다. 병사들이 생각하기에 의외였던 것은 지휘관들이 내린 지시가 이제까지와 달랐다는 점이다. 이유는 알 수 없으나 오늘은 남은 마력을 신경 쓰지 않아도 된다는 말을 들었다.

마수들이 천천히 접근하고 있는 가운데, 대열에서 트롤 한 마리가 가슴을 치며 뛰쳐나와서 단박에 외벽을 향해 뛰기 시작했다. 그러자 그 움직임을 계기로 뒤쳐지면 오늘 식사를 못 할 것이라고 생각했는지 다른 마수들도 앞다퉈 달리기 시작했다.

사방에서 3만의 마수가 돌진을 개시했다. 이제까지의 공방전과 같은 상황이다.

"잊지 마라!! 정령왕님께서 함께하신다!!!"

외벽 위에서 장군 한 사람이 병력들을 고무했다.

""""오오오오오오오오오오!!!!""""

"오늘이야말로 우리가 여왕 폐하를 반드시 지켜드릴 것이다!!!"

""""오오오오오오오오오오!!!!""""

몇 번이나 요새와 거점이 되는 큰 도시에서 싸웠고, 또한 유린당했다. 이번에야말로 이겨 내겠다며 장군과 병사들은 최고의 사기로 전투에 임한다.

그 말을 신호로, 오늘의 공방전이 시작되었다.

궁병들은 노말 모드이기에 레벨과 스킬은 더는 올라가지 않는다.

병사들의 활이 힘차게 쭉 휘어졌다가 곧 수많은 화살이 마왕군의 무리를 노리고 날아갔다.

마수들은 화살이 몇 발 박혀도 위축되지 않은 채 외벽을 향하여 마구 돌진했다. 특히 오거나 트롤 같은 마수는 체력도 높고 자기 재생 능력도 있다. 두꺼운 외벽에 마수가 세차게 부딪치자 충격에 의한 굉음과 진동이 도시에 울려 퍼졌다. 궁병들은 죽기 살기로 마수들의 눈과 머리를 노리며 적들을 차례차례 벌집으로 만들어 놓는다.

궁병들은 상관의 지시에 따라 남은 마력을 신경쓰지 않고 모든 스킬을 써서 최전열의 마수를 쓰러뜨리는 데 집중했다.

"이런 식으로 싸웠다간 한 시간이 지나기도 전에 마력이 바닥날 거야."

이제부터 얼마나 긴 시간 동안 전투가 이어지겠냐며 병사 한 명이 불안감을 내비쳤다. 하지만 병사의 불안감은 아랑곳 않은 채 지휘관급 병력의 호령은 달라지지 않는다.

"마력을 신경 쓰지 말고 전력을 다하여 마수를 쓰러뜨려라! 우리에게는 정령왕님께서 함께하고 계시니!!!"

그리고 병사들을 위화감을 깨닫는다.

어째서인지 피할 수 없다고 생각했던 마수의 일격을 피하고 있다.

어째서인지 기묘하게 높은 확률로 크리티컬 히트가 발생한다.

어째서인지 죽음을 각오해야 했을 일격에도 버틸 수 있다.

병사들이 이 위화감에서 한 가지 확증을 얻게 될 때까지 별로 긴 시간은 걸리지 않았다.

지금도 우리의 곁에는 기적이 함께하고 있다. 이것을 정령왕의 가호가 아니면 뭐라 표현해야 하는가.

엘프들이 정령왕의 기적이라고 확신한 것은 당연하다. 전투가 시작되기 전, 알렌은 20만의 엘프 병력들 전원에게 물고기D, 물고기C, 물고기B 소환수의 특기를 사용했었다.

물고기D의 특기 「흩날리기」는 물리, 마법 회피율을 1할 정도 상승시켜준다.

물고기C의 특기 「상어 기름」은 크리티컬 히트율을 1할 정도 상승시켜준다.

물고기B의 특기 「터틀 실드」는 받는 대미지를 물리, 마법에 관계없이 2할 감소시킨다. 특기의 지속 시간은 모두 스물네 시간이다.

1할이나 2할의 차이는 한 번이나 두 번일 경우에는 단지 약간의 오차로 느껴질 것이다. 다만 장기전에서 이 같은 차이는 감탄이 나올 만큼 유효하게 작용하기 시작한다.

이전과는 달리 더 끈질기게 버티고 공격에도 예리함이 깃들어 있는 엘프들에게 화가 난 것인지, 성벽보다 큰 드래곤이 마수들을 걷어차며 최전선으로 뛰쳐나왔다. 그리고 하늘을 향해 머리를 번쩍 치켜들더니 곧 입속이 요사한 광채로 번쩍 빛났다.

"브레스가 온다아아아아아아아아!!"

지휘관급 장군이 소리 질렀다. 모두가 방어 자세를 취하는 가운데 드래곤은 모든 것을 불살라버릴 듯 거센 불꽃을 뿜어냈다. 불꽃은 수십 미터의 범위의 외벽 위쪽에 있는 많은 엘프들에게 직격하여 빈사의 중상을 입혔다.

그러자 전황을 주시하면서 외벽 위쪽에 흩어져 위치하고 있었던 장군 중 한 사람이 재빨리 반응하여 붉은 복숭아를 드높이 치켜들었다.

"기적이 우리와 함께할지어다!!"

그러자 붉은 복숭아는 빛나는 거품이 되어 사라지면서 엘프들의 체력을 완전 회복시켰고, 피부가 불타 문드러지고 죽음을 맞이하기 직전이었던 엘프들이 전원 일어섰다. 병사들은 지금까지 싸우며 쏟아부었던 마력까지 완전히 회복되었기에 놀라움을 감출 수 없었다. 전투 시작 전과 똑같은 만전의 상태로 돌아왔음을 깨달은 뒤 서로 얼굴을 바라보고 있다.

장군은 얼마나 많은 인원수를 완전히 회복시켰는가. 주위를 둘러보면 드래곤의 브레스에 맞은 병사뿐 아니라 마수와 싸우는 도중 상처를 입은 병사도 마치 시간이 되감긴 것처럼 모두 회복되었다.

기적이 얼마나 넓은 범위에 미쳤는지 상상도 할 수 없었다.

개전 전 알렌은 도시에 스무 명 정도 있는 장군 한 사람당 하늘의 은혜 스무 개를 건네며 효과를 설명해줬다. 장군들은 한 사람당 1만의 병사를 지휘하고 있고, 각각 장군이 자신의 판단에 따라 부하들에게 나눠주거나 직접 사용하도록 전달했다.

【로젠헤임의 병력 구성에 대하여】

· 원수는 군부의 수장이며 로젠헤임에 1명이 있다. 시글 원수는 대장군, 장군을 지휘한다.

· 대장군은 로젠헤임에 2명이 있고, 그중 1명은 루키드랄 대장군. 장군을 지휘한다.

· 장군은 1만 명 정도의 병력을 지휘한다. 대장을 지휘하며, 어느 정도의 재량권이 있기 때문에 장군들끼리 연계를 하기도 한다. 휘하에 부장군도 거느리고 있다.

· 대장은 1천 명 정도의 병력을 지휘한다. 편제상 내부에 다섯 개 정도의 부대가 있다. 휘하에 부대장도 거느리고 있다.

· 부대장은 200명 정도의 병력을 지휘한다. 부대는 활 및 정령 마법 등 무기와 직업에 따라 나뉘어 구성되어 있다. 몇 명의 부부대장도 거느리고 있다.

"뭣 하고 있나, 드래곤을 쓰러뜨려라!!"

장군 및 지휘관급 장교의 호령을 듣고, 병사들이 정신을 차린 뒤 드래곤에게 수많은 화살을 날렸다.

본래 별 두 개 「궁호」를 동원하더라도 활과 화살로 드래곤을 토벌하는 것은 상당히 어렵다. 하지만 물고기 C의 특기 「상어 기름」덕분에 크리티컬이 자주 발생하기에 별 한 개짜리 「활잡이」로도 숫자와 확률의 힘으로 드래곤의 체력을 쭉 깎을 수 있었다.

온몸에 화살이 박힌 드래곤이 뒤로 거하게 몸을 젖히다가 그대로 쓰러졌다. 지상에서는 마수 몇 마리가 드래곤의 몸에 깔려 찌부러졌다.

 그 이후에도 공방을 이어 나가며 동서남북의 마수를 절반 가까이 줄였고, 엘프들이 희망을 품기 시작했던 그때…… 남쪽 방향에서 흙먼지가 피어올랐다.

                          *   *   *

 뜻밖에도 고전을 면치 못하고 있다는 소문이 마왕군에 퍼져 나갔나 보다. 도시 남쪽에 진을 쳐 놓았던 4만쯤 되는 마수는 이미 대열 정리를 마친 뒤 원군으로서 티아모의 남문을 공략하고자 행동을 개시했다.

 동서남북 중 어디든 좋다. 벽을 파괴한 뒤 마수가 도시에 들어가면 마왕군의 승리다. 첫 번째 공세를 상회하는 많은 숫자로 두 번째 마수 부대가 일점 돌파를 하려는 듯이 한 덩어리가 되어 남쪽을 습격한다.

 애써서 줄여놓았던 마수가 갑자기 곱절을 넘겨 불어났다. 남쪽에 배치되어 있던 엘프들의 낯빛에 절망이 떠오르기 시작했다.

 "숫자가 늘어났을 뿐이다! 승리는 우리와 함께할지니!!"

 마수의 수가 늘어나 움츠러드는 엘프들을 장군들이 필사적으로 고무한다.

 알렌 파티는 티아모에서 3킬로미터쯤 떨어진 위치의 상공에 있어서 마수와 엘프 병사의 싸움이 잘 보인다.

 '네 개의 도시에서 모두 공방전이 절정이군. 함락될 위기에 처한

도시는 없고. 그나저나 경험치가 꽤 많이 들어오는걸.'

공방전이 벌어지고 있는 도시는 티아모 한 곳이 아니고, 티아모와 마찬가지로 로젠헤임 남부를 지키고 있는 세 개의 도시 모두 마왕군과 교전 중이다. 알렌은 동료들과 티아모 이외에 세 개의 도시를 방문하여 물고기C, D 소환수로 버프를 걸어주고 왔다. 새E 소환수의 특기인 매의 눈으로 확인하니 지금 시점까지는 모든 도시가 충분히 건투해주고 있었다. 알렌 파티는 티아모의 남쪽 방벽까지 500미터쯤 떨어진 위치로 이동한 뒤 고도를 낮추고 지면과 닿을락 말락 한 높이에서 멈췄다.

알렌이 쓴 물고기 계통 소환수의 버프 덕분에 알렌에게도 경험치 분배 조건이 충족된 것인지 마도서에는 로그를 다 살펴보지 못할 만큼 경험치 획득 정보가 잔뜩 출력되고 있다.

"남쪽에 둔 예비대를 출전시켰네. 늦지 않게 도착해서 다행이야."

'도시 세 곳에 하늘의 은혜를 나눠주러 다녀오느라 시간을 잡아먹었어.'

"그러게. 예비대도 움직였으니까 우리도 움직이는 거야?"

"물론이지."

세실의 질문에 알렌은 대답했다.

"자, 시작해볼까. 으음, 소환 가능한 건 이제 서른여덟 마리인가."

알렌은 마도서를 써서 동원할 수 있는 소환수의 숫자를 확인했다. 알렌은 이미 서른두 마리의 소환수를 소환 중이다.

· 감시와 호위로 로단 개척촌에 2마리.

· 연락용으로 그란벨 자작의 곁에 1마리.

· 중앙 대륙 북부를 지원하는 데 14마리.

· 연락과 전투 요원으로 네스트에 2마리.

· 연락과 전투 요원으로 티아모를 포함하여 공방전 중인 도시 네 곳에 8마리.

· 알렌 파티가 탑승하고 있는 새B 소환수 5마리.

그동안 일곱 마리였던 새B가 다섯 마리로 줄은 이유는 소환수의 제한 숫자를 절약하기 위해 알렌과 세실, 소피와 포르말이 두 명씩 타는 편성으로 변경했기 때문이다. 새B 소환수는 커다랗기에 두 명이 탑승해도 문제없다. 하지만 두명이 타면 이동속도는 떨어지기에 전위를 맡는 클레나와 드골라는 단독으로 탑승하게 했다.

"그걸로 괜찮겠어? 역시 중앙 대륙에 있는 열네 마리는 지나치게 많지 않아? 약도 충분히 많이 보내줬는데 지금이라도 조금 줄이는 게 어때?"

알렌의 뒤쪽에서 마도서를 같이 들여다보던 세실이 이렇게 말했다. 로젠헤임에 전력을 더 투입하는 것이 좋다고 생각했나 보다.

소환수 별동대는 며칠에 걸쳐서 중앙 대륙의 북부로 이동했다. 회복약도 제법 들려주었는데 전부 다 소모해서 당해버리면 빈 소환수의 자리는 로젠헤임의 싸움에 쓰려고 생각 중이다.

"뭐, 저쪽도 곧 전투가 벌어질 거야. 갑자기 숫자를 줄여버리면 곤란할걸?"

짧게 대답을 마친 뒤 알렌은 마수들의 후방을 주시하면서 도시 외벽과 평행으로 벌레B 소환수를 한 마리씩 100미터 간격으로 소환하기 시작했다. 3킬로미터에 걸쳐 이동하며 소환한 벌레B는 서른 마리. 추가로 용B 소환수도 다섯 마리를 소환했기에 나머지 소환 가능한 숫자는 세 마리다.

"좋아. 아리퐁들, 산란해라!"

『끼칫끼칫!』

새F의 전달을 써서 먼곳에 있는 벌레B 소환수까지 한꺼번에 일제히 각성 스킬 「산란」의 사용을 명령했다. 그러자 각각의 벌레B 소환수가 거대한 알을 1백 개씩 낳았다. 전부 더하면 3천 개였다. 알은 순식간에 빛나는 거품이 되어 사라졌고, 주위에는 벌레B 소환수와 같으나 몸집이 절반쯤 되는 소환수가 나타났다.

벌레B의 각성 스킬 「산란」은 자신의 절반 크기, 능력치도 자신의 절반인 새끼를 백 마리 낳는 스킬이었다. 쿨타임은 하루이며 소환수가 활동 가능한 기간은 30일인지라 벌레B는 최대 서른 번 산란할 수 있다.

알렌은 새끼 벌레B들에게 「새끼 아리퐁」이라는 이름을 붙여줬다. 새끼 아리퐁은 처치당하지 않는 한 최대 1개월간 활동 가능하다. 어미 벌레B 소환수가 연속 소환 기간을 넘겨서 사라져버리면 '같이 사라지는 데다가 어미 벌레B 소환수를 카드로 회수해도 사라지기 때문에 「최대」 1개월인 셈이다.

```
·「산란」으로 태어난 새끼 아리퐁의
능력치(전부 벌레B의 절반)
【이  름】아리퐁
【체  력】1300
【마  력】500
【공격력】1200
【내구력】2000 (어미가 강화 완료)
【민첩성】2000 (어미가 강화 완료)
【지  력】1000
【행  운】900
【특  기】개미산
```

"좋아, 아리퐁들, 새끼 아리퐁을 전진시켜라."

₸끼칫끼칫!₪

알렌의 신호와 함께 벌레B 소환수 서른 마리는 자신의 각성 스킬로 낳은 새끼 아리퐁들을 마수가 있는 방향으로 전진시킨다. 말이 새끼일 뿐, 몸길이가 5미터에 달하는 개미가 3천 마리에 내구력과 민첩성은 2000에 달한다. 어미인 벌레B 소환수를 강화해서 내구력과 민첩성을 4000으로 올린 뒤 산란시켰기 때문에 강화 이후의 능력치가 새끼 아리퐁에게 반영되어 있다.

"킬, 소피! 보조 마법을 건 다음 전투 시작이야!"

"그래!"

"알겠습니다, 알렌 님!"

킬과 소피가 알렌의 지시에 따라 방어계 보조 마법을 소환수와 파티원들에게 걸어줬다. 두 사람이 차례차례 보조 마법을 걸어주고 있는 동안 알렌은 소환수의 스킬을 사용했다.

"하라미와 흐늘날개도 보조를 걸어라. 각성 스킬도 같이!"

『『......』』

물고기D와 물고기C는 비록 말을 못 하지만, 알아들었다는 의사를 표시하기 위해서 흙속을 헤엄치며 빙그르 선회하더니 동료 전체에게 버프를 걸어줬다.

"겐부는 돌아다니면서 터틀 실드와 터틀 배리어를 걸어줘."

『허허허, 분부 받들겠소. 노골에 채찍을 쳐서 돌아다녀야겠구려.』

할아버지 같은 말투로 물고기B가 대답을 하고 흙 속에서 등딱지만 내민 채 차례차례 특기를 써주며 돌아다닌다. 터틀 실드는 받는 대미지를 2할, 터틀 배리어는 5할을 낮춰준다. 특기와 각성 스킬의 효과가 같이 중첩되기에 두 개의 효과를 더하면 6할이나 내려가는 셈이다. 게다가 물리, 마법, 브레스에 전부 효과가 있고 터틀 실드는 50미터 이내에 있는 동료에게 스물네 시간, 터틀 배리어는 100미터 이내에 있는 동료에게 한 시간 동안 효과가 부여된다.

'좋아. 이제 모두가 용사의 엑스트라 스킬급 공격에 맞지 않는 한 즉사는 피할 수 있어.'

알렌은 학원에서 용사 헤르미오스과 대결했을 때의 기억을 떠올렸다. 그때도 자신과 소환수에게 터틀 실드 및 터틀 배리어를 걸었었지만, 그럼에도 빈사의 중상을 입었었다. 새삼 용사의 강력한 힘을 짐작할 수 있겠다.

'간다아!'

동료들에게 보조 마법 걸어주는 과정이 전부 다 끝난 것을 확인한 알렌은 가지런히 대열을 맞춘 채 나아가던 아리퐁과 새끼 아리퐁에게 명령 내린다.

"전력을 다해 전진해라!"

『끼칫끼칫!!』

『끼칫끼칫끼칫!!』

소환수 대군이 마수의 배후로 다가든다. 개미 대군의 상공에서 날아가는 첫 공격은 용B 소환수의 광범위 브레스다. 단숨에 마수들을 불태우며 돌아다닌다. 알렌은 공격의 기세를 늦추지 않고 새F의 전령을 써서 새끼 아리퐁들에게 지시 내렸다.

"개미산을 써라!"

3킬로미터 이상으로 퍼져 있었던 새끼 아리퐁 무리가 일제히 산성액을 내뿜었다.

개미산은 벌레B와 새끼 아리퐁이 함께 가지고 있는 특기다. 내구력과 내성 양쪽을 다 낮춰주는 산성의 액체를 전방 수십 미터에 분사하는 능력이었다. 강한 산이라서 물질계 마수에게 특히 효과가 있는 것 이외에 독 효과에 내성이 없는 마수는 덜컥 죽어버리기도 한다.

"쫙쫙 끼얹어라, 마구 끼얹어줘라!!"

알렌의 말을 따라서 벌레B 소환수들이 특기 사용에 집중했다. 엘프 부대가 마수의 배후로부터 다가온 거대 개미를 보고 놀라며 적인지 아군인지 판단하지 못한 채 활을 겨누려고 했지만, 장군들은 제각기 입을 열어서 제지했다.

"개미는 지원군이다! 공격하지 마라! 저 용도 공격해서는 안 된다! 눈앞의 마수만을 노려라!!!"

사전에 장군과 대장급 병력에게는 알렌의 소환수를 공격하지 말라고 전달했다.

엘프 병사들은 알겠다고 답한 뒤 곧바로 눈앞의 마수에게로 목표를 변경했다. 그동안에도 용B 소환수들이 마수들을 숯덩이로 만들고, 벌레B 소환수에 올라탄 세실은 알렌의 뒤쪽에서 바람 속성 마법으로 공격했다.

세실이 불 속성 마법을 안 쓰는 이유는 내성을 낮춰주는 개미산을 맞고 용B의 브레스에서 살아남은 마수는 불 속성에 강한 내성을 가지고 있을 가능성이 높기 때문이다. 세실은 알렌이 용B 소환수를 쓰게 된 때부터 불 속성 이외의 마법을 쓰는 경우가 많아졌다.

새끼 아리퐁은 마수 무리의 틈을 쭉쭉 파고들어서 후방의 마수에게도 개미산을 끼얹으며 돌아다녔다. 내구력이 떨어진 마수가 엘프들의 화살에 맞고 쓰러지고 있다.

"절대 놓치지 마! 섬멸해라!!"

알렌은 소리 높여 지시했다. 이번 전투의 목적은 도시 방어지만, 알렌에게는 더 다른 목적이 있었다.

바로 마석이다. 현재 마석이 압도적으로 부족한 상황이기 때문이다.

티아모를 포함한 네 개의 도시에 나눠준 회복약, 하늘의 은혜를 대량으로 생성했기에 현재 알렌의 수중에는 B랭크 마석이 천 개밖에 없었다. 아마도 이번 방어전을 치르면 분명 바닥날 것이다.

그래서 눈독을 들인 것이 마수의 숫자가 많은 남쪽이었다. 단, 마수를 쓰러뜨려도 해체까지 끝내야 마석을 회수할 수 있다. 따라서 안전하게 마석을 회수하려면 마수 섬멸은 필수 조건이며 알렌이 드물게도 죽을힘을 다하고 있는 이유가 이 때문이다.

마수의 일부가 퇴각을 시도하고자 했을 때 새끼 아리퐁들이 나서서 방해했다.

새끼 아리퐁의 공격력은 B랭크 마수를 여유롭게 유린할 만큼 위력이 있다. 새끼 아리퐁은 한 마리도 놓치지 않겠노라며 마수들을 커다란 턱으로 깨부순다.

'역시 대규모 전투에서 가장 빛나는 녀석은 아리퐁이었군. 숫자는 힘이지. 각성이랑 강화도 못 하는데 이런 성과를 낼 줄이야.'

새끼 아리퐁에게는 소환수의 버프와 보조 마법은 통하지만, 소환 스킬은 통하지 않는 제한이 있다. 따라서 강화, 공유, 각성 스킬을 사용하지 못한다.

그럼에도 불구하고 큰 전공을 거둔 새끼 아리퐁들의 활약상을 보고 알렌은 꾸밈없이 감탄했다. 마침 마지막 마수가 새끼 아리퐁의 먹이가 되어 주위는 마수의 시체로 가득 메워졌다.

'흠, 섬멸 목적은 무사히 달성했군. S랭크급 마수는 없었던 것 같은데…….'

곳곳에 굴러다니고 있는 짐승의 주검을 둘러보면서 지난 전투를 검토하던 중 알렌은 문득 엘프들이 지른 승리의 함성을 듣고 정신을 차렸다.

그렇다. 이곳에서 벌어졌던 전투는 끝났지만, 다른 곳에서는 아직 전투가 이어지고 있을 것이다.

"도라도라들과 아리퐁들은 동쪽과 서쪽의 외벽을 지원하러 가. 이쪽은 마석을 회수할 테니까 잘 부탁해."

알렌의 지시에 따라 소환수들은 동서로 절반씩 갈라져서 마수를 사냥하러 갔다. 수백 마리의 새끼 아리퐁은 남쪽에 남겨서 마석 회수를 거들게 했다. 일단 마수의 복부를 찔러 갈라놓게 시키고 나중에 영혼B 소환수들에게 마석을 회수시킬 계획이다.

알렌 파티는 동서로 나뉘어 한 마리라도 많은 마수를 섬멸하고자 노력했다.

그로부터 한 시간이 채 지나기도 전에 소환수가 밀려들어서 혼란에 빠진 동서의 마수들은 북쪽으로 도망쳤다. 알렌 파티가 거의 공격을 가하지 않은 북쪽의 마수들도 엘프 군대와 싸우며 숫자가 많이 소모되었던 터라 도망친 동서의 마수들과 합류한 뒤 철수를 개시했고, 그 모습을 본 엘프들이 외벽 위에서 환성을 터뜨렸다.

티아모 공방전이 엘프들의 승리라는 형태로 끝을 맞이하는 순간이었다.

제6화 군사 회의에서 ①

티아모를 포함한 네 곳의 도시는 모두 방어전에서 승리했다.

이전까지는 침공을 막아서 도시를 지키기도 벅찼기에 기껏해야 소수의 마수를 쓰러뜨리는 것이 고작이었고, 해가 저물 때까지 버텨내면서 마왕군이 휴식 및 보급을 위해 물러나는 때를 기다렸었지만 1개월간 연일 맹공이 이어졌기에 엘프 병사들은 모두 지쳐서 머지않아 도시가 함락되는 것은 기정사실이었다.

그러나 오늘 방어전은 달랐다. 여왕에게 전황을 보고하는 장군도 꽤나 흥분한 기색이었다.

이제까지 알렌 파티는 눈앞에 들이닥치는 마왕군과의 전투를 우선시하였기에 군사 회의에는 영혼B 소환수를 대리로 참가시켰지만, 이번 회의에는 이후의 이야기를 나누기 위해 직접 참가했다.

"전황을 보고드리겠습니다. 여왕 폐하, 네 개의 도시에서 합계 20만을 넘는 마수를 토벌했습니다!"

"그 말이 진실입니까?"

여왕은 20만이라는 숫자에 놀라 옥좌에 앉은 채 몸을 내밀었다. 무릎 위쪽에 있는 정령왕은 몸을 둥글게 말고 새근새근 숨소리를 내고 있었다.

"예. 특히 티아모에서 거둔 전공은 꽤나 뛰어난 규모였지요. 토벌 숫자가 10만을 넘겼사옵니다!"

'오호, 그렇다면 로젠헤임의 마왕군은 이제 250만쯤 남았나. 앞으로도 쭉쭉 줄여보자고.'

심야의 회의실에서 여왕과 장군이 눈부신 전공에 가슴이 고양되었음을 알 수 있었다. 상황을 파악하는 데 시간이 걸려 보고가 심야를 맞이한 이후에야 끝났을 만큼 큰 전공이니까 엘프들의 기쁨을 미처 다 헤아릴 수가 없겠지.

다른 세 곳의 도시와 연락을 하는 데는 알렌의 소환수가 보유한 각성 스킬 「전령」이 큰 도움이 됐다. 네 곳의 도시에 즉각 전군 승리 소식이 전해지면서 지금도 병사들과 피난민들의 환희의 목소리가 가득 흘러넘치고 있다.

"여왕 폐하 만세!"

"정령왕님 만세!"

엘프는 얌전한 종족이라는 말이 많다만, 그간 경험한 바 없는 완승에 기쁨을 폭발시키며 여왕과 정령왕에 대한 찬사를 입에 담는다.

"그러면…… 피해는 어떤가요."

여왕의 표정이 차분하게 바뀌었다. 장군도 순간 얼굴을 숙였다가 곧 다시 들어 올리고, 숫자를 보고한다.

"예. 금일 네 개의 도시에서 합계 3천 명가량의 병력이 사망했습니다."

"그렇습니까……."

엘프 병사 중 다수는 궁병이며, 직업 특성상 내구력이 낮은 편이다. 또한 장비도 미스릴 수준이었다. B랭크 및 A랭크 마수와 맞서 싸우면 버프가 걸려있었음에도 일격에 즉사하거나 회복이 제때 이루어지지 못해서 죽는 병력도 있다. 그럼에도 엘프들의 사망자 수는 이제까지의 전투와 비교하면 매우 적었다. 알렌 파티의 버프와 회복약이 없었다면 피해는 열 배 이상으로 많아졌을 것이다.

로젠헤임의 여왕은 조용히 눈을 감고 엘프 병사들을 추모하며 말없이 영령이 된 생명들에게 꼭 보답할 것을 다짐했다. 장군들이 뒤따라 눈을 감았고, 알렌과 동료들도 묵념했다.

전원이 조용히 얼굴을 들어 올리자 엘프 중 한 명이 여왕에게 물었다.

"여왕 폐하, 이제부터 어떻게 하실 계획이십니까? 저희의 생각을 먼저 말씀드리자면 네스트로 피난을 권하고 싶습니다만."

"아니요, 가톨거. 나는 이곳에 남아 전황을 지켜보겠습니다."

"하, 하오나!"

'저 남자가 로젠헤임의 최강자이자 유일한 정령사라는 가톨거인가. 정령사라면, 도시의 외벽은 전설의 대정령사가 흙의 대정령의 힘을 빌려서 만든 구조물이라고 소피가 말해줬었지.'

"가톨거. 여왕 폐하께서 곤란해하시잖은가. 물러나게."

옥좌 옆에서 곧게 서 있었던 원수가 가톨거를 달랜다.

"고, 곤란해하시기를 바라고 드린 말씀이 아니오라⋯⋯."

가톨거는 시그르 원수의 말을 따라서 물러났다. 알렌은 묵묵히 상황을 지켜보면서 마도서로 정령사의 정보를 확인했다.

가톨거의 직업인 정령사는 희귀도 별 세 개. 클레나의 검성과 같은 갯수다.

【정령사의 랭크】

별 1개, 정령 마법사.

별 2개, 정령 마도사.

별 3개, 정령사.

별 4개, 대정령사.

정령사의 위에는 로젠헤임에 예로부터 전해지는「대정령사」가 있다. 대정령사는 1000년에 한 번만 간신히 태어난다고 알려진 초희귀 직업이다. 현재 로젠헤임에 대정령사는 존재하지 않지만, 과거에 대정령사는 도시의 외벽뿐 아니라 수많은 요새를 손수 만들었다고 한다.

"……이제부터 대응을 어떻게 할지에 대해 의견이 있습니까?"

여왕은 무거운 침묵이 내려앉은 장내의 분위기를 바꾸기 위해 아직 존속의 위기에서 벗어나지 못한 로젠헤임의 이후 방침에 대한 이야기를 시작했다. 여왕의 말을 받아서 장군이 의견을 제시했다.

"우선은 마도선을 쓰는 운송을 재개하기 위해서 마석 회수를 우선하고자 합니다."

5대륙 동맹의 맹주국 중 하나로서 로젠헤임은 100개가 넘는 마도선을 보유하고 있지만, 전쟁이 시작된 이후로 의회는 인명 구조 최우선의 방침을 내세워서 부상병과 피난민의 후송, 구원 물자의 이송을 위해 마도선을 총동원했다. 그 때문에 비축해 놓았던 마석은 거의 바닥이 났고, 지금은 대부분의 마도선을 가동할 수 없는 형편이다. 하지만 이번 전투에서 손에 넣을 대량의 마석을 확보하면 이 같은 상황은 뒤집을 수 있다.

도시 남쪽에서 획득한 마석은 전부 알렌이 받기로 했다. 대략 7만 정도의 몫을 챙기는 셈이다. 하늘의 은혜도 B랭크 마석도 거의 다 사라진 참이라서 마석 확보의 기회가 생긴 것은 다행이었다.

"알렌 님, 엘프의 영약은 아직 남아있을까요?"

여왕은 알렌에게 고개 돌리며 질문했다. 틀림없이 하늘의 은혜는 이번 전쟁의 생명줄이다.

"예, 아직 괜찮습니다."

하늘의 은혜를 만드는 데 마석이 필요하다는 이야기는 하지 않았기에 그동안은 쭉 무상으로 제공했었지만, 이후는 마석을 따로 받겠다는 말도 꺼냈다. 가톨거가 일순간 표정을 굳히며 알렌을 쏘아 봤다.

알렌과 여왕의 대화가 끝나는 때를 가늠했다가 장군 중 한 사람이 보고를 이어 나갔다.

"이후의 전투에 대해 아룁니다. 네스트의 부상자 중 10만 명을 전선에 복귀시키고자 합니다. 이 같은 조치로 티아모를 포함한 도시 네 곳의 병력 숫자는 64만까지 회복될 예정입니다."

티아모의 주변은 최전선인지라 마왕군의 항공 전력이 배치되어 있기에 아직 마도선을 가동할만한 상황은 아니다.

네스트까지 새B 소환수를 써서 마석을 운반하면 그곳의 마도선을 가동할 수 있다. 복귀한 병력을 티아모로 직접 수송할 순 없지만, 근방에 강하시키는 정도는 가능할 것이다.

""""오오오오!!""""

환희의 목소리가 쏟아진다. 여왕이 이곳에 있다는 것을 알던 인물은 모두 불과 며칠도 더 버티지 못하고 로젠헤임에 종언이 도래할 것을 각오하고 있었다. 티아모의 함락은 여왕의 죽음을 의미하기 때문이다. 그러한 위기 상황에 모든 도시에서 거둔 승리, 마석 보급에 따른 마도선의 가동, 10만 병력의 전선 복귀와 같은 밝은 보고가 잇따라 올라왔으니 지당한 반응일 것이다. 여왕이 엘프를 대표하여 알렌에게 감사의 말을 전했다.

"알렌 님, 베풀어주신 은혜에는 반드시 보답할 테니 앞으로도 힘을 보태주시기를 부탁드리겠습니다."

"물론 힘은 빌려드리겠습니다. 아무튼, 다음 작전 계획 말입니다만⋯⋯."

"음. 알렌 공은 다음번 전투를 위한 작전을 생각해 놓았나?"

장군 중 한 사람이 알렌의 말에 반응한다. 오늘 방어선을 중간에 두고 남쪽으로부터 외벽의 병사와 함께 협공하는 전법은 알렌이 제시했던 작전이다. 다음 전투에서도 생각한 바가 있다면 꼭 들어 두고 싶었나 보다.

"먼저 한 가지, 아마도 마왕군은 철수를 시작한 것 같습니다."

"으음, 분명 철수를 하는 움직임이었네만⋯⋯."

"예. 티아모 이외의 부대를 포함해서 전군이 철수 중입니다."

알렌은 새D의 각성 스킬 「백야」로 네 곳의 도시로부터 북쪽으로 물러가는 마왕군의 움직임을 포착했다.

"따라서 이번에는 추격전으로 저희가 마왕군에게 타격을 가하고 자 합니다."

"추격전……."

장군은 알렌 파티가 야습으로 4만에 가까운 마수를 사냥했다는 것을 안다. 알렌 파티가 나선다면 절대 허풍으로 끝나지는 않을 것이라 생각하겠지.

"가능한 빨리 네스트로 피난했던 부상병을 티아모로 데려와주십시오. 서둘러 군세를 정비한 다음 추격전의 기세를 몰아 북쪽으로 진군한 뒤 점령당한 도시를 탈환하도록 합시다."

마도선의 적재량에는 제한이 있으나 그럼에도 「서둘러줘」라는 뉘앙스는 전달했다.

"오오! 이제 공세로 나서자는 말인가!!"

"예. 그러니 우선해서 탈환하고 싶은 도시가 있다면 정보를 공유해주십시오. 목표는 수도 포르테니아 탈환입니다. 하루라도 빨리 실현시킵시다."

엘프들의 표정에 희망이 되살아났다. 방어전에서 승리한 알렌 파티의 다음 싸움이 곧 시작된다.

* * *

다음 날 점심. 알렌 파티는 새B 소환수에 타고 날아서 티아모에서 수십 킬로미터 떨어진 북부 상공에 있었다. 알렌은 상공에서 부는 바람을 느끼며 어젯밤 진행되었던 군사 회의에서 얻은 정보를 다시 검토했다.

네스트에 있는 루키드랄 대장군의 보고에 따르면 기암트 제국으로부터 네스트에 「로젠헤임을 위해 식량과 물자를 지원하겠다」라는 통신이 들어왔다고 한다. 지원의 뜻을 표명한 시점에서 로젠헤임이 거절은 안 하리라 판단했기에 이미 일부의 마도선을 네스트로 보냈다는 것 같다.

또한 장군은 중앙 대륙의 최신 정보도 알려줬다.

중앙 대륙의 마왕군은 이미 행동을 개시했으며 앞으로 하루나 이틀 안에 기암트 제국의 북부 국경선에 있는 요새에 들이닥칠 예정이다. 숫자는 200만에서 변함이 없고, 북쪽의 요새 열 곳으로 전력을 균등하게 나눠 놓았다. 즉, 요새 하나당 적은 20만 마리 전후. 알렌의 예상대로였다.

소문에서 젊은 나이에 제위에 오른 기암트의 황제는 희대의 현제라고 평판이 자자하다던데 과연 이러한 시기에 기암트 제국이 먼저 나서서 로젠헤임을 지원하는 데는 의미가 있었다. 알렌은 무의식중에 혀를 내둘렀다.

로젠헤임에서 기암트 제국으로 엘프의 영약 60만 개를 제공했다는 것은 이미 황제의 귀에도 소식이 전해졌다. 물론 효력에 대해서도 검증이 끝났을 테지. 기암트의 황제는 이번 지원으로 생색을 내서 엘프를 퇴각시켰다는 로젠헤임의 아픈 구석을 찌르는 동시에 이후에도 영약을 가능한 저렴하게 확보하겠다는 꿍꿍이다.

게다가 기암트의 지원 덕분에 로젠헤임이 더 오래 버티며 싸워주면 기암트 방면에 대기하고 있는 마왕군의 예비 병력 400만이 로젠헤임으로 갈지도 모른다. 기암트 제국의 입장에서는 운만 좋다면 일석이조의 효과를 노릴 수 있다.

세계의 위기 상황에서도 국가의 수장은 항상 자국의 이익을 추구하는 것인가.

"아까부터 왜 자꾸 멍하니 있는 거야? 이제 보이거든?"

"아, 벌써?"

세실의 핀잔에 정신 차린다. 알렌은 세실과 함께 새B 소환수에 타고 있었다. 파티가 북쪽으로 출발한 이유는 철수한 마왕군의 동향을 확인해서 이후 행동을 결정하기 위함이다. 세실과 같은 소환수에 탑승한 것은 이제까지와 마찬가지로 소환수의 제한 숫자를 절약하기 위해서지만, 딱 한 가지 어제와 다른 점이 있었다. 두 사람은 마주 보고 앉아있다. 알렌은 앞에 탔기에 역방향으로 탄 형태이다.

알렌이 뒤를 향하고 있는 까닭은 새B 소환수의 넓은 등에 화분을 놓아두고 하늘의 은혜를 생성하기 위해서였다. 어제 방어전에서 상당히 많은 하늘의 은혜를 소비해버렸던 터라 이동하는 중에도 시간을 내서 생성해야 한다.

도시 네 곳을 노리던 마왕군 전부가 퇴각을 시작한 덕분에 오늘은 전투가 일어나지 않는다. 마수 10만 마리라는 전공은 상대가 연이어 공방전을 치르는 데는 충분히 지장이 발생하는 숫자였음을 의미하겠다. 이 틈에 하늘의 은혜를 생성하면 앞으로 치를 전투는 더욱 유리해진다. 세실의 말에 대꾸하며 공유를 쓴 새B 소환수의 시야를 확인하니 티아모에서 철수한 마왕군의 대열 끄트머리를 포착할 수 있었다.

"흐음. 저 속도가 유지되면 내일 다른 부대에 합류하겠는걸. 막아야겠어."

"역시 다 합류하게 놔두면 안 좋은 거야?"

"응. 만약 이렇게 숫자를 불린 다음에 어느 한 도시를 집중 공격할 계획이라면 많이 까다롭지."

'역시 단순한 철수는 아니었나.'

이제까지 마왕군은 병력을 넷으로 나눠 네 곳의 도시를 동시에 공격했었다. 그런데 며칠 전 야습과 어제 방어전에서 대패를 겪은 뒤 작전을 변경했나 보다. 약체화된 부대를 한곳에 모아서 무엇을 할 작정인지는 아직 알 수 없지만, 어쨌든 간에 전력이 집중되면 좋을 게 없다.

"어떡하려고?"

"당연히 방해해야지. 지금은 방어전이 아니라 자유롭게 움직일 수 있으니까 방침은 각개 격파가 정석이겠네."

방어전이라면 언제나 도시를 중심에 두고 생각해야겠지만, 오늘은 지킬 대상을 고려하지 않고 밀어붙일 수 있다. 알렌은 새F 소환수를 써서 동료들에게 오늘의 작전을 전달했다. 새F의 전달은 지정한 상대가 아니면 들을 수 없어서 이럴 때 편리하다.

알렌 파티는 10만까지 줄어든 마왕군의 후방에 다가갔다.

"알렌. 꽤 시끄러워졌는데 안 들려? 언제까지 만들 셈이야."

"당연히 하늘의 은혜 생성은 계속 할거야."

새B 소환수는 상당히 커서 눈에 잘 띈다. 마왕군 무리에서 비행 가능한 마수가 몇십 마리가 파티원들을 노리고 들이닥쳤지만, 알렌은 여전히 하늘의 은혜 생성에 집중하고 있다.

"아, 조금 더 상승해줘. 세실, 거기서 프티 메테오 부탁할게."

어젯밤 회수했던 마석은 가능한 한 빨리 하늘의 은혜로 바꿔 놓고 싶었다. 어지간히 적의 공세가 매섭지 않는 한 손을 멈출 생각은 없었다. 세실은 알렌의 말에서 어떤 노림수인지를 곧바로 알아챘다.

마왕군은 북쪽을 향해 진군하는 중인데 마수의 크기 및 속도에는 각각 차이가 뚜렷한지라 움직임이 느린 오거와 트롤은 행렬의 뒷줄에서 느릿느릿 걷고 있었다. 3킬로미터쯤 상승해서 마왕군을 따돌리고, 끝까지 쫓아 올라오는 마왕군의 비행 부대를 용B 소환수가 싹 쓸어버린다.

그동안 세실이 엑스트라 스킬의 발동을 위해 의식을 집중하기 시작했다.

"저기 주변에 떨어뜨려줘."

"……."

의식을 집중하는 세실에게 운석을 떨어뜨려야 할 위치를 알려주자 세실은 말없이 지시에 따라 마왕군 행렬 최후미보다 조금 앞쪽으로 손을 뻗었다.

"프티 메테오!!!"

세실의 외침과 함께 새빨갛게 불타는 거대한 바위가 떨어진다. 잔뜩 뭉쳐서 행군을 해준 덕분에 1만 마리 가까운 군세를 한순간에 불살라 없앤 것 같다.

'최고야, 경험치 최고. 이 정도면 어제에 필적하려나.'

어제 방어전은 엘프 부대와 함께 싸웠기 때문에 적 한 마리당 1할의 경험치밖에 얻지 못했다. 참가 인원수에 따라 경험치의 분배율이 가장 낮아서였다. 알렌은 모든 도시의 병사에게 버프를 걸어주고 다녔던 터라 마수와 전투를 벌인 네 곳의 도시에 모두 참전한 것으로 판정을 받아 경험치가 들어왔다.

오늘은 알렌 파티의 단독 작전이라서 경험치는 한 마리당 8할이다.

"고마워, 꽤 많이 잡았네. 반지로 회복해."

알렌은 마력 회복 링을 건네서 세실의 마력 회복을 도왔다. 같이 소환수에 탑승하면 아이템을 바로 주고받을 수 있어서 편리하다.

"별거 아니야. 막 따라오네."

"그래, 적들이 분단됐어."

'전방의 마수들은 아랑곳 않고 진군을 우선하는군.'

세실이 일부러 최후미보다 조금 전방을 노렸기 때문에 걸음이 느린 2만 마리의 트롤과 오거들은 맞지 않았고 행렬이 분단당했음을 깨닫지 못한 채 알렌 파티를 쫓아온다. 소운석의 낙하지점보다 전방에 있던 마수는 여전히 진군을 계속할 뿐, 알렌 파티를 쫓아오지는 않으려나 보다.

마수가 충분히 알렌 파티를 쫓아올 수 있도록 고도도 낮추고 또한 천천히 이동했다.

"각개격파는 작은 부대를 따로따로 치는 작전이잖아. 이렇게 분단시키면 적군이 작은 부대로 갈라지는구나……."

세실은 수업에서 배웠던 「각개격파」의 의미를 떠올리며 알렌의 진짜 의도를 뒤늦게 이해했다. 각개격파란 적이 분산되어 있을 때 각각을 집중적으로 공격하는 전법이다. 처음에 세실은 알렌이 말한 「각개」를 네 곳의 도시에서 철수하는 네 개의 부대를 가리키는 말로 생각했었지만, 소운석을 써서 억지로 만들어 놓은 소부대를 섬멸하는 것이 알렌의 진짜 노림수였던 셈이다.

"그런 거야. 작은 부대가 없으면 만들면 되지."

소운석의 낙하지점보다 앞쪽에 있던 마왕군은 진군했기에 결국 마수 부대는 둘로 분단되었다. 알렌 파티는 공중에서 멈춘 뒤 마수들보다 높은 위치에서 여유롭게 전황을 관망하고 있다.

『ㅠㅠ끼칫끼칫끼칫!!!ㅗㅗ』

알렌 파티를 올려다보며 정신없이 쫓아온 트롤과 오거를 벌레B 소환수 집단이 맞이해줬다. 어제 각성스킬을 사용하고 하루가 지나갔기에 새끼 아리퐁의 수는 3천 마리가 늘어났다. 공방전에서 당한 숫자를 제외해도 군세의 규모는 5천 5백 마리. 당연히 물고기 계통의 모든 버프를 걸어줬다. 소피와 킬에게도 아리퐁에게 보조 마법을 걸어주도록 전한 뒤 알렌은 다수의 용B 소환수를 동시 소환했다.

"자…… 아직 숫자가 꽤 많은데 마석도 잔뜩 회수해야 하니까 전부 해치워볼까."

동료와 소환수의 구성을 감안하여 쓰러뜨릴 수 있는 숫자의 한계를 산출한 뒤 가능하다고 판단한 알렌은 일제 공격을 지시했다. 함정에 빠졌다는 것을 깨달은 트롤과 오거이 일순간 경직되었지만, 곧 다시 정신을 차리고 임전 태세에 들어갔다. 그 광경을 본 새끼 아리퐁들이 사냥감을 노리는 모양새로 마수 떼를 둘러쌌다.

"좋아, 준비는 다 끝났군. 유린해라!"

이 같은 알렌의 한마디를 시작으로 각개격파의 막이 올라갔다.

제7화 100만의 군세

티아모 공방전 이후 사흘이 지났다.

알렌 파티는 지난 사흘간 티아모에서 철수한 뒤 북상하는 마왕군을 집요하게 공격했다. 하지만 마왕군은 다른 도시를 공격 중이던 세 개의 부대와 합류하고, 또한 북쪽에서 온 증원 부대까지 합류해서 100만의 군세가 되었다. 현재 이 대부대는 티아모를 향해 남진하고 있다. 알렌 파티는 여러 수단을 동원하여 흐름을 바꿔보고자 했으나 100만의 군세를 무너뜨리기에는 역부족했다.

티아모로 복귀한 알렌은 차분한 표정으로 여왕과 자리를 함께하며 지난 사흘간의 동향을 듣고 있었다. 로젠헤임의 엘프들은 마석 회수에 집중하여 지난 사흘 동안에 합계 10만 개를 넘는 마석을 회수할 수 있었다고 하고, 그중 5만 개는 알렌이 받아서 하늘의 은혜를 생성하기로 했다.

나머지 마석은 새B 소환수를 시켜서 네스트로 운반했다. 각성 스킬 「하늘 질주」를 쓰면 눈 깜짝하는 사이에 운반할 수 있다.

저 마석들은 네스트에 있는 수십의 마도선을 가동하기 위해서 쓰일 것이다.

"전원을 피난시키는 데는 얼마나 시간이 걸리겠습니까?"

설명을 해준 장군 중 한 명에게 알렌이 묻는다.

"이 도시에만 70만 이상의 피난민이 있네. 마도선의 복구도 병행하여 진행하면 전원을 피난시키는 데는 사흘에서 닷새쯤 걸릴 듯싶군. 이 일정이 문제가 되겠는가?"

알렌도 다른 동료들도 이 답을 듣고는 더욱 절박한 표정을 짓고 있었다.

"네, 안 좋은 상황입니다. 이곳 티아모를 향해 마왕군의 군세 100만이 일직선으로 다가오고 있습니다. 지금은 야간 휴식을 위해 이동을 멈춘 상태입니다만, 앞으로 이틀쯤 지나면 충분히 티아모에 도착하겠지요."

"""뭣?!"""

엘프 장군들이 경악하여 소리 높이는 동시에 여왕도 옥좌에서 몸을 확 내밀었다.

"이, 이리되면 최북단 요새의 전철을 밟는 게 아닌가……."

알렌의 보고에 절망감을 내비치며 장군 중 한 사람이 중얼거렸다. 과거에 난공불락으로 명성 높았음에도 300만의 마왕군 앞에 함락되었던 로젠헤임 최북단 요새의 말로를 떠올린 것 같다.

'거참, 행동이 너무 빠르다고. 우리가 각개격파로 잡아봤자 하루에 3만 전후가 고작인데 말이야.'

정면으로 마구 덤비는 마수와는 달리 이동을 우선하는 움직임 때문에 하루 3만 마리밖에 사냥할 수 없었다.

이번 전쟁은 알렌 파티의 참전에 따라 엘프에게 유리한 방향으로 기울어지는 것처럼 보였다. 실제로 알렌이 온 이후부터 불과 며칠 사이에 이미 50만 마리에 가까운 마수를 사냥했다. 다만 그것이 마왕군의 다음 행동을 결정짓게 한 계기가 되어버렸다는 것은 부정하지 못한다. 게다가 한밤의 야습 및 눈에 띄는 막대한 피해 등등이 마왕군에게 여왕의 위치를 특정시켜주는 힌트가 되고 말았다.

마왕군이 어느 정도까지 확신을 했는지는 모르겠지만 현재 싸우고 있는 네 곳의 도시 중 여왕이 있을 가능성이 가장 높은 지역은 티아모임을 쉽게 판단할 수 있었겠지.

"100만의 마왕군과 싸워야 하겠지요?"

마도선은 가동을 위한 조정을 막 시작한 상황이다. 피난민 구출도 일정이 너무 빠듯하다. 알렌은 이런 상황에서 싸울 각오는 되어 있느냐고 묻는다.

"물론입니다. 다 같이 하나로 뭉쳐서 도망칠 곳 없는 우리의 백성을 지킵시다."

"넷! 여왕 폐하!"

장군 중 한 사람이 대답했다. 두려워하는 인물은 아무도 없었다. 여왕은 시선을 천천히 알렌에게로 옮겼다.

"알렌 님 또한 힘을 보태주시는 것으로 생각해도 괜찮을까요?"

'이곳에는 20만을 넘는 엘프 병력이 있고 회복약도 있지. 농성하면 버틸 가능성은 제법 있지만, 실패하면 여왕과 함께 로젠헤임은 끝장인가. 어차피 죽기 아니면 살기야. 이왕이면 확률이 더 높은 계획이 좋지.'

"물론입니다. 그리고 모두가 도망치지 않겠다면 한 가지 작전을 제안하고 싶습니다."

"오오오!!!"

장군들은 반사적으로 탄성을 질렀다. 지난 며칠간 거듭 기적을 일으켜왔던 흑발의 소년이 내놓는 작전이다. 또다시 기적을 가져다줄 것이 틀림없기에 기대감을 담아 알렌의 말을 기다렸다.

"……이 도시에 척후는 얼마나 있습니까?"

"척후인가. 대략 3천 명이라네."

이제 곧 100만 군세와 싸워야 하는 처지인데 알렌이 먼저 척후병의 숫자를 확인하는지라 모두 약간은 맥이 빠졌지만, 장군 중 한 사람이 알렌의 질문에 대답했다.

"그렇군요. 그중에서 민첩성을 높여주는 엑스트라 스킬을 보유한 사람은 있습니까?"

"음? 색적이나 추적이 아닌 민첩성 증가 말인가?"

엑스트라 스킬은 뽑기 요소가 강하다. 하지만 각각 직업에 맞는 스킬을 획득하는 경우가 대부분이었다.

척후의 역할은 적진에 잠입한 뒤 정보 수집, 숨은 부대의 색적 및 발견, 휴식 지역 및 운송 경로를 쫓기 위한 추적 등 다양한 분야로 뻗어 나간다.

아울러 척후 계통의 직업은 스킬에 민첩성 향상이 있는 경우가 대부분이다. 레벨이 올랐을 때 상승치도 높아서 민첩성이 무척 뛰어나다. 척후의 임무에는 민첩성 이외의 능력도 필요로 하는 경우가 많기 때문에 민첩성 관련 엑스트라 스킬은 뽑기에서는 대강 꽝에 해당한다.

그럼에도 알렌은 엑스트라 스킬의 효과 중 민첩성 향상에 주목했다.

"백 명은 있을 것이네."

모두 조용히 고개를 끄덕거리고 있다. 확실한 정보인가 보다.

"그럼 척후를 2천 명, 제게 주실 수 있겠습니까? 특히 민첩성을 올리는 재능이 있는 인물은 전원 저에게 배속시켜주십시오."

"음? 알렌 공이 원한다면 3천 명 전원을 소속시켜도 상관없다네. 농성 작전을 채택한다면 척후의 역할은 거의 없으니까 말일세."

엘프 장군은 알렌 공의 명령은 절대 준수될 것이라며 장담의 말을 해줬다.

"감사합니다. 그럼 빌려주신 부대에 작전을 전달할 테니 곧바로 지휘관을 호출해주시겠습니까?"

"알겠네. 척후 부대의 대장을 당장 부르도록 하지."

척후 부대를 지휘하는 대장을 호출하겠다고 장군은 말했다.

시간이 없다는 것을 잘 알기에 알렌과 대화하던 장군이 직접 척후 부대의 대장을 부르러 갔다.

"척후 부대의 대장에게 설명을 마치면 저희는 곧장 작전을 수행하겠습니다."

"잘 부탁드리겠습니다. 알렌 님."

일동을 대표해서 여왕이 대답했다.

"이번에 제가 생각하고 있는 것은 『지연 전술』입니다. 적이 쳐들어오게 될 이틀 후 예정일을 사흘로 만들어 보일 테니 그동안 수십만의 군세에 대비해서 수비 태세를 단단히 갖춰주십시오."

하루면 많은 것을 할 수 있다. 그동안 정령 마법을 활용해서 참호를 만드는 등 최대한 단단하게 방어 수단을 갖춰 놓도록 거듭 강조했다.

또한 티아모의 주변 마수를 소탕하고 네스트 방면으로 마도선 운반이 재개될 수 있도록 힘써달라는 부탁도 했다.

알렌의 말에 진지하게 고개를 끄덕인 여왕이 소피의 이름을 불렀다.

"소피."

"네, 여왕 폐하."

"알렌 님을 꼭 지켜드리세요."

"네."

여왕이 에둘러서 소피도 동행하도록 명한 셈이다. 출정을 말릴 것이라고 생각했었는지 소피는 얼굴을 반짝거렸다.

"데려왔다네."

그때, 척후 부대의 대장을 부르러 갔던 장군이 회의실로 들어왔다. 아마 장군의 뒤에서 따라오는 남자가 대장인가 보다. 갑자기 여왕이 있는 곳으로 불려 왔다는 것이 당황스러운 듯했다. 아울러 작전상 대장에게는 여왕의 소재지가 전달되었다고 했다. 여왕이 있다는 것 자체에 놀란 모습은 아니었다.

대장이 평정심을 되찾을 때까지 기다려줄 시간은 없다. 알렌은 곧장 작전을 전달했다.

"밤늦게 죄송합니다. 바로 시작하죠. 현재 상황과 이후 계획을 설명하겠습니다."

아무것도 알지 못하는 대장은 흑발의 소년이 꺼내는 말에 일단은 고개를 끄덕거렸지만, 「설명」을 들은 뒤 또다시 당황하기 시작했다.

"이런 상황에서 왜 구태여……."

웬 바보짓이냐는 말을 꺼낼 것 같은 기색이었는데, 그때 여왕이 나서서 상황을 딱 잘라 매듭지었다.

"알렌 님의 지시에 따르도록 하세요."

"네, 네엣."

척후 부대의 지휘관은 여왕의 말에 목을 움츠린다. 주위를 둘러보면 상관들이 하나같이 「알렌의 말에 고분고분히 따르도록」이라며 매섭게 노려보고 있다. 애당초 척후 부대는 작전의 목적을 전달받지 못하는 경우가 많았지만, 이런 상황에서는 무조건 받아들일 수밖에 없었다.

문득 장군 중 한 사람이 정령사 가톨거도 작전에 동행시키는 것이 좋지 않겠냐고 의견을 제시했다. 분명 로젠헤임 최강의 남자가 함께해주면 작전은 유리하게 전개될 것이다.

하지만 가톨거는 지금까지 알렌과 함께 싸웠던 전적이 없다. 여왕의 곁에서 티아모 수비에 전념하는 것이 더 익숙할 테고 실력도 더욱 잘 발휘할 수 있을 것이라 생각된다. 알렌은 제안을 정중하게 거절했고, 가톨거는 티아모에 남아있기로 했다.

엘프들의 행동은 빨랐다. 통신반은 이미 대군이 티아모에 곧 들이닥친다는 것을 네스트로 전파했고, 그 때문에 더욱 서둘러 마도선을 가동시킨 뒤 병사들을 티아모로, 난민을 네스트로 이송하기 위한 준비를 시작할 수 있었다.

* * *

가볍게 수면을 취한 뒤 날이 밝아지기 전 티아모 바깥으로 출발했다. 알렌은 오늘도 새B 소환수에 세실과 동승해서 하늘의 은혜 생성을 위해 마주하며 앉아 있었다.

적은 이제까지와 마찬가지로 새벽에 행동을 개시했다. 지평선에 커다란 태양이 떠오르기 시작하자 북쪽에서 마왕군이 모습을 드러냈고, 이윽고 대지를 새카맣게 가득 채운다.

"……엄청 많네."

세실이 조금 떨리는 목소리로 알렌에게 말을 걸었다.

"그러게."

알렌은 하늘의 은혜를 생성하면서 조금도 신경쓰지 않고 대답했다.

"무섭지 않니?"

"난 무섭지 않아."

무섭지 않다는 말에는 자신이 죽는 것은 두렵지 않다, 다만 동료가 죽는 것은 몹시도 두렵다는 마음이 담겨 있었다. 지금까지 꽤 무리한 활동이 많았던 것 같기도 하지만 어쨌거나 전부 다 알렌이 생각하기에는 안전한 영역의 범위 안쪽이었다. 그런데 이번 작전은 일선을 넘어버릴 것 같다.

알렌이 대답하자 세실은 포근하게 미소 지었다.

"고마워."

"응?"

"이것저것 가르쳐줘서. 말해야겠다는 생각은 안 했었거든."

세실이 생각하기에 그란벨 가문의 저택에서 시종으로 일할 때부터 알렌은 명백하게 평범한 사람과는 거리가 있는 존재였다.

"어, 잠깐만. 싸우기 전에 고맙다는 말은 꺼내면 안 돼."

'쓸데없는 플래그가 서면 곤란하다고.'

"무슨 말이야?"

"뭐, 전생의 이야기야."

"그것도 나중에 가르쳐줘."

"그러자. 그러려면 이번 전투를 버텨내야겠지."

알렌은 새삼 마왕군을 살펴봤다.

'아무 생각도 없이 한 덩어리로 뭉쳐서 오는 게 가장 난처한 작전이란 말이지.'

시간을 들여 신중하게 싸워준다면 적군을 매일매일 갉아먹을 수 있다. 다수의 도시를 노려서 분산되어 싸워주는 경우에도 마수를 더 많이 쓰러뜨릴 수 있다. 그렇게 마왕군의 수를 조금씩 줄이면서 천천히 마왕군에게 함락당한 요새와 도시를 되찾자는 생각을 하고 있었다. 그런데 이 같은 상황이 좋지 않음을 마왕군은 금세 알아차렸다. 티아모 공방전에서 겪은 패배 이후로 곧장 작전을 변경했다.

'마왕군 입장에서는 백만 마리가 죽든 2백만 마리가 죽든 상관없겠지. 결국 로젠헤임이 멸망하면 만족할 수 있는 거야.'

압도적으로 폭력적인 숫자로 덤벼든다는 것은 단순하기에 더더욱 대항하기가 어려운 작전이다. 알렌이 마왕군의 진행 상황을 확인하고 있던 중 남쪽에서 검은 덩어리가 마왕군을 향해 다가가는 광경이 보였다. 마왕군과 비교하면 작은 무리일지언정 숫자가 1만 가깝게 많았다.

"아리퐁들이 왔어."

"그래, 자, 시작해볼까."

타이밍은 최고다. 새끼 아리퐁을 선두에 세워서 어젯밤부터 쭉 걸어왔던 서른 마리의 벌레B 소환수가 마왕군에게 들이닥친다.

'소환해둔 벌레B 소환수가 서른 마리를 채웠으니 나머지 소환 가능한 숫자는 열일곱 마리인가.'

페이지를 휙휙 넘기며 마도서로 소환수의 상황을 확인한다. 한 마리라도 많은 마왕군을 사냥하기 위해서 아슬아슬하게 소환 가능한 숫자를 조정하기는 했다.

중앙 대륙의 북부로 보낸 소환수들은 마왕군과 싸우는 과정에서 이미 여덟 마리까지 숫자가 줄어들었다. 나머지 여덟 마리는 대륙 북부의 요새를 지키는 5대륙 동맹군을 티 나지 않게 서포트하고 있다.

"세실, 선두의 집단을 노려줘."

'다리가 빠른 마수가 선봉을 맡았나 본데. 조금이라도 진군을 늦춰줘야겠지.'

알렌은 세실에게 한데 뭉쳐서 전방으로 돌격하고 있는 마왕군의 선두 부근을 노려달라고 요청했다.

세실의 몸이 아지랑이처럼 일렁거리면서 두 손을 눈앞으로 내민다.

"프티 메테오!"

새빨갛게 타오르는 거대한 바위가 마왕군의 선두에 있는 일부 집단을 모조리 불살랐다.

지옥도가 펼쳐졌다만 얼마 뒤 분진의 너머에서 후방에 위치한 채 달려오던 마왕군이 진행 방향을 바꾸지 않고 쭉 똑바로 들이닥친다. 새빨갛게 타오르는 대지는 전혀 상관없다는 것 같았다.

"좋아, 강하해서 싸운다!!"

"알았어."

세실이 대답을 하는 동안에 호령을 신호로 상공에 있던 새B 소환수는 적을 향하여 달려가는 벌레B들의 뒤쪽에 강하했다. 즉각 이탈할 수 있도록 지면과 가깝게 저공비행을 유지한다.

"도라도라, 케로린, 하라미, 흐늘날개, 겐부, 나와라!"

용B 소환수를 열 마리, 짐승B 소환수를 네 마리, 물고기D와 물고기C와 물고기B 소환수를 한 마리씩 소환했다.

이제 소환수는 최대로 다 꺼냈다. 지금 상황에서 준비할 수 있는 최선의 포진이라고 말할 수 있겠다.

물고기 계통을 제외한 소환수들은 사나운 마왕군을 향하여 망설이지 않고 전진한다.

모든 것을 집어삼키는 마왕군이 들이닥치고 있다.

'전력으로 덤벼라, 전부 쓸어주마.'

알렌은 쉬운 게임이 싫어서 이 세계에 왔다. 눈앞의 광경이 게임으로 밤을 지새웠던 나날을, 화면 가득히 찬 적을 쓰러뜨렸던 나날을 떠올리게 한다. 고양감을 억제하면서 어떻게 해야 더 많은 마수를 쓰러뜨릴 수 있을까 머리를 회전시켰다. 이곳에서 충분히 수를 줄이지 못한다면 티아모에 있는 여왕도 피난민도 병력도 죽어버릴 테니까.

애써 1만 마리까지 불린 새끼 아리퐁은 마수의 수와 기세에 눌려 숫자가 자꾸자꾸 줄어들었다.

마수들은 공격받아도 전혀 주저하지 않으며 새끼 아리퐁들을 몰아치고 있다.

드골라와 클레나가 최전선에 나가 무기를 휘두르며 마수를 사냥하기 시작했다.

"클레나와 드골라는 철저하게 새끼 아리퐁을 방패로 써서 싸워줘!"

"응, 알았어!"

"그래!"

알렌의 지시에 따라 두 사람은 전면을 가득 메우고 있는 새끼 아리퐁의 뒤쪽으로 위치를 변경한다. 상공에 있는 마수는 용B의 브레스 및 포르말의 화살, 세실의 마법으로 대응했다. 다만 군세 1백만의 마수는 알렌 파티를 쳐다보지도 않은 채 티아모 함락이라는 목표를 위해 전진을 계속한다.

'역시 마왕군은 군이 우리를 처리한 다음 이동하려는 생각이 없군.'

"티아모로 향한 마수는 일단 내버려 두고 지금은 눈앞의 마수부터 쓰러뜨린다! 나중에 최전선으로 이동하겠어!"

"도망치려는 거냐! 한 마리라도 많이 쓰러뜨려주마!!"

등을 돌린 채 달려가는 마수들에게 드골라가 소리를 질렀다.

"진정해! 전장의 분위기에 휩쓸리지 마!"

흥분 상태로 마수에게 돌격하고자 했던 드골라에게 알렌은 냉정하게 행동하라며 소리친다. 마왕군의 군세가 애당초 자신들을 상대하지 않으리라는 것은 이미 계획에 반영되어 있었다. 눈앞의 적을 다 쓰러뜨리고 나서 새B 소환수로 이동한 뒤 전진하는 마왕군의 앞으로 뛰쳐나가 다시 똑같이 싸운다. 최전선의 마수를 가능한 한 많이 무찔러서 티아모에 도달하는 시기를 조금이라도 지연시켜야 했다.

* * *

 알렌 파티가 도시를 떠난 뒤 사흘. 태양은 이미 충분히 높이 떠올라서 10시가 지나갔다.

 본래는 어제 들이닥쳤어야 했을 마왕군이 아직까지 나타나지 않았다. 알렌 파티의 지연 전술이 성공한 덕분이다.

 지난 사흘간 티아모에서는 피난민을 네스트로 보내거나 복귀한 병력을 데려오는 등 마도선이 거듭 왕래했다. 외벽의 더욱 바깥쪽은 비록 급조일지언정 북측의 외벽보다도 더욱 넓은 범위를 3중의 방벽으로 둘러 감쌌다. 도시의 북쪽에서 마왕군을 요격할 계획이다.

 이 벽은 지난 사흘 동안에 엘프 정령 마법사들이 돌덩이를 쌓아올려서 만든 시설이며 위쪽에는 이미 엘프의 각 부대가 대열을 짜서 대기하고 있다.

 마도선 운행이 재개됨에 따라 티아모의 전력은 30만까지 늘어났다. 병사들은 모두 도시의 5킬로미터 사방을 빙 둘러싼 벽을 따라서 수비 태세를 갖추고 있다. 쌓아둔 담의 높이는 5미터에 달하지만, 마치 해안의 방파제의 콘크리트 블록처럼 아무렇게나 쌓아 놓았기 때문에 발을 내디디기가 불편하다. 돌을 쌓아 둔 뒤쪽에서는 전방을 경계하며 정령 마법사와 궁사대가 긴장한 표정으로 대기하고 있었다.

 도시와 떨어진 곳에 대기시켜 놓았던 척후 부대의 위치에서 스킬 「봉화」의 연기가 피어올랐다. 마왕군의 습격을 알리는 신호다. 알렌이 빌려간 척후 부대 중 일부는 종래의 임무를 맡아 도시와 떨어진 곳에서 언제 적군이 들이닥칠지 마른침을 삼키고 있었다. 그러한 척후 부대가 있는 위치에서 갑자기 스킬 「봉화」의 연기가 올라왔다.

"왔는가. 움직여라! 작전에 따라 배치하라! 제3층, 공격 태세!"

""""넷!""""

엘프 장군이 외벽의 가장 바깥쪽을 수비하는 부대에 공격 지시를 한다. 동시에 굉음이 들려오며 지면과 쌓아둔 바위가 흔들거리기 시작했다. 로젠헤임의 한가로운 광경이 마왕군의 행군에 짓밟혀 황폐해진다.

마왕군은 한 덩어리로 뭉쳐 곧바로 북문 돌파를 노리며 들이닥쳤다.

"온다! 여왕 폐하를 지켜야 한다!!"

""""오오오오오오오오오오오오오오오오!!""""

궁사대의 화살이 마왕군에게 내리쏟아져도 군세는 전혀 아랑곳 않고 돌진을 계속한다. 똑바로 전진하는 마수 무리가 가장 바깥쪽 벽과 격돌한 순간, 돌무더기가 땅울림 소리를 일으키고 거하게 흔들거리며 곳곳이 붕괴를 맞이했다. 돌무더기 하나하나는 1미터를 넘는 커다란 바위이다만, B랭크 마수들은 아무것도 아니라는 듯이 벽을 부수고 있다.

엘프들은 죽기 살기로 화살과 정령 마법으로 응전했지만 도저히 감당이 되지 않았다.

"물러나라!! 당장 물러나도록!!!"

장군이 이대로 버티기는 어렵겠다고 판단한 뒤 철수를 지시했다.

도시에서 가장 바깥쪽에 있는 제3층의 붕괴와 함께 제3층에 배치되었던 부대는 도시로 복귀한 뒤 외벽에 올라가서 이후의 전투에 대비했다.

그리고 제2층도 금세 무너져버렸다. 사흘간 온 마력을 쏟아부어서 건설한 돌무더기가 붕괴하는 광경을 외벽 위쪽의 장군 및 병력들은 그 모습을 지켜볼 수밖에 없었다. 이제 로젠헤임은 끝장인가, 희망은 없는가. 압도적인 숫자의 폭력 앞에서 엘프들의 사이로 절망이 퍼져 나간다.

1층에서 수비 부대가 전투를 시작했을 때, 1층을 맡은 장군의 앞쪽 하늘에서 거대한 그리폰이 나타나서 허공에서 선회했다. 그 등에는 흑발의 소년이 올라타 있다.

"벌써 전투가 시작됐군. 마지막 무리까지 공격한 건 욕심이었나?"

"하지만 아직 외벽에 도달하지는 못했어."

세실과 대화 나누며 1층과 외벽 사이에 있는 장군들에게 알렌은 서둘러 요청을 전달했다.

"바로 참전하겠습니다. 이 이상의 침공은 되도록이면 저지하고 싶군요. 벽 위쪽에서 응전은 잘 부탁드리겠습니다."

이미 40만 마리 가까운 마수를 쓰러뜨렸다는 것. 나머지 60만 마리의 마수를 쓰러뜨리면 승리한다는 것을 전달한다.

"아, 알겠네. 한데⋯⋯."

뭔가 대꾸하고자 하는 장군의 말을 기다리지 않고 알렌은 또 곧장 날아올랐다.

'소환 가능한 숫자는 오십 마리인가. B랭크 마석은 3만 개 남았군. 아슬아슬한데.'

현재 소환 가능한 여유 숫자와 마석의 잔량을 확인한다. 티아모

155

공방전과 각개 격파로 13만 개까지 불어났었넌 B랭크 마석은 소환수와 하늘의 은혜 생성을 거듭하며 3만 개까지 줄어들어버렸다.

"아리퐁들, 도라도라들, 케로린들, 하라미, 흐늘날개, 겐부, 나와라!"

벌레B 소환수 스무 마리, 용B 소환수 스물두 마리, 짐승B 소환수 네 마리, 물고기D와 물고기C와 물고기B 소환수를 각각 한 마리, 새 E 소환수를 한 마리. 합계 오십 마리를 소환했다. 지금 이곳에서는 이것이 최선의 조합이라고 생각했다.

소환수를 단숨에 소환한 뒤 벌레B 소환수에게 산란을 지시하고 진형을 갖춰나간다.

전투를 준비하는 동안에 최후의 돌무더기까지 돌파한 마수가 외벽으로 들이닥쳤다. 1층에 있었던 엘프군은 외벽을 향해 이동해서 응전하려나 보다.

알렌은 말을 이해할 줄 아는지도 불분명한 마수들, 한껏 흥분한 적들에게 말을 건넸다.

"배가 고팠을 테지. 너희에게 병참의 개념이 없는 것 같더라. 아니지, 있기는 할 거야."

마수들은 적어도 사흘 밤낮을 거의 아무것도 먹지 못했을 것이다. 병참도 없이 숫자를 맞추기 위한 버리는 돌로 이용당하는 것 같다. 그러한 취급으로부터 적장의 사고를 추측한다.

"온다!!! 궁사대, 정령 마법대, 공격을 개시하라!!!!"

""""오오오오오오오오오오오오오오오오오오!!!""""

외벽 위쪽에서 3층의 모든 돌무더기를 파괴한 마왕군을 향해 공격을 개시했다. 하지만 마왕군의 침공을 저지하기에는 모자랐던 터라 마수는 외벽을 향해 접근하고 있었다.

'자, 지원 공격을 잘 해달라고.'

최후의 1층에서 수비를 담당하고 있던 엘프들이 돌무더기에서 피난한 것을 확인한 뒤 소환수에게 지시 내렸다.

"도라도라들, 불을 뿜어라!!"

『『『오오!!!』』』

알렌의 명령에 따라 스물세 마리의 용B가 마왕군을 잿더미로 만든다.

"세실은 3층 돌무더기보다 훨씬 앞쪽에 프티 메테오를 부탁해. 마지막으로 피난한 엘프들이 도시로 들어갈 때까지 마왕군의 침공을 억제하고 싶어."

1층의 방벽에서 탈출한 엘프들의 피난을 우선해야 한다.

"알겠어."

알렌은 세실을 위해 하늘의 은혜를 썼고, 알렌은 마수와 외벽 간 거리가 100미터쯤 된다는 것을 확인한 뒤 도시에 피해가 발생하지 않을 것을 확인하고 세실에게 엑스트라 스킬 「소운석」을 써달라고 말을 꺼냈다.

"프티 메테오!"

외벽 너머 저 멀리서 새빨갛게 불타는 거대 바위가 떨어졌다. 굉음과 함께 후방에 있던 마수들의 절규가 터져 나왔지만, 얼마 뒤 마왕군은 또다시 전진을 개시했다.

용B와 벌레B 소환수에 새끼 아리퐁 군대로 구성된 소환수, 아울러 알렌의 동료들이 마왕군의 전진을 죽기 살기로 억제한다. 지금

편성으로 배후의 외벽을 지키고 있기는 하지만, 진군의 범위가 지나치게 넓어서 북쪽 외벽의 양쪽 끝부분까지는 알렌의 지휘가 영향을 주지 못한다. 엘프들에게 외벽 위쪽에서는 동서로도 두껍게 자리를 잡아달라고 말해 두었다.

'도라도라를 조금 더 많이 늘려야겠다. 아니면 끝쪽 외벽부터 무너질 거야.'

어지럽게 변동이 거듭되는 전황 파악에 주력한다.

벌레B 소환수와 새끼 아리퐁으로 숫자의 격차를 조금이라도 메우고 있긴 하지만, 새끼 아리퐁은 결국 B랭크 마수 수준의 능력치를 가지고 있을 뿐이라서 섬멸 속도가 너무 느렸다. 천천히 공격해서 없애도 되는 상황이라면 새끼 아리퐁은 효과적이겠으나 지금 전황에서 충분한 활약을 하고 있다고 말하기는 어렵다. 새E 소환수를 써서 전장 전체를 공유로 확인하니 북쪽 방벽의 동서 끝부분에서 격돌이 일어나 엘프들이 죽기 살기로 응전하는 중임을 알 수 있었다.

'오! 정령사도 싸우고 있군.'

북쪽 방벽의 동편. 그곳에서는 정령사 가톨거가 앞을 가로막은 채 봉제 인형처럼 폭신폭신한 인상의 정령과 신비적인 날개가 달린 정령을 사역하며 싸우고 있었다. 로젠헤임 최강의 남자가 마수를 사정없이 처단한다. 처음으로 정령을 보았다는 생각을 하다가 처음으로 본 정령은 말하는 하늘다람쥐였다는 사실을 다시 떠올렸다.

'자, 마석아. 부디 버텨줘라. 아리퐁들을 회수하고 도라도라를 늘려서…….'

용B 소환수를 생성하기 위해서는 B랭크 마석이 스물아홉 개 필요하다. 게다가 벌레B 소환수를 줄이면 새끼 아리퐁도 확 줄기 때문에 공세는 용B에게 집중된다. 용B가 당할 때마다 재생성하면 마력이 더욱 빠르게 줄어들 것은 명백했다. 다만 지금은 섬멸 속도가 무엇보다도 중요하다고 판단한 알렌은 이 같은 상황에서 특기의 힘을 한껏 발휘할 수 있는 용B를 믿어보기로 했다.

예상한 대로 적의 공격은 브레스를 내뿜는 용B 소환수를 집요하게 노리기 시작했다. 알렌은 용B가 쓰러질 때마다 고속 소환으로 숫자를 복구했다. 그동안 재소환한 용B 소환수에게 각성 스킬 「분노의 업화」를 쓰도록 지시하는 것도 잊지 않는다. 쓰지 못하고 당해 버리면 아깝다는 말로 넘어갈 수 없는 상황이었다.

마석 소비에 비례하여 섬멸 속도가 점점 올라가는 것이 느껴졌다. 그건 그렇고 이런 페이스로 용B를 쓰러뜨릴 줄이야. 적도 만만치 않다.

'이러면 곧 마석 재고가 바닥나겠군. 과연 대단하다고 말해줄게.'

알렌은 마음속으로 적에게 찬사를 보냈다.

용B를 주체로 하여 구성을 변경했기 때문에 수납 속 마석이 무시무시한 기세로 줄어든다.

"클레나와 드골라는 A랭크 위주로 노려줘! B랭크는 세실, 포르말, 도라도라와 아리퐁으로 상대한다!!"

"응. 맡겨줘, 알렌."

클레나의 기운찬 대답에 안도한다. 압도적인 숫자로 들이닥치는 B랭크 마수는 세실의 마법, 포르말의 화살, 도라도라와 아리퐁으로 감당해야 한다. 방치하면 소환수가 당하는 터라 소모가 심해지는 A랭크의 마수는 클레나와 드골라에게 우선해서 처리하도록 당부했다.

'앞으로 30분도 지나기 전에 마석이 바닥날 거야. 잘 먹힐 작전이라고 생각했었는데.'

물처럼 펑펑 쓴 마석의 남은 숫자는 5천 개 아래로 내려갔다.

그런 와중에 마왕군의 행렬로부터 조금 떨어져서 나란히 달리고 있는 한 명의 엘프를 새E 소환수가 포착했다. 엑스트라 스킬을 발동하고 있는 듯싶다.

'오! 왔구나, 왔어!!'

몸 전체가 아지랑이처럼 일렁거려 보인다. 저 엘프는 어깨에 커다란 자루를 짊어진 채 죽기 살기로 티아모를 향해 달려오고 있었다. 그리고 수십만에 달하는 이형의 집단이 같은 방향을 향해 이동한다.

엘프는 「어째서 이런 짓을」이라고 생각하고 있었다. 지금은 로젠헤임 존망의 위기인데 이런 짓을 할 상황이 아니잖은가. 자신은 척후이니까 정보 수집을 하라는 명령이라면 적군에게 함락당한 도시에 잠입하는 것도 불사하겠다. 그것이 여왕 폐하를 지키는 결과로 이어진다면 목숨도 아깝지 않다.

하지만……. 척후 부대의 상관이 내린 지시는 절대적이다. 바라는 바는 아닐지언정 임무를 하달받은 엘프는 부글거리는 심정을 애써 달래며 지시받은 물건을 한계까지 자루에 욱여놓고 짊어진 뒤 티아모를 향해 달리고 있다.

전방에는 3층으로 이루어진 돌무더기가 이미 무너진 터라 지금은 마수들로 주변이 가득 메워져버렸다. 순간 절망감이 덮쳐들었으나 저 앞쪽에 있는 북측의 외벽은 아직 뚫리지 않았다.

안도한 엘프는 곧장 루트를 변경하여 티아모의 동쪽 문으로 돌아들었다. 정문은 꽉 닫혀 있었기에 문지기용의 출입구를 열고 또 곧바로 달음박질친다.

문 너머의 대로는 평시였다면 무척 떠들썩했겠지만, 지금은 아무도 없다. 엘프는 전력으로 달려서 도시의 북쪽을 향해 나아갔다. 전력으로 달려간 곳, 북쪽 벽 안쪽에는 척후 부대의 부대장이 있었다.

"마석을 가지고 복귀했습니다!!"

호흡을 가다듬을 틈도 없이 보고를 수행한다.

"그래, 고생 많았네! 알렌 공의 위치로 가서 지시에 따르도록."

"넷!"

대화 나누는 두 사람을 놓아둔 채 다른 엘프들은 마수를 외벽에서 몰아내기 위하여 죽기 살기로 싸우고 있었다.

벽 안쪽에서도 병사들은 힘껏 분투하고 있다. 회복사는 끊임없이 회복 마법을 걸고, 정령 마법사는 잇따라 공격 마법을 날리고, 궁사대도 손을 멈추지 않으며 화살을 거듭거듭 쏘았다.

마석을 가져온 엘프는 「바깥에 나가라」라는 명령을 받고 출입구로 망설임 없이 마수가 떼 지어 달려드는 벽의 바깥으로 뛰쳐나갔다.

'후유, 안 늦었군. 여기로 와라.'

머지않아 마석이 떨어질 뻔했다. 이미 B랭크 마석은 1천 개 이하로 줄어들었다.

척후 부대의 엘프는 자루를 짊어지고 가까이 달려왔다. 알렌이 소환수를 써서 마수의 접근을 막아 안전지대를 확보한 덕에 외벽을 나온 뒤 곧장 알렌의 곁으로 달려올 수 있었다.

"으음, 미안합니다. 이 구멍에 마석을 쏟아부어주십시오!"

알렌의 정면에는 1미터짜리 사각형 구멍이 뚫려 있다. 깊이도 1미터쯤 된다.

"예?"

"빨리 부탁드립니다!"

"네, 네엣!"

척후 부대의 엘프는 영문도 모른 채 시키는 대로 자루에 가득 욱여넣었던 마석을 쏟아냈다.

"이 자루에 몇 개쯤 들었습니까?"

"약 5천 개입니다."

"큰 도움이 되었습니다."

"아, 네에."

척후 부대의 엘프는 의미도 모른 채 마석이 마석이 구멍 바깥으로 넘칠까 걱정했다만, 어떻게 된 일인지 마석은 들어가자마자 쭉쭉 가라앉았다. 그 광경은 마치 바닥이 없는 구덩이에 빨려 들어가는 것 같았다.

'좋아, 좋아. 이렇게 하면 마도서를 못 보는 엘프들한테서도 마석을 보급할 수 있지.'

이 구멍은 두더지처럼 생긴 짐승G 소환수를 시켜서 만들었다. 구덩이 안쪽에는 수납 페이지를 펼친 마도서가 놓여 있는데, 엘프의 척후병은 마도서를 못 보는지라 마석을 넣어야 할 위치를 따로 구덩이를 파서 표시한 것이다.

'됐어, 더 싸울 수 있다. 오, 마침 또 왔구나! 왔어! 계속 온다!!!'

알렌이 환희에 찬 표정으로 새E 소환수와 공유한 광경을 확인한다. 그곳에서는 열 명 이상의 엘프들이 커다란 자루를 짊어지고 이쪽으로 다가오는 모습이 출력되고 있다. 엑스트라 스킬을 사용하여 상상 이상의 속도를 내는 척후 부대 소속 엘프들은 문지기용 출입구를 지나서 눈 깜짝할 사이에 알렌의 곁으로 다가왔다.

"""가져왔습니다!!!"""

엘프들이 알렌의 설명에 따라 구멍의 안쪽으로 마석을 쭉쭉 집어넣는다. 병사들은 마석이 구덩이에 빨려 들어가는 광경을 보고 의문을 느끼면서도 묵묵히 작업에 몰두했다.

"감사합니다."

알렌은 목숨을 걸고 임무를 수행한 병사들에게 진심으로 감사의 말을 전했다. 척후 부대는 비합리적인 지시를 받는 경우가 많았다. 이제껏 로젠헤임을 침공한 마왕국의 총수 및 진군 방향을 거듭 확인했던 것도 척후 부대였다. 언제나 힘든 임무를 수행하는 입장인지라 전장에서 맨 처음 죽는 것은 척후 부대라는 말을 듣는다.

과거에 세실이 유괴당했을 때 싸웠던 더글라하라는 전직 척후가 세상을 원망하고 귀족 상관들을 원망하며 암살자로 타락했던 이유도 학원에서 척후의 역할을 배웠을 때 어렴풋이나마 알 수 있었다.

'B랭크 마석을 5만 이상은 보급받았군. 응, 계속 오는구나.'

맨 처음 전달자 집단 이후로 끊임없이 또 다른 전달자들이 다가왔다. 이번에는 서른 명 이상은 되어 보인다.

이번 마왕군의 공세는 무척 단순했다. 숫자로 압살하여 엘프 여왕이 있는 것으로 추측되는 티아모를 함락시키는 것. 그게 전부다.

그에 대항하는 알렌의 작전도 역시 무척이나 단순했다.

우선 사흘 밤낮 동안에 마왕군의 마수를 최대한 쓰러뜨린다. 마왕군이 아랑곳 않고 돌파하면 또 정면으로 돌아들어서 같은 공격을 감행한다. 그 결과 여태껏 마왕군이 지나온 경로에는 알렌 파티가 사흘 밤낮 동안에 쓰러뜨렸던 마수의 시체가 40만 마리 정도 굴러다니고 있었다. 티아모의 북쪽에는 마수의 시체가 겹겹이 방치되어 있는 상황이다.

엘프의 척후 부대 3천 명에게 마석 회수를 지시했다. 그리고 민첩성을 올려주는 엑스트라 스킬 보유자 1백 명에게 마석을 최대한 많이 운반하도록 시킨 것이다.

척후 부대를 활용하는 마석 보급. 이것이 바로 알렌이 병력을 빌려 수행한 작전이었다.

지금 이 순간에도 커다란 자루에 마석을 한가득 욱여넣은 엘프들이 티아모로 차례차례 도착하고 있다. 끊임없이 도착한 엘프들 1백명 전원이 구덩이 안에 회수해서 가져온 마석을 전부 쏟아부었다.

'이제 마석이 30만 개 이상으로 불어났다. 자, 시작해볼까.'

알렌은 용B 소환수를 일단 제거하고 재생성을 한 뒤 신규 용B 소환수 스무 마리를 불러냈다.

"도라도라들아, 준비는 끝났다. 분노의 업화를 전력으로 쓸 때다."

『『기다렸다네!! 나의 주인이여!!!』』

오만불손한 용B 소환수들이 하나같이 히죽 웃더니 거대한 턱을 벌려서 허공으로부터 무엇인가를 빠르게 집어삼킨다. 곧이어 특기보다 몇 배나 굵은 광원이 입속에서 반짝거리다가 다음 순간에는 불꽃을 쏟아냈다. 그리고 숯덩이가 된 1천 마리에 가까운 마수들. 스무 마리의 용B 소환수가 일제히 뿜어낸 브레스는 단순히 상대를 불사르는 것이 아니라 아예 삭제해버린다는 표현이 더 어울릴 만큼 큰 위력을 발휘했다.

알렌은 또다시 고속 소환을 써서 스무 마리의 용B 소환수를 제거한 뒤 재생성한다.

용B 소환수의 각성 스킬은 하루에 한 번만 사용이 가능하다. 따라서 재소환을 되풀이해야 하고 마석의 소비량이 엄청나다. 하지만 알렌은 아낌없이 마석을 소비해버렸다.

"쭉쭉 밀어붙인다! 분노의 업화를 쏟아부어!!!"

『『『오오!!!』』』

알렌은 용B 소환수에게 각성 스킬 「분노의 업화」 사용을 거듭 지시했다. 매번 재생성하여 공격을 할 때마다 스무 마리 몫의 B랭크 마석 580개를 소모했다.

알렌은 상황에 따라 의식적으로 마석의 소모 속도를 조절했다.

맨 처음 티아모 공방전에서는 마석 재고가 1천 개까지 줄어들었기에 벌레B 소환수를 활용한 협공으로 싸웠다. 그다음 수행했던 지연작전 때는 토벌을 우선하여 용B 소환수를 넉넉하게 편성했었기에 하루당 2만 개 정도의 마석을 소모했다.

지금은 아예 비교가 되지 않는다. 이 전투를 총력전으로 판단한 알렌은 한 시간당 5만 개의 페이스로 마석을 써서 마수들을 사냥하고 있다.

그리고 처음으로 마수들을 밀어내기 시작했다. 알렌 파티의 섬멸 속도가 압도적인 숫자로 몰아치고자 했던 마왕군을 마침내 넘어선 것이다.

알렌은 새B 소환수에 올라탄 채 용B의 각성 스킬 공격 범위로 마수를 유인하면서 천천히 앞으로 나아갔다.

이미 제3층의 돌무더기 부근까지 군세를 밀어냈으며, 계속 덤벼드는 적을 쓰러뜨린다. 그리고 마침내 북문 쪽 마왕군을 완전히 섬멸했다.

"좋아, 이제 서쪽으로 돌아서 아직 못 잡은 마수들을 처리하자."

"그래, 아직은 끝난 게 아니다!!"

전쟁이 시작된 이후 드골라의 사기는 언제나 높다. 알렌은 북쪽 방벽의 양 끝으로 흩어져버린 마왕군 약 10만 마리를 추격하기 위하여 동료들을 불러 모았다.

동쪽에는 정령사 가톨거가 있으니 북쪽 방벽의 서쪽으로 목표를 설정했다. 약한 아군에게 가세하는 형태다.

"괴, 괴물이다……."

알렌 파티의 활약을 목격하고 외벽 위쪽에 있던 병사들이 무의식 중에 소리를 냈다. 마수가 사라져서 이제 안도해야 할 상황인데도 몸이 자꾸만 떨린다. 마왕군을 눈 깜짝할 사이에 싹 태워버리다니. 그것은 상식을 초월하는 일방적인 대학살이었다.

이렇게 100만 마왕군 군세와의 전투는 드디어 끝을 맞이했다.

제8화 군사 회의에서 ②

알렌은 결국 이번 전투에서 B랭크 마석을 20만 개나 소비했다. 100만 마리에 달하는 마왕군의 마수 중 40만 마리를 지연 전술로 사흘을 들여 쓰러뜨렸고, 방어전에서는 대략 40만 마리를 고작 하루 사이에 또 사냥했기에 당연한 결과일 테다. 나머지 20만 마리는 섬멸하는 과정에서 뿔뿔이 흩어진 뒤 티아모를 떠나 도망쳐버렸다. 저것들은 이미 끝까지 전쟁에 임할 기개도 없는 단순한 짐승이었다. 두 번째 티아모 공방전도 완전 승리라고 말할 수 있다.

너무나 큰 전공이었기에 알렌에게 직접 이야기를 들었던 장군들은 사태를 좀처럼 잘 받아들이지 못하는 모습이었지만, 모든 국민에게 용기를 불어넣어줄 수 있는 소식인 만큼 신속하게 전파하기로 했다. 동시에 알렌에게 협력을 받아 소환수를 써서 네스트를 비롯한 다른 도시에도 이번 승리의 소식을 전했다.

해가 저물고 나서도 「정령왕님 만세!」 「여왕 폐하 만세!」라며 양자를 찬양하는 목소리가 도시 이곳저곳에서 들려온다. 알렌의 존재가 아직껏 공표되지 않은 까닭에 모든 것은 정령왕의 기적과 여왕을 구하기 위해 목숨을 걸고 싸운 병사들의 활약 덕분이라고 인식되어 있다.

하프를 튕기는 음유시인의 노래를 들으면서 목제 컵을 천천히 기울여 술을 즐기는 엘프들. 이것이 로젠헤임에서 볼 수 있는 밤의 본래 모습이었다.

그런 도시의 풍경과 달리 긴장감이 감도는 장소가 있다. 엘프 여왕이 있는 회의실이다.

"오, 오셨군."

"겁내지 마라. 우리는 같은 편이다."

"아, 알지. 하지만, 너는 외벽 위쪽에 있지 않아서 모르는 거다. 그것은 인간이 손에 넣어도 되는 힘이 아니야……."

긴장감으로 가득 찬 회의실 안쪽으로 알렌과 동료들이 입장했다. 오늘 전공과 이후 계획에 대해 상의하기 위해서였다.

'목욕하고 밥 먹으니까 졸린데. 응? 정령왕은 오늘도 푹 잠들었네.'

엘프 여왕의 무릎 위에서 하늘다람쥐처럼 생긴 정령왕이 잠들어 있다. 야생의 본능을 잊어버린 것처럼 무방비하게 잠든 모습이다. 알렌은 「아니지, 애초에 정령왕이잖아?」라고 생각을 고쳤다.

"이번에도 훌륭한 활약이었습니다. 진심으로 감사드립니다."

"네. 급박한 상황이었기에 작전다운 작전은 아니었습니다만, 티아모가 함락되지 않고 버텼으니 다행입니다."

'응, 진짜 정말로 다행이야. 만약 200만 마리가 쳐들어왔다면 끝장났을걸? 마왕군이 공격 속도를 우선해서 군대를 충분히 모으지 않은 게 행운이었지.'

알렌은 「다 같이 힘을 모았던 덕분에 지킬 수 있었습니다」라고 말을 이었다. 마왕군 100만 마리의 마수 중 적어도 70만 마리는 알렌 파티가 쓰러뜨렸지만, 엘프 척후의 활약과 티아모 북부 방어군의 분투가 있었기에 거둔 승리였다는 것이 알렌의 생각이다.

이번 전투는 모든 것이 아슬아슬했다. 마수의 수가 200만 마리였다면 분명 버티지 못하고 함락되었을 것이다. 100만이면 충분이 공략할 수 있으리라고 판단을 실수했던 것도 아군의 도움이 되어주었다.

'그건 그렇고 레벨은 63까지 올랐는데도 아직 「지휘화」가 해방되지 않았네?'

알렌은 로젠헤임에 온 이후 꾸준히 경험치를 획득해왔다. 그 수치는 던전 공략을 하던 시절과 비교도 되지 않는다. 학원에서 용사 헤르미오스와 대결했을 때 55였던 알렌의 레벨은 63까지 올랐다. 하지만 마도서로 스테이터스를 확인하면 지금도 「지휘화」의 옆쪽에 표시된 〈봉인〉이 사라지지 않는다.

"그래, 이제부터는 어떻게 하면 되겠나? 알렌 공."

여왕의 옆쪽에 있는 시글 원수가 알렌에게 말을 건넨다.

엘프 나라의 일이다. 작전의 큰 방향은 엘프가 결정하는 것이 좋지 않겠냐는 생각도 들었지만, 질문을 받았기에 일단 대답해주기로 했다.

"네, 이번 전투에서 마왕군이 데려온 마수의 수는 절반 가까이 줄어들었을 겁니다."

"확실히, 보고가 정확하다면 남은 숫자는 170만 마리쯤 될 테지."

"다만 마왕군이 이대로 물러날 것 같지는 않습니다. 예비 병력을 투입해서 새로운 한 수를 놓을 것으로 가정하고 대비해야겠지요."

알렌은 마왕군이 첫 번째 퇴각 이후로 신속하게 병력을 수습한 뒤 다시금 침공을 개시하기까지 보인 움직임을 떠올렸다. 북쪽으로 후퇴한 마왕군을 끈질기게 쫓아다니지 않았다면 그토록 빨리 들이닥칠 것은 상상조차 하지 못했을 테지.

"그럼 어떻게 해야 하겠습니까?"

여왕이 알렌에게 묻는다. 이곳에 있는 전원이 알렌의 전투력을 이해하고 있기 때문에 하나같이 판단을 요청했다.

"먼저 마왕군이 이번 전투처럼 숫자로 밀어붙이려 해도 버틸 수 있는 기반을 갖춰야만 합니다."

"그러면 역시 라폴카 요새를……!"

"네."

시글 원수는 알렌의 「대군을 버틸 기반이 필요하다」라는 말 한마디로 다음에 무엇을 해야 할지 이해했다. 수도 포르테니아는 전세의 세계에서도 찾기가 쉽진 않았을 거대한 산맥, 아득하게 뻗어 나가는 봉우리에 둘러싸여 있다. 그리고 천연의 요새라기에는 너무나도 큰 산들의 중턱에 라폴카 요새가 있다.

포르테니아를 지키는 요새 중 몇몇은 이 같은 지형을 잘 활용했기에 마왕군이 쳐들어오기 전까지는 난공불락의 요새로서 국외에도 잘 알려진 곳이었다.

그중 한 곳이 티아모에서 마차로 10일쯤 걸리는 위치에 있는 요새인 라폴카다. 알렌은 이곳을 점령해야 한다고 말한 것이다.

"확실히 대군과 맞서자면 요새 공략은 빠뜨릴 수 없지. 다만 티아모에서 라폴카까지 가는 경로에는 이미 함락당한 도시가 있다네. 그곳에 대기하고 있을 마수는 어찌해야 하겠나?"

시글 원수는 라폴카 요새보다 앞쪽에 위치하는 도시를 먼저 탈환해야 한다고 제안했다. 티아모에서 라폴카 요새까지 사이에는 제법 큰 도시가 네 곳 흩어져 있다.

마왕군은 저 도시들에도 마수를 만 단위로 대기시켜 놓았다.

"글쎄요. 분명 이번에 나타났던 마왕군 100만 마리 중 40만 마리는 점령당한 도시에서 빼서 모았을 테고, 마수가 줄어든 지금이라면 방어가 약해졌을 겁니다. 다만 지금은 요충지도 아닌 도시를 탈환하고자 전력을 낭비할 시간이 없습니다."

도시를 탈환하자는 것은 라폴카 요새를 손에 넣을 때까지 들일 시간도 낭비한다는 것과 같다. 요새를 점령하기 전 400만 마리나 있다는 예비 병력 중 100만 마리라도 투입된다면 그때는 티아모를 포함하여 모든 것이 정말로 끝장날지도 모른다.

알렌에게 설명을 들은 뒤 시글 원수는 잠시 생각에 잠겼다. 그리고 자신의 발언이 로젠헤임의 미래를 좌우할 수도 있다는 굳은 각오를 가지고 결단 내렸다.

"옳은 말이군. 네스트에 아직 대기하고 있는 병력을 포함해서 총력으로 라폴카 요새 공략에 임해야 할 때네. 각각 도시의 병력을 소집하여 30만의 군세를 편성하도록 하지."

30만이라면 엘프의 모든 병력 중 절반이다.

"감사합니다. 병력을 소집할 때까지 얼마나 시간이 걸리겠습니까?"

"글쎄. 마도선을 총동원하면 티아모에서 출진할 때까지 엿새…….
아니군, 닷새는 걸릴 걸세."

'티아모에서 출진할 때까지 닷새, 그리고 진군하는 데 열흘쯤…….
합계 보름인가. 아니, 행군 중에도 마수가 습격할 테니 더 긴 시간이 걸리겠구나. 시간과의 싸움이겠어.'

군대의 행동은 본래 시간이 걸리는 법이었다. 티아모부터 라폴카 요새 사이에 있는 이미 점령된 지역을 무시하더라도 대략 보름. 시간을 헛되이 쓰지 않기 위해서 알렌은 다음 행동의 방향을 궁리했다.

"그럼 그동안 저는 도망친 마왕군을 소탕하겠습니다. 또한 라폴카 요사의 공략법도 틈틈이 검토해보겠습니다."

이번 전투에서 놓쳤던 20만 마리의 마수가 몇몇 덩어리로 뭉쳐서 도망치고 있다. 저것들이 엘프 군대의 행군 경로에 나타나서 맞닥뜨리면 방해가 될뿐더러, 이왕 뭉쳐서 움직이고 있다면 한꺼번에 퇴치해서 마석도 회수하는 것이 효율적이다.

【이번 전투에서 쓰러뜨렸던 마수 80만 마리 마석의 내역 및 분배】
 · 알렌이 40만 개(그중 20만 개는 이번 방어전에서 소비)
 · 로젠헤임이 20만 개(마도선에 10만 개, 하늘의 은혜에 10만 개)
 · 용B의 브레스에 맞아서 숯덩이가 된 것이 20만 개

A랭크 마석은 전부 알렌이 받기로 했기에, 마왕군 잔당을 섬멸해서 소지하고 있는 마석의 재고를 진군 전까지 조금이라도 불리고자 생각하고 있다.

알렌은 영혼B 소환수가 있는 방향을 돌아보며 마음속으로 영혼B의 의식에 말을 건넸다.

'에리, 세 마리가 선행해서 라폴카 요새에 잠입해줘. 내부의 정보를 알고 싶어.'

『분부 받들겠 · 사 · 와요.』

영혼B는 벽을 통과해서 빠져나가서 둥실둥실 날아갔다.

새로운 싸움을 향해, 알렌은 행동에 나서고자 한다.

*　*　*

티아모 공방전의 다음 날, 알렌 파티는 티아모로부터 10킬로미터쯤 북상한 위치에 있었다.

"꽤 많이 만든 것 같은데 더 많이 필요해?"

"응. 이제부터는 공세로 전환해야 하니까 아마 앞으로 더 많이 필요해지지 않을까?"

알렌은 새B에 세실과 마주 앉아서 하늘의 은혜 생성을 계속하고 있다. 복숭아에 팔다리가 달린 모습의 풀B 소환수를 소환한 뒤 손에 든 화분 위쪽에서 각성 스킬을 사용했다. 그러자 높이 1미터쯤 되는 나무가 자라나서 맺힌 열매가 화분에 굴러떨어진다. 그 열매를 세실이 주워 수납에 넣어주었다.

이번 방어전에서 획득한 마석 중 20만 개는 로젠헤임의 몫이었지만, 그중 10만 개는 하늘의 은혜 2만 개를 생성하는 데 필요했다. 지금까지 엘프 병사들이 치른 전투는 방벽과 참호를 이용하여 단단히 수비하는 방어전이었지만, 이후는 자신들의 나라를 되찾기 위해 진군해야만 한다.

따라서 부상당하는 병사는 지난 전투보다 더욱더 많이 늘어날 것이다. 사망의 위험을 줄이기 위해서는 섬멸 속도를 올리기 위한 마력의 회복, 아울러 빈사의 중상도 치유할 수 있는 하늘의 은혜가 반드시 필요했다.

"뭐랄까, 변함없구나."

"응?"

"미스릴 채굴권을 포기했을 때도 보상을 요구하지 않았잖니."

세실은 자신이 속한 그란벨 가문이 카르넬 가문의 책략에 당해 곤란해졌을 때 알렌이 스스로 손에 넣었던 미스릴의 채굴권을 양도했던 것을 떠올리고 있었다. 알렌은 못된 생각만 하는 것 같아 보였지만 보상을 요구할 상대는 잘 분간하면서 처신하고 있다.

결국 그때 알렌의 손에 남은 것은 「그란벨 가문의 은인」이라는 명예뿐이었지만, 가문의 재정 상태를 잘 아는 세실이 보기에는 그것이 그란벨 가문에서 내줄 수 있는 최대한의 보답이었다.

"뭐, 싸게 비지떡이라는 말도 있잖아. 억지로 빼앗아봤자 좋을 게 없지."

"그게 뭐야?"

세실은 뜻을 이해할 수 없는가 보다. 전세의 속담에 대해 설명해 주자 세실은 알렌의 이야기에 귀를 기울였다.

로젠헤임은 이제 극빈국이 되었다. 영토 7할이 마왕군의 침공을 받은 데다가 많은 도시가 불바다에 휩쓸렸다. 현 상태에서 완전히 복구를 이루려면 과연 몇 년이 걸릴까.

기암트 제국은 이 같은 상황을 파악한 뒤 재빨리 식량 등의 지원을 시작했다. 이런 때 잔뜩 생색을 내서 그동안 값비쌌던 엘프 회복 부대의 원정 비용을 깎는다거나 이번 전쟁에서 요긴하게 쓰인 엘프의 영약을 매수할 수 있는 교섭의 근거로 쓸 심산일 테지. 지난 며칠간 로젠헤임의 회의실에서는 그런 이야기도 의제로 거론되고는 했다. 하지만 알렌은 지금 상황을 잘 이해하기에 무상으로 하늘의 은혜를 만들어주고 있다.

"자, 이제 보이는구나. 마수가 3만 마리쯤 되겠어."

'어제부터 날아왔으니까 에리는 슬슬 도착했으려나. 자, 나도 레벨을 올려야지.'

스킬 「지휘화」는 레벨이 63으로 오른 지금도 해방되지 않았다. 얼마나 더 레벨을 올려야 봉인이 풀리는지 알 수 없지만, 레벨을 올려서 나쁠 것은 없기에 지금은 경험치 획득에 집중하기로 하자. 그러려면 한 마리라도 더 많은 마수를 사냥할 필요가 있다.

눈앞에 2만 정도일까, 적당한 수의 마왕군 잔당이 보인다.

"자, 세실 님. 첫 일격은 잘 부탁드리겠습니다."

"오냐. 맡겨다오."

알렌의 농담조 말에 대답을 한 세실은 새B의 위쪽에서 천천히 일어섰다.

그리고 엑스트라 스킬 「소운석」을 발동한다. 마왕군 잔당 사냥이 시작됐다.

* * *

알렌 파티가 있는 지점으로부터 아득한 북쪽에는 별동대가 있다. 영혼B 소환수를 중심으로 새F와 E와 D가 한 마리씩 편성된 부대는 알렌의 지시에 따라 북상을 계속하고 있었다.

『시야에 들어왔 · 사 · 와요.』

별동대가 산 중턱에 건설된 견고한 요새 도시를 발견했다. 주거지 등 도시의 기능적인 부분은 썩 많지 않지만, 30만 명의 엘프 병력이 주둔하기에는 충분한 크기였다.

이곳이 바로 라폴카 요새다. 이 요새 내부의 정보를 획득해서 어떻게든 공략하고 싶다.

알렌은 공유를 써서 요새의 상황을 뚫어져라 관찰했다.

'여긴 함락시키려면 고생 좀 하겠는데? 하지만 라폴카 요새를 함락시키면 수도 포르테니아가 작전 범위에 들어올 거야.'

라폴카 요새를 나가 마차로 닷새쯤 이동하면 함락된 수도 포르테니아가 눈에 보인다고 말을 들었다.

【최남단 네스트로부터 마차 이동으로 환산한 소모 일수(1일당 30킬로미터)】

· 마차로 30일, 티아모.

· 마차로 40일, 라폴카 요새.

· 마차로 45일, 수도 포르테니아.

· 마차로 110일, 최북단 요새.

"그건 그렇고……."

5대륙에서 가장 작은 섬나라라고 들었던 알렌은 로젠헤임의 상상 이상으로 큰 넓이에 놀랐다. 전세 때 지리를 예로 들자면 면적이 호주보다도 조금 큰 정도잖은가. 중앙 대륙은 로젠헤임보다 세 배 이상 크다던데 수비를 맡아 돌아다녀야 하는 용사가 얼마나 고생을 할지 알 수 있겠다.

아무튼 라폴카 요새 관찰을 계속하던 중 영혼B가 요새 입구를 발견했다. 좌우를 문지기 두 마리가 굳게 지키고 있다. 몸길이 10미터쯤 되는 A랭크의 마수였다.

'흠흠, 갑옷 계통의 마수구나. A급 던전 최하층에서 마주친 적이 있지. 이름이 그레이트 워리어였던가.'

알렌은 즉각 영혼B 소환수들에게 지시를 내렸다.

'에리, 정면으로 들어갈 필요는 없어. 상공에 있으면 발견당할 테니까 지상으로 내려간 뒤 적당한 지점을 찾아 잠입하자.'

요새의 상공에는 커다란 눈알을 번뜩번뜩하는 박쥐가 몇 마리 날아다니고 있었다. 티아모에서도 본 적이 있는 색적 담당의 눈알 박쥐다. 던전에서는 못 봤는데 마왕군에 있는 고유 마물일지도 모르겠다.

『분부에 따르겠 · 사 · 와요.』

영혼B 소환수는 알렌에게만 들리도록 작게 중얼거리고 눈알 박쥐에게 들키기 전에 산의 경사면 아슬아슬한 곳으로 내려섰다. 알렌이 영혼B 소환수를 세 마리 선행시킨 이유는 라폴카 요새가 상당히 넓다고 들었기 때문이다. 이제부터는 분담해서 내부를 확인해야 한다.

'흠흠, 요새 외벽의 위쪽도 마수로 가득 찼구나.'

영혼B 소환수는 마수에게 들키지 않게 조심조심하며 요새의 벽을 통과해서 무사히 세 마리 모두 안으로 들어갔다. 새F, E, D 소환수는 나뭇가지에 앉아 관찰을 속행하며 대기한다.

*　*　*

내부에 잠입한 영혼B 소환수들이 먼저 목격한 것은 요새를 당당하게 활보하고 있는 마수들이었다.

수도 북부의 요새, 아울러 수도가 연속해서 함락되었을 때 많은 병사가 목숨을 잃어버렸다. 그 때문에 대량의 마수에게 점령당한 수도와 가까운 라폴카 요새는 농성해봤자 공격당했을 때 마땅한 대항책이 없다.

그렇게 판단했기에 요새에서 버티는 대신 요새를 비운 뒤 티아모까지 퇴각했다.

'……그 덕분에 요새의 기능은 건재하군.'

전투의 흔적은 있을지언정 아직 요새로서 갖춰야 할 기능은 충분해 보였다.

영혼B가 탐색을 계속하던 중 검을 쥔 해골과 시선을 마주쳤다. 동요를 숨기며 영혼B 소환수들이 가볍게 미소 짓고는 옆을 지나쳤는데 습격을 받진 않았다. 아무래도 영혼B를 적으로 인식하지 않는 것 같다.

'예상은 했는데 막상 눈을 마주치니까 긴장되네. 아무튼 간에 잘 됐어, 역시 공격을 안 하는구나.'

알렌은 학원에서 로젠헤임이 처한 곤경을 들었을 때 언젠가 마왕군에게 점령된 도시와 요새를 탈환하는 흐름이 될 것이라고 예측했었다. 그때 영혼B의 특성은 잠입 활동에 도움이 된다. 따라서 이제까지 영혼B 소환수를 전투에 참가시키지 않으며 연락 담당에 전념

시킴으로써 존재를 숨겨왔다.

영혼B의 존재를 알지 못하는 마수들의 눈에 소환수인 영혼B가 적으로 보일지 아군으로 보일지는 굳이 말을 할 필요도 없겠다. 즉, 알렌은 영혼B가 마수에게 적의를 드러내지만 않는다면 공격을 받지 않을 것이라고 예측했었다.

'좋아, 잘했어. 이대로 가장 큰 건물을 향해 움직여. 보스 같은 녀석이 있을지도 몰라.'

『네, 분부에 따르겠 · 사 · 와요.』

세 마리의 영혼B는 요새의 중앙부에 건설된 견고한 건물을 향해 나아갔다.

'대형 마수는 별로 없구나. 뭐, 엘프의 몸집에 맞춰 건설한 요새니까 스켈레톤 같은 마수가 많네 이러면 에리들이 슬쩍 녹아들기에는 딱 좋은 조건이지.'

공격받지 않음을 확신한 영혼B들은 거침없이 쭉쭉 나아갔다. 역시 마주치는 마수들의 크기는 기껏해야 인간의 두 배 정도였고 용계통 같이 대형 마수는 없었다. 검을 쥔 해골이나 로브 안쪽에 아무것도 없는 마수가 주변을 빙빙 돌아다닌다.

견고한 외벽에 보호를 받는 거리의 구조를 확인하면서 이윽고 보스가 있을 법한 건물 앞쪽에 도착했다. 입구에는 문지기가 있었기에 일단 한 마리만 들어가고 나머지 두 마리는 거대한 요새의 공략 경로를 찾기로 했다. 경비병 마수들은 자연스럽게 들어가는 영혼B 소환수를 힐끔 쳐다봤을 뿐, 금세 또 정면을 향했다. 아군으로 착각했을 것이다.

'마족이나 마신이 있으려나.'

건물 내부에 침입한 영혼B 소환수. 그 시야를 통해 둘러보는 라폴카 요새 중추에서는 역시 검을 든 해골이 이곳저곳을 활보하고 있다.

'좋았어. 에리, 먼저 주방을 찾아봐.'

『분부에 따르겠 · 사 · 와요.』

알렌의 지시대로 영혼B 소환수가 건물 내부를 기웃기웃 둘러보다가 2층 한쪽에서 주방을 쉽게 찾아냈다. 어차피 의심을 받지 않는지라 당당하게 안에 들어갔더니 안쪽에서 머리에 요리사 모자, 몸에 앞치마를 두른 이족 보행 돼지가 나타나 고함을 질렀다.

『무슨 일이냐! 식사는 아직이다, 꿀!』

돼지의 고함소리에 영혼B가 당황하고 있다. 알렌은 마수 잔당 사냥을 계속하며 지시 내렸다. 그러는 짬짬이 하늘의 은혜 생성을 병행하는 만큼 상당히 바쁘다.

'「차를 내오라는 지시를 받았습니다……」라고 대답해. 주뼛주뼛하는 느낌이 좋아.'

『차를 내오라는 지시를 받았습니다…….』

알렌의 지시대로 영혼B 소환수가 돼지 얼굴의 요리사에게 말한다.

『분노하신 글라스터 님께서 말이냐, 꿀?』

'글라스터라는 녀석이 이 요새의 보스인가? 아니면 로젠헤임 침공군의 총대장인가?'

알렌은 영혼B에게 고개를 끄덕이도록 재촉했다. 그러자 반응을 본 돼지 얼굴의 요리사가 달갑지 않다는 듯이 콧소리를 낸다. 아무래도 글라스터라는 녀석은 지금 기분이 안 좋은가 보다.

『아까 막 식사를 내가지 않았냐, 꿀!! 누가 알랑거리려고 이러는지 모르겠는데 그럼 본인이 오란 말이다, 꿀!』

'자꾸만 꿀꿀 소리를 내서 이야기가 귀에 잘 안 들어오네.'

『부, 부탁드려도 될까요?』

『그래, 준비할 테니 잠깐만 기다려라, 꿀. 그건 그렇고 못 보던 얼굴인데 너는 신입이냐, 꿀? 글라스터 님이 계신 곳으로 가야 한다니. 아주 피곤한 심부름을 떠맡았구나, 꿀~.』

영혼B 소환수의 연기가 제법 잘 통했는지 돼지 얼굴의 요리사는 동정의 말을 입에 담으며 세 개의 찻잔, 찻주전자, 과자를 준비해줬다.

돼지 얼굴 요리사의 지레짐작 덕분에 생각보다 간단하게 보스급의 곁으로 다가갈 수 있을 것 같다.

'흠흠, 역시 마수들은 마수와 소환수의 차이를 인식하지 못하는군. 에르메아도 다섯 살 감정 의식에서는 소환사의 직업 이름을 버그로 처리했잖아?'

알렌은 마수가 어떻게 적과 아군을 판정하는지 생각해왔다. 이세계의 마수는 상대가 마수일지라도 주저하지 않고 공격할 때가 있다. 실제로 그란벨 영지에서 오크 집단이 그레이트 보어 사냥하는 광경을 본 경험이 있었다. 티아모에서 마왕군에게 야습을 감행했을 때도 전장에서 죽어 가는 다른 마수의 숨통을 끊고 잡아먹는 마수를 잔뜩 목격했다. 마수는 마수 이외의 대상만을 습격하도록 설계된 것은 아닌 것 같다.

마왕군이 B랭크 이상의 마수만으로 구성되어 있는 이유로 「C랭크 이하는 인류의 위협이 되지 못하기에」라는 학설도 있다는 것 같은

데, 알렌은 틀리다고 생각했다. C랭크 마수라면 재능이 없는 자에게는 충분히 위협적이다.

실상은 지휘에 따를 줄 아는 최소한의 지력을 보유한 마수가 B랭크 이상에만 있어서가 아닐까 추측된다. 또한 아마도 애매하게 지력이 높은 개체가 모여 있기에 아무나 공격하지는 않는 것이다.

『옜다, 가져가라.』

돼지 얼굴의 요리사가 다과를 담은 쟁반을 건네주려고 했다.

『저, 저기요. 어디로 가져가면 되는 걸까요?』

『엉, 모르는 거냐…… 어쩔 수 없군. 여길 나가서 근처 계단을 4층까지 올라간 다음 똑바로 쭉 들어간 곳이다, 꿀. 너무 꾸물대면 얻어맞아서 죽을 테니까 빨리 가봐라, 꿀~.』

『고맙습니다.』

영혼B는 대답하고 다과를 한 손에 든 채 주방에서 나간 뒤 돼지 얼굴의 요리사가 가르쳐준 4층 정면의 문을 열었다. 어둑어둑하고 휑하게 넓은 방 안에는 탁자가 놓여 있고, 복수의 「무엇인가」가 앉아 있었다. 아마도 회의실로 쓰이는 곳 같았다.

'오! 혹시 마족인가? 아니면 마신인가?'

영혼B의 시야 너머로 보이는 「무엇인가」를 발견했을 때, 알렌은 흥분했다. 학원에서 마왕은 부하로 마신이나 마족을 거느리고 있다고 배웠던 것을 떠올렸기 때문이었다. 다만 이 사실은 용사 헤르미오스의 활약 덕분에 처음 판명되었을 뿐, 상세한 정보는 아무것도 알려진 것이 없다고 했다.

잘 관찰해보니 가장 안쪽에 앉아있는 녀석은 산양 같은 비슷한 뿔이 달렸고 쉰 살이 지난 나이로 보이는 아저씨였다. 거무스름한 피부에 보라색 머리카락. 척 봐도 언짢아하는 표정이었다. 그 옆쪽에는 똑같이 뿔이 달렸고 검은 피부에 긴 보라색 머리카락의 젊어보이는 마족이 앉아있다. 아저씨가 엄청 열 받은 모습으로 있는 상황 때문인지 무척이나 곤란하다는 표정이었다.

맞은편에는 일어나면 신장이 3미터에 달할 것 같은 거한이 앉아있었다.

이 녀석만 얼굴이 하이에나다. 그래서 표정을 보고 판단할 순 없지만, 다른 두 사람과는 달리 차분한 모습 같았는데 아마도 평온한 듯싶었다.

'흠흠, 이 녀석들이 마족인 걸까. 맞다면 마족은 보라색 머리카락에 거무스름한 피부랑 짐승 계통으로 크게 나눌 수 있는 건가? 그렇다면 아까 본 요리사도 마족인가……?'

다시 생각해보면 돼지 얼굴의 요리사는 대화를 나눌 수도 있었고 오크나 트롤하고는 무엇인가가 분명 달랐다.

『음? 누구냐, 너는.』

알렌이 딴생각을 하는 사이에 정면의 거무스름한 아저씨가 영혼B 소환수를 발견하고 곧바로 눈을 부라렸다.

'이번에는 당당한 느낌으로 대답하자.'

『실례합니다. 글라스터 님께 다과를 가져다드리도록 지시받았습니다.』

영혼B 소환수는 방긋 웃으며 눈을 부라리는 거무스름한 아저씨에게 대꾸했다.

『마침 잘됐군. 글라스터 님께서도 한숨 돌리시죠. 아가씨, 차를 이쪽에 주게.』

'흠흠, 거무스름한 아저씨가 글라스터인가. 그 옆에 있는 녀석에게도 이름이 따로 있겠지.'

거무스름한 형씨가 친절하게 영혼B를 불러들여준다. 하이에나 얼굴은 줄곧 팔짱을 낀 채 아무런 말도 하지 않았다.

영혼B가 일동에게 등을 보이며 찻주전자를 기울이자 진한 보라색을 띤 걸쭉한 무엇인가가 나와서 잔을 채웠다.

'뭐지? 스무디인가? 건강에 좋은 건가?'

결코 맛있어 보이지는 않는 찻물을 보고 있던 중 뒤쪽에서 큰 소리가 울린다.

쿵!

글라스터가 주먹이 깊이 박힐 만큼 목제 탁자를 세차게 때린 소리였다.

『네프틸라! 보고가 먼저다! 수도에 계시는 마신 레젤 님께 패전의 이유를 설명해야 하는 이 상황에 너는 어째서 이토록 보고를 지체시키는 것이냐. 레젤 님께서는 우리의 보고를 기다리지 않으시고 이미 본부의 총사령관님에게 직접 증원을 요청하셨다고 들었다!』

『보고가 늦어 죄송합니다. 거의 모든 A랭크 마수가 사망해서 B랭크의 지휘 계통이 괴멸된 것이 현 상황입니다.』

차분한 표정으로 거무스름한 부하가 보고를 한다. 이름은 네프틸라인가 보다. 게다가 마왕군에서도 A랭크, B랭크라는 표현이 쓰인다는 것을 알았다.

아무튼 지금은 아무래도 좋다. 표현보다는 글라스터의 말이 마음에 걸렸다.

'벌써 증원이 결정됐나. 뭐, 로젠헤임의 마왕군도 남은 숫자가 절반뿐이니까 말이지.'

마왕군의 예비 부대는 400만쯤 된다고 알려졌다. 어느 시기에 어느 정도의 증원군이 올까. 소환수와 공유한 상태로 귀를 기울였다.

『방금 전에도 말했다시피 분명 정령왕이 승격한 것이 이유다고프. 그래서 엘프는 강해졌고 우리는 지고 말았다고프.』

하이에나 얼굴이 글라스터와 네프틸라의 대화에 참가한다.

『야고프, 그 말씀은 아직 지레짐작이 아닙니까? 정령왕은 아직 신앙치가 부족해서 아신을 벗어나지 못했을걸요. 게다가 정령신이 되었다고 해서 엘프가 극단적으로 강해질 것 같지는 않습니다.』

『그럼 정령사가 사실은 대정령사였던 것이다고프. 아니면 상위 마수 조련사가 엘프들 중에 나타난 것이다고프. 적의 군세에 큰 개미와 드래곤이 있다고 말을 들었다고프.』

정령신과 신앙치, 상위 마수 조련사 등 처음으로 듣는 표현이 자꾸 튀어나온다. 대강 의미는 짐작할 수 있는데 완전하게 이해하지는 못했다.

'뭔가 처음으로 듣는 단어가 잔뜩이라서 가슴이 뛰네.'

알렌은 마수를 토벌하면서 정보를 정리했다.

이곳에 있는 세 명의 마족 중 아저씨가 아마도 세 명의 리더인 글라스터. 비슷하게 거무스름하고 장발인 부하가 네프틸라. 그리고 말끝에 고프를 붙이는 하이에나 남자는 야고프. 마신 레젤이라는 인물은 로젠헤임 침공에 나선 총대장 격의 보스일까.

『마왕님의 마수 예속을 뒤집을 수 있는 마수 조련사라니요. 아무리 상위 직업이어도 절대 나타날 리 없습니다. 게다가 대정령사가 있었다면 이제껏 저희가 일방적인 공세로 밀어붙였던 것이 이상하죠.』

마수 예속이라는 것은 아마도 마왕이 마수들을 거느리기 위한 절대적인 계약, 혹은 저주일 것이다. 이곳에 있는 세 명은 드래곤과 거대한 개미 등 본래 자신들의 아군이었어야 하는 짐승들이 마왕군을 공격한 이유를 알 수 없어서 곤란해하는 것 같았다. 네프틸라와 야고프가 주고받는 의견을 글라스터는 미간을 찌푸린 채 듣고 있었다.

『드세요.』

영혼B 소환수에게는 정보를 수집하기 위해 천천히 차를 따르도록 전달했지만, 너무 늦어지면 오히려 의심을 받게 된다. 시기를 가늠하여 영혼B가 잔을 세 마리의 마족 앞쪽에 놓아두었다.

'생각했던 것보다 내 존재는 별로 알려지지 않았구나. 뭐, 그래서 전투가 개시되면 속공으로 정보 수집 담당인 눈알 박쥐부터 잡았지만.'

박쥐를 저격하는 것은 레벨업으로 사정거리가 1킬로미터에 달한 포르말의 임무이기도 했고, 포르말이 박쥐를 못 맞혀 놓치는 경우는 본 적이 없다. 그럼에도 하강해서 싸운 전투도 제법 많았던지라 어느 정도 정보가 알려지는 상황은 각오했었다. 어쩌면 마석 회수를 위해 섬멸했던 것이 효과를 보았는지도 모르겠다.

『결국 정보를 아무것도 파악하지 못했잖은가!!』

아마도 갑작스럽게 패배를 겪고 달아난 뒤 회의가 제자리걸음을 하고 있었나 보다. 알렌은 엘프 중 스파이가 있진 않을까 걱정했었는데 다행히 기우였던 것 같다. 두 번째 공성전 이후 100만 마리의 전력 동원까지 상당히 빠른 속도로 이루어졌기에 판단을 잘못 내리면 패할 뻔했다.

알렌은 엘프 장군이나 장로들 중에 스파이가 있어서 마왕군에게 정보를 빼돌린 것은 아닌가, 따라서 엘프 측 병력이 회복된 것을 두려워하여 공세로 몰아친 것은 아닌지 의심하고 있었다. 이번 잠입 활동에는 배신자의 존재를 확인하려는 목적도 있었던 것이다.

마족의 랭크는 가장 낮아도 A랭크에 해당된다. 그중에는 S랭크에 가까운 마족도 있다는 말을 들었다.

A랭크 마수의 능력치는 대체로 3천에서 6천쯤 되니까 상대를 바보라고 생각하다가 바보 신세가 되는 것은 이쪽이다.

그런 생각을 하던 중 언제부터인가 네프틸라라고 불렸던 마족이 영혼B 소환수를 빤히 쳐다보고 있었다.

『너는 못 보던 얼굴이네. 이름이 뭐지?』

『에리라는 이름을 갖고 있·사·와요.』

영혼B는 겁먹지 않고 알렌에게 받은 이름으로 자신을 소개했다.

『그런가. 에리는 어떻게 생각하지? 어째서 100만이나 되는 아군의 부대가 패배해버렸을까?』

『글쎄요, 저는 알 수 없·사·와요. 다만 추측이라도 괜찮으시다면…….』

『응? 물론 괜찮아. 많은 의견을 들어보는 게 중요하니까.』

『예를 들어서 제국이 용사를 파견했다거나……. 그런 가능성이 있지 않겠·사·와요?』

『아니, 그럴 리 없어. 용사는 바다 건너에 있거든. 우리가 괜히 200만의 군세를 중앙 대륙에다가 파견한 게 아니니까.』

영혼B 소환수의 생각은 네프틸라에게 부정당했다. 그리고 동의를 구하려는 듯이 네프틸라가 글라스터를 쳐다본다. 글라스터는 말없이 고개를 끄덕이고 있었다.

'오호, 오호. 이러면 중앙 대륙의 마왕군과 정보 공유가 이루어진다는 것도 확정이군. 남은 건, 슬쩍 떠봐서 작전을 알아내볼까.'

알렌은 영혼B 소환수에게 다음으로 이야기할 내용을 속삭였다.

『그러면 이런 추측은 어떨까요. 이곳 로젠헤임에는 엘프의 영약이라는 회복약이 있다는 말을 들었·사·와요. 그 약을 쓰면 엘프들은 빈사 상태에서도 바로 회복될 수 있는데 이 같은 상황을 파악하지 못한 저희는 방심했다가 대패를 겪게 되었·사·와요.』

『엘프의 영약……. 그 말은 분명 야고프도 꺼낸 적이 있었지.』

『말했다고프. 척 봐도 명백하게 적 병사의 수가 많았다고프. 부상병이 회복된 게 아니라면 우리와 제대로 싸우지도 못했을 것이다고프.』

『그 추측이 만약 옳다면……. 약이 더 있을지도 모르니 같은 작전은 소용없겠군.』

네프틸라의 말에 글라스터는 또다시 고개를 끄덕이고 말을 꺼낸다.

『당연하다. 다음에는 남쪽 해안과 북쪽 육지에서 양방향을 공격하도록 마신 레젤 님께서 분부를 내려주셨다.』

'또 작전을 바꾸는 건가. 게다가 다음에는 해양에서도 덮칠 예정이고. ……에리, 의심을 사지 않도록 계속해서 들어줘.'

영혼B 소환수는 쟁반을 든 채로 문 앞까지 물러나서 시녀처럼 자연스럽게 대기했다.

마족들은 에리의 행동거지 따위 안중에도 없다는 듯이 작전의 이야기를 계속한다.

『해양에서……. 군세를 바다 마수에 태워 옮기라는 말씀입니까?』

네프틸라가 글라스터에게 상세한 작전을 확인했다.

『그렇다. 최남단에 엘프 녀석들이 피난한 네스트라는 항구 도시가 있다. 그곳부터 공격해서 마수들의 배를 채워주고, 그 후에 북진하라는 분부시다.』

마왕군 측도 통신 마도구 같은 물건을 써서 수시로 로젠헤임의 수도 포르테니아 및 마왕군의 본부와 상당히 긴밀하게 연락을 주고받는 것 같다. 마신 레벨이 직접 분부한 작전에 대해 글라스터가 설명을 한다.

그에 따르면 마왕군은 예비 병력을 슬슬 중앙 대륙이나 로젠헤임 중 어느 한 곳으로 파견해야 하는 시기에 접어들었다는 것 같았다. 중앙 대륙에서는 엘프의 회복 부대가 로젠헤임으로 떠난 이후에도 5대륙 동맹군이 잘 버티며 선전하고 있는 듯하다. 마왕군의 입장에서는 중앙 대륙을 몰아치고 싶은 한편으로 이미 절반 이상 점령을 마친 로젠헤임도 확실하게 마무리 짓고 싶겠지.

그 때문에 로젠헤임의 병력을 북부에서 상륙하는 예비 군세와 해양에서 네스트를 향해 침공하는 군세로 나누고, 네스트 방면과 북부 방면에서 협공을 하는 작전을 채택한 것 같다. 네스트에는 로젠헤임의 전토에서 발생한 피난민들이 모여 있는데, 숫자는 대략 200만을 넘는다. 그곳을 무너뜨리면 피난민을 식량으로 쓸 수 있으며 남진하는 군세도 식량 등 병참의 부담을 억제할 수 있다.

'앞뒤로 덮치는 건가. 뭐, 단순하게 군세의 규모를 늘리지만 하진 않는군. 이것은 방금 말했던 대정령사나 대마수 조련사의 존재도 대비하는 작전이겠어.'

엘프 측에 실력자가 있더라도 한 명이라면 앞뒤로 덮쳐 농락한 뒤 끝내버리겠다는 속셈일 테다. 그건 그렇고 어제가 지난 오늘에 벌써 다음 작전이 결정된 데는 놀랐다. 이 전쟁이 지력 수천에 달하는 마족들과의 전쟁이라는 것을 뼈저리게 느끼게 된다.

'에리는 이대로 마족 녀석들의 시중을 들며 정보를 수집해줘.'

『분부 받들겠 · 사 · 와요.』

영혼B 소환수는 살며시 대답했다.

* * *

알렌은 이 동안에도 마왕군 잔당 소탕을 수행하며 잔당을 쫓아 티아모에서 북으로 10킬로미터 이상 떨어진 곳에 있었다.

"후유, 역시 엘프들에게 마석 회수를 부탁할까."

"시간이 없어?"

"맞아, 마왕군이 곧 다음 한 수를 놓을 거야."

알렌은 마수 2만 마리의 시체를 앞에 두고 현 상황을 다른 동료들에게 공유했다. 사태를 한발 먼저 파악한 소피가 소환수 너머로 알렌에게 말을 건넨다.

"……그럼 라폴카 요새에 있는 마족들이 전토의 마수들에게 명령을 내리고 있는 셈이군요."

"맞아. 다만 아무래도 포르테니아에는 마신도 있는 것 같아. 마왕이 있는 망각된 대륙에서 강하게 명령을 받고 있는 분위기야."

"그래서? 그 마족은 강해보였냐?"

드골라는 상대가 얼마나 강한지에 가장 흥미가 있는 듯했다. 알렌은 지금 수집한 정보로 상대의 무력을 추측했다.

"뭐, 학원에서 들었던 A랭크에 해당한다는 말은 틀리지 않은 것 같아. 글라스터라는 녀석이 보스인데 상당히 강할지도 모르겠어."

앉은 채 투덜투덜 떠들고 차를 마시던 모습만 봤을 뿐이라 실제 무력은 장담할 수 없다는 말도 덧붙였다.

"게다가 마신도 있단 말이군?"

"맞아. 마신 레젤이라는 녀석이 로젠헤임 침공군의 보스 같거든."

그런 대화를 나누고 있는 와중에 클레나는 수많은 마수의 주검을 앞에 둔 채 의기소침한 모습이다.

"……또 실패했어."

엑스트라 스킬을 완전한 상태로 발동하지 못했다는 것이 너무나 충격이어서 알렌의 설명이 귀에 들어오지 않는가 보다.

"클레나, 반드시 성공할 수 있으니까 자기 자신을 믿어."

"그치만, 몇 번을 해봐도 실패했는데?"

"아니, 반드시 성공할 거야. 성공 못 한다고 누가 정했는데?"

알렌이 클레나를 타이른다.

'어렵나. 하지만 클레나는 아직 엑스트라 스킬의 진가를 절반도 발휘하지 못하고 있어. 엑스트라 스킬을 제대로 활용하게 되면 용

사의 보통 상태와 가까운 전력으로 성장할 텐데…….'

알렌은 마도서를 꺼내서 다시 헤르미오스와 클레나의 능력치를 비교했다.

【헤르미오스의 능력치 합계(능력치, 직업 스킬, 장비)】
　· 공격력: 10400(2400, 3000, 5000)
　· 내구력: 10400(2400, 3000, 5000)
　· 민첩성: 8400(2400, 3000, 3000)

【한계 돌파 발동 시 클레나의 능력치 합계(능력치, 직업 스킬, 한계 돌파, 장비)】
　· 공격력: 10200(2400, 1800, 3000, 3000)
　· 내구력: 9500(1700, 1800, 3000, 3000)
　· 민첩성: 8400(1600, 1800, 3000, 2000)

클레나는 민첩성 1천 상승 반지를 두 개 착용하고 있다. 학원에서 한계를 돌파했던 클레나는 헤르미오스의 경지도 넘볼 수 있을 듯 보였다. 검성 클레나와 용사 헤르미오스가 호각으로 싸울 수 있다면 체력이 자연 회복되는 클레나에게 오히려 승산이 있지 않겠냐는 생각마저 든다.

"스킬을 도저히 못 쓰겠어! 머리가 막 멍해져서……. 흐갹!"

한계 돌파를 쓴 때의 상황을 애절하게 하소연하는 클레나의 뺨을 알렌은 두 손으로 꽉 붙잡았다.

"잘 들어, 누가 한계 돌파 때 스킬을 못 쓴다고 정했지? 창조신 에르메아? 아니면 클레나, 너?"

"나, 난가?"

클레나는 엑스트라 스킬을 사용하면 무의식 상태에 돌입한 뒤 덤 벼드는 적을 모조리 죽여버린다. 다만 공격은 단지 무기를 휘두르 기만 할 뿐이라 완력밖에 내세울 것이 없는 통상 공격이다. 이래서 는 돌B 소환수를 빈사로 몰아넣었던 헤르미오스의 공격력을 도저 히 따라갈 수 없다.

그 상태에서 스킬을 쓸 수 있다면 클레나의 공격력은 분명 두 배 이상 높아질 것이다.

"한계를 정하지 마. 반드시 스킬을 쓸 수 있어!"

'근거는 따로 없지만 클레나는 더 많이 노력해줘야 해. 마신도 기 다리고 있고 말이지.'

클레나의 볼을 주물주물하며 알렌은 설득을 계속했다.

"알았어. 고마워. 더 열심히 해볼게."

"오냐, 하루에 한 번이니까 시간은 별로 없지만……. 클레나, 지옥 훈련이다!"

"옛썰~!"

예전에 가르쳐준 대답 방식으로 클레나가 힘차게 대꾸한다.

대화 나누는 알렌과 클레나를 보고 또 시작했냐며 킬을 필두로 일 동이 한숨을 쉰다. 그러나 엑스트라 스킬을 아직 발동하지 못한 드 골라만은 단지 묵묵히 도끼를 꽉 쥘 따름이었다.

제9화 라폴카 요새 공략전

"전원 다 모인 겁니까?"

"그렇다네. 알렌 공의 말대로 준비했지."

100만 마리의 마수 군세와 티아모에서 공방전을 벌인 뒤 나흘째 아침을 맞이했다. 알렌 파티는 티아모의 성벽 바깥에서 라폴카 요새 공략을 위한 병력 및 장군들과 막 합류했다.

영혼B 소환수를 투입한 잠입 활동 덕분에 알렌은 마왕군의 예비대가 곧 들이닥친다는 것을 알았다. 아마도 400만 마리 전군이 투입되는 듯싶다. 해양에서 네스트를 습격한 뒤 북상하는 부대와 로젠헤임 대륙 북쪽에서 남하하는 부대로 협공을 하는 작전이 감행된다. 이미 마왕군은 네스트를 향하여 해양으로 진군하고 있는 듯싶다.

위아래로 협공당하는 형태로 습격이 이루어지면 네스트 공방전은 저번보다 훨씬 더 곤란한 상황으로 전개될 것이다. 라폴카 요새 공략을 서둘러야 하는 필요성이 생겼다.

로젠헤임에 온 이후 알렌이 참가했던 전투에서는 승리를 거두었으나 압도적인 숫자의 격차와 신속한 작전 때문에 전체적인 기세는 여전히 마왕군 측이 거머쥐고 있다.

장군들에게는 사전에 20만 군세를 준비하는 데 닷새, 이후 진군해서 라폴카 요새에 도착하는 데 열흘이 걸린다고 들었다. 다만 이래서는 시간이 모자라다. 라폴카 요새 공략에 성공하더라도 요새의 기능을 복구하는 데 또다시 시간이 걸린다. 그동안 마왕군에게 공격을 받는다면 끝장이었다.

병사들이 분주히 움직이고 있는 와중에 알렌은 장군에게 부대 편성을 확인했다.

"이미 준비가 끝난 병력은 총원이 몇 명일까요? 그리고 궁호와 정령 마도사가 몇 명쯤 있는지 가르쳐주십시오."

"총원은 5만, 그중 궁호가 대략 3천 7백 명, 정령 마도사가 대략 3천 9백 명일세."

'흠흠, 별 두 개짜리 활과 마법은 합계 7천 6백 명 정도인가.'

그 말을 듣고서 알렌은 장군에게 한 가지 제안을 했다.

"5만 명 규모의 부대로 충분하니 되도록 빨리, 아울러 사흘 안에 라폴카 요새까지 도착할 수 있도록 진군해주시겠습니까? 청소는 저희가 맡겠습니다."

"청소 말인가."

엘프 군세를 티아모에 집결시켜서 진군할 때까지 닷새는 걸린다고 말을 들었다만, 역시 이래서는 시간이 너무 걸린다. 그리고 알렌이 말한 「청소」의 대상은 티아모로부터 도망친 20만의 군세였다.

두 번째 티아모 공방전에서 도망쳤던 마수들을 대상으로 이제껏 알렌 파티는 잔당 사냥을 사흘간 실시했었고, 적의 숫자를 2만까지 줄여 놓았다. 나머지 2만은 뿔뿔이 분산되어 상당히 넓게 흩어졌기에 금방 섬멸은 어렵겠지만, 알렌이 선두에 서서 마도선의 비행 경로에 마왕군이 나타나지 않게 치우는 중요한 임무를 맡겠다는 뜻이다.

"가능할 것 같습니까?"

알렌이 장군에게 질문하자 장군은 소리를 내며 무릎을 쳤다.

"마도선을 쓸 수 있겠군."

도중에 격추당할 우려가 없어진다면 마도선을 쓸 수 있다. 처음에는 육로로 진군하자는 이야기가 나왔었는데 먼저 마도선으로 라폴카 요새와 최대한 가까운 곳까지 이틀을 꽉 채워 이동한 뒤 그곳에서 다시 육로로 이동하는 것이다. 그럼 티아모로부터 사흘이면 도착할 수 있다.

"고작 5만의 군세로 라폴카를 점령할 생각인가!"

"그렇습니다."

알렌의 올곧은 눈을 보고 장군은 고개를 끄덕거렸다.

"……알겠네. 그럼 서둘러 마도선을 이용한 진군으로 작전을 변경하지. 준비가 갖춰지는 대로 나 또한 마도선에 탑승하겠네. 알렌 공, 선두를 부탁드리겠네."

"예."

알렌도 역시 장군의 눈을 바라보면서 힘주어 고개를 끄덕거렸다.

* * *

그로부터 몇 시간 후, 알렌 파티를 제외한 엘프 병력 5만 명이 열한 기의 마도선에 탑승했다.

한 기에 5천 명은 탑승할 수 있어서 열 기에 병력들이 탑승했다. 나머지 한 기에는 군량과 무기들이 빼곡하게 들어차 있었다. 그리고 이번 라폴카 요새 공략에는 로젠헤임 최강의 남자인 정령사 가톨거도 참가한다.

"좋아, 우리도 가자. 세실과 소피는 포르말이 놓치는 마수를 부탁할게."

"부디 맡겨주세요. 알렌 님."

새B 소환수에 올라타서 알렌 파티는 마도선 군단을 이끌었다. 그리고 배에 접근하는 마수를 처리하도록 소피와 세실에게 당부한다. 소피는 알렌에게 임무를 받아 기합이 잔뜩 들어가 있는 모습이었다.

"포르말, 열심히 하자."

"알겠다."

알렌의 말에 포르말이 평소와 같이 무표정으로 대답했다.

이번에 가장 앞에서 날아가는 알렌의 새B에 동승한 인물은 포르말이다. 포르말을 앞쪽에 앉힌 채 알렌은 하늘의 은혜를 생성하고 있다. 이따금 새E 소환수의 각성 스킬 「천리안」을 써서 반경 100킬로미터 이내에 도망친 마수가 있는지 확인했다.

"오른쪽 전방 아래에 눈알 박쥐가 있으니까 저격해줘."

"알겠다."

알렌이 지시 내리자 포르말은 스킬을 써서 1킬로미터쯤 멀리 떨어진 곳에서 담담하게 색적용 눈알 박쥐를 저격한다. 마도선이 추락해버리면 수천 명의 병력과 귀중한 물자, 그리고 몹시 귀중한 마도선 자체도 잃어버린다. 중대한 책임을 지고도 차분한 표정으로 임무를 수행하는 모습은 과연 여왕의 측근다웠다.

참고로 로젠헤임에 있는 마도선 대부분은 기암트 제국에서 엘프 부대의 파견을 대가로 보내준 것이라고 한다.

'역시 초장거리 공격은 포르말이 가장 낫구나. 사정거리가 세실보다 몇 배는 길기도 하고.'

감탄하면서 알렌은 생성 겸 마도서를 확인했다.

【이　름】 포르말		【스　킬】 궁사 〈6〉, 먼눈 〈6〉, 저격	
【연　령】 68		〈6〉, 강궁 〈6〉, 필중시 〈6〉, 발디딤	
【직　업】 활잡이		〈2〉, 궁술 〈6〉	
【레　벨】 60		【엑스트라】 빛의 화살	
【체　력】 1322		·스킬 레벨	
【마　력】 716 +1000		【궁　사】 6	
【공격력】 1730 +1600		【먼　눈】 6	
【내구력】 1140		【저　격】 6	
【민첩성】 727 +600		【강　궁】 6	
【지　력】 482		【필중시】 6	
【행　운】 783			

반지로 마력이 1천, 공격력이 1천 추가됐다. 추가로 활잡이에는 「먼눈」이라는 스킬이 있어서 포르말은 눈이 상당히 좋다. 마도선에 탄 활잡이들도 포르말처럼 먼눈을 써서 마도선의 호위를 담당하고 있다.

"점령당한 도시에 있던 마수는 굳이 선공을 하진 않는 것 같아."

"그런가?"

"응, 조금씩 다가가는 중이니까 가까워지면 격추해줘."

티아모와 라폴카 요새 사이에도 마왕군에게 함락된 도시가 몇 곳 있었다. 일부러 근처를 지나가지는 않지만, 상층부에서 지시가 내려왔는지 마수들은 철저하게 도시 수비에 주력할 뿐 특별히 알렌 파티나 아군을 쫓아오려는 낌새는 없다. 섣불리 건드렸다가 귀중한 마도선이 격추되면 사태가 심각해지니까 도시 쪽 마왕군을 자극하지 않도록 거리를 두고 전진했다.

"알렌 공."

"응?"

알렌이 마도선의 안전 확보를 위해 새B 소환수를 써서 색적에 집중하던 때 앞쪽에 앉아 있는 포르말이 앞을 향한 채 말을 걸어왔다.

"알렌 공은 로젠헤임을 어떻게 할 생각이신가?"

"응? 마왕군을 전부 쓰러뜨릴 생각인데?"

알렌은 명령을 받아 로젠헤임으로 건너왔다. 소피와 포르말의 고향이기에 지켜주고 싶은 마음도 있었다.

"아니, 그다음에."

"학원 도시에서 이미 다 얘기했는데. 다음은 바우키스 제국의 S급 던전에 갈 거야. 물론 포르말도 같이."

'귀중한 초원거리 공격 스킬 보유자인 데다가 이 전쟁을 끝내면 별 네 개가 약속된 인재잖아. 로젠헤임에 남고 싶을지도 모르겠지만 내가 쭉 데리고 다녀줘야지.'

"……그랬었지."

포르말도 알렌과 함께 행동한 지 어느덧 10개월 이상이 된다. 줄곧 함께하며 던전을 공략했고, 로젠헤임에서 마왕군의 침공을 제압해왔다.

포르말은 이토록 큰 힘을 가진 알렌이 이후 로젠헤임을 어떻게 할지 물어보고 싶었다. 다만 알렌은 본래 이러한 녀석이었다는 것을 새삼 깨달았기에 곧 바보 같은 질문을 했다고 반성했다. 포르말은 언제나 진지하다.

포르말은 그 밖에도 이것저것 묻고 싶은 말이 있었는지 이따금 떠올렸다는 듯이 띄엄띄엄 알렌에게 질문을 했다. 그동안 의사소통이 부족했다는 생각이 들어 알렌은 반성했다. 리더로서 이후에는 더욱 열심히 동료와 커뮤니케이션을 취해야겠다고 생각했다.

* * *

다음 날 점심 무렵, 전군은 라폴카 요새와 상당히 접근한 지점에서 강하했다. 이곳으로부터 꼬박 하루쯤 걸어가면 목적지에 도착한다. 장군에 이어 병력도 물자도 신속하게 마도선에서 내린다.

거대한 산맥 안쪽에 라폴카 요새가 있기 때문에 강하 장소도 이미 울퉁불퉁하고 딱딱한 산의 경사면 안쪽이었다.

장군들 및 알렌의 동료가 바라보고 있는 가운데 새E 소환수로 반경 100킬로미터 범위에 얼마나 많은 적군이 있는지를 확인했다. 라폴카 요새 바깥에서 대략 네 개의 집단을 발견한 뒤 지면에 놓아둔 지도에다가 표시를 한다. 1만에서 3만의 마수로 편성된 부대를 다수 대기시켜 놓은 듯싶다. 요새 공략에 집중하고 싶기에 저것들의 소탕은 세실에게 부탁했다.

"으음, 여기서 북동쪽으로 조금 간 곳에 1만의 군세가 있어. 세실, 프티 메테오를 부탁할게."

"알았어. 알렌은 안 오는구나?"

"응. 마도선이 무사히 티아모로 복귀할 때까지는 호위해야지."

마도선은 티아모로 복귀하기 위한 준비가 끝났다. 알렌과 포르말이 티아모까지 가는 여정을 호위해야 한다.

그 후 티아모에 도착한 뒤 알렌과 포르말은 새B 소환수의 각성 스킬「하늘 질주」를 쓰고 라폴카 요새 부근까지 단숨에 날아와서 엘프의 행군에 합류했다.

* * *

"전군, 앞으로 나아가라!!"

""""넷!!!""""

엘프의 행군 대열은 라폴카 요새를 시야로 살짝 포착할 수 있는 지점까지 가까워졌다.

'꽤 험한 산이군. 그야말로 천연 요새야. 이곳은 반드시 탈환해야 한다.'

길의 너비는 제법 여유롭기에 줄의 숫자를 적당히 맞춘 종대로 행군하고 있다. 막 엘프와 합류한 알렌은 대열의 최후미에 있었다.

경사가 완만한 곳에 마도선을 착륙시켰는데, 곧 길과 경사 모두 험해지기 시작했다.

라폴카 요새는 두 개의 험준한 산맥이 산 중턱에서 마주치는 위치에 있다. 자연환경도 거들어서 척 봐도 견고한 요새였다. 남북에 있는 두 개의 커다란 문이 유일한 출입구인데 꽉 닫혀 있었다.

사람이 발걸음을 내딛기도 주저하게 될 만큼 거대한 산맥에 둘러싸인 이 장소에 요새를 건설할 수 있었다는 것은 그만큼 대정령사의 힘이 위대하다는 증거일 테지.

'오오, 상당히 가까워졌구나. 작전을 시작해볼까.'

최후미에 있던 동료들을 놓아둔 채 알렌은 새B 소환수를 꺼낸 뒤 작전을 위하여 일단 최전열을 따라잡았다. 티아모보다 대략 세 배에 달하는 거대한 외벽의 전모가 눈에 들어온다. 이미 새E 소환수를 써서 시야를 상공 모드로 전환시켰다. 외벽 위쪽을 특기 「매의 눈」으로 살펴보면 마수들이 정찰을 다녀왔을 때와 마찬가지로 쉴 새 없이 이동하고 있었다.

'탁 트인 곳이 나타났어. 자, 미러들. 등장할 때다.'

"미러들, 나와라. 엘프들의 벽이 되어라."

♩♩……♪♪

산길에서 탁 트인 장소로 선두를 따라잡은 뒤 알렌은 행군하는 엘프의 앞쪽에다가 돌B 소환수를 소환했다.

쿠우우웅.

쿠우우웅.

바위를 밟아 디디는 돌B 소환수들의 땅울림 소리가 울려 퍼진다.

이번 작전에서 엘프 군대의 최전열에는 한 줄당 네 마리의 돌B 소환수를 두 줄, 합계 여덟 마리를 배치하기로 했다. 엘프 군대가 충분히 외벽에 접근할 필요가 있지만 엘프는 내구력이 낮은 인물이 많아서 작전 결행을 위해 중요한 것이 방벽 역할이다.

10미터에 달하는 돌B 소환수를 본 엘프들은 잠시 놀랐다가 곧 받아들이는 모습이었다. 그 이유는 이제껏 공방전의 이야기를 듣는 과정에서 알렌의 소환수에 관한 내용도 알게 되었기 때문일 테지. 조국과 여왕 폐하를 지키기 위해서 굳이 하나하나 의문을 가지지 말고 받아들이자고 판단한 부류도 있는 듯싶다.

엘프 군대의 태세는 어느 정도 갖춰졌지만, 상대의 반응을 살피기 위해서 조금 거리를 두고 있었다. 한참 전부터 마왕군도 엘프의 행군을 알아차렸는지 방어 태세를 갖춘 모습이 보인다. 마왕군은 철저하게 수비에 임할 뿐, 공격에 나서지는 않으려나 보다. 그 광경을 보고 마음이 급해진 세실이 최후미로 돌아온 알렌에게 말을 걸었다.

"……아직 공격은 안 하려나 보네."

"그러게, 지금 공격해도 이득이 없다고 판단했겠지. 조금 더 서로 접근해야 될 거야."

노말 모드의 별 하나짜리 재능이어도 레벨과 스킬이 최고치까지 올라가면 엘프의 활 사정거리는 1킬로미터에 달한다. 당연히 활을 쓰는 마수의 사정거리도 비슷한 수준이다. 거리가 가까워지면 가까워질수록 당연히 위력과 명중률이 상승하기 때문에 양측의 눈치싸움이 이어졌다.

'그건 그렇고 수가 엄청나게 많네. 하루 사이에 병력을 세 배로 늘리는 건 행동이 너무 빠르지 않아?'

팽팽한 분위기가 감도는 중에 알렌은 라폴카 요새로 잠입시켰던 영혼B에게서 받은 정보를 정리했다.

이곳 라폴카 요새에는 현재 30만 마리의 마수가 있다. 어제까지는 10만 마리였는데 엘프가 진군하고 있다는 정보를 접수한 뒤 서둘러 부대를 긁어모아·증원한 것 같다. 그 덕에 성벽의 위는 끔찍하게 많은 숫자의 마수로 가득 메워졌다.

엘프 군대가 긴장하며 조금씩 거리를 좁혀 외벽까지 100미터를 남긴 곳까지 다가가자 갑자기 징 소리가 주위에 울려 퍼졌고, 그 소리를 신호로 외벽 위쪽에 있던 해골 마수들이 일제히 화살을 장전한다. 벽 위의 마수는 전부 B랭크였고 덩치는 어른보다 몇 배나 컸다. 화살의 크기도 어른의 신장보다 길었기에 엘프들을 위협하기에는 충분한 박력이 있다.

마수 궁사대가 거대한 화살을 쏘며 전투가 시작됐다. 화살의 후방에서는 폭음과 함께 마수들이 발사한 불덩이가 날아든다. 그것을 돌B 소환수가 필사적으로 방패를 써서 방어했다.

"정령 마도사와 정령 마법사는 방어를 위해 돌벽을 만들어라!"

"""넷!!!"""

돌B 소환수는 체력이 바닥나면 사라지는 데다가 마수는 위에서 화살을 쏘기에 공격은 돌B 소환수를 지나쳐 엘프에게도 닿는다. 병사들은 수비를 단단히 하기 위해서 거듭 중첩시키는 방어벽을 생성했다.

"우리도 공격을 퍼부어라, 우리의 요새를 빼앗은 마수들을 무찔러라!"

"""넷!!!"""

동시에 궁수 부대와 마법 부대가 일제히 공격을 개시한다. 외벽은 엘프의 몸집에 맞춘 크기로 건설되었기에 마수는 미처 몸을 다 숨기지 못한다. 엘프들은 표적이 커다랗게 삐져나온 곳을 죽기 살기로 노렸다. 아울러 다른 부대는 긴 포물선을 그리는 공격으로 마왕군의 후방 부대에도 공격을 가하고 있다.

엘프 병사들은 마력을 신경 쓰지 않고 아낌없이 스킬과 마법을 썼다. 마력을 회복한 뒤 다시 전력으로 공격하는 데 충분한 수의 하늘의 은혜를 사전에 건네받았기 때문이다.

알렌은 새E와 새F 소환수를 써서 외벽을 사이에 두고 후방에 대기하고 있는 마수의 위치 정보를 파악했다. 그리고 새F 소환수의 각성 스킬 「전령」을 써서 매의 눈으로 본 영상 정보를 엘프군 전군에게 전달한다.

엘프들은 그 정보를 활용해서 보이지 않은 적을 저격할 수 있었다. 특히 눈알 박쥐는 1킬로미터 이내에 들어오는 시점에서 최우선으로 노려 격추했다. 색적 역할을 담당하는 눈알 박쥐는 놓치면 골치 아파진다.

"쇠뇌가 나타났다! 모두 방어벽에 몸을 숨겨라!!!"

"""넷!!!!"""

외벽 위쪽에 대형 마수용을 상대하기 위한 거대한 쇠뇌가 모습을 드러냈다. 마수들은 엘프들이 마왕군의 습격에 대비해서 준비해 놓은 설비도 빠짐없이 활용하는 것 같다. 역시 지능은 제법 높았다.

폭음과 함께 커다란 화살이 발사된다.

'미러, 전반사해라!'

『…….』

돌B 소환수는 말없이 광택을 띤 둥근 방패를 치켜들었다. 돌B 소환수를 노린 화살이 명중하자 충격으로 방패가 떨렸지만, 그 위력은 순식간에 상쇄되었다. 화살촉이 뭉개진 화살이 힘없이 바닥에

털썩 떨어지고.

두우우우우우우우웅!

이번에는 돌B 소환수가 막아낸 대미지가 광범위로 빛나는 충격파
가 되어 방패에서 발사되었다.

돌B 소환수의 특기는 「반사」, 각성 스킬은 「전반사」.

특기 「반사」는 내구력을 두 배로 늘려준다. 그리고 받은 대미지와
같은 대미지를 공격한 상대에게 튕겨낸다. 각성 스킬 「전반사」는 내
구력을 세 배로 늘려준다. 그리고 받은 대미지를 세 배로 불려서 모
든 대미지를 전방에 광범위하게 튕겨낸다. 쿨타임은 하루다.

전반사 사용으로 발생한 충격파는 광범위의 적에게 영향을 미치
기에 외벽 위쪽의 마수들이 잇따라 뻥뻥 날아갔다.

'수백 마리는 쓰러뜨렸으려나. 이런 위력에도 외벽은 멀쩡하고.'

공격의 위력은 외벽에도 분명 미쳤을 텐데 새E 소환수로 확인해
보면 흠집 하나 없이 여전히 견고하다.

로젠헤임에서 1000년에 한 번 탄생하는 대정령사는 과거에 흙의
정령의 힘을 빌려서 수많은 성벽과 도시의 외벽, 요새를 건설했다
고 알려졌다. 분명 이 요새도 그때 건설되었을 테지. 대정령사의 힘
은 절대적이다. 대정령사의 손으로 만들어진 건조물은 풍화되지도
않고 견고하게 세월을 버틴다고 소피에게 설명을 들은 적이 있었
다. 실제로 마왕군은 이번 전쟁으로 최북단의 요새를 공격해서 함
락시켰지만, 정작 외벽에는 아무런 흠집도 나지 않았다고 했다. 외

벽을 무너뜨릴 수 없기에 마왕군도 물량 공세 작전으로 전환했던 것이다.

'이 요새를 탈환하면 북부에서 들이닥칠 마왕군 예비 부대하고도 충분히 싸울 수 있겠군. ……아, 벌써 시간이 이렇게 됐나.'

문득 올려다보니 태양은 하늘 한가운데에 높이 떠올라 있다. 마도구로 시간을 확인하니 12시를 조금 지났다. 오늘 아침에 행군을 개시한 지 이미 세 시간이 경과했다. 네스트에서 만났던 루키드랄 대장군이 지휘를 하는 한편으로 알렌에게 달려왔다.

"역시 정공법으로 점령하는 것은 어렵겠구려. 작전이 성공할 수 있겠소?"

알렌의 협력 덕분에 피해를 최소한으로 줄여가면서 싸울 수 있지만, 그럼에도 이곳을 단기간에 공략하는 것은 도저히 무리일 듯싶다. 처음 작전보다 마수가 불어난 이유도 있어서 문제는 없겠냐고 묻고 싶은가 보다.

전세에서 접했던 여러 공성전에서는 공격이 수비보다 세 배의 병력을 갖춰야 한다는 것이 정석이었고, 이곳에서도 수비가 더 우위에 있는 것은 상식이다. 5만 군세로 30만 마리나 되는 마수가 지키는 철벽의 요새를 쳐서 점령하는 것은 무모하다는 의견도 공략 전 작전 회의에서 당연히 나왔다.

그럼에도 믿음을 갖고 5만의 군세를 동원해준 까닭은 알렌이 제안했던 작전의 내용 때문이다. 그런 작전이 정말 가능하겠냐는 반응도 있었지만, 루키드랄 대장군과 엘프 여왕은 알렌이 이루어주는 기적을 목격했다. 알렌의 작전을 믿고 의지하기로 했다.

'실패하면 엘프군의 주 전력이 큰 손실을 입을 테니까.'

루키드랄 대장군의 마음속을 헤아리면서 알렌은 자신감을 갖고 답한다.

"전혀 문제없습니다. 조금 마수가 불어나서 놀랐습니다만 예정대로 갑니다. 이대로 저녁 전까지 공격하다가 이곳으로 돌아와주십시오."

"……그래, 알겠네. 우리는 꼭 승리해야 하니."

루키드랄 대장군이 바랐을 답을 곧바로 들려줬다.

"그렇습니다. 우리는 곧 승리를 거둘 수 있습니다. 아, 그리고 사전에 말씀드렸던 대로 병력들에게는 엑스트라 스킬을 쓰지 말도록 거듭 당부해주십시오."

알렌이 거듭 당부하자 루키드랄 대장군은 소피와 다른 동료들을 돌아봤다만, 모두 저 말을 의심하지 않는지 눈빛에 전혀 흔들림이 없었다. 루키드랄 대장군도 다시금 기적이 일어나리라고 믿기로 했다.

* * *

"이곳의 전투는 잘 부탁드리겠습니다."

알렌은 루키드랄 대장군에게 그렇게 말한 뒤 동료들과 함께 지나왔던 산길을 돌아갔다.

'자, 진군 이후로 꼬박 하루가 지났고 라폴카 요새 남북에 있었던 적도 빠짐없이 행동을 개시했군.'

새E 소환수에게는 주변 상황을 더욱 철저하게 신경을 써서 파악하도록 지시했다. 우선 라폴카 요새의 남쪽 상황은 도중에 의도적으로 방치한 도시에서 마수가 줄줄이 튀어나오고 있고, 합류를 거듭하면서 큰 덩어리가 되어 가는 중이다. 저 행동은 요새 외벽을 공격하고 있는 엘프군을 후방에서 협공하기 위함일 것이다.

이어서 요새 북쪽에는 하루 안에 소집시킬 수 있는 범위에 있던 마수가 이미 도착했다. 그뿐 아니라 추가로 더 많은 마수가 결집하는 광경을 확인할 수 있었다. 북쪽도 남쪽도 불과 며칠이 더 지나기 전에 라폴카 요새 주변의 전 세력이 모여들 것 같았다.

'변함없이 행동이 빠르군. 그나저나 그 마족 세 마리가 나타나질 않네.'

영혼B 소환수는 지금도 요새에 잠입 중인데 글라스터, 네프틸라, 야고프가 전선에 나설 낌새는 아직껏 없다.

"지금 시점까진 다행히 예상의 범주에서 벗어나지 않았지만, 변함없이 마왕군은 행동이 빨라."

"그래, 알겠어."

산길을 걸어가면서 알렌은 동료들에게 상황을 전파했다.

"세실과 포르말은 주위를 경계. 눈알 박쥐가 나타나면 격추해줘."

"알았어."

"알았다."

알렌은 중형견쯤되는 크기의 두더지처럼 생긴 짐승G 소환수를 꺼냈다.

'좋아. 두덕스케, 네가 나설 차례다!'

말은 못 하지만 임무를 받아 은근히 기뻐 보였다.

"이 아이를 시켜서 파는구나. 하지만 알렌, 여기 바닥은 되게 딱딱한데?"

클레나가 흥미진진한 모습으로 짐승G를 바라본다.

산의 표면은 암반으로 덮여 있어서 무척 단단하기에 클레나가 의문을 표시하는 것은 지당한 반응이다.

"두덕스케, 구덩이를 파."

『…….』

짐승G 소환수는 순간 불안해하는 기색으로 알렌을 쳐다봤자만, 곧 특기 「구덩이 파기」를 써서 지정했던 커다란 바위와 가까운 곳의 암반을 파내고자 했다.

하지만 소리만 나고 파헤쳐지지 않는다. 각성 스킬 「구덩이살이」를 써도 암반이 너무 단단한지라 결과는 마찬가지였다.

"봐, 무리야. 알렌."

"클레나, 두덕스케의 특기는 『구덩이 파기』야. 마도서에 『흙 파내기』라고 쓰여있는 게 아니란다."

"엥?"

그렇게 말한 뒤 알렌은 짐승G 소환수를 강화했다. 공격력이 1천 불어나며 짐승G 소환수의 커다란 손에 힘이 깃든다. 그러자 방금 전과는 확 달라져서 엄청난 기세로 구덩이를 파기 시작했다. 제거와 생성을 반복하면서 각성 스킬 「구덩이살이」로 구덩이 파는 작업을 가속시켰다.

"굉장해……."

암반이라고 말을 하기에 모자람이 없는 단단한 지면을 쑥쑥 파내며 전진하는 짐승G를 따라가면서 클레나의 눈에 결의와 비슷한 감정이 가득 차오른다. 클레나의 엑스트라 스킬 「한계 돌파」도 발동 시 통상 공격만 강화된다는 말은 어디에도 쓰여 있지 않았다.

알렌의 바로 뒤쪽에 있던 드골라가 자조하며 중얼거렸다.

"뭐, 나는 스킬을 일단 한 번은 성공시키는 것부터 시작해야겠지만."

알렌은 어른스러운 말투로 드골라에게 말을 붙였다.

"그러네. 우선은 『원리』를 알아야겠지. 그다음은 『성장』을 추구하는 것이 중요하고."

"원리와 성장인가."

알렌은 학원에서 지내던 시절부터 항상 스킬과 레벨, 스테이터스에 대해 설파해왔다. 먼저 능력의 원리를 파악해야 가장 효율 좋게 강해질 수 있기 때문이다. 다만 원리에 붙잡히면 발전이 멈춘다. 언제나 그 이상의 성장을 추구하는 것이 중요하다.

"드골라. 예를 들어서 내 능력은 두덕스케를 시켜 구덩이를 파는 거야. 우선은 자기 능력을 잘 알도록 하자."

"……나의 능력인가."

드골라는 짐승G에게 구덩이를 파도록 지시하고 있는 알렌의 등을 바라본다. 알렌은 짐승G 소환수를 시켜서 쭉쭉 구덩이를 파 나아가다가 가끔 물고기D 소환수로 위치를 확인하며 최단 거리로 요새까지 가는 터널을 만들었다.

오늘 전투에서는 영혼B 소환수들이 알려준 정보로 요새의 어디에 마수들이 모여 있는지도 파악이 됐다.

공방전 중 마왕군의 진형은 새E 소환수의 활약으로 쭉 감시했기에 요새 어디에다가 터널의 출구를 만들지도 결정을 내릴 수 있었다.

"……나의 능력."

드골라는 혼잣말을 중얼거렸으나 구덩이 파기에 집중하고 있는 알렌에게는 들리지 않았다.

* * *

알렌은 곧 요새에 도착할 수 있는 지점에서 구덩이 파기를 중지했다. 마무리는 내일 결전에 임할 때 지으면 된다. 이것저것 작업에 집중했더니 대군이 이동하는 소리가 들려왔다. 머지않아 해가 저무는 저녁때이기에 양군이 모두 오늘 전투를 마친 듯싶다.

트롤이나 오거와 비교하면 해골 마수들은 딱히 지친 모습은 아니었는데 엘프군이 물러나도 쫓아오지는 않는 것을 보니 아마도 철저하게 요새 방어전에 전념하려는 것 같다. 며칠 버티기만 하면 곧 훨씬 더 많은 마수들이 증원으로 올 테니 확실하게 섬멸이 가능하리라고 판단한 것이 아닐까.

알렌 파티는 해가 떨어진 뒤 자신들 몫의 야영용 천막에 장군들을 불러 모았다. 간단하게나마 라폴카 요새 및 주변 남북의 지형이 망라된 모형을 모두 지켜보고 있는 가운데 알렌이 터널로 라폴카 요새를 공략하는 작전의 전모를 밝혔다.

"오호라, 작전은 잘 진행되었다는 말씀이군."

"예, 루키드랄 대장군님. 세세한 작전 계획을 마저 확정 짓도록 하죠."

파티 멤버인 소피가 알렌의 작전이 성공할 것을 믿어 의심치 않는 모습을 보고 퇴각이 타당하다고 판단되는 상황이었음에도 묵묵히 5만의 부대를 지휘했었다.

루키드랄과 알렌이 만났던 곳은 네스트였지만, 본래는 최북단의 요새 지휘를 담당했었을 테지. 큰 임무를 맡은 인물답게 충성심이 두텁고 그릇도 크다.

"그리고 라폴카 요새 주변의 동향에 대해서도 전해드리겠습니다."

마왕군은 북쪽 육로로 300만, 남쪽 해로로 네스트에 100만의 군세를 보내서 공격할 계획이라는 것이 영혼B 소환수의 보고로 얼마 전 판명되었다.

'예비 부대 400만 마리의 마수를 한꺼번에 투입할 줄은 생각도 못 했다고. 그렇게 로젠헤임을 갖고 싶은가?'

"……만만치 않군."

"예. 지금 이때가 가장 중요한 고비입니다."

이곳에서 시간을 끌면 승리할 수 있는 상황을 눈앞에 둔 터라 마왕군도 앞뒤 가리지 않고 마수를 끌어모으고 있다. 반대로 엘프들이 라폴카 요새 탈환에 사용할 수 있는 시간은 얼마 남지 않았다.

거대한 천연 요새인 이 요새를 자신들의 수중에 넣고 싶다.

"하하, 이래서는 완전히 몰린 상황이로군. 한데도 선택의 여지는 없고 말이오, 알렌 공."

"예."

"우리는 알렌 공의 작전에 따르겠소. 라폴카 요새를 되찾읍시다."

"감사합니다. 그럼 상세한 작전을 알려드리겠습니다. 먼저 마왕군의 배치와 잠입 경로입니다만……"

이렇게 알렌과 장군들은 밤늦게까지 작전을 조정했다.

*　　*　　*

다음 날 아침, 선잠에 들었다가 깨어난 알렌이 채비를 하는 동안에 이미 병사들은 대열을 짜기 시작했다.

"그러면 알렌 공, 잘 부탁드리겠소."

장군 중 한 사람이 알렌에게 말을 건넸다.

"저희야말로 잘 부탁드리겠습니다. 정각에 맞춰 출발하도록 하죠."

병사들이 차례차례 대열을 짜며 이동하는 광경을 보고 알렌은 조금 허둥거리며 대답을 했다.

"그래, 알겠소. 충분히 여유로우니 천천히 준비하시게."

알렌이 수면 시간을 줄여가면서 로젠헤임을 위해 싸운다는 것을 모두가 잘 안다. 결코 재촉은 하지 않는다.

"오늘이야말로 라폴카 요새를 탈환하리라!!!"

""""오오오!""""

5만의 군세가 어제와 같은 시간에 출발한다. 그중 5천 명은 알렌을 선두로 엘프군의 최후미에 섰다. 그들은 전원이 별 두 개짜리 직업을 가진 병력이었다. 나머지 별 두 개의 인원 1천 6백 명가량은 군세의 최전열에 위치하고 있다.

곧 진격로에 바위가 떨어져 있는 곳이 나타났다. 최후미에 있었던 알렌 파티는 그곳에서 선두 집단과 갈라졌고, 클레나와 드골라는 부지런히 바위를 치웠다. 레벨이 최대치까지 오른 두 사람이 힘을 쓰면 어지간한 바위는 작은 돌멩이와 다를 바 없다.

바위를 치운 장소에서는 어제 짐승G가 파낸 갱도가 입을 벌리고 있었다. 두 명씩 대열을 이뤄 들어가도 충분히 여유가 있는 넓이다. 이때, 간신히 별동대의 병력 5천 명에게도 작전의 전모가 전달되었다. 작전을 들은 엘프들에게서 감탄의 목소리가 새어 나온다. 동시에 자신들의 활약에 따라 이 기습의 성과가 달라짐을 깨닫고 모두 하나같이 몸이 바짝 죄이는 긴장감을 느꼈다.

"그럼 갑시다. 순서를 잘 지켜주십시오."

""""넷!!!""""

알렌은 등불 마도구를 꺼내서 꾸불꾸불한 갱도 안 길을 선행했다.

"소피, 이 갱도는 나중에 정령에게 부탁해서 메울 수 있을까?"

"물론이에요, 알렌 님. 다만 추후에 활용할 가능성도 고려하면 갱도의 시작과 끝 부분만 메우는 것이 좋을지도 모르겠어요."

확실히 마왕군에 북쪽에서 쳐들어오면 라폴카 요새의 남문에서 로젠헤임의 남측으로 통하는 갱도는 추후에도 유용할 것 같다. 뒤쪽을 돌아보면 마도구로 불빛을 비추는 인원들 중에 손에서 빛의 구슬을 꺼내 놓은 엘프가 보였다.

'저 사람들은 별 두 개짜리 정령 마도사구나. 힘을 빌릴 수 있는 정령은 랜덤이라던데, 「빛」 속성은 드물지.'

별 한 개짜리 정령 마법사는 정령에게서, 별 두 개짜리 정령 마도사는 대정령에게서 힘을 빌릴 수 있다. 정령과 대정령은 사용 가능한 마법의 규모가 크게 다르다. 노말 모드는 스킬을 여섯 개 익힐 수 있지만, 그중 두 개의 스킬 자리는 능력치 증가 계열로 채워져버린다.

　따라서 나머지 네 개의 스킬 자리 중 불·흙·바람·물·벼락·
빛·어둠·무·시간 등 열 종류를 넘는 속성에서 네 가지 속성의
정령을 맞아들이는 형식이 된다. 알렌이 말한 「랜덤」은 이 부분이
다. 단, 불·흙·바람·물 속성을 맞아들일 확률이 무척 높은 듯하
며 소피도 예외는 아니었다.

【이　름】소피아로네	【스　킬】정령〈6〉, 불〈6〉, 흙〈6〉,
【연　령】48	바람〈6〉, 물〈6〉, 어린 정령〈2〉
【직　업】정령 마법사	【엑스트라】대정령 현현
【레　벨】60	·스킬 레벨
【체　력】723	【정　령】6
【마　력】1621 +1600	【　불　】6
【공격력】598	【　흙　】6
【내구력】657 +1000	【바　람】6
【민첩성】844	【　물　】6
【지　력】903 +600	소피는 마력 +1000, 내구력 +1000
【행　운】840	반지를 장비하고 있다.

　물과 나무 정령에게서는 회복 마법의 힘을, 흙과 바람 정령에게서
는 방어 마법의 힘을 빌릴 수 있기에 불·흙·바람·물 정령의 힘
을 빌리는 대부분의 정령사는 자연스럽게 회복이 특기 분야가 된
다. 엘프 병사 중 다수가 회복사와 수비병으로 쓰이고 있는 까닭이
이 때문이었다.

　몇 시간쯤 걷자 선두가 갱도의 막다른 곳에 다다랐다.

　"여기구나."

마도구의 불빛을 비추자 벽의 질감이 주변과 다르다. 이 막다른 곳은 돌담이며, 저 벽을 밀어내면 라폴카 요새 내부로 진입할 수 있다. 머리 위쪽에서는 마수가 펄쩍펄쩍 뛰어다니는 발소리가 들려온다.

알렌은 물고기 계통 소환수를 불러내서 엘프군 전체에 버프를 걸기 시작했다. 제거와 재생성을 되풀이하며 아낌없이 각성 스킬을 사용한다. 동시에 엘프들도 흙이나 바람 정령의 힘을 빌려서 아군의 강화를 시작한다.

"좋았어, 간다. 척후 부대와 남문 수비대는 저희를 따라와주십시오. 먼저 남문을 개방합시다."

바로 뒤쪽에 있는 엘프 병력에게 지시했다.

"""네."""

병력들은 작은 목소리로 대답했다.

"외벽 점거 부대는 가톨거를 따라가주십시오."

"""네."""

가톨거에게는 외벽을 점거하는 부대를 맡겼다.

"잘 부탁드리겠습니다."

"그래, 맡겨다오."

가톨거가 답한다. 티아모 공방전 이후 가톨거가 알렌을 대하는 태도는 상당히 누그러졌다. 알렌의 활약을 인정해준 덕분일 테지.

알렌은 마도구 시계를 확인했다.

클레나와 드골라가 각각 하나씩 돌을 들어 올렸다.

'12시까지 10분 남았군. 슬슬 가볼까.'

이제부터는 타이밍을 잘 맞춰서 행동해야 한다.

"정각입니다. 자, 갑시다!"

""""오오오!!!""""

알렌을 선두로 세운 엘프군은 이번에는 자기 자신들을 북돋기 위해 지축을 뒤흔드는 듯한 큰 목소리와 함께 마수들이 잔뜩 도사리고 있는 라폴카 요새 내부로 뛰어들었다.

＊　＊　＊

알렌 파티와 엘프군이 나온 곳은 라폴카 요새의 남문 서편의 모퉁이었다. 눈앞에는 요새를 정사각형으로 둘러싼 외벽으로 오르기 위한 계단이 있지만, 그곳은 쳐다보지도 않고 남문을 향해 달려갔다.

척후 부대와 남문 수비대, 도합 2천 명 정도의 엘프 병력이 밀려드는 것을 깨닫고 마수들도 공격을 퍼붓는다.

"도라도라, 케로린, 아리퐁, 미러, 철강, 나와라."

소환수들이 일제히 소환되고, 주위 마수들을 용B와 짐승B 소환수들이 마구 몰아쳤다.

벌레B 소환수가 근거리에 있는 마수로부터 엘프들을 지키고, 돌B 소환수는 큼지막한 방패로 원거리 공격을 막는다. 또한 돌C 소환수는 벌레B와 돌B가 미처 방어하지 못한 공격을 각성 스킬 「자기희생」으로 보조하며 엘프들이 무사히 터널 바깥으로 나갈 수 있도록 지켜주었다. 이렇게 요새 안쪽으로 나온 엘프 병력은 신속하게 행동을 개시했다.

알렌의 뒤쪽에 척후 부대와 남문 수비대가 딱 붙어서 남문을 개방하기 위해 벽면을 따라 나아간다.

'안에 들어와보니 마수들의 숫자가 진짜 많은걸. 일일이 상대 못 해주니까 좀 지나가자.'

마수가 비교적 적은 위치를 전날부터 확인한 뒤 진입했지만, 마수들이 우글우글 알렌 파티와 엘프군을 노리고 덮쳐든다. 선두에 선 클레나와 드골라가 마수들을 날려버리며 나아가던 중 외벽에 있던 마수가 빈틈을 노려 지팡이를 겨눴다. 로브를 두른 마왕군의 마법 부대다. 누군가는 외벽 위에서 동료를 회복시키고 또 누군가는 엘프 부대에게 원거리 공격을 날리고 있었다.

그리고 마법 부대가 벽면을 따라 달리고 있는 알렌을 표적으로 정한 그때였다.

'시간이 됐군, 다 죽어버려라.'

눈부신 빛이 사방에서 팽창하는가 싶더니 그곳으로 무수히 많은 빛의 화살이 쏟아지며 마법 부대를 꿰뚫어버렸다. 터널에서 나왔을 때와 비교도 되지 않는 강력한 엘프 병력들의 공격이 요새 내부로 내리쏟아진다. B랭크 마수 따위는 전혀 못 버티는 위력인지라 마법 부대가 눈 깜짝하는 사이에 섬멸되었다.

마도구의 시계는 딱 12시를 가리키고 있다.

"좋아, 타이밍이 아주 정확해!"

"알렌, 작전이 성공했어!"

세실도 기뻐하며 알렌에게 미소를 보냈다. 빛나는 수많은 화살이 외벽 안쪽에 있는 마수들을 차례차례 처단한다.

"이 틈에 문까지 달려가라! 아군의 공세에 휩쓸리면 안 되니 꼭 벽면을 따라 이동하도록!!"

""""오오!!!""""

빛나는 화살의 정체는 엘프들의 엑스트라 스킬이었다. 엘프들의 엑스트라 스킬 쿨타임은 하루이기에 이때를 위해 전날부터 12시 이후는 엑스트라 스킬 사용을 금지했었고, 지금 막 해방된 것이다.

방금 전 갈라졌던 1천 6백의 엘프군을 궁사대와 마법대를 선두로, 별 한 개 재능도 포함해서 합계 1백 명 정도로 편성된 각 부대로 나눴다.

순서대로 엑스트라 스킬을 발동해서 외벽 안쪽으로 뛰어든 동료들을 원호하기 위해 적 부대를 공격하며 잇따라 마수들을 사살한다.

"클레나와 드골라, 케로린은 문지기를 쓰러뜨려."

"맡겨줘라."

『넷!』

문지기는 A랭크 마수 두 마리다. 저 녀석들은 근거리전을 특기로 하는 클레나와 드골라, 짐승B 소환수로 처리해야 한다.

'아차, 전황을 병사들에게 알려줘야지.'

지금처럼 다수 부대로 나뉜 상황에서는 각 부대의 전황을 각각의 부대에서 잘 파악하는 것이 가장 중요하다.

시시각각 전황이 변화하더라도 새E의 「매의 눈」과 새F의 「전령」을 활용하면 매 상황을 티아모 공방전 때와 마찬가지로 문 안팎의 엘프군 전체에 전달할 수 있다. 정보는 곧 힘이다.

알렌 파티에 이어서 터널 바깥으로 뛰쳐나온 뒤 외벽으로 이어진 계단을 달려 올라간 외벽 점거 부대 3천 명은 외벽 위쪽으로 통하는 계단을 향해 똑바로 전진했다. 그들의 원호 덕분에 대폭 전진한 알렌은 남문에 도달한 뒤 수비대와 진형을 짜기 시작한다. 그 뒤쪽에서는 수십 명의 척후 부대가 작업을 개시했고, 진형이 갖춰지는 거의 동시에 남문이 열렸다.

쿠우우우우웅.

남문을 향해 4만 5천 명의 엘프 군세가 일제히 진군을 개시한다.
""동료들이 이곳에 온다! 마수들을 접근시키지 마라!!!""
문앞의 알렌과 외벽 위쪽의 가톨거가 같이 외쳤다.
이번에는 동료들이 무사히 남문을 지나 진입할 수 있도록 원호해야 한다. 엑스트라 스킬을 온존해 놓은 부대가 1백 명 단위로 순차 발동시키며 남문을 뚫고 진입하는 엘프 병사에게 조준을 맞추려고 하는 마수를 소탕한다.
문을 지나온 엘프들은 신속하게 진형을 재편성했다.
"문을 지나왔다! 진형을 사수하라!!"
""""오오오오!!!""""
문앞에 거대한 진이 형성되면서 점차 단단해지기 시작한다.
남문을 탈환한 알렌 파티와 엘프군의 전투는 계속 이어졌다.

제10화 마족과의 싸움

"하하! 알렌 공, 해냈구려!"

"예, 작전대로 진행되어 다행입니다."

알렌 파티 및 별동대와 합류한 루키드랄 대장군이 달려왔다. 작전이 전부 순조롭게 진척되어 기쁨을 미처 억제하지 못하는 모습이었다. 공성전은 우선 문을 점령하는 것이 중요하다. 이 부분은 루키드랄 대장군도 같은 인식을 갖고 있었던 것 같았다.

"그러나 회복 부대를 제외하면 엑스트라 스킬을 전부 소모해버렸다오."

"확실히 그렇긴 하죠. 하지만 엑스트라 스킬 덕분에 요새에 있는 적군도 절반 정도로 줄일 수 있었습니다. 이제 한나절 정도 싸우면 전부 섬멸할 수 있을 겁니다."

이번 작전은 문을 빼앗는 데 가장 큰 힘을 들였다. 그럼으로써 확실하게 요새를 점령할 수 있다고 판단했기 때문이다. 화살과 마법 같이 원거리 공격을 특기로 하는 엘프 군대는 외벽이나 문을 활용해서 단단히 수비 태세를 갖출 수 있다. 이 때문에 엘프들에게 공격계 엑스트라 스킬을 아낌없이 사용하도록 요청했던 것이다. 그 결과 남문을 탈환했고, 요새에 있는 마왕군 30만 중 절반을 무찌를 수 있었다.

벽 안쪽에서 대기하고 있었던 마왕군의 회복 부대 및 마법 부대,

원거리 공격 부대도 가톨거 등 외벽 점거 부대가 최우선으로 저격하고 있다. 거대한 외벽이 있기에 마왕군도 되레 방심했었을 테지.

그럼에도 마왕군의 잔존 병력은 아직 엘프군보다 세 배나 많았다. 이제부터가 진짜 싸움이다.

"이제 저희는 외벽 쪽 부대와 합류하겠습니다. 계속해서 5천 정도의 병력을 빌려 쓰도록 하죠."

"그래, 알겠네. 다음 작전이군."

장군이 대장들에게 척척 지시를 내리기 시작한다. 인선은 이미 완료해 두었기에 알렌의 곁으로 금세 엘프들이 모여들었다. 완전 제패를 위하여 다음 행동에 나설 때였다.

이곳 라폴카 요새는 사방을 외벽으로 둘러싸였지만, 동서 방면은 험준한 산이 지켜주기에 병사를 배치할 수 있도록 정비를 마친 외벽은 남북 방면뿐이었다. 가톨거와 3천 명의 부대는 한발 먼저 요새 남서쪽 외벽부터 마수를 쓰러뜨리며 북쪽을 향해 전진하고 있었고 현재 서쪽의 중앙 부근에서 교전 중이다.

"갑시다. 잘 따라와주십시오. 동쪽 계단부터 공격하겠습니다!!"

"""넷!!!"""

'흠, 난 딱히 장군도 지휘관도 아닌데.'

이제 와서 엘프의 부대를 거느리는 것에 위화감이 느껴졌다. 일단은 아랑곳하지 않고 벽면에 붙어 적을 섬멸하면서 요새의 남동쪽에 있는 계단을 목표로 동료들, 엘프 부대와 함께 나아간다. 알렌은 남동쪽 계단 부근까지 다다랐지만, 증원되는 마수가 많아 뜻하는 대로 전진할 수 없었다.

이 요새에서 가장 높은 남북의 외벽을 빼앗으면 제공권은 거의 엘프군에게 넘어가기에 마왕군을 쉽게 사냥할 수 있지만, 이 같은 사실은 마왕군도 아주 잘 알고 있었다. 고지를 지키기 위해 노도와 같은 기세로 원군을 보낸다. 알렌 파티는 제법 시간을 들여 간신히 남동쪽 계단에 도착한 뒤 위쪽으로부터 밀려드는 마수를 쓰러뜨리며 계단을 차근차근 올라갔다. 그동안에도 알렌은 마수의 격렬한 공격으로 쓰러진 소환수를 재소환한다.

'마석은…… 지난 이틀 동안 꽤 많이 써서 2만 개 정도 남았네. 이 녀석들을 섬멸하면 30만 개의 마석을 확보할 수 있을 테니까 계속 힘내야겠다.'

이번에는 엘프 부대의 활약 덕분에 용B 소환수의 각성 스킬을 연발해야 하는 사태는 벌어지지 않았다.

숯덩이가 된 마석의 숫자도 그만큼 적어졌기에 전투에 승리하면 거의 전부를 온전한 마석으로 회수할 수 있겠다.

그렇게 잠시 딴생각을 하던 알렌에게 영혼B가 새로운 정보를 보내준다.

"음, 남문으로 마족 놈들이 오고 있다고?"

알렌은 라폴카 요새 중앙의 건물에서 대기하고 있었던 마족 세 마리가 전투 준비에 들어갔다는 것을 확인했다. 아마도 글라스터가 폭발해서 이쪽을 향해 달려오려는 것 같다.

'이 녀석들아, 왜 굳이 덤비는 거야. 그냥 도망쳐주는 게 우리도 좋단 말이야.'

계단 위쪽에서도 정면으로 튀어나오는 글라스터와 뒤를 쫓아서 오는 네프틸라, 야고프가 똑바로 남문을 향해 달려오는 광경을 확인할 수 있었다. 세 마족을 본 알렌은 즉시 결단했다.

"다들 미안한데 이대로 공격에 임해줘. 우리는 이곳에서 이탈하겠어. 그리프들아, 나와라!"

『크르르!!』

알렌은 동료들에게 외쳐 지시한 뒤 세실과 함께 새B 소환수에 올라타서 곧장 날아올랐다. 일직선으로 남문을 향해 이동하자 문 앞에서 엘프군과 마왕군의 사투가 이어지고 있는 광경이 보인다. 알렌 파티는 문 안쪽, 정면에 미리 내려서 마족들을 기다렸다.

세 마리의 마족은 불과 몇 분이 지나기 전에 도착했다. 선두로 나선 글라스터의 심상치 않은 표정을 보고 양군의 손이 멈췄다. 새B 소환수에 올라탄 알렌 파티를 보자마자 글라스터가 중얼거렸다.

『네 녀석들인가……?』

"예? 무슨 말씀이신지?"

불쑥 꺼내는 질문이 종잡을 수 없어서 일단 알렌이 대답했다.

『네 녀석들이, 나의 군대에 망신을 주고 이 거점을 점령하고자 하는 자냐고 물은 것이다!!』

'제대로 열받았구나. 이대로 도망치면 연전연패의 딱지가 붙을 뿐만 아니라 라폴카 요새를 내준 책임까지 져야할테니까 당연한가. 여기서 이기지 못하면 너희에게 더 이상 미래는 없겠지. 설마 병력이 여섯 배나 차이 나는데 하루 만에 남문을 빼앗길 것이라는 생각은 못 했을 테니까 말이지.'

"아, 네. 엘프 여러분 덕분에 작전이 성공했죠. 정말 고맙더라고요, 적장이 다들 바보뿐이라."

지금 자신이 누구인지를 밝혀도 이점이 없는 터라 알렌은 대충 대답했다. 물론 상대의 판단력이 둔해지면 대환영이기에 도발도 잊지 않았다.

『주, 죽인다!! 너는 무조건 죽인다!! 네프틸라, 야고프, 지원해라!!!』

『네, 글라스터 님.』

『알겠습니다고프.』

곧장 도발에 넘어온 세 마리 마족이 벌써 공격 태세에 들어갔다. 글라스터는 대검을, 네프틸라는 지팡이를, 야고프는 너클을 장비하고 있다. 마족의 대형과 장비로 각각이 맡은 역할을 추측하고 알렌은 순식간에 인선을 마친 뒤 동료들에게 지시 내렸다.

"아저씨는 클레나, 젊은 건 포르말, 짐승남은 드골라가 담당해줘."

"응. 아저씨구나."

알렌의 말에 대상을 확인하고 클레나는 대검을 꽉 쥐었다.

이후에도 마왕군과의 싸움은 계속 이어질 테니까 첩보 활동이 있었음을 들키고 싶지는 않다. 알렌 파티는 이미 저 마족들의 이름을 알고 있으면서 일부러 모르는 시늉을 했다. 셋이 연계하면 귀찮을 테니 일 대 일로 싸울 수 있게 위치를 조정하며 거듭 상대를 관찰한다.

'네프틸라……. 저 녀석은 위치 선정이 능숙하네. 흠흠, 이러면 야고프를 먼저 쓰러뜨릴까.'

마법을 쓸 것으로 짐작되는 네프틸라를 먼저 쓰러뜨리고 싶었지만, 일 대 일로 싸울 듯 행동하면서도 사실은 글라스터를 방패로 쓰는 위치에 있었다. 섣불리 자극했다가는 혼전이 벌어질 테지. 우선 야고프를 쓰러뜨려야겠다. 알렌 파티도 즉각 임전 태세에 들어갔다.

『으읍!』

"끄윽!"

첫 공방에서 클레나가 글라스터의 대검을 제대로 막지 못하고 새 B 소환수와 함께 날아갔다. 드골라도 야고프의 처음 한 방에 날아가버렸다.

'역시 일 대 일은 아직 많이 어렵구나. 클레나의 한계 돌파가 발동하면 조금 달라지겠지만, 그래도 A랭크를 혼자서 쓰러뜨릴 순 없겠지.'

클레나와 드골라의 싸움을 몇 수 보기만 해도 능력치의 차이는 역력했다. 과연 마족이다.

"클레나, 계속 버텨줘! 킬은 클레나의 회복과 원호를 부탁한다!"

"응, 알았어!"

"그래."

두 사람이 동시에 대답했다.

"세실은 나랑 같이 짐승남을 먼저 잡도록 하자."

"알았어."

'일단 한 마리씩 확실하게 줄여야겠지.'

야고프는 드골라와는 신장이 두 배 정도 차이 나는 대형 마족이다. 알렌과 세실이 원호를 위해 움직이던 중, 커다랗게 휘두른 드골라의 큰 도끼와 야고프의 거대한 너클이 맞부딪쳤다.

"큭."

드골라가 타격전에서 완전히 밀려버리며 새B 소환수와 함께 또 날아갔다. 그와 동시에 세실이 거대한 불덩어리를 야고프에게 날렸다. 드골라에게 막 공격을 펼친 자세에서 미처 피하지 못한 야고프에게 불덩어리가 직격했다.

『고픕!』

"한 번 더……."

『어림없습니다. 아이스 샷!』

세실이 야고프에게 추가 공격을 날리려고 지팡이에 마력을 주입할 때, 뜻밖의 방향에서 거대한 얼음덩어리가 날아왔다.

"아앗!"

네프틸라가 원호를 위해 쓴 마법은 알렌이 새B 소환수에게 지시해서 간신히 피했다.

알렌은 다섯 마리의 새B 소환수와 상공을 날아다니고 있는 새E 소환수, 추가로 자기 자신의 시야도 확인하고 있기 때문에 거의 사각이 존재하지 않는 상태다. 그럼에도 네프틸라의 마법은 준비 동작이 짧고 속도도 빨라서 피하는 것이 최선이었다.

알렌은 다시 마음을 다잡고 새B 소환수에게 새로운 지시를 보냄으로써 세실에게 공격이 날아들지 못하도록 신경 썼다. 이제 세실은 마법 공격에 전념할 수 있을 것이다.

'으음, 지금 꺼낼 수 있는 소환수의 숫자는 세 마리 남았어.'

남문과 외벽에 제한 숫자를 꽉 채워서 소환수를 꺼내 놓았지만, 방패 역할을 맡겨서 엘프 병사의 전면에 위치했던 터라 어느새 당해버렸나 보다. 이 셋을 잘 활용해야 한다.

"도라도라, 케로린, 가자!"

『오오, 맡겨주게!』

『넷!』

용B 소환수 두 마리에 짐승B 소환수 한 마리를 소환한 뒤 각각 한 마리씩 야고프에게 배치했다. 나머지 용B 한 마리는 거리를 유지하며 네프틸라에게 브레스 공격을 날려서 마법을 견제한다.

'목표는 야고프를 먼저 처치하는 것.'

야고프를 집중 공격을 한다. 혼자서 버티기에는 손이 모자란 야고프가 조금씩 피해를 받기 시작했다.

"으랴아아아!"

빈틈을 보고 드골라가 날린 혼신의 일격이 직격했다. 세차게 날아간 야고프는 벽에 부딪쳤고 그 충격으로 주거용 건물 외벽이 잘게 부스러졌다.

『야고프, 뭐 하는 거냐!!』

『괘, 괜찮다고프.』

멀리서 고함을 질러 야고프를 질타한 글라스터가 지축을 뒤흔드는 듯한 목소리로 새로운 명령을 내린다.

『이제 됐다. 엑스트라의 문을 열어라.』

'응? 엑스트라의 문?'

『넷! 글라스터 님고프.』

세차게 날아갔던 야고프가 천천히 몸을 일으키더니 몸이 아지랑이처럼 일렁거렸다. 그리고 드골라를 향해 단숨에 몸을 날린다.

커다랗게 휘두른 주먹이 드골라에게 날아들었다.

'마족이 엑스트라 스킬을 썼다! 도라도라 해제. 미러, 나와라.'

알렌은 순식간에 최적의 답을 도출했다. 야고프를 공격 중이던 용

B 한 마리가 곧장 사라지고 드골라와 야고프의 사이에 돌B 소환수가 나타났다.

돌B는 둥근 거울과 비슷한 큰 방패를 야고프를 향해 치켜들었다. 야고프는 갑자기 나타난 거대한 방패를 파괴하고자 혼신의 힘을 실어서 주먹을 날렸다.

큰 방패는 균열이 나서 갈라지면서도 공격의 위력을 완전히 흡수했다. 일순간의 정적 후 눈부신 섬광이 쏟아지며 야고프는 또다시 세차게 날아갔다.

'오오! 과연 용사의 공격도 튕겨낸 스킬답군.'

『야고프!!』

허공을 나는 야고프에게 글라스터가 소리 질렀다. 알렌은 이 기회를 놓치지 않고자 나머지 두 마리의 소환수에게 각성 스킬 사용을 지시했다. 야고프가 튕겨나가는 것을 전제하고 미리 소환수를 대기시켰던 덕분이다.

"분노의 업화, 9연속 물어뜯기를 써라!"

두 번이나 나가떨어지며 상당한 타격을 입은 야고프가 일어서고자 했지만 소환수는 무자비하게 추가 공격을 가한다. 곧이어.

『마족을 1마리 쓰러뜨렸습니다. 경험치를 6400000 획득했습니다.』

'흠, 마족은 경험치를 주는구나. 분배 규칙에 따라 8할로 줄었을 테니, 8백만인가.'

드래곤을 뛰어넘어서 가장 많은 경험치를 획득했다. 그건 그렇고 마족이 엑스트라 스킬을 사용할 수 있다는 것은 뜻밖이었다. 마족들 사이에서는 엑스트라 스킬을 「엑스트라의 문」이라고 부르는 것 같다.

『네, 네놈들!』

"어디 보자, 두 마리 남았나. 금방 끝나겠네."

격노하는 글라스터와는 대조적으로 알렌은 태연했다.

『네놈, 정체가 뭐냐?! 로젠헤임의 엘프는 아닐 터인데!』

"응? 대답할 리 없잖아. 난 내버려 두고 자기 걱정이나 하지?"

『뭐라고?!』

알렌과 글라스터가 대화 하는 동안에 전투가 중단됐다.

동료들도 네프틸라도 주위의 다른 엘프들과 마수들도 두 사람의 대화에 귀를 기울인다.

"살려서 보내주지 않을 거야. 너희는 전부 여기서 죽게 될 거라는 뜻이지. 로젠헤임에서 아주 난리를 쳤지? 죽어서 속죄해야 될 거다."

『끄읏······.』

'솔직히 아예 도망쳤으면 이득을 더 봤을 텐데 말이야. 에리를 시켜서 쫓아가면 마신 레젤이라는 녀석의 정보도 캐낼 수 있었을 테고.'

세 마족이 다른 마수들을 데리고 수도 포르테니아까지 퇴각했다면 그곳에 있는 로젠헤임 침공군 최고 책임자, 마신 레젤이 있는 곳으로 영혼B를 잠입시킬 수 있었을지도 모른다.

하지만 격노한 글라스터가 네프틸라와 야고프를 데리고 나타났던 시점에서 모든 기대가 어긋나버렸다.

"드골라도 클레나와 같이 저 녀석을 상대해줘. 공격력이 무식하게 높으니까 회피에 집중해주고."

"그래, 아까는 도와줘서 고맙다. 죽다 살았어."

드골라는 다시 큰 도끼를 들어 올리며 알렌에게 감사의 말을 전했다.

글라스터가 대검을 들어 겨누는 것을 신호로 다시 전투가 시작됐다. 어느 정도 거리를 유지해서 포위한 채 파티가 글라스터를 공격한다.

알렌은 네프틸라로 표적을 좁힌 뒤 포르말의 지원을 맡았다. 안전하게 간격을 벌린 위치에서 몸을 보호하며 글라스터를 회복시키고 가끔은 글라스터의 배후로 돌아들어 공격 마법을 날리는 터라 포르말이 상당히 애먹고 있는 상황이었다.

'소환사의 힘을 제대로 보여주마.'

"도라도라, 케로린, 가라."

『오냐.』

『넷!』

글라스터의 뒤쪽에 몸을 숨기고 있던 네프틸라보다 더욱 뒤쪽에서 느닷없이 소환수 두 마리가 소환됐다.

그 기척을 감지하고 고개 돌리는 네프틸라에게 소환수 두 마리가 강렬한 공격을 선사했다.

『끄헉!』

네프틸라는 정통으로 공격을 얻어맞았다.

'좋았어. 이 녀석도 엑스트라 스킬을 쓸 수 있을 테니까 빨리 처리하자.'

"도라도라, 분노의 업화를 써."

재생성한 용B 소환수가 각성 스킬을 쓰자 네프틸라는 브레스에 맞아 세차게 날아갔다. 앞쪽에서는 역시 재생성을 마친 짐승B 소환수가 또 한 마리 기다리고 있었다.

그 짐승B 소환수가 알렌의 명령과 동시에 각성 스킬 「9연속 물어뜯기」를 발동시킨다. 알렌은 적과 떨어진 상태에서도 소환수를 통해 근거리 물리 공격을 구사할 수 있다. 상대의 약점을 찔러 변화무쌍한 공격을 펼칠 수 있다는 것이 소환사의 강점이었다.

다만 소환사의 각성 스킬을 포함하여 거듭 공격에 적중당하면서도 자신에게 전력으로 회복 마법을 걸어서 버티는 네프틸라는 아직껏 숨통이 끊어지지 않았다.

"꽤 끈질기군. 얘들아, 먼저 아저씨를 마무리 짓게 될지도 모르겠다. 아저씨한테 회복 마법을 걸 여유는 주지 않을 테니까 확실하게 체력을 깎아줘. 엑스트라 스킬을 발동하면 일단 물러나도록 하고."

"응, 알았어!"

클레나가 작전을 이해했다. 후위 직업이라 내구력이 낮아서 금방 쓰러뜨릴 수 있을 것이라 판단했었던 네프틸라가 뜻밖에도 오래 버티는지라 작전을 수정했다.

『그런가. 이토록 강한 힘, 개방자인가……. 인간들중에서 개방자가 나타난 건가…….』

"응? 『개방자』? 나를 말하는 거야? 어, 아까 『엑스트라의 문』이 어쩌고저쩌고 말을 했었지. 뭔가 문을 열어서 『개방자』인가."

글라스터가 뭐라 뭐라 중얼거리고 있었다. 알렌은 상대가 한 말의 뜻을 분석했다. 방금 「엑스트라의 문」이라고 언급했었는데, 뭔가 새로운 단계의 문을 개방한다는 뜻으로 쓰이는 마왕군 특유의 표현이 아닐까 싶다.

『그런가, 그래서 우리는 거듭 패배를⋯⋯. 네놈들이, 아니, 네놈이 정답이었던 건가⋯⋯.』

글라스터가 알렌을 노려봤다. 방금 전까지 가득했던 격노는 가라앉아서 무척 차분한 모습이었다.

"이봐, 아저씨. 개방자가 뭐야?"

'혼자 떠들지 말고 이것저것 가르쳐줘.'

『오호, 자신이 처한 입장을 모르는 건가. 어쨌든⋯⋯ 개방자가 나타났다면 사정이 많이 달라지는군.』

글라스터의 몸이 아지랑이처럼 일렁거리기 시작했다.

『네프틸라! 내가 시간을 끌어주겠다! 마신 레젤 님께 개방자가 나타났음을 보고하라!!』

『분부에 따르겠습니다, 글라스터 님!!』

회복 마법을 쓰고 있었던 네프틸라는 경악하면서도 자신이 받은 지시를 이해했다.

글라스터는 「개방자가 나타났다」라고 말했다. 또한 「시간을 끌어주겠다」라고도.

글라스터는 곧 목숨을 걸고 전투에 임할 작정이다.

『가라!』

『네, 네엣!』

알렌이 글라스터와 대화 나누는 틈에 회복을 마친 네프틸라는 등을 보인 채 전력으로 도망치기 시작했다. 네프틸라는 알렌 파티와 대결하며 얻은 정보를 가지고 있다. 전투 전에 도망치는 것은 상관없었는데, 이제는 상황이 달라졌다.

'크, 큰일 났다.'

알렌이 네프틸라를 눈으로 좇는 빈틈을 노려 글라스터가 곧바로 들이닥쳤다.

"클레나, 엑스트라 스킬을 발동해줘! 빨리!"

"응, 알았어!!!"

클레나가 엑스트라 스킬을 발동해서 제 몸을 아지랑이처럼 일렁거리며 글라스터에게 검을 휘두른다. 즉각 방어로 전환한 글라스터의 대검에서는 불길한 어둠이 새어 나오고 있었다.

『오호, 네년은 검성이군.』

알렌에게는 못 간다며 앞을 가로막는 클레나와 어떻게든 알렌을 죽이고자 하는 글라스터의 사이에서 서로의 대검이 끊임없이 맞부딪쳤다. 글라스터는 한계 돌파로 능력치를 대폭 끌어올린 클레나와 대등 이상의 맞대결을 펼치고 있다.

'클레나가 나섰는데도 만만치 않군. ……앗, 네프틸라 왜 이렇게 빨라.'

이미 네프틸라는 저 멀리 도망쳤다. 알렌이 추적하고 싶어도 글라스터가 바로 앞쪽을 떡하니 가로막는다. 속도가 상당한 탓에 클레나는 애써 따라붙는 것이 고작이었다. 어쩔 수 없이 알렌은 소환수를 써서 몇 차례 공격을 시도했지만, 회복 마법을 거듭 사용하는 네프틸라의 다리를 막는 것은 불가능했기에 결국 시야에서 완전히 놓쳐버렸다.

이 이상 소환수를 추적자로 보내도 결국 포르테니아로 도망치고 끝날 것이다. 추적을 포기한 알렌은 글라스터를 쓰러뜨리는 데 집중했다. 글라스터는 회복 마법도 없는 상황에서 집중 공격을 맞다가 파티원 모두를 노려보면서 허물어지듯 땅에 엎어졌다. 그리고 숨을 거두기 직전 쥐어짜다시피 말을 내뱉는다.

『하하하, 어떠냐, 우리의 승리다. 확실한 죽음이 네놈들을 기다리고 있다. 그런 정도의 힘으로 마신 레젤 님을 상대할 생각은 마라…….』

대담하게 미소를 짓고 글라스터의 몸은 재가 되어서 사라졌다.

『상위 마족을 1마리 쓰러뜨렸습니다. 경험치를 3200만 획득했습니다. 경험치가 100억/100억을 달성했습니다. 레벨이 65로 올랐습니다. 체력이 50 올랐습니다. 마력이 80 올랐습니다. 공격력이 28 올랐습니다. 내구력이 28 올랐습니다. 민첩성이 52 올랐습니다. 지력이 80 올랐습니다. 행운이 52 올랐습니다. 「지휘화」의 봉인이 해제되었습니다.』

마도서의 로그가 올라간다.

'드디어 지휘화의 봉인이 해제됐어.'

"결국 놓쳐버렸네."

세실이 말한 뒤 네프틸라가 도망을 친 방향을 바라봤다. 시선 너머에는 수도 포르테니아가 있다.

"……뭐, 별수 없지. 또 각오하고 싸울 수밖에. 외벽도 완전히 점거한 것 같아. 돌아가서 마수 사냥에 전념하자."

알렌은 그렇게 말한 뒤 외벽을 점거하고 마수들을 섬멸하는 엘프군과 합류해서 마수 소탕전에 참가했다. 글라스터를 잃고 완전히 위축되어버린 마수는 더이상 알렌 파티의 적이 아니다. 이렇게 두 마족을 쓰러뜨린 알렌 파티와 엘프군은 일몰을 기다리지 않고 마수들을 싹 처단한 뒤 비원이었던 라폴카 요새 탈환을 달성할 수 있었다.

한편 라폴카 요새에서 도망친 네프틸라는 알렌의 정보를 알리기 위해 포르테니아로 달려가고 있었다. 그 뒤쪽에서 네프틸라를 불러 세우는 여자 목소리가 들린다.

고개 돌리자 요새에서 다과 심부름을 했던 에리라는 소녀가 둥실둥실 날아 쫓아오는 것이 보였다. 다리를 멈춘 네프틸라가 숨을 헐떡이며 자기 자신에게 회복 마법을 거는 동안에 에리가 겨우 쫓아왔다.

그리고 에리는 빙그레 미소 지으며 동행을 제안한다.

『네프틸라 님 같은 중요한 분을 혼자 가시게 둘 수는 없 · 사 · 와요.』

네프틸라는 배려의 말에 감격하며 흔쾌히 영혼B를 동행으로 받아들였다.

제11화 기도가 가득 차올라서

「엘프군이 5만 군세로 30만 마리의 마수를 무찔러 라폴카 요새 탈환에 성공했다.」

엘프들이 바라 마지않았을 낭보가 영혼B 소환수를 통해 눈 깜짝할 사이에 모든 도시로 퍼져 나갔다. 기적과 같은 소식을 들은 엘프 백성들은 정령왕에게 감사의 기도를 바치고 여왕의 안녕을 기원했다.

라폴카 요새 전투는 일단락되었지만, 어딘가에 또 마수가 숨어있다면 큰일이 난다. 마왕군은 농성도 계획에 넣어두었는지 해골이나 갑옷 등의 사령 계통, 식사를 필요로 하지 않는 마수를 이 요새의 주력으로 배치했었다.

며칠 혹은 몇개월, 몇 년이나 마수가 건물 안쪽에서 혹시나 몸을 숨긴 채 버틴다면 큰 사고가 벌어질 테니 마수 탐지 능력이 뛰어난 척후 부대와 피로를 알지 못하는 소환수가 협력해서 지금도 쉴틈없이 토벌을 계속하고 있다.

한편 알렌 파티는 일단 티아모로 돌아가기 위해 루키드랄 대장군을 필두로 장군들과 함께 요새를 뒤로하고 있었다. 전선도 중요하지만 티아모에서 기다리고 있는 여왕이며 다른 장군들과 이후의 방침을 두고 상의해야 한다. 알렌과 일행들은 귀환을 우선해서 새B 소환수의 각성 스킬「하늘 질주」로 오늘 밤 중에 티아모에 도착하기 위해 이동 중이었다.

세실이나 포르말을 태워서 돌아가려는 생각이었는데 오늘은 클레나가 「같이 탈래」라고 말을 꺼냈기에 알렌의 뒤쪽에는 클레나가 탔다. 아마도 클레나는 단둘이 이야기를 나누고 싶은 것 같다.

"있잖아, 알렌. 미안해."

"뭐가?"

"내가 엑스트라 스킬을 제대로 쓸 수 있었다면 알렌의 정보가 알려지지 않았을 거야."

'아, 이래서였나. 어쩐지 되게 침울해하더라니.'

"뭐, 장담은 못 하지. 그 상황에선 스킬을 써도 놓쳤을 가능성이 제법 높았어."

네프틸라는 엄청난 기세로 도망을 쳤다. 그렇게나 민첩성이 높은 데다가 자기 자신에게 회복 마법까지 쓰면서 도망치는 상대를 잡아 입막음을 하기는 몹시 어렵다.

그때 엘프 병사와 함께 싸우도록 배치했던 소환수를 빼내서 네프틸라를 쫓았다면 엘프 병사를 죽음으로 몰아넣는 것과 마찬가지였다. 그리고 무엇보다 엑스트라 스킬을 발동한 글라스터는 A랭크라는 생각이 안 들 만큼 터무니없는 강적이었다. 그때 알렌이 네프틸라를 쫓았다면 동료 중 누군가가 글라스터에게 목숨을 빼앗겼을 것이다.

"게다가……."

"게다가?"

"네프틸라한테 에리를 한 마리 동행시키는 데 성공했어. 뭐, 마신 레젤과 만날 조건은 전부 갖춰졌지."

알렌은 그렇게 말하며 영혼B와 시야를 공유했다. 지금도 네프틸라는 엄청난 기세로 포르테니아를 향해 달려가고 있다.

"……글쿠나."

"클레나도 이런 이야기를 할 수 있게 됐구나. 알렌 선생님은 기쁘단다."

"나빴어!"

클레나가 몸을 쭉 내밀어 뒤쪽에서 두 뺨을 주물주물했다.

"농담이야, 농담. 게다가 그 녀석처럼 도망치는 것도 중요하거든."

"엥? 도망치는 게? 열심히 싸우는 게 중요하지 않아?"

"당연하지. 나도 잘 모르는 상대가 나타나면 눈치 보다가 도망칠 거야. 맞서 싸우는 게 전법의 전부는 아니니까."

처음 마주친 적을 언제나 반드시 쓰러뜨릴 수 있다는 보장은 못한다. 승률을 올리기 위해 노력하더라도 감당할 수 없을 때는 도망치는 것이 최고다. 알렌은 그렇게 말하면서 과거에 세실을 유괴했던 암살자 더글라하와의 싸움도 도망치는 선택지밖에 없었다는 것을 떠올렸다.

"……글쿠나."

줄곧 굳세게 검을 휘둘러왔던 클레나에게는 어려운 이야기였나 보다. 그럼에도 고개를 갸웃거리면서 알렌의 이야기를 이해하고자 애쓰고 있다.

'늦든 빠르든 내 정보는 어차피 새어 나갔을 거야. 그건 그렇고 얻은 정보도 많군. 마족은 엑스트라 스킬을 쓸 수 있었어. 게다가 개방자는 또 뭐지? 소피도 모른댔는데 혹시 정령왕은 알고 있을까?'

그렇게 오랜만에 클레나와 많은 이야기를 나누는 동안 「하늘 질주」를 써서 밤이 다 지나가기 전에 티아모에 도착했다. 여왕도 장군들도 잠에 든 시간대였기에 작전 회의는 내일로 미뤄야겠다.

지친 알렌과 일행을 폭신폭신한 침대가 맞이해줬고, 오랜만에 푹 잠든 채 밤이 지나갔다.

* * *

잠에서 깨자 곧 안내인이 나타나 식당으로 데려가줬다.

아침 식사가 자꾸 더 호화로워지는 것 같다는 생각을 떠올리며 조금 담백한 풍미로 맛을 낸 엘프의 요리를 마음껏 즐겼다. 식사를 마친 알렌과 동료들은 곧바로 여왕이 있는 회의실을 방문했다.

"좋은 아침입니다. 밤새 안녕히 주무셨습니까?"

"좋은 아침입니다. 예, 푹 잤습니다."

생글생글하며 여왕이 말을 걸어온다. 장군들도 내심 기분이 좋아 보였다. 라폴카 요새 탈환이 어지간히도 기쁜 소식이었을 테지. 문득 바라보니 하늘다람쥐의 모습을 지닌 정령왕은 여왕의 무릎 위에서 새근새근 잠들어 있다.

'정령왕은 아침부터 자네. 요즘 깨어나 있는 모습을 못 봤군.'

엘프들의 표정에서 감사하는 마음이 가득 흘러넘친다는 것이 알렌은 어쩐지 낯간지러웠다.

개척촌에서도 그란벨에서도 감사의 말을 꽤 많이 들어왔지만, 그때마다 민망한 감정이 느껴진다. 알렌이 생각하기에는 단지 필요해서 했을 뿐이고 영웅 취급을 바랐던 적은 한 번도 없다. 이번에도 로젠헤임의 사람들이 곤경에 처했기에 힘을 빌려주었을 뿐이다.

알렌은 적당히 시기를 가늠해서 추후 방침에 대한 이야기를 나누고 싶다며 말을 꺼낸 뒤 이야기를 시작했다.

"단기간에 라폴카 요새 탈환을 성공한 만큼 마왕군의 400만 예비 부대가 들이닥칠 때까지 제법 시간을 벌었습니다. 아마도 남북 두 방향으로 갈라진 마왕군 중 북쪽 부대는 이제 막 로젠헤임에 상륙한 상황입니다. 북쪽 끝에서 라폴카 요새까지는 아무리 마왕군이어도 이틀이나 사흘, 어쩌면 더욱 기간이 걸리겠지요. 바다에서 쳐들어오는 마왕군도 네스트까지 도달하려면 아마 비슷한 시간을 필요로 할 것입니다."

"""오오오!"""

알렌의 말을 들은 장군들에게서 다시금 감탄성이 터져 나온다. 여왕이 알렌에게 판단을 요청했다.

"알렌 님, 그러면 무엇부터 시작해야겠습니까?"

"글쎄요. 해야할 일은 두 가지가 있다고 생각합니다."

'뭐지……. 내가 전부 다 결정해버려도 되는 걸까?'

로젠헤임에 왔던 초기에는 마왕군과 싸우는 일원으로서 유격대 같은 지위를 갖고 협력만 할 생각이었는데 무척 중대한 결정까지 떠맡게 됐다. 찝찝한 심정을 티 나지 않게 숨기고 알렌은 생각했었던 말을 꺼낸다.

한 가지는 라폴카 요새 이남을 완전히 세력하에 두는 것. 라폴카 요새 이남의 땅은 광대하기에 마수에게 점령당한 도시가 다수 있었다. 현재 방치하고 있는 도시의 마수가 집단으로 뭉치면 곤란하니 미리미리 해치우는 것이 좋겠다.

다른 한 가지는 군의 본부를 라폴카 요새로 옮기는 것. 30만 이상의 군세를 라폴카 요새에 파견하여 단단히 수비를 하고 전선을 티아모로부터 밀어 올려야 한다.

"그러면 네스트를 노리고 쳐들어오는 마왕군은 어찌해야겠습니까?"

여왕이 불안해하며 묻자 알렌이 대답했다.

"저희 쪽에서 맡아 응전하겠습니다. 혹시나 빠져나가는 적이 발생할 수 있으니 네스트에도 10만은 필요할 겁니다."

요컨대 알렌의 말은 다음과 같다. 60만 명의 엘프군 중 30만 명을 라폴카 요새에, 10만 명을 네스트에 배치한다. 그리고 북쪽에서 300만의 군세가, 남쪽에서 100만의 군세가 곧 들이닥칠 테니 남쪽과 북쪽은 모두 열 배의 군세를 상대해야 한다. 나머지 20만 명의 병력은 티아모를 포함한 네 곳의 도시에 배치해서 대비한다.

"그렇습니까……."

대꾸를 하며 여왕이 고개 숙였다. 당연히 엘프 병사도 전부 무사하지는 못할 것이다. 여왕의 입장에서는 달리 선택지가 없을지언정 괴로운 결단일 것이다.

'아마 상당히 힘든 싸움이 되겠지. 자, 어떻게 할까. 지휘화 스킬을 하루라도 빨리 분석해서 작전에 반영시켜야 하는데.'

로젠헤임 최북단의 요새는 300만 마왕군에게 함락되었다. 또한 최북단의 요새에는 라폴카 요새보다 배는 높은 외벽이 있다. 그럼에도 마수들은 끝내 외벽을 넘어와서 요새를 함락시켰다. 이번에는 최북단 요새의 절반밖에 안 되는 라폴카 요새에서 끝까지 수비해야 하는 상황이고, 육로에서 들이닥치는 적도 대처할 필요가 있었다.

'고속 소환 이상으로 유용한 스킬이기를 빌어야겠다.'

지휘화 스킬의 분석 결과에 따라서 이후 작전은 크게 달라질 것이다.

여기까지 말을 들은 뒤 여왕은 다시금 알렌에게 감사의 뜻을 전했다.

"지금까지의 모든 것에 감사드립니다. 아직 전쟁은 끝나지 않았습니다만, 지난 며칠간 이어진 승리 덕분에 백성들의 불안감도 누그러졌겠지요."

"아뇨, 아뇨. 여러분과 힘을 모았던 덕분입니다. 그리고 보니 라폴카 요새에서 신경 쓰이는 말을 들었습니다만, 혹시 짚이는 것이 있으신지 여쭤봐도 괜찮겠습니까?"

"그럼요, 무엇입니까?"

"마족이 저를 『개방자』라고 불렀습니다. 개방자라는 말을 들어본 분이 계십니까?"

여왕도 장군들도 고개를 갸웃거린다. 아무도 모르나 보다.

'정령왕은 혹시 알고 있을까? 부르면 깨어나려나.'

혹시나 하는 기대감으로 알렌이 잠들어 있는 정령왕을 불러서 깨워보고자 했을 때. 정령왕이 눈을 꾹 감은 자세 그대로 말을 꺼냈다. 그리고 갑자기 몸에서 빛이 흘러넘치기 시작한다.

『모두들 오랜 세월간 신세를 졌다. 고맙다. 기도가 차오르는구나.』

"""앗?!"""

갑자기 주위가 소란스러워진다.

'오? 뭐지, 뭐지? 무슨 일이야?'

"저, 정령왕님, 설마?"

『그래, 기도의 무녀가 남긴 자손아. 내게 올리는 기도가 이제 곧 가득 차오를 것 같다. 예상보다 조금 빨랐다만, 눈앞의 저 소년이 몇 번이나 나를 대신하여 활약한 덕분이겠지. 하하.』

그렇게 말하며 정령왕은 공중에 떠올라서 계속 몸으로 빛을 내뿜고 있다.

'정령왕 대신? 내가 뭔가 했던가?'

이것저것 생각해봐도 알렌은 특별히 짚이는 것이 전혀 없었다.

"아아…… 드디어 정령신이 되시는군요."

여왕의 두 눈에서 눈물방울이 뚝뚝 흘러내린다.

『그렇다. 나는 머지않아 정령신이 될 거야. 그때는 이러한 날을 맞이하게 될 것이라고는 상상도 하지 못했지. 내 운명을 내다보기는 역시 힘들어서. 하하.』

여왕의 말에 고개를 끄덕거린 뒤 정령왕은 온몸에 빛을 담아낸 채 다시 여왕의 무릎 위쪽으로 천천히 내려왔다.

여왕도 장군도, 그리고 알렌과 같이 있었던 소피와 포르말도 포함해서 엘프들의 뺨에는 환희의 눈물이 흘러내리고 있었다.

'음, 나도 울어서 분위기를 맞춰야 하나? 도저히 못 따라가겠어.'

알렌은 빛을 뿜어내는 정령왕과 감동하여 눈물 흘리는 엘프들 앞에서 혼란에 빠져 우물쭈물했다. 정령왕이라면 「개방자」가 무엇인지 알지 않을까 기대했었는데 아무래도 정령왕은 정령신이 되는 과정에 들어간 것 같다. 나중에 다시 깨어났을 때 물어보자고 생각하며 알렌은 숨을 내쉬었다.

＊　　＊　　＊

하염없이 눈물을 흘리는 소피와 포르말을 재촉해서 알렌은 동료와 함께 여왕이 있는 회의실의 바깥으로 나갔고, 곧장 새B 소환수를 달려서 티아모와 라폴카 요새의 중간 지점으로 이동했다.

오늘도 알렌과 세실은 둘이서 같이 탑승했다. 라폴카 요새 이남에는 지금도 마왕군의 잔당이 드문드문 흩어져 있으며, 이 주변에는 아직 수만에 달하는 마수가 돌아다니고 있다. 이제부터 지휘화 스킬 분석을 위해 잔당들을 닥치는 대로 토벌하며 다닐 계획이었다.

다음 전투에서 알렌 파티는 북부로부터 오는 300만의 마왕군 예비 부대를 엘프군에게 맡기고, 해양으로부터 항구 도시 네스트로 오는 100만의 마왕군과 싸워야 한다. 저번에 티아모에서 100만의 마왕군 군세와 싸웠을 때는 사흘간 40만 마리밖에 못 잡았었지만, 이번 목표는 네스트까지 마수가 도달하기 전에 섬멸하는 것이다. 힘든 전투에 임하기 전에 지휘화 스킬에 대해 자세히 알고 싶었다.

알렌의 신규 스킬에 흥미가 가득한 세실이 말을 걸어온다.

"어떤 스킬일까?"

"글쎄. 써봐야지. 고속 소환 이상으로 쓸 만한 스킬인 것은 분명하겠지만."

노말 모드는 레벨 60, 스킬 레벨 6에서 성장 한계를 맞이한다. 알렌은 소환 레벨을 7로 올려서 노말 모드의 한계를 뛰어넘었을 때 「고속 소환」과 「지휘화」 스킬을 획득했다. 다만 고속 소환은 익히는 동시에 쓸 수 있었는데, 「지휘화」는 좀처럼 해방이 되지 않았고

마족 글라스터를 쓰러뜨려 레벨이 65를 달성했을 때 드디어 봉인이
해제되었다.

봉인된 스킬 제한을 해제하는 데는 레벨, 스킬 레벨, 능력치의 상
한 등 몇 가지 조건이 관여하고 있다. 이번과 같이 레벨에 따른 제
한도 봉인의 일환이었을 것이다. 전세에서 온갖 게임을 파고들기로
즐겨왔던 알렌은 쉽게 납득할 수 있었고, 입수 조건이 어려운 스킬
일수록 유용하다는 것도 알렌은 잘 알고 있다.

【이　름】알렌
【연　령】14
【직　업】소환사
【레　벨】65
【체　력】1765
【마　력】2780 +1000 (반지)
【공격력】976
【내구력】976 +1300
【민첩성】1819 +560
【지　력】2790 +1860
【행　운】1819
【스　킬】소환 〈7〉, 생성 〈7〉, 합성 〈
7〉, 강화 〈7〉, 각성 〈7〉, 확장 〈6〉, 수
납, 공유, 고속 소환, 지휘화, 제거,
검술 〈3〉, 투척 〈3〉
【경험치】9,089,285/200억
　· 스킬 레벨
【소　환】7
【생　성】7
【합　성】7
【강　화】7
【각　성】7
　· 스킬 경험치
【생　성】7,833,218/10억

【합　성】7,756,875/10억
【강　화】271,264,760/10억
【각　성】12,765,800/10억
　· 취득 가능 소환수
【벌　레】BCDEFGH
【짐　승】BCDEFGH
【　새　】BCDEFG
【　풀　】BCDEF
【　돌　】BCDE
【물고기】BCD
【영　혼】BC
【　용　】B
　· 홀더
【벌　레】
【짐　승】
【　새　】E 6매, B 5매
【　풀　】
【　돌　】
【물고기】
【영　혼】B 13매
【　용　】

반지는 마력 +1000과 마력 회복 링
을 장비

마왕군과의 교전에 대비하여 알렌의 카드 홀더는 텅텅 비어 있었다.

'돌이켜보면 용사와 대결했던 때가 벌써 4개월이나 전인가. 그때부터 레벨은 10이 올랐고 스킬 경험치도 3억쯤 벌었지만……. 아직도 갈 길이 멀어.'

알렌은 변화가 딱히 없어도 아침, 점심, 저녁마다 빠짐없이 스테이터스를 확인하고 있다. 레벨 60까지는 대체로 능력치도 일정한 수치가 더해져서 올라갔지만, 레벨 61을 달성했을 때부터는 예전보다 두 배에 달하는 수치로 능력치가 올라갔다. 아마도 노말 모드의 한계를 뛰어넘었기 때문일 테지.

마력 회복 링 덕분에 모험가 길드에서 마석을 구입하지 않아도 스킬 경험치를 올릴 수 있지만, 조금이라도 더 많이 스킬 경험치를 올리기 위해 지금도 마석 구입은 중단하지 않았다.

스킬 경험치는 강화를 우선해서 올리는 것도 변경하지 않았다. 강화 스킬은 소환 레벨과 관계없이 쓰기 때문에 효과가 무척 크기 때문이다. 참고로 각성 스킬은 아무리 올려도 A랭크 소환수를 소환할 수 없는지라 뒤로 미루자는 것이 알렌의 방침이다. 다만 로젠헤임에 온 이후에 대략 20일 동안 하늘의 은혜를 하루에 2천 개 생성하고 있는 이유로 강화 스킬보다 각성 스킬을 쓰는 경우가 많아졌다.

'흠, 봉인을 풀어도 스킬 경험치는 요구하지 않네. 그렇다면 아마도 지휘화는 효과가 일정한 스킬이겠구나. 마력 소비도 없는 종류라고 보면 될 거야.'

이제껏 획득했던 공유 및 수납 같은 스킬은 스킬 경험치가 쌓이지 않고 마력을 소비하지 않으며 효과도 일정하다는 공통된 특징을 가지고 있다. 지휘화도 분명 동일한 부류에 속할 것이다.

이것저것 생각만 해봤자 소용없으니 새E 소환수를 써서 시험해보기로 했다.

"일단 호크한테 써볼까."

"응."

이동 중 공중에서 멈춘 뒤 검증을 시작한 알렌에게 세실이 대답을 한다.

알렌은 새E 소환수를 옆에 불러내서 지휘화를 발동했다.

그러나 새E 소환수에게는 전혀 변화가 없다.

"어라? 발동이 안 되네?"

"정말이네. 아무것도 달라진 게 없어."

혹시 눈에는 안 보이는 어떤 효과가 부여된 걸까. 마도서의 표지에 이것저것 로그가 많이 표시되니까 잘 모를 때는 마도서를 확인한다.

마도서의 로그에는 아래와 같은 문장이 쓰여 있었다.

『E랭크 소환수에게는 발동할 수 없습니다. 지휘화 스킬은 B랭크 소환수 전용 스킬입니다.』

"뭐지? B랭크가 아니면 못 쓰나 본데."

"와~ 진짜야."

지상으로부터 수백 미터 위에서 안전벨트도 없는데 세실은 알렌의 등 뒤에서 어깨를 붙잡고 마도서를 들여다본다.

"음~ 좋아. 도라도라, 나와라."

『무슨 일인가? 전투 상황은 아닌 듯한데…….』

"이제부터 신규 스킬을 써보려고."

『오호?』

지휘화 스킬을 발동해본다.

"어때?"

알렌이 스킬의 효과를 확인하고자 했을 때 용B에게서 강렬한 파동이 쏟아졌다. 그 충격에 놀란 알렌과 세실은 얼결에 비명을 질렀다. 물론 바로 곁에 있었던 다른 동료들도 마찬가지였다.

"으헉!!!"

"꺄, 꺄아아아아!!!"

『오? 오오오오오!! 히, 힘이 넘쳐흐른다!! 나는『장군』이 된 것인가!!!』

10미터쯤 되는 용B 소환수의 크기가 지휘화 스킬 발동과 동시에 두 배로 불어났다. 몸의 근육은 더욱 강인하게 울퉁불퉁해졌고 뿔과 엄니도 커다래진지라 한층 더 광폭하게 보인다.

'엥,『장군』이 됐다는 게 무슨 소리지?'

알렌은 놀라면서도 마도서에 새로운 페이지가 추가되었다는 것을 깨닫고 급해지는 마음을 달래며 확인했다.

그곳에는 지휘화를 쓴 용B 소환수의 새로운 스테이터스가 쓰여 있었다.

```
【종  류】 용
【계  급】 장군
【랭  크】 B
【이  름】 도라도라
【체  력】 5600
【마  력】 2000
【공격력】 6000
【내구력】 5800
【민첩성】 6000
【지  력】 3600
【행  운】 3200
【가  호】 공격력 100, 민첩성 100,
브레스 내성(강)
【특  기】 병력화, 불 뿜기
【각  성】 분노의 업화
```

"오, 몸집만 커진 게 아니라 모든 능력치가 두 배로 올랐군. 이 정도면 A랭크 최상위에 필적할 거야."

알렌이 스테이터스를 하나하나 확인해보니 마지막 항목인 특기란에『병력화』라는 스킬이 추가되어 있었다.

"도라도라, 병력화라는 스킬이 추가됐어. 이게 뭐야?"

『음? 아마도 이것은…….』

용B 소환수는 본능으로 병력화가 무엇인지를 깨달은 것 같다. 용B가 말하기를 같은 계통의 소환수를 병력으로 삼을 수 있는 특기라는데 이번에는「병력화」가 무엇인지 잘 모르겠다.

"그런 건가……. 아무튼 도라도라를 한 마리 더 꺼낼 테니까 시험 삼아서 써줘."

『그래, 알겠다.』

알렌이 용B 소환수를 한 마리 더 꺼내자 지휘화를 쓴 용B 소환수가 병력화 특기를 썼다.

그러자 병력화된 용B에게도 변화가 일어났다.

"오, 커다래졌어!"

"굉장해!"

용B 소환수는 병력화되자 1.5배의 크기로 커졌다.

마도서를 살펴보니 병력화된 용B 소환수의 스테이터스가 또 추가되어 있었다.

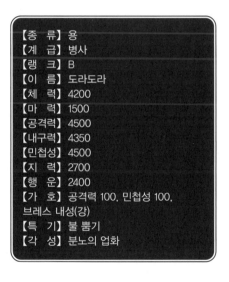

【종　류】 용
【계　급】 병사
【랭　크】 B
【이　름】 도라도라
【체　력】 4200
【마　력】 1500
【공격력】 4500
【내구력】 4350
【민첩성】 4500
【지　력】 2700
【행　운】 2400
【가　호】 공격력 100, 민첩성 100,
브레스 내성(강)
【특　기】 불 뿜기
【각　성】 분노의 업화

'병력화를 쓰면 스테이터스가 1.5배 오르는 건가. 이제 알겠다. 지휘화는 소환수를 지휘관 상태로 만들어서 병사로 삼을 수 있는 스킬이었던 거야.'

스킬의 효과를 파악할 수 있었는데, 전원 다 「지휘화」를 써주는 것이 능력치도 두 배로 오를 테니까 이득 아닐까. 뭐, 제약이나 차이가 달리 있겠지만.

"이거 상당히 쓸만한 스킬 같은데 조금 더 검증이 필요하겠어."

"그러게."

실전에 대비하는 알렌의 검증은 계속된다.

* * *

그로부터 알렌은 차근차근 시간을 들여 혼잣말을 중얼거리며 지휘화 스킬의 검증을 진행했다.

【지휘화로 알아낸 것】

· 50미터 범위에 소환수가 없으면 지휘화를 쓰지 못한다.

· 공유를 쓴 상태라면 해제는 50미터 이상 떨어져도 가능하다.

· 한 계통에서 한 마리만 지휘화를 쓸 수 있다.

· 스킬 발동에 마력은 소비되지 않는다.

【병력화로 알아낸 것】

· 지휘화를 쓴 소환수는 몇 마리든 병력화가 가능하다.

· 병력화가 가능한 대상은 같은 계통의 소환수뿐.

· 지휘화를 쓴 소환수에게서 100미터 떨어지면 자동으로 해제된다.

'뭔가 공유랑 비슷하네. 병력화를 쓴 소환수는 지휘화를 쓴 소환수 근처에 있어야 하는 건가. 이런 부분이 제약으로 작용하네. 어라, 그러면 새끼 아리퐁은 어떻게 되는 거야……?'

검증에 몰두하고 있는 알렌을 뒤쪽에서 세실이 살짝 속 터진다는 눈빛으로 쳐다보고 있다. 던전 공략 중 소환 레벨이 6으로 올랐을 때도 이러한 느낌으로 검증에 몰두했던 알렌을 떠올렸기 때문이다. 저 모습은 처음 아버지에게 받은 검을 손에 들고서 틈날 때마다 땀을 흘리며 부지런하게 휘둘러 댔던 오빠 토마스와 겹쳐 보였다.

"역시 사전 검증은 결국 한계가 있지. 이제 실전에서 써볼까."

"그래."

천진난만하게 눈을 반짝이며 고개 돌리는 알렌에게 한숨과 함께 세실이 대답했다.

알렌은 결국 한 시간 가까이 동료들을 기다리게 만들었다. 새B 소환수에 올라탄 채 대기하고 있었던 동료들도 고개를 절레절레 저으며 알렌에게 알겠다는 신호를 보낸다.

실전이란 주변에 있는 수만의 마수 소탕이다. 새E 소환수를 써서 천리안으로 아득히 먼 곳에 위치한 마왕군을 발견했다. 지휘화 스킬을 이것저것 시험하는 동안에 마왕군 잔당은 집단을 이룬 뒤 수만의 군세로 팽창했다.

일직선으로 적 집단을 향해 날아가며 단숨에 거리를 좁히고 세실이 엑스트라 스킬 「소운석」을 발동한다. 어느 정도 규모가 커진 군세는 초격으로 소운석을 떨어뜨리면 통솔이 흐트러지고 지휘도 작전도 사라지는 터라 싸우기도 수월해지는 법이었다.

의도한 대로 혼란에 빠진 마수들을 향해 곧바로 지휘화를 쓴 소환수들을 투입했다. 선택한 것은 방금 전 의문을 떠올렸던 새끼 아리퐁이다.

　'오호, 오호, 장군 새끼 아리퐁이랑 병사 새끼 아리퐁이랑 노말 새끼 아리퐁은 각각 능력치도 크기도 전부 달라지는군. 그리고 새끼 아리퐁 자체에는 지휘화도 병력화도 안 써지고.'

　마도서로 새끼 아리퐁의 능력치를 확인했다. 새끼 아리퐁은 각성 스킬을 쓴 벌레B 소환수의 절반에 해당하는 능력치를 보유하고 있다. 계급이 장군인지 병사인지, 아니면 지휘화 스킬의 영향을 받는지에 따라서 차이를 분명하게 알 수 있었다.

【지휘화에 따른 벌레B 소환수 및 새끼 아리퐁의 무력 · 크기 비교 (벌레B 소환수를 100으로 가정했을 때)】

　· 벌레B 소환수 100

　· 벌레B 소환수(병사) 150

　· 벌레B 소환수(장군) 200

　· 벌레B 소환수의 새끼 아리퐁 50

　· 벌레B 소환수(병사)의 새끼 아리퐁 75

　· 벌레B 소환수(장군)의 새끼 아리퐁 100

　"지휘화는 정말 굉장하네. 소환수가 상당히 강해졌어."

　마왕군을 마구 쓸어버리고 있는 소환수가 명백하게 강해졌음을 알아보고 세실도 놀란다.

짐승 계통이나 용 계통의 특기 대부분은 공격력에 의존하기에 능력치가 오른 장군과 병사 소환수가 특기를 연발하면 일반 소환수와는 섬멸 속도에서 명백한 차이가 발생한다.

　"확실히 강해. 이제 적 예비 부대와 어떻게 싸울지 계획을 세울 수 있겠어."

　그때, 네프틸라를 쫓아갔던 영혼B와 공유한 시야에 주목해야 할 장면이 비쳤다.

　"응?"

　"어? 무슨 일 있니?"

　"아니, 슬슬 에리가 포르테니아에 도착할 것 같아."

　시야 저 멀리에는 특징적인 거대한 나무, 그리고 전방에는 커다란 외벽이 있는 도시가 보인다. 네프틸라와 영혼B가 휴식도 취하지 않고 하루 이상을 꼬박 이동해서 지금 드디어 마신 레젤이 있는 로젠헤임의 수도인 포르테니아에 도착한 것이다.

　'분명 저 나무가 세계수라고 했지. 하늘에 닿을 것 같다는 말을 이럴 때 쓰려나.'

　알렌은 소피에게서 세계수에 대해 들었던 말을 떠올렸다. 마치 하늘에 닿을 것 같은 저 나무는 엘프들이 섬기는 신앙의 대상이라고 한다. 정령왕이나 여왕과는 또 다른 기도의 대상이라는 느낌이었다. 게다가 저 세계수에서 정령들이 태어나기도 한다던가.

　엘프는 기도를 무척이나 많이 한다는 생각이 든다. 그렇게 잠시 딴생각을 하는 동안에 거대한 건물이 눈에 들어왔다. 그곳으로 네프틸라와 영혼B 소환수가 들어갔다. 똑바로 쭉 나아가서 계단을 올라

2층의 안쪽에 있는 커다란 공간에 도착했다. 여왕의 알현장이다.

아마도 이 건물은 정령왕과 엘프 여왕을 모시는 신전일 것이다.

가장 안쪽에는 옥좌가 설치되었고, 그곳에 누군가가 앉아 있었다.

'이 녀석이 마신 레젤인가.'

턱받침을 하고 거들먹거리며 앉아 있는 저 녀석은 누가 봐도 보스의 분위기가 감돈다. 글라스터나 네프틸라처럼 피부는 거무스름하고 머리에는 우락부락하게 뿔이 자라났다. 피처럼 새빨간 눈이 번쩍번쩍 빛나며 네프틸라와 영혼B 소환수를 주시하고 있다.

『마신 레젤 님, 네프틸라입니다. 지금 막 복귀했습니다.』

네프틸라가 옥좌로부터 조금 떨어진 위치에서 무릎 꿇었다. 영혼B 소환수도 네프틸라의 대각선 뒤쪽에서 같은 자세로 무릎 꿇는다.

『…….』

마신 레젤은 턱받침을 한 채 말없이 둘을 바라보기만 한다. 침묵에 견디지 못한 네프틸라가 잇따라 사죄의 말을 꺼냈다.

『마, 마신 레젤 님, 며, 면목 없습니다. 패배의 책임은 저희에게 있습니다. 맡겨주셨던 군세도, 요새도 엘프의 손에…….』

하지만 마신 레젤은 손바닥을 펼쳐 내밀어 네프틸라의 말을 막았다. 네프틸라는 그 행동에 놀라면서도 곧장 입 다물며 머리 숙였다. 마신 레젤이 천천히 숨을 들이마셨다가 입을 열었다.

『그런가. 패배한 건가. 나는 어째서 이토록 많은 군세가 있는데도, 또한 철벽의 요새를 가졌음에도 불구하고 패배했는가 이유를 생각하고 있었다. 원인은 여기에 있었던 건가.』

'패배의 내용은 이미 전달됐던 건가? 눈알 박쥐는 분명히 전부 다

잡았는데 다른 통신 방법을 또 가지고 있나?'

알렌은 마신 레젤의 발언에서 조금이라도 더 마왕군 측의 정보를 수집하고자 했다.

『원인은 여기에……. 네, 분명 요새를 맡아 지켜야 했던 저희의 탓에 패배하고 말았습니다…….』

온몸을 떨면서 네프틸라는 말했다.

『……확실히 너희의 책임이구나. 나 또한 어리석은 부하를 두었고. 쥐새끼가 침입했는데도 알아차리지 못할 줄이야.』

마신의 말은 한 마디 한 마디에 위압감이 있어서 신전의 벽도 떨리는 것 같다.

『쥐, 쥐새끼 말씀입니까?』

『그렇다.』

그렇게 말한 뒤 마신 레젤은 시선을 네프틸라에게서 영혼B 소환수에게로 옮겼다.

『……너는 누구지?』

마신 레젤이 영혼B 소환수에게로 시선의 방향을 옮기고 묻는다.

'오? 들켰나?'

『네, 에리라고 불러주시와요.』

『흠, 이런 상황에서도 전혀 동요가 안 느껴지는군. 훈련을 잘 받은 쥐새끼로다. 그래, 마수도 마족도 정령도 아닌 넌 정체가 뭐지?』

'완전히 들켜버렸네. 너무 빨리 들켰어. 아깝다.'

『아니?! 에, 에리가 쥐새끼라고요?』

네프틸라가 뒤를 돌아보며 차마 믿기지 않는다는 눈빛으로 영혼B

소환수를 쳐다본다.

　마신 레젤과 네프틸라가 바라보는 가운데 영혼B 소환수는 천천히 몸을 일으켰다. 둥실둥실 공중에 떠올라서 마신 레젤을 내려다본다.

『흐음, 네 녀석들 중에도 조금은 영리한 놈이 있었·사·와요.』

『……..』

『나는 알렌 님의 소환수인 에리랍니다.』

'응? 뭔 소리를 늘어놓는 거야?'

　원래 계획과 달리 영혼B 소환수가 알렌의 이름을 말해버렸다.

『호오. 상당히 불손한 태도로군.』

『아니어요. 오히려 당연한 태도 아니겠·사·와요? 세계를 다스리는 알렌 님의 부하이니까 이러는 것이 맞·사·와요.』

『세계를 다스린다?』

'대체 무슨 말을 하는 거야?!'

　영혼B는 알렌의 마음속 말에도 귀를 기울이지 않고 계속해서 입을 열었다.

『그래요. 이 세계는 전부 알렌 님의 것. 레젤, 네가 누구의 허락을 받고 마신이라는 거창한 호칭을 쓰는지 모르겠·사·와요. 알렌 님의 허락은 받았·사·와요?』

『세계를 다스리는 자……? 흐음. 그 알렌이라는 녀석은 이런 녀석을 부하로 쓰는 것인가.』

『이런 녀석이라고요?! 알렌 님의 종복에게 마신 따위가 무슨 망발이와요!!』

　영혼B가 웬일로 거세게 감정을 드러내면서 격분한다.

『마신 따위인가. 알겠다. 넌 이만 사라져라.』

거기까지 말한 뒤 마신 레젤은 손바닥에서 새빨간 빛의 구슬을 출현시키고 영혼B 소환수를 향해 날려 보냈다. 직격당한 영혼B 소환수는 빛나는 거품이 되어 사라졌고, 알렌과 공유한 시야도 그 순간 두절되었다.

『이, 이럴 수가······. 에리가 적의 첩자였다니······. 우리 때문에 마왕군의 정보가, 작전 대부분이 새어 나갔을 줄이야······.』

『흠······. 뭐, 아쉽긴 하군. 지나간 일인데 어찌하겠는가. 그래, 알렌이라는 녀석의 정보는 갖고 돌아왔을 테지?』

『네, 넷.』

마신 레젤은 말없이 살짝이나마 남은 영혼B의 거품이 부슬부슬 떨어지는 광경을 바라보고 있었다. 주뼛주뼛하며 네프틸라가 상관의 안색을 살피던 중 느닷없이 마신 레젤이 입꼬리를 끌어 올리며 웃음을 터뜨렸다.

『큭큭큭······. 마신 따위, 마신 따위인가.』

네프틸라는 아연실색했다. 그야 마신이 웃는 모습은 단 한 번도 본 적이 없었으니까.

『이러한 소리를 듣게 된 것은 100년 만이구나. 아주 유쾌하군! 하하하!! 그런가, 그랬군, 개방자가 나타난 건가!!』

당황하는 네프틸라를 앞에 둔 채「개방자」라고 발언을 하는 마신 레젤. 옥좌가 있는 알현장에서 마신 레젤의 웃음소리는 거듭 울려 퍼졌다.

제12화 빛과 그림자의 역사

라폴카 요새를 공략한 지 사흘이 지나갔다. 이날도 알렌 파티는 잔당 사냥을 계속하고 있었는데 이후 방침에 대해 엘프들과 상의를 하기 위해서 해가 저물 때까지 싸운 다음은 티아모로 복귀했다.

티아모에 도착한 알렌과 일행들은 고픈 배를 달래면서도 식사보다 회의를 우선해서 가장 먼저 여왕이 있는 회의실로 향했다. 여왕의 무릎 위쪽에서는 변함없이 정령왕이 반짝반짝 빛나며 새근새근 잠들어 있다.

그때 이후로 정령왕은 줄곧 잠든 채였다.

'아직도 잠을 자네. 정령신이 되기 위해서 번데기 비슷하게 된 상태인가? 시기가 무르익으면 변신이라도 하는 건가?'

시선을 다시 여왕에게 되돌리고 평소와 같이 보고를 시작했다. 알렌과 문답을 주고받는 역할을 엘프군 최고 간부인 시글 원수가 대표해서 맡아주고 있다.

"오늘도 상당히 많은 마왕군을 쓰러뜨려주었군."

"네, 이제 남북쪽 양방향에서 공격을 받는 사태는 피할 수 있을 겁니다. 오늘 마왕군을 쓰러뜨렸던 곳의 정확한 위치는 나중에 따로 알려드릴 테 마석 등의 회수 작업은 잘 부탁드리겠습니다."

"그래, 알겠네. 정말 고맙네."

엘프의 척후 부대는 마석은 물론이고 마왕군이 쓴 무기와 방어구,

아울러 소재로 활용되는 마수의 주검까지 전부 회수하고 있다. 싸우기 위한 무기를 마련하고 자금을 벌기 위함이다. 마석은 알렌이 많은 비중을 가져가는 대신에 다른 전부를 로젠헤임에서 확보한다. 알렌은 계속해서 말을 꺼냈다.

"이것은 별로 기쁘지 않은 정보입니다만, 마왕군은 진군을 서두르고 있는 것 같습니다. 라폴카 요새에 들이닥칠 때까지 이제 시간이 없습니다. 라폴카 요새의 병력 배치를 서둘러 마쳐주십시오. 제 동료도 협력하겠습니다."

마왕군의 행군 속도를 감안해봐도 라폴카 요새에서 전투가 벌어질 때까지 남은 시간이 거의 없음을 알려준다.

"음, 동료? 그러면 알렌 공은……."

"네. 저는 해양 방면의 마왕군과 싸우는 데 가세하겠습니다. 그쪽은 적도 소수인지라 혼자서도 어떻게든 상대할 수 있겠다고 계산이 끝났으니까요."

알렌은 새E 소환수를 써서 육로와 해로로 진군하는 마왕군의 정확한 위치를 파악하고 있다. 마왕군의 작전이 엘프 측에 누설되었다는 것이 알려지며 진군 속도를 상당히 끌어올린 듯싶다. 진행 방향을 보고 판단한 바로 목표는 라폴카 요새와 네스트에서 달라지지는 않는 것 같았다.

시글 원수와 장군들은 알렌이 고작 한 명으로 네스트에 가서 싸우겠다고 결정한 데 놀라곤 이렇듯 무모한 행동을 딱히 나무라지 않는 동료들 한 사람 한 사람의 얼굴을 이상하다는 듯이 둘러본다. 다만 알렌의 동료들은 표정 한 번도 바뀌지 않고 여왕의 앞에서 똑바로 서있을 뿐이다.

알렌은 지휘화의 검증을 마친 뒤 작전의 내용을 동료들과 상의했었다. 북쪽에서 쳐들어오는 300만 남짓의 마왕군과는 30만의 엘프군과 알렌의 동료들이 싸운다. 그리고 해양에서 침공하는 100만의 마왕군은 알렌이 혼자 상대한다. 많은 병력을 티아모로 보내준 뒤 방어력이 약해진 네스트에 있는 병력은 기껏해야 10만 정도였다. 절대 마수를 들여보내서는 안된다. 자연스럽게 혼자서 100만의 군세를 섬멸해야 하는 과제가 주어졌다.

"내일 아침에는 출발할 예정입니다."

시글 원수와 여왕, 그리고 이곳에 있는 엘프 전원이 알렌과 동료들의 눈을 보고는 이번 작전을 믿어보기로 결정했다.

"……그런가. 필요한 물자가 있다면 말해주게나."

시글 원수가 어떻게든 도움을 주고 싶은 심정으로 물자를 제공하겠다고 발언했다. 알렌은 사양하지 않고 휴대용 식량을 조금 준비해달라고 부탁했다.

"감사합니다. 로젠헤임의 식사는 무엇이든 맛있으니까요. 그리고 출발하기 전에 한 가지만 확인하고 싶은 이야기가 있는데 괜찮으시겠습니까?"

'뭐, 완전히 억측인데 어떻게 반응하려나?'

알렌은 내일 출발하기 전 어떻게든 확인하고 싶은 궁금증이 있었다.

"음? 물론이지. 무엇이든 물어주게나."

"저는 로젠헤임에 와서 엘프들과 함께 싸우는 동안 어렴풋하게나마 두 가지의 사실을 깨달았습니다. 시글 원수."

"음?"

갑자기 이름을 부르기에 시글 원수는 의아하다는 표정을 짓는다.

"소피아로-네. 포르마-알. 루키드라-알 대장군. 가토-올거 씨, 그리고 시그-을 원수. 모두 이름에 장음이 들어가 있습니다. 그리고 분명 정령왕님의 이름도 로-젠이었고요. 전부 우연입니까?"

"으, 으음. 뭐, 우리 엘프들에게 옛날부터 내려온 작명법이라네."

어째서 이런 때 묻는 것인가 의아해하면서도 원수는 대답했다. 장군들도 알렌의 동료들도 술렁거리기 시작한다. 그럼에도 엘프들은 옛날부터 선조가 쭉 전해준 이름을 소중하게 여긴다고 했다.

"감사합니다. 그나저나 지금은 본국으로 돌아가서 없습니다만, 제 동료 중 메르르라는 드워프가 있습니다. 또한 아버지는 네네크, 어머니는 카나나라고 하더군요. 역시 나라에 따라 이름을 붙이는 방식에는 특징이 있나 봅니다."

"으, 으음?"

알렌이 무슨 의도로 하는 말인지는 잘 모르겠으나 확실히 나라에 따라 이름에 특징이 있다는 것은 시글 원수도 같은 생각이었다.

"한 가지 더 가르쳐주셔도 괜찮으시겠습니까?"

"무, 물론이네. 방금 질문의 답은 이제 괜찮은 건가?"

"예, 충분합니다. 다른 하나의 질문입니다만, 마왕군과 싸운 지 60년 정도가 지났다고 알고 있습니다. 최북단의 요새는 무척 견고하고 근사한 곳이라더군요."

"그렇다네. 로젠헤임을 수십 년이나 지켜준 요새이니까 말일세."

시글 원수는 「이번에는 결국 버티지 못했네만」이라고 덧붙였다.

"마왕군이 쳐들어와서 최북단에 요새를 만들었다. 그것은 잘 알겠습니다. 그런데 포르테니아의 남쪽을 지키는 라폴카 요새가 건설된 때는 마왕의 출현보다 훨씬 옛날에, 대정령사가 이 나라에 나타났을 때의 위업이라고 말을 들었지요. 과거에 이곳에서 살았던 엘프들은 무엇을 위해 요새를 건설하고 대체 누구와 싸웠습니까?"

"""뭣?!"""

마왕군과 관련된 군사 회의라기에는 너무 동떨어진 알렌의 물음에 엘프들은 당황했다.

"무, 무엇을 위해……? 도대체 무슨 뜻인가?"

시글 원수가 되묻는다.

"말 그대로의 의미입니다. 학원에서 중앙 대륙 이외의 다른 나라에 대해서도 공부를 했습니다만, 로젠헤임은 지난 1000년간 타국으로부터 침공을 받은 역사도 없이 평화로운 나라였다더군요."

'뭐, 5대륙 동맹의 맹주가 운영하고 있는 학원이고 학장도 로젠헤임의 왕족인데 로젠헤임의 안 좋은 속사정을 얼마나 제대로 가르쳐줬겠냐는 문제로 연결되겠지만.'

알렌이 배웠던 로젠헤임은 정치적인 지배 체제라거나 문화적인 특징 및 주요 산업과 도시에 대한 내용이 대부분이었다.

"저, 저기…… 어떤 의도로 하신 말씀인지요. 이야기의 의미를 잘 모르겠습니다."

견디다 못한 여왕이 끼어들었다.

"죄송합니다. 너무 군더더기가 많은 화법을 쓰게 되었군요. 하지만 조금 더 말을 들어주십시오. 제가 힘을 빌려드리게 된 발단은 확실히 저희 나라인 라타쉬 왕국의 명령을 따랐기 때문입니다. 하지만 저에게는 단지 계기에 지나지 않습니다. 지금의 저는 동료인 소피의, 그리고 평화를 사랑하는 여러분의 나라를 지키기 위해서 싸우고 있는 겁니다."

"……그렇지요. 저희도 진심으로 감사드리고 있습니다. 또한 말씀하신 대로 로젠헤임의 엘프들은 분쟁을 좋아하지 않습니다."

알렌의 말에 여왕이 대답했다.

"이번에 로젠헤임을 침공한 마왕군의 최고 지휘관의 이름은 마신 레-젤입니다. 누군가 이 이름을 들어본 분은 안 계십니까? 엘프의 작명법과 특징이 꽤 비슷한 듯싶습니다만."

"엘프의 특징을 가진 이름이라면……. 서, 설마……."

여왕은 알렌이 말하고자 한 의미를 이해한 것 같았다.

"제가 소환수를 통해서 봤던 마신 레젤은 온몸이 거무스름하고 뿔과 엄니가 달린 추악한 모습을 갖고 있었습니다. 하지만 엘프처럼 기다랗게 생긴 귀와 차분한 말투가 신경 쓰여서 여쭤보았습니다."

전세의 기억으로 생각하면 그 기다란 귀는 어떻게 봐도 엘프였다. 이름에 장음이 들어간 것은 대답을 듣고 역산해서 끼워 맞춘 억지에 불과하다. 실제로 야고프와 네프틸라는 장음이 없고, 키-일에게는 있다. 아울러 중앙 대륙에는 중앙 대륙의 독자적인 이름의 특징이 각각의 나라에도 있는 듯싶다.

회의실이 한층 더 술렁이기 시작했다.

동료들도 알렌의 말에 얼굴을 마주 바라본다. 이 이야기는 동료들에게도 따로 들려주지 않았다.

소피가 알렌에게 물었다.

"……무슨 말씀인가요?"

알렌은 순간 소피가 있는 방향을 바라봤다가 다시 여왕에게 말을 건넸다.

"저희는 알지 못하는 사이에 같은 엘프의 내분에 가담하지 않았나 생각이 드는군요. 그 남자…… 마신 레젤은 혹시 엘프가 아닙니까? 만약 맞다면 동족이 로젠헤임을 침공하게 된 계기로서 혹시 짚이는 것은 있습니까?"

'중앙 대륙에서도 과거에 국민 사이에서 배척 운동이 일어났다잖아.'

알렌은 학원에서 중앙 대륙의 역사를 배웠고, 그 역사가 전부 밝은 사건으로 채색되어 있지는 않다는 것을 안다. 이 같은 어긋남의 본질에는 종족 간의 대립이 있는 것으로 짐작하고 있었다.

* * *

알렌은 농노로서 개척촌에 태어났고, 그곳에는 인족밖에 없었다. 전세에서 읽은 이세계 소설에서는 이세계에는 다양한 종족이 등장했었는데도 이 세계에는 인족밖에 없는 것인지 의문을 가졌다.

이 세계에도 인족 이외의 종족이 있음을 알게 된 것은 그란벨 가문에서 세실의 마법 강사에게 마왕사를 배운 다음부터다. 그때, 중앙 대륙의 북동쪽과 북서쪽에 엘프와 드워프가 있다는 사실을 알았다.

그 이후 학원에 들어가서 2학년이 되고 5대륙에 대한 수업을 받았다. 중앙 대륙의 남서쪽과 남동쪽에는 각각 대륙이 있다. 남서쪽 대륙에는 수왕국이 있고 남동쪽 대륙에는 연합국이 있다는 것, 그리고 두 나라의 성립에 대해서도 배웠다. 이때 알렌은 처음으로 이 세계의 어두운 부분을 알게 되었다.

수왕국은 중앙 대륙, 특히 기암트 제국의 박해를 받은 수인들이 생존을 위해 남서쪽 대륙으로 도망쳐서 만든 나라였다. 들은 이야기에 따르면 수인은 마수의 혼혈이나 후손 취급을 받아 박해의 대상이 되었다고 한다. 이것이 1000년쯤 옛날에 일어났던 사건이다. 따라서 지금 현재는 중앙 대륙에 수인이 거의 없었다.

연합국은 중앙 대륙에서 살지 못하게 된 종족이 이주하여 만든 나라다. 본래는 유배지로 쓰였다는 듯 기암트 제국 내부의 정쟁에서 패한 귀족과 죄인 다수가 남쪽 대륙으로 귀양을 갔다. 그 밖에도 어인과 조인도 이형의 존재 취급을 받아 부당하게 박해당하다가 남쪽 대륙으로 내쫓겼다고 한다. 그 무렵에 다양한 종족이 각각 나라를 만들었기 때문에 남쪽 대륙에는 다른 4대륙처럼 큰 나라는 없고, 연합국의 맹주는 가맹국의 대표 회의에 따라 정해진다고 수업에서 배웠다.

이러한 경위도 있어 명색이 「5대륙 동맹」이면서도 수왕국과 연합국의 맹주는 매번 꼬투리를 잡혀서 홀대를 당하는 경우가 많다. 이 같은 처사를 달갑게 여기지 않는 남쪽의 2대륙은 마왕과 전쟁이 벌어졌음에도 중앙 대륙을 전력으로 지원하지 않았다. 보조는 오직 물자를 제공할 뿐 병력은 일절 보내주지 않는다.

기암트 제국과 마왕과의 전투에서도 이러한 태도가 현저하게 나타나는지라 동맹의 규약에 따른 최소한의 지원만 수행하고 조용히 주시만 하는 데서 그친다는 것 같다. 근접 전투를 특기로 하는 수인들이 마왕군과 같이 전투에 임해준다면 전황도 많이 달라지겠지만, 결국에 한데 뭉치지는 못하는 까닭은 아군끼리의 뿌리깊은 대립이 있기 때문이었다.

* * *

알렌과 같은 수업을 들었던 세실이 이제껏 에둘러서 말하고자 한 바를 이해한 뒤 말을 걸어온다.

"아, 알렌. 만약 로젠헤임에서 엘프끼리 싸운 과거가 있다고 치면 엘프가 마왕군으로 넘어간 이유는 도대체 뭐니?"

"거기까진 모르지. 다만 여기에 있는 엘프들은……."

그때 무엇인가를 생각하고 있었던 여왕이 각오를 다진 모습으로 입을 열었다.

"알렌 님의 의문과는 관계가 없을지도 모릅니다만……. 괜찮으실까요?"

"물론입니다. 이제껏 말씀드린 내용은 전부 제 억측이니까요."

"먼저 분명하게 말씀드리고 싶습니다. 저희가 한때나마 다크 엘프와 공존을 바랐었다는 것을요."

'다크 엘프……. 역시 종족 간 대립의 이야기인가.'

여왕은 로젠헤임의 빛과 그림자의 역사를 설명하기 시작했다.

"아주 먼 옛날, 이곳 로젠헤임에는 엘프가 다스리는 나라와 다크 엘프가 다스리는 두 개의 나라가 있었습니다."

"그 말씀은, 다크 엘프와 줄곧 싸웠다는 말씀입니까?"

"그렇습니다. 저희는 분명 공존을 바랐음에도 그들은 끝내 공존을 거부했습니다. 공격 마법에 뛰어난 다크 엘프는 저희 엘프들에게 공격을 가했지요. 정말 힘든 싸움이었다고 선대의 여왕에게서도 말씀을 들었습니다."

여왕은 거기까지 이야기한 뒤 다크 엘프의 특징에 대해서도 가르쳐줬다. 피부는 갈색이며 정령의 힘을 빌리는 공격 마법이 특기라고 한다. 어쩐지 알렌이 갖고 있던 다크 엘프의 이미지와 딱 맞아떨어지는 것 같다. 게다가 마신 레젤하고도.

"……엘프는 분명 분쟁을 달가워하지 않았을 텐데 어째서 다크 엘프는 공격을 했던 겁니까? 다크 엘프는 로젠헤임을 지배하고 싶었을까요?"

"포르테니아에는 세계수라고 불리는 커다란 나무가 있습니다. 정령이 태어나는 나무로서 저희와 다크 엘프가 신앙의 대상으로 섬긴 나무이지요. 그런데 다크 엘프는 세계수를 독점하고자 했던 것입니다. 게다가 세계수를 다크 엘프에게 넘긴 뒤 엘프는 대륙에서 나가라고까지……."

여왕이 덜덜 떨면서 말을 잇는다. 엘프들은 로젠헤임에 단 한 그루 있는 세계수를 아주 먼 옛날부터 섬겨왔다. 마찬가지로 정령이 태어나는 세계수를 신성시했던 다크 엘프가 독점을 노리며 엘프 상대로 전쟁을 개시했고, 그 분쟁은 오래도록 이어졌다.

때로는 엘프의 지도자가 정전이나 공동 관리와 같은 제안으로 절충을 시도했었지만, 그때마다 다크 엘프는 독점을 고집했기에 교섭은 결렬되었다고 한다.

"".......""

로젠헤임의 지도자에게 대대로 전승되어온 이야기일 테지. 여왕과 같이 회의실에 있는 전원이 이야기에 귀를 기울이고 있다. 그때, 알렌이 의문을 하나 제시했다.

"하지만 지금 로젠헤임에 다크 엘프는 없지요. 결국 배제했던 겁니까?"

여왕은 조용히 고개를 끄덕거렸다.

"그렇습니다. 사태는 저희가 바라지 않는 결말을 맞이했지요. 그러한 끝을 맞이하기 전 저희 엘프들은 다크 엘프의 힘 앞에 멸망당하기 직전까지 몰려 있었기에 고뇌의 결단을 내렸다고 들었습니다."

전쟁은 끝없이 이어졌다. 그리고 어느 시기에 다크 엘프의 지도자로 힘과 지혜를 갖춘 인물이 나타났다. 그 결과 엘프들은 도시를 빼앗기고 요새 대부분이 함락되었기에 자치를 이어나갈 수 있는 지역은 세계수의 옆에 위치하는 도시 하나만 남았었다고 한다.

도시에 공격이 개시되면 당장 내일에라도 멸망을 맞이하게 되었을 때 엘프들은 세계수에 구원을 요청하며 마음을 모아 기도했다.

"기도했다고요?"

알렌이 되묻는다. 알렌은 극히 평범한 일본인이었기 때문에 기도한다는 개념 자체가 희박했다.

"네. 엘프들은 절망 속에서 세계수에 구원을 바라며 기도를 올렸습니다. 그때, 제 선조…… 즉 나중에 초대 여왕이 되신 소녀가 거목의 구멍에서 얼굴을 내민 정령의 유체를 발견했지요."

엘프 소녀가 정령의 유체에게 이 상황에서 구해달라고 기도를 올리자 정령의 유체는 『이름을 지어달라』라고 말했다.

"……그게 로젠 님이고요?"

"네. 엘프 소녀는 정령에게 로젠이라고 이름을 붙여줌으로써 계약을 맺었습니다. 저희 엘프는 정령왕과 처음 계약을 맺은 이 소녀를 『기도의 무녀』라고 부릅니다."

소녀와 함께 기도를 올렸던 엘프들은 놀라며 계약이 이루어지는 광경을 지켜봤지만, 유체 정령의 힘에 대해서는 회의적이었다고 한다.

왜냐하면 정령은 일반적으로 나이를 먹을수록 힘이 늘어난다고 전해지고, 대정령이 되기 위해서는 수백 년에서 수천 년이 걸린다고 알려져 있다. 많은 엘프들은 막 태어난 정령과 계약을 맺어봤자 전황이 크게 달라지는 기적은 일어나지 않으리라고 생각했던 것이다.

"그런데 실제는 형세를 역전시킬 만큼 큰 힘이 있었고요."

"네. 정령왕님은 기도의 무녀를 하이 엘프로 바꿔주셨고, 자연히 다크 엘프와의 전쟁 양상도 크게 달라졌습니다."

계약을 맺은 기도의 무녀는 함께 기도를 올렸던 엘프들의 눈앞에서 눈동자는 금색, 머리카락은 은색으로 바뀌었다고 한다. 이것이 하이 엘프의 시작이었다. 소녀의 힘은 고작 혼자서 다크 엘프 군세를 물리칠 수 있을 만큼 강해졌고, 형세는 완전히 역전됐다.

"그 후로 다크 엘프는 어떻게 되었습니까?"

이야기에 빨려 들어가서 알렌은 여왕에게 다음 내용을 묻는다.

"기도의 무녀는 다크 엘프를 현재의 네스트 부근까지 몰아낸 뒤 이후 두번 다시 엘프를 공격하지 못하도록 생명의 계약을 맺고 이 땅에 머무를지 혹은 이 대륙에서 떠날지 선택할 것을 요구했습니다."

'생명의 계약인가. 자기 의지와 관계없이 반드시 강제되는 계약이려나?'

"어느 쪽을 선택했습니까?"

"그들은 떠나는 것을 선택했습니다. 그렇게 모든 다크 엘프가 로젠헤임에서 추방되었습니다."

다크 엘프는 한 명도 남김없이 배에 올라타야 했고, 현재 연합국이 있는 대륙으로 추방되었다고 한다. 그리고 엘프들은 다크 엘프가 로젠헤임의 땅에 발을 내디디는 행위를 두 번 다시 용납하지 않았다. 이것이 1000년 이상 옛날의 이야기라니까 엘프와 다크 엘프의 전쟁이 시작된 때가 얼마나 옛날의 일인지 짐작도 할 수 없었다.

'그랬군. 엘프들은 정령왕과 기도의 무녀 덕분에 멸망을 모면했고, 기도의 대상은 세계수에서 정령왕으로 바뀌었던 건가. 그런데 추방당한 다크 엘프의 후손은 지금도 세계수를 믿고 섬기고 있지 않을까?'

엘프는 매사에 정령왕이나 여왕의 이름을 거론하며 받들어 섬기지만, 세계수의 이야기는 거의 들어본 적이 없었다. 정령이 태어난다는 민담 수준의 이야기가 전승으로 남아 있는 정도다.

"마신 레젤에 대해서는 뭔가 아시는 게 있습니까? 예를 들어서 다크 엘프의 지도자 이름이 레젤이었다던가……."

"확인하는 중입니다. 다만 제가 여왕이 되고 300년, 당대의 다크 엘프 왕은 올버스라는 이름을 갖고 있습니다. 그 선대의 왕도 이름이 레젤은 아니었습니다만…….”

아무래도 여왕은 마음에 짚이는 바가 없는 것 같았다. 조사시키겠다며 부하 엘프들에게 지시를 내리고 있다.

“……그렇습니까.”

유감이라는 표정을 짓는 알렌에게 여왕이 머뭇머뭇 말을 건넨다.

“저기…….”

“세, 세상에! 여왕 폐하!”

장군들은 무의식중에 소리 높였다.

엘프 여왕이 몸소 옥좌에서 일어나 애원하다시피 머리를 숙였으니까.

“아무쪼록 힘을 빌려주십시오. 이번 전쟁에서 알렌 님 없이는 승리도 없습니다!”

같은 엘프의 내전에 개입하는 것은 마음이 내키지 않는다는 태도를 보인 알렌에게 꼭 전쟁을 승리로 이끌어달라고 간청하려는 마음이 이 같은 행동을 부추겼을 테지. 아무튼 간에 이 행동을 보고 동료들도 엘프들도 놀라서 말을 잃었다.

“당연합니다. 여왕 폐하, 얼굴을 들어주세요.”

“……가, 감사합니다.”

여왕이 알렌에게 진심에서 우러나온 감사의 말을 전하고 곧장 달려온 소피와 포르말에게 부축을 받아 천천히 일어선다. 여왕이 마음을 가라앉히기를 기다렸다가 알렌은 빙긋 웃으며 말을 건넸다.

“지금 알아낸 것은 귀가 좀 길고 엘프와 비슷한 이름을 가진 마신이 있다는 사실뿐이니까요. 상대는 엄연히 마왕군입니다.”

'애당초 내 억측으로 끌고 온 이야기잖아. 하지만 지금 이야기는 듣길 잘했다.'

이렇게 알렌 파티는 그간 드러나지 않았던 로젠헤임의 빛과 그림 자의 이야기를 들을 수 있었다.

* * *

다음 날. 알렌 파티는 티아모의 널찍한 광장에 있었다.

드디어 오늘부터는 알렌 혼자만 파티원들과 갈라져서 행동을 개 시한다. 그 전에 알렌은 이제부터 라폴카 요새로 가는 소환수를 배 치하고자 했다.

"있잖아, 소환수를 많이 데리고 가게 해주는 건 고맙지만 너는 정 말로 괜찮겠니?"

웬일로 세실이 걱정스러운 표정을 하고 알렌을 바라본다.

"아마 괜찮을 거야. 뭐, 어차피 아리퐁은 바다 위에서 싸울 수 없 는 데다가 이왕에 신규 스킬을 얻었다면 활약할 수 있는 곳에다가 써야 안 아깝지."

"그, 그래."

'마왕군은 진짜로 다 죽일 생각이잖아. 남은 군대도 라폴카 요새 공략에 동원하려는 것 같고.'

알렌 파티는 로젠헤임에 오고 200만 가까운 마수를 쓰러뜨렸지 만, 아직도 건재한 마왕군이 100만쯤 있다. 아마 저 군세는 전부 라 폴카 요새 공략에 투입되려는지 차례차례 라폴카 요새의 북쪽으로 집결 중이다. 예비 부대 중 300만의 군세와 함께 시기를 맞춰 공세를 펼칠 계획이겠지. 라폴카 요새에는 지휘화를 쓴 벌레B 소환수를 배치하고, 나머지 여유 숫자를 활용해서 네스트에 들이닥치는 100만 마왕군을 무찌를 계획이다.

알렌은 문득 드골라를 바라봤다. 요즘 드골라는 기운이 없다. 원인은 엑스트라 스킬이겠지.

이 문제로 클레나도 제법 침울해하고 있는데, 드골라는 얼마 전 글라스터와 대결할 때도 엑스트라 스킬을 발동조차 하지 못했기에 상당히 조바심을 내는 것 같았다.

"드골라."

"응?"

"나는 네 엑스트라 스킬을 엄청나게 기대하고 있어."

"뭐?! 이, 인마······."

대놓고 압박을 당한 드골라는 눈에 띄게 당황했다.

"드골라, 네 엑스트라 스킬은 이름으로 짐작하자면 모든 마력을 소비해서 일격 필중의 공격을 날리는 기술일 거야. 아마도 그 일격은 세실의 프티 메테오도 뛰어넘는 파티 최강의 일격이겠지."

"앙? 프티 메테오를 뛰어넘는다니······. 진심이냐?"

"물론이야. 드골라의 엑스트라 스킬은 모든 마력을 써서 상대 하나를 전심전력으로 때려눕히는 기술이 분명하니까. 이번 전쟁에서 꼭 사용해줘. 나는 엑스트라 스킬을 아예 못 쓰고 네가 생각하는 만큼 강하지도 않거든. 나에게는 파티원 모두의 힘이 필요하고 다른 파티원들도 드골라, 네 힘을 필요로 하고 있어."

비슷하게 모든 마력을 소비하는 세실의 프티 메테오는 광범위에 피해를 주는 전체 공격이다.

모두 묵묵히 고개를 끄덕거리고 있었지만, 드골라는 이해할 수 없다는 표정을 짓는다.

"알렌……. 네가 강하지 않다고? 그 많은 마수를 다 쓰러뜨리고 대체 뭔 소리냐?"

"아니, 드골라. 난 강하지 않아. 소환수의 숫자가 많아서 마수를 잔뜩 쓰러뜨린 것은 분명하지만, 내 소환수의 공격 하나하나는 드골라나 클레나보다 무척 가벼워."

알렌은 소환수가 요란하게 눈에 띌 뿐, 어디까지나 자신은 보조의 위치임을 잘 파악하고 있다. 글라스터에게 치명상을 입혔던 것은 엑스트라 스킬을 발동한 클레나의 공격이었고 알렌의 소환수가 가한 공격은 견제 역할은 되었을지언정 별 타격이 되지는 못했음을 잘 보았다.

지금에 와서는 무기와 장비품까지 충실하게 갖춘 드골라의 공격력이 8000이나 돼서 용B와 짐승B의 공격력을 뛰어넘었다. 노말 모드의 별 한 개 직업이어도 노력해서 능력치를 끝까지 다 올렸고 아다만타이트 무기와 방어구를 장비했으며 능력치를 1000만큼 올려주는 반지를 두 개 끼우면 강화와 지휘화를 쓴 B랭크 소환수를 뛰어넘을 수 있는 것이다.

"게다가 엑스트라 스킬의 각성은 사람에 따라 시기가 달라. 체득에 2, 3년 걸리는 사람도 있다고 학원에서 배웠잖아? 그러니까 절대로 다른 사람과 비교하지 마. 중요한 것은 자신도 할 수 있다고 믿으며 포기하지 않는 거야."

알렌은 그렇게 말한 뒤 지휘화를 써서 더욱 거대화된 새B 소환수를 시켜서 자신을 물어 등으로 옮기게 했다. 저 아래에 동료들이 보인다.

"……그런고로 이제부터 개별 행동에 나서겠지만. 드골라, 잘 부탁한다! 일발 필중을 의식하면서 싸워줘!"

드골라와는 여섯 살 무렵부터 쭉 허물없는 사이로 지냈다. 하고 싶은 말은 땍땍거리며 다 말할 수 있다.

알렌은 드골라에게 목소리가 들리도록 격려한 뒤 네 마리의 새B 소환수를 남긴 채 날아올랐다.

알렌은 이제부터 혼자서 라폴카 요새에 소환수를 일부 배치한 뒤 해양을 이동하고 있는 적에게 향할 것이다. 남은 동료들은 네 마리의 새B에 타서 마도선으로 라폴카 요새로 이동하는 엘프군을 호위한다. 라폴카 요새에 도착하면 곧장 공방전을 준비할 계획이다.

* * *

알렌은 홀로 라폴카 요새로 향하며 중앙 대륙 북부의 요새에 있는 개인실에 대기시켰던 영혼B 소환수에게 의식을 기울였다.

'자, 이제 여유가 거의 없어. 이제 곧 혼자서 100만의 적과 싸워야 하는 상황이니까. 에리, 상대는 도착했어?'

알렌이 묻자 공유한 의식으로 영혼B 소환수가 대답한다. 아울러 마신 레젤과의 대화에서는 자신의 지시를 기다리지 않고 이것저것 발언했었지만, 일단 알렌은 물론이고 파티를 위해 행동하라는 당부의 말만 전했다. 그 이상은 영혼B 소환수의 개성일까 싶어 추이를 지켜보는 중이었다.

『아니요. 곧 도착하겠지요. 이미 호출은 마쳐 놓았으니 조금만 더 기다려주시겠 · 사 · 와요?』

'문제없어.'

영혼B 소환수를 통해 개인실의 상태를 확인했다.

초의 불빛이 있는 다다미 여섯 장 정도 크기의 좁은 방이다.

"미안, 좀 늦었네."

불현듯 개인실의 문이 열리고, 옥색 머리카락의 청년이 웃으며 안에 들어왔다. 그 뒤쪽에서는 청년과 비슷한 나이의 갑옷을 입은 여성도 들어온다.

『헤르미오스 님, 분명 혼자서 와주십사 부탁드리지 않았 · 사 · 와요?』

영혼B 소환수가 방에 들어온 용사 헤르미오스에게 비난조로 목소리를 높였다.

"미안해. 나 혼자 듣는 것보다 실비아가 같이 있어주면 이야기가 빨리 진행될 것 같아서. 이 아가씨는 내 파티 멤버야. 안심해도 괜찮아."

알렌은 실비아라고 불린 여성을 본 기억이 있었다. 드베르그와 함께 학원에 왔던 제국의 검성이다. 아마도 용사와 함께 파티를 짜서 활동하는가 보다.

'에리, 벌써 따라왔는데 어쩔 수 없어. 그냥 들여보내.'

『알겠 · 사 · 와요.』

"응? 아, 알렌 군도 이 대화를 듣고 있었구나."

영혼B 소환수의 반응에서 아마도 알렌이 지시하고 있음을 헤르미오스는 눈치챘다.

알렌은 중앙 대륙에 대기시켜 놓았던 영혼B 소환수 한 마리에게 헤르미오스를 불러서 만나도록 미리 부탁했었다. 공공연하게 행동을 드러내고 싶지 않았던 터라 헤르미오스 한 명만 지목해서 불렀는데 같은 파티의 검성 실비아가 고집스레 따라와버렸나 보다.

방 안쪽의 둥근 탁자와 의자를 발견한 헤르미오스는 실비아를 채근해서 걸터앉았다. 방문자의 행동을 지켜보던 영혼B 소환수가 차를 준비하고자 움직였을 때 헤르미오스가 말을 꺼냈다.

"로젠헤임은 어때?"

혼잣말처럼 들릴 수 있겠으나 알렌에게 건넨 말이다.

'여전히 태도가 가볍구나. 뭐, 나도 편해서 좋기는 하네. 엘프 장군들은 나이 때문인지 말투가 너무 엄숙해서 조금 부담되거든.'

『로젠헤임의 상황을 물었·사·와요?』

헤르미오스에게 등을 돌린 채 이번에는 영혼B 소환수가 말을 꺼낸다.

알렌이 영혼B를 통해서 용사에게 로젠헤임의 현 상황을 전달했다.

로젠헤임으로 건너오고 20일 정도, 마왕군과의 전투가 이어지고 있다는 것. 엘프군도 재정비를 마치고 현재 200만 마리쯤 되는 마수를 쓰러뜨렸다는 것. 라폴카 요새를 탈환하여 전선을 밀어 올렸다는 것. 아울러 이제부터 해로와 육로 양쪽으로 도합 500만의 군세가 쳐들어온다는 것.

"고작 20일 동안에 200만의 군세를……."

실비아가 경악을 지나쳐서 기가 막힌다는 표정을 짓는다. 용사와 파티를 짜서 활동하는 검성이어도 도저히 예상할 수 없는 숫자였나 보다.

"진짜 마수를 많이도 잡았구나? 중앙 대륙에 알렌 군이 남아줬다면 나도 꽤 편했겠네. 그건 그렇고 마왕군의 예비 부대가 전부 이동했다는 이야기는 진짜였어."

『그렇·사·와요. 중앙 대륙에는 예비 부대가 오지 않을 테니 용사님이 지금 있는 마왕군을 전부 쓰러뜨리면 승리가 확정되겠·사·와요.』

'그렇지만 중앙 대륙도 꽤 힘든 싸움을 하고 있잖아. 내가 건네준 회복약은 마력 회복이 안 되기도 하고.'

"기쁜 소식이기는 한데 마왕군은 무척 끈질기거든. 이번 전투는 조금 오래 걸릴 것 같아. 그건 그렇고 싸우던 중에 갑자기 회복이 될 때가 있었는데, 알렌 군 덕분이었구나."

알렌이 E랭크 마석으로 만든 60만 개에 달하는 생명의 잎은 엘프의 영약인 척 둘러대서 중앙 대륙에 분배되었다. 그 덕분에 회복 담당인 엘프 부대가 떠나갔는데도 5대륙 동맹군의 요새는 한 곳도 함락당하지 않은 채 버틸 수 있었다.

생명의 잎은 반경 50미터 범위에서 체력을 1000만큼 회복시켜주는데, 마력은 회복되지 않는다. 따라서 전투 중 어쩔 수 없이 마력을 절약해야만 한다. 그것이 중앙 대륙의 전투가 오래도록 이어지고 있는 원인일 테지.

학원에서 출발할 때 엘프군의 본국 귀환에 맞추려다 보니까 바로 건네줄 수 있는 회복약은 그게 최대한이었다.

알렌은 생명의 잎 이외에 소환수들의 증원이라는 형태로도 중앙 대륙의 전투에 협력하고 있다. 격전이 펼쳐지는 중앙 대륙 북부로 향한 소환수도 한 마리, 또 한 마리가 쓰러졌기에 지금 와서는 영혼 B 소환수 네 마리와 새E 소환수 한 마리만 남았다.

영혼B 소환수를 보낼 때 알렌은 하늘의 은혜를 조금씩 챙겨줬었다. 중앙 대륙의 전장으로 도착한 영혼B는 요새의 벽에 잠복한 채 이때다 싶은 상황에 하늘의 은혜를 사용하고 있다. 그런 활약을 10일쯤 이전부터 쭉 되풀이했기에 동맹군 내부에서는 「기적의 회복」이라며 꽤 소란이 벌어졌다고 한다.

헤르미오스가 말했던 갑작스러운 회복이란 이것을 가리키는 발언이었을 테지.

『먼저 보내드렸던 회복약과 마찬가지로 엘프의 영약을 쓴 것이 전부였·사·와요. 다만 아무도 믿지 않·사·온지라 이대로 기적이라 받아들이도록 놔둬주시어요. 그보다 헤르미오스 님에게 부탁드리고 싶은 것과 확인하고 싶은 것이 있·사·와요.』

"응, 뭔데?"

『로젠헤임에서는 앞으로 3, 4일 안에 500만의 군세와 전투가 벌어집니다. 수중에 있는 회복약을 넘겨드릴 테니 우선은 이 약을 써서 전황을 유리하게 이끌어주시면 되겠·사·와요.』

영혼B는 그렇게 말한 뒤 남몰래 사용해오며 재고가 1백 개 아래로 떨어져버린 하늘의 은혜를 자루째 헤르미오스에게 내밀었다.

"이게 뭐야?"

『기적의 회복…… 요컨대 저희가 중앙 대륙의 병사에게 사용했던 엘프의 영약이어요.』

생명의 잎만 가지고 마왕군과 싸우기에는 부족하다는 것은 로젠 헤임에서 싸우고 있는 알렌도 충분히 잘 알았다. 영혼B를 통해서 간단하게 하늘의 은혜의 효과를 설명하자 헤르미오스가 놀란 표정을 짓는다.

"세상에, 체력과 마력을 광범위로 완전 회복시킨다니……."

'흠, 제국에도 비슷한 효과의 회복약은 없나. 역시 소환 레벨 7로 만드는 하늘의 은혜답군.'

소환 레벨 7은 노말의 한계를 이미 돌파한 수치였다.

검성 실비아가 도저히 못 믿겠다는 표정으로 하늘의 은혜를 손에 들고서 뚫어져라 쳐다본다.

"아하, 알렌 군의 이 힘으로 로젠헤임을 다시 일으켜 세웠구나."

로젠헤임의 전황에 대하여 들은 뒤 용사 헤르미오스가 납득하고 고개를 끄덕거렸다.

『아니요, 이것은 로젠헤임에 전해지는 비장의 영약이랍니다.』

영혼B 소환수는 끝까지 「엘프의 영약」이라며 둘러댔지만, 학원 도시에서 알렌과 대결했을 때 헤르미오스는 당시에 알렌이 두 팔을 잃고도 회복을 써서 재생하는 광경을 직접 목격했었다.

헤르미오스의 입장에서는 이 신비로운 열매도 또한 알렌이 가진 능력의 일환이라고 간주하는 것이 자연스러웠다.

"어라라, 왜 쓸데없이 거짓말을 하니? 이게 엘프의 회복 마법보다 훨씬 굉장하잖아. 사실대로 말하면 다들 엄청나게 고마워할걸? 아마도 우리 황제님이라면 당장에 작위를 내려주지 않을까? 나도 명색이 공작이긴 해."

"그렇겠죠."

옆에서 실비아가 고개를 끄덕거렸다.

'뭐, 맞는 말이지. 너희 나라의 현제는 전쟁에서 활약한 병사에게 보수를 아끼지 않는다니까.'

기암트 제국의 황제는 마왕군과의 전쟁에서 활약한 인물에게 보수를 아끼지 않는다. 전쟁에서 오래도록 활약한 라타쉬 왕국의 검성 드베르그에게는 제국의 검성이 아닌데도 불구하고 전용 마도선까지 하사했다.

『거짓말이라뇨. 로젠헤임의 여왕에게 직접 확인하시면 되지 않겠·사·와요?』

영혼B 소환수가 미소를 지으면서도 잘라 말했다.

"아하. 음~ 내가 예전에 로젠헤임에 갔을 땐 이런 영약이 있다는 얘기 못 들어봤는데 말이지~. 아무튼, 용건은 뭐야?"

더 이상 「엘프의 영약」에 대해 이야기해도 답변을 듣진 못함을 짐작했겠지.

헤르미오스가 고개를 갸웃거리며 화제를 바꾼다.

『전달해드릴 용건은 두 가지 있·사·와요. 하나, 이제부터 로젠헤임은 격전에 임해야 하기 때문에 알렌 님은 중앙 대륙을 도와주지 못하시어요. 이제부터 차례차례 저희도 전원 이곳에서 떠나게 되었·사·와요.』

"아하. 그러니까 이 약을 써서 우리끼리 열심히 싸워달란 말이군?"

『아니요. 오늘 밤쯤에 지금 건네드린 것과 같은 영약을 1천 개 전해드릴 거예요. 전달이 끝난 다음부터는 여러분들끼리 잘 싸워주시어요. 이상이 알렌 님의 말씀이랍니다.』

"1천 개……"

들어보지도 못했을 만큼 절대적인 효과를 발휘하는 회복약. 그것이 수중에 1백개가량 있다는 것 자체를 믿기 어려운데 또 1천 개나 가져다준다니. 우스개 같은 이야기가 계속되는지라 실비아는 놀라는 대신 웃어버렸다. 이런 회복약이 1천 개나 있다면 전황이 얼마나 호전될지 상상도 되지 않는다.

나흘 전 라폴카 요새를 공략했을 때 알렌은 하늘의 은혜의 재고를 확인했었다. 그리고 필요한 양을 확보한 뒤 나머지를 새B 소환수에게 실어서 중앙 대륙 북부를 향해 날려 보냈던 것이다.

지금도 각성 스킬「하늘 질주」를 풀가동해서 이동 중이다.

"아니, 진심으로 고마워. 중요할 때마다 아껴서 쓰면 20일은 버티겠구나."

『10일 뒤 추가로 1천 개를 또 가져다줄 테니 아낌없이 사용하면 되겠·사·와요. 이것은 기암트 제국에서 보내준 지원에 대해 로젠헤임의 여왕 폐하가 보내드리는 답례라고 황제에게 전해주시어요. 알렌 님은 이렇게 말씀하셨·사·와요.』

알렌은 이미 여왕의 명의로 중앙 대륙에 하늘의 은혜를 보내겠다고 양해를 구해두었다. 제국의 입장에서는 지원했던 물자를 몇십 배 가치의 답례로 로젠헤임으로부터 돌려받는 격이 되겠다.

"고마워, 잘 전해줄게. 이렇게 멋진 선물을 받는다면 황제도 꽤 난감하겠네."

헤르미오스는 제국이 로젠헤임을 지원한 데는 의도가 따로 있음을 역시 알았는지 야유하듯이 웃으며 이렇게 말을 꺼냈다.

『감사드려요. 다른 한 가지 용건도 전해드리려는데 괜찮겠 · 사 · 와요?』

"물론이야. 아차, 이 약은 실비아한테 맡겨서 먼저 보내도 괜찮을까? 한시라도 빨리 사람들에게 회복약을 가져다주고 싶어. 실비아, 미안한데 먼저 출발해서 장군들에게 효과를 설명해줄 수 있을까?"

"알았어."

실비아가 하늘의 은혜를 전장에 가져다주기 위해서 방 밖으로 나간다. 이제 방 안쪽에 남은 인물은 헤르미오스와 영혼B 소환수 둘뿐이었다.

『……귀중한 시간을 빼앗아서 죄송하게 되었 · 사 · 와요, 라고 알렌 님이 말씀하시었어요.』

"상관없어. 그래서, 뭐야?"

『로젠헤임의 500만 마왕군을 지휘하는 자는 레젠이라는 이름의 마신이었 · 사 · 와요. 마신 대책과 관련해서 뭐든 조언을 듣길 바란다고 말씀하셨 · 사 · 와요.』

"그랬구나, 마신이 나타났어. 뭐, 알만하네. 목적은 로젠헤임 함락일 테지."

마왕이 예비군을 투입한 지금 마신이 나타난 것은 당연하다는 듯한 말투였다.

『맞 · 사 · 와요. 먼저 마신은 500만의 군세에 가담해서 같이 행동할 것이라고 생각하시어요?』

마신이 직접 쳐들어오는 경우와 그렇지 않은 경우에 따라 작전이 대폭 달라져야 한다.

"아마 아닐걸. 마신은 군대 내부에 들어가서 활동하지는 않거든. 내가 싸웠던 마신들은 모두 진지와 떨어진 후방에서 대기하고 있었어."

'좋아, 좋아. 지난번 글라스터처럼 요새를 지키고 있을 때 쳐들어오면 곤란했거든. 라스트 보스 비슷한 느낌으로 행동하는구나.'

『그랬군요. 그러면 쓰러뜨리는 방법이나 약점이 혹시 있겠 · 사 · 와요?』

알렌이 이번에 가장 묻고 싶었던 말은 이것이다.

필요한 정보를 확실하게 얻어서 더욱 효율 좋게 싸움에 임하는 것이 중요하다는 생각을 가지고 있다.

"엥, 마신과 싸우려고?"

『물론이어요.』

"아마, 꼼짝도 못 하고 패배해버릴…… 아니지, 살해당할 텐데?"

헤르미오스는 알렌은 이기지 못할 것이라고 단언했다.

『그 말씀은 어떤 의미인가요?』

"지금 말한 그대로야. 절대로 못 이겨. 몇 개월 전 알렌 군과 대결했으니까 장담할 수 있는데, 그 정도의 힘으로는 도저히 무리야. 마신은 나보다 더 강하거든."

인류 최강의 사나이, 용사 헤르미오스가 담담하게 인정을 한다.

『예? 그럼 지금까지 한 번도 마신을 쓰러뜨린 적이 없었 · 사 · 와요?』

"그건 아니고, 운 좋게 두 마리쯤 쓰러뜨리긴 했지."

『그러면…….』

"……학원 시절부터 함께했던 동료를 몇 명이나 잃어버렸어. 직접 싸우는 건 추천하지 않아. 동료를 잃고 싶지 않다면 더더욱."

평소 같은 가벼운 태도가 아닌 쓰디쓴 표정으로 헤르미오스가 충고했다.

『헤르미오스 씨보다 정말 강하다면 어떻게 두 마리나 마신을 쓰러뜨렸·사·와요?』

"어라라, 알렌 군한테 무술 대회에서 보여줬는데 말이지. 내 엑스트라 스킬은 사람보다 마신을 사냥하는 데 적합하거든. 에르메아 님은 나에게 마신을 사냥할 수 있는 힘을 내려주신 거야."

'신절검(神切劍)이라는 기술은 마신을 잡기 위해서 있는 기술이었나. 신을 죽이는 검이니까 마신한테도 효과가 있단 말이군.'

아마도 헤르미오스의 엑스트라 스킬은 마신에게 무척 뛰어난 효과를 발휘하는 듯싶다.

『알겠·사·와요. 그럼 마신의 특징이나 무력에 대해서도 가르쳐 주실 수 있으시겠·사·와요?』

"물론이지."

이렇게 영혼B 소환수와 용사 헤르미오스의 대화는 바다 위에서 공방전이 시작되기 전까지 아슬아슬하게 계속 이어졌다.

제13화 해상에서의 싸움

알렌은 새B 소환수에 타서 해상에 도착했다. 360도 어디를 둘러봐도 바다다.

'왔구나.'

수평선 너머에서 띄엄띄엄 마왕군의 모습이 보이고 있다. 그러다가 눈 깜짝할 사이에 바다를 뒤덮는 군세가 되어 알렌이 있는 곳으로 다가들었다.

알렌은 이제까지 새E 소환수를 써서 마왕군의 진행 방향과 어떤 형태로 다가오고 있는지를 쭉 파악했었다. 마왕군은 A랭크로 짐작되는 대형 해양 마수의 등에 수십 마리의 마수를 태워서 큰 무리를 이뤄 네스트를 목적지로 지금도 전진하고 있다.

중앙 대륙의 북부에 존재한다는 마왕의 거점 「망각된 대륙」은 불모의 대지다. 그 때문인지 A랭크 마수의 위에 탄 마수들은 어딘가 야윈 듯 보이기도 했다.

'자, 싸우려면 철저하게 박살내야지. 중앙 대륙에서도 분명 싸우고 있을 테니까. 그래서 하늘의 은혜를 나눠줬잖아?'

알렌에게는 그란벨 영지에서 오크와 고블린을 뿌리째 없앤 전적이 있다. 일단 싹 없애버린 오크와 고블린은 그 후 새로 발생하지 않았지만, 최근 들어서는 이웃 영지에서 넘어온 터라 또 불어나기 시작했다는 이야기를 아버지 로단에게 들었다. 마수도 일단 전멸시키면 본래 숫자까지 불리는 데 시간이 걸린다.

이번에 쳐들어오는 군세가 마왕군의 전체 병력 중 어느 정도의 비율을 차지하고 있는지는 알 수 없지만, 어쨌든 상대는 무려 400만에 달한다. 전부 쓰러뜨리면 재건하는 데 몇 년은 걸릴 것이 틀림없다. 알렌은 적에게 철수의 기회를 주지 않은 채 반드시 섬멸하겠다고 마음속으로 결심을 했다.

"살아서 돌아갈 생각은 마라."

알렌은 마도서를 펼쳐서 홀더 내 카드를 확인한다.

'소환 가능한 숫자는 스물두 마리 남았군. 아리퐁과 도라도라와 미러의 장군은 라폴카 요새에 배치해야겠지.'

지휘화 스킬의 제한은 B랭크 소환수 한 계통당 한 마리씩이다. 그중 벌레, 용, 돌 계통의 지휘화 소환수는 라폴카 요새 방어에 할당했다.

"에리, 나와라. 네 차례야."

『네, 알렌 님.』

지휘화를 쓴 영혼B 소환수가 나타난다.

다른 소환수는 다부지고 커다래지는 것이 일반적이었는데 지휘화를 쓴 영혼B 소환수는 20대 중반으로, 병력화를 쓴 영혼B 소환수는 10대 후반으로 보인다. 아무래도 나이가 본래의 2배와 1.5배로 많아진 것 같았다.

알렌은 해상전에 임하고자 영혼B와 용B 소환수로 소환 부대를 구성하기 시작했다. 또한 추가로 소환한 물고기D, C, B 소환수는 바닷속에서 알렌에게 버프를 걸어줬다. 생각해보면 물고기 계통 소환수가 바닷속을 헤엄치는 광경은 처음으로 봤다.

알렌과 소환수들이 마왕군 쪽으로 향하자 선두의 해양 마수에 탄 마수들이 알렌을 발견했다.

'사정 범위에 들어왔군.'

"간다. 우선 다리부터 묶어야겠지. 가장 선두에 있는 녀석의 머리를 부숴."

『네, 알렌 님.』

알렌은 지휘화를 쓴 영혼B 소환수에게 공격 지시를 내렸다.

영혼B 소환수는 손바닥을 목표 마수에게 향한 채 특기의 이름을 중얼거린다.

『그래비티!』

해룡처럼 생긴 A랭크 마수의 눈앞에 칠흑빛 구슬이 나타나더니 점점 커다래진다. 이윽고 팽창을 계속했던 구슬에 닿은 마수의 안면이 무엇인가에 짓눌린 듯 부서졌고, 절명한 마수는 바다에 선혈을 흩뿌렸다. 뭉개진 머리부터 목까지 신체 일부가 축 늘어져서 바다 위쪽으로 떠오르고 마수들을 태운 채 진행이 멈췄다.

'역시 굉장하네. 지휘화를 쓰면 각성 스킬이 아니라 특기로도 A랭크 마수가 한 방인가. 그래비티는 접촉한 대상을 공격하는 개체 공격이니까 도라도라의 전체 공격과 비교해봐도 위력이 확실히 높아.'

그래비티의 효과는 최대치까지 팽창하는 반경 10미터짜리 칠흑빛 구슬을 출현시켜서 맨 처음 접촉한 대상에게 고중력 공격을 가하는 것이다. 단, 사용자인 영혼B 소환수의 시야 범위 바깥에서는 쓰지 못한다.

"고마워, 다들 이대로 먼저 배의 머리를 부셔줘."

『네, 알렌 님.』

나머지 여유 숫자를 써서 최우선으로 소환한 영혼B 소환수의 숫자는 도합 스무 마리. 지휘화를 쓴 영혼B와 병력화를 쓴 영혼B 소환수에게 지시해서 마수들을 태운 해룡 마수를 가장 먼저 공격의 대상으로 지정했다.

"발 디딜 곳을 확보하고 싶어. 도라도라들은 아래쪽 주변 마수를 청소해줘."

『예이!』

소환 가능한 나머지 숫자로 소환한 두 마리의 용B 소환수는 해룡계 마수에 탄 마수를 청소하는 역할에 전념했다.

'혼자 마수를 사냥하는 건 용사와 대결하기 위해서 개별 행동을 했던 때 이후로 처음인가. 하지만 그땐 마석 수집이 주목적이었으니까 본격적으로 전투에 나선 건 그란벨에서 갑옷 개미를 사냥했던 게 마지막이었네.'

그 무렵은 짐승D 소환수의 연계가 잘 이루어지지 않는 것도 있었지만, 지금은 병력화를 쓴 영혼B 소환수가 알아서 둘씩 한 조를 만든 뒤 서로 연계하며 효율 좋게 적을 쓰러뜨리고 있다. 지휘화와 병력화를 쓰면 소환수 사이에서 자연스럽게 서열이 생기는 것 같다. 이전에는 소환수들 사이에서 지시가 마구 날아다니는 광경은 전혀 못 봤었는데, 이제는 지휘화를 쓴 소환수가 명백하게 한 단계 높은 입장에서 행동하고 있다. 이른바 자동 전투였다.

아마 이것도 지휘화의 이점 중 하나일 테지.

『알렌 님, 주의하셔요! 적진에서 비행 부대가 다가옵니다.』

해양 마수에 올라타 있는 적 중에는 비행 가능한 마수도 많은 듯했다.

날개를 펼친 채 상공에서 공격하고 있는 알렌을 향해 빠르게 들이닥친다.

'오, 이번에는 우리를 직접 공격하려는 건가.'

100만 마리의 마수가 티아모를 공격했을 때는 무시당했었지만, 해수의 머리를 자꾸 부숴버리기에 무시할 수 없다고 판단한 것 같았다.

'비행 부대도 준비 만전인 건가? 멍청한 것들.'

"에리, 블랙홀을 써."

『네, 알렌 님.』

알렌이 지휘화를 쓴 영혼B 소환수에게 각성 스킬 사용을 지시하자 해수면에 가까운 위치에 거대한 칠흑빛 덩어리가 출현한다. 영혼B의 각성 스킬 「블랙홀」은 고중력의 칠흑빛 구슬을 생성하여 수십 미터 범위의 적을 빨아들인 뒤 짓뭉갠다. 효과는 지력에 영향을 받으며, 위력은 그래비티보다 몇 배나 높다. 추가 효과로 적의 비행 능력을 방해해주고, 쿨타임은 하루다.

거대한 해양 마수가 마왕군의 병력을 태운 채 빨려 들어가서 압축되다시피 박살난다. 그와 동시에 상공에서 날아가던 마수들도 차례차례 빨려 들어갔고, 검은 덩어리는 표면에 마수의 주검을 붙인 채 그로테스크한 광경을 연출하고 있다. 잘 살펴보면 해양 마수에 타 있던 마수들 중에는 아슬아슬하게나마 찌부러지는 신세는 모면했을

지언정 블랙홀의 인력 때문에 바다로 나가떨어진 개체도 많았다.

소환수의 특기는 대상이 되는 마수의 특징에 따라 효과가 제각각이다. 영혼B 소환수의 특기 및 각성 스킬은 비행계 마수에게 매우 뛰어난 효과가 있었지만, 슬라임 같이 부정형의 마수에게는 별로 효과가 없는 듯싶다.

"지휘화를 교대한다."

알렌은 각성 스킬을 쓴 영혼B 소환수의 지휘화를 해제한 뒤 다른 영혼B 소환수에게 지휘화를 썼다. 지휘화를 써주면 순수 능력치가 두 배로 올라가기에 각성 스킬의 위력도 상승한다. 이왕에 각성 스킬을 쓰려면 지휘화가 먼저다.

'그건 그렇고…….'

마왕군은 알렌을 완전히 포위하고 있기에 소환 스킬의 모든 능력을 발동하며 주위 적들을 마구 쓸어버리고 있다. 압도적인 숫자의 차이는 평소와 똑같은데 무엇인가가 평소와 달랐다. 알렌은 위화감을 느끼며 계속 싸웠다.

그렇게 한나절쯤 지났을 때, 위화감의 정체가 밝혀졌다. 마왕군은 분명히 야간 행동을 하지 않았었는데도 적의 공세가 멈추지 않는 것이다. 이제까지는 마수도 싸우느라 피로가 한계에 다다르면 인간과 마찬가지로 더는 움직이지 못했다. 1개월간 적은 병참으로 싸워 왔다면 더더욱이다.

유일한 예외는 분명 소환수뿐이었다.

마왕군 또한 소모는 격렬할 텐데 수평선으로 해가 저물었는데도 마왕군은 계속해서 전투를 이어 나간다.

'마왕군 녀석들, 이래서는 완전히 함정에 빠진 셈이군.'

잘 생각해보니 이번 목표는 네스트 공략이니 알렌 한 명은 무시한 채 한시라도 빨리 목적지로 가는 것이 맞았다. 마왕군에게 병참이 라는 개념이 정말 있다면 더더욱 이곳에서 시간을 잡아먹을 이유는 없지 않은가. 그런데 마왕군은 알렌을 발견하자마자 하늘로 마법을 날리며 전군이 요격 태세를 취했다. 게다가 알렌이 소환수를 꺼내 공격하리라는 것을 이미 알고 있었다는 것처럼 사전에 비행 부대를 넉넉하게 준비했다.

그뿐 아니라 아무래도 알렌 파티가 올 때까지 로젠헤임에서는 쓰 지 않았던 교대제를 실행하고 있는 것 같다. 알렌과 소환수들과 직 접 싸우지 않는 먼 위치에는 휴식을 취하는 마수들까지 있었다. 아 마도 밤새도록 공격을 가하려나 보다. 이제까지 폭력적인 숫자로 로젠헤임을 침공했었는데 그것만 가지고는 대응이 되지 않았기 때 문이었을 테지.

"아무래도 에리가 당한 뒤 마신 레젤이 작전을 변경했나 본데?"

알렌이 미처 파악하지 못한 작전을 펼치고 있다.

『어떻게 하시겠어요? 일단 물러난 뒤 휴식하시겠어요? 시간은 저 희가 끌어드릴게요.』

"아니야. 계속 공격하겠다면 싸워줘야지. 밤낮을 가리지 않는 사 냥인가. 이런 것도 나쁘지는 않아."

상대가 야간에도 전투를 계속하려는 것은 솔직히 계획에 없었다. 다만 이쪽도 섬멸을 예정했을 뿐 아니라 이곳에서 이탈하면 네스트 도 로젠헤임도 끝장이다.

알렌은 오랜만에 모든 것을 잊어버리고 전투에 집중할 수 있겠다며 히죽 웃었다. 칠흑빛 세계에 마법과 햇불의 불빛만이 반짝이는 전장에서, 알렌은 계속 싸워나간다.

＊　＊　＊

"그, 그 말은 진실인가?"

『네, 알렌 님께서 분명하게 말씀하셨·사·와요.』

이곳은 라폴카 요새 중앙에 있는 건물의 안. 얼마 전까지 글라스터와 마족들이 점거했었던 공간이다.

루키드랄 대장군이 묻자 이곳에 머물러 있는 영혼B 소환수가 답한다. 루키드랄을 필두로 하는 장군들과 알렌의 동료들은 영혼B를 통해서 알렌의 현 상황을 공유받고 있다. 알렌의 전투는 어제부터 시작되었는데, 라폴카에는 아직 적군이 도착하지 않았다. 모두 개전을 내일로 예측하며 준비를 진행하고 있다.

"그럼 알렌은……."

"응……. 알렌은 못 쉬는구나."

세실과 클레나는 마왕군이 휴식도 수면도 취하지 않고 알렌과 싸우는 작전을 채택했음을 알고 불안감을 드러냈다. 새B의 존재를 알았기 때문일까, 비행 가능한 마수가 많은 데다가 활과 마법 등 원거리 공격이 가능한 개체의 층도 두텁다. 그런 상황에서 알렌은 언제나 마왕군의 공격에 노출되어 있는 셈이었다.

그러나 영혼B는 두 사람의 불안을 지워주려는 듯이 말했다.

『아니요, 알렌 님께서는 문제없다고 말씀하셨·사·와요. 그러니까, 전투 수행은 문제가 딱히 없·사·온데…….』

영혼B 소환수가 해상에서 벌어지고 있는 전투를 설명해준다.

알렌은 현재 철야 전투 모드다. 따라서 문제는 없으나 시험 삼아서 거리를 떨어뜨려봤더니 마왕군은 바로 진군을 개시했다. 알렌이 사라지면 네스트를 공격하도록 지시받은 것 같았다.

하루안에 섬멸하기는 어려운 터라 짬짬이 전선을 이탈해서 선잠을 잘 생각이다.

처음 구상한 섬멸 작전에 변경은 없으나 상황에 대해서는 네스트에 연락을 마쳤다.

"그럼 그쪽이 더 힘들어졌다는 소리잖냐. 지금 라폴카에 있는 소환수를 네스트 방면으로 보내야 하지 않겠어?"

드골라가 제안하자 동료들은 맞는 말이라며 고개를 끄덕거린다. 실제로 알렌은 소환수의 제한 숫자 일흔 마리 중 서른 마리의 소환수를 라폴카 요새에 배치했다.

『아니요, 라폴카에서도 이미 중대한 사태가 벌어졌어요. 아마도 적은 라폴카 요새를 완전히 포위하는 작전으로 공격하려는 것 같·사·와요.』

알렌은 영혼B 소환수를 통해서 지금 이루어지고 있는 마왕군의 움직임에 대하여 알려줬다.

마왕군은 400만의 병력으로 육로를 남진해서 이동했었는데 오늘을 맞이하자 군대를 200만, 100만, 100만으로 분리했다. 200만 마리의 군세는 변함없이 쭉 전진 중이지만, 두 개의 100만 군세는 라폴카 요새와 접한 산맥을 오르기 시작했다.

"마, 말도 안 되네. 그토록 험준한 산을 올라간다니. 그 산은 이제까지도 마수로부터 요새를 지켜왔단 말일세."

루키드랄 대장군이 차마 믿기지 않는다는 표정을 짓는다.

라폴카 요새는 가파른 산의 경사면으로 둘러싸인 천연의 요새다.

알렌도 전세에서는 본 경험이 없을 만큼 거대한 산맥이라고 느꼈다. 엘프가 군사 작전에 이용할 수 있는 까닭은 흙 속성 정령의 힘을 빌려서 요새로 기능하는 상태로 만들었기 때문이다.

당연히 정령의 힘을 빌리지 않은 장소는 험준한 산이 거듭 이어지기에 쉽게 돌아서 들어올 수는 없는 구조였다. 아무리 마수일지라도 쉽게 공략할 수 없으리라고 판단했기에 더더욱 엘프군이 맨 처음 공략할 요새로서 동의를 받아 선택되었던 것이다.

『확실히…… 맞·사·와요. 하지만 남진하는 마왕군에는 벌레 계통의 마수가 다수 배치되어 있는 것 같았·사·와요.』

예비 부대로서 투입된 100만의 군세는 처음부터 있었던 300만 군세와 마수의 구성이 다르다. 다리가 많은 지네 및 거미와 같은 마수가 군대를 이루어서 산맥을 가득 메우며 이미 등산을 시작했다.

"그, 그러면 세 방향을 지켜야 하는 처지가 되었다는 말인가?"

라폴카 요새는 구조상 남북 방면에서 받는 공격에만 대응할 수 있다. 대응이 되지 않는 동서 방면의 공격은 수비군의 입장에서도 몹시 난감하다.

『아마도 동서 각 방면에 100만 마리의 마수를 모두 보내기에는 숫자가 너무 많·사·와요. 동서를 지나쳐서 남쪽으로 모이는 마수도 많을 것이라고 예상할 수 있겠·사·와요.』

'사흘이나 써서 라폴카 요새 이남의 마수를 청소했는데도 분산해서 또 사방을 공격하려고 들 줄이야. 마왕군은 과거의 패전을 반성할 수 있다는 건가.'

다수의 도시를 동시에 함락시키려다가 막힌 전격전, 100만 군세의 일점 집중으로 함락시키려다가 막힌 티아모 공방전. 두 번의 실패에서 드러난 약점을 보완한 전법이라고 느껴진다.

"내일이면 라폴카 요새는 전장이 되네. 서, 서둘러 부대의 편성을 재검토해야……."

마왕군은 아슬아슬한 이 시기에 작전을 변경하였고, 엘프들은 마왕군에게 기만당한 셈이다.

이제부터 30만 명이 있는 엘프의 병력을 네 곳에 분산시켜야 한다. 지휘관을 불러 회의를 진행하고자 하는 루키드랄을 영혼B 소환수가 제지했다.

『아직 이야기가 다 끝나지 않았·사·와요. 알렌 님은 작전이 있다고 말씀하셨·사·와요.』

* * *

영혼B에게서 전달받은 작전은 최소한 5일은 라폴카 요새를 지킬 것. 그게 전부였다.

작전이라고도 말할 수 없는 지극히 단순한 「긴급 지시」이다.

"아, 아니……. 정말로, 가능한 건가……."

루키드랄에게서 불안해하는 말소리가 새어 나왔다.

『수비뿐이라면 가능하여요. 알렌 님은 아무리 서둘러도 라폴카 요새에 도착할 때까지 5일은 걸린다고 말씀하셨ㆍ사ㆍ오니 그때까지는 어떻게든 버텨주시어요.』

"다, 닷새인가……."

'빨라도 5일이라서. 되도록 빨리 갈 수 있게 노력할게.'

마음속으로 알렌은 덧붙였다.

실제로 섬멸하는 데 적어도 나흘은 더 필요하고, 이동에는 꼬박 하루가 걸린다.

알렌은 라폴카의 각 방면에 올 것으로 예상되는 적의 숫자와 이를 반영한 최선의 병력 배치를 짧게 전달했다.

【동서남북 각 마수의 숫자】

북쪽 : 200만.

동쪽 : 50만.

서쪽 : 50만.

남쪽 : 100만.

【바람직한 병력 배치】

북쪽 : 알렌의 동료들 전원, 정령사 가톨거, 엘프군 9만.

동쪽 : 지휘화와 병력화를 쓴 용B 부대, 엘프군 6만.

서쪽 : 지휘화와 병력화를 쓴 벌레B 부대, 엘프군 6만.

남쪽 : 지휘화와 병력화를 쓴 돌B 부대, 엘프군 9만.

"······아하, 지휘화의 효과를 최대한으로 발휘할 수 있겠네."

세실이 납득하고 고개를 끄덕거렸다. 병력화는 지휘화를 쓴 소환수의 반경 100미터 이내에 있어야 효과가 유지된다. 세실이 알렌의 의도를 이해해주었기에, 영혼B 소환수가 즐거워하며 대답한다.

『그 말씀이 맞 · 사 · 와요.』

"그렇군. 정령 마도사와 궁호는 어떻게 배치하면 되겠나?"

루키드랄 대장군이 영혼B 소환수에게 확인을 요청했다. 라폴카 요새에는 별 두 개짜리 정령 마도사와 궁호가 7천 명 이상 있었다. 마수의 계통에 맞춰 배치 및 구성을 고려할 필요가 있다.

『남쪽에 조금 넉넉하게, 다른 곳은 균등하게 배치하면 되겠 · 사 · 와요.』

수비에 특화된 돌B 소환수를 적극 지원하는 구성이었다. 공격 능력이 약하기 때문에 많이 배치하는 것이 좋겠다.

"합당하군. 그래, 알겠네. 달리 할 말은 있는가?"

『있 · 사 · 와요. 내일이면 그리프가 한 마리 이곳에 올 예정이어요. 그때 엘프의 영약 2천 개 이외에도 가져올 것이 있 · 사 · 와요.』

""" "가져올 것?""""

영혼B 소환수는 고개를 끄덕인 뒤 설명을 이어 나갔다.

『네. 오래 기다리셨 · 사 · 와요. 이제부터가 작전이랍니다.』

영혼B가 전해주는 알렌의 작전. 상세하게 내용을 들은 장군들은 정말 성공할 수 있겠냐며 의문을 품었지만, 지금까지 상식을 깨뜨린 작전이 줄곧 좋은 결과를 불러왔음을 떠올린 뒤 묵묵히 작전을 실행할 것을 결심했다.

제14화 라폴카 요새 방어전

라폴카 요새에서 쓸 작전을 전달하고 하루가 지나갔다. 드디어 오늘부터 라폴카에서도 마왕군과의 공방전이 시작된다.

마왕군은 예상한 대로 요새를 포위하는 형태로 진형을 전개했다.

알렌 파티는 협공을 막기 위해서 사흘이나 들여 남쪽에 있는 마왕군을 소탕했었지만, 적의 위험을 무릅쓰는 지형 공략 때문에 지난 노력은 무위로 돌아가버린 셈이다.

그리고 마왕군은 해가 떠오르는 동시에 활동을 개시했다. 마수들이 사방의 모든 외벽으로 거리를 좁혀 다가드는 와중에 라폴카 요새 외벽의 동편에서는 엘프 병사들이 외벽에 오른 뒤 공격 신호를 기다리고 있었다.

동서쪽 두 외벽은 수비를 위해 건설된 시설이 아니라서 남북쪽의 두 외벽과 달리 많은 병사를 배치할 수 없다. 그럼에도 엘프들은 외벽 위에서 대열을 짜고 대기했다.

벌레계 마수들이 줄줄이 다가오고 있다. 젊은 엘프 한 명이 무의식중에 고개를 돌려서 요새의 안을 불안하게 바라봤다.

그러자 중앙 건물의 아득한 상공에서 엄중한 목소리가 내려앉았다.

『전투에 집중하라. 이곳은 너희의 나라, 이것은 너희의 싸움일 테지?』

"네, 네엣."

젊은 병사가 목소리가 들린 방향을 올려다보니 얼굴만 수 미터에 달하는 드래곤의 얼굴이 있었다. 젊은 엘프에게 격려의 말을 외친 것은 지휘화를 쓴 용B 소환수였다. 병력화를 쓴 용B 소환수와 함께 자신의 몸높이와 거의 동일한 높이의 외벽에서 전투에 대비하고 있는 모습은 위엄이 가득하기도 했고, 어딘가 우스꽝스럽기도 했다. 너무나 거구인 터라 이쪽을 향해 다가드는 벌레 계통의 마수가 글자 그대로 벌레 떼로 보인다.

'도라도라, 여기에 있는 마수들은 외벽 위로 올라서 공격하는 타입이야. 다 올라오기 전에 싹 불태워버려.'

이제 곧 적이 외벽에 접근하려는 시기에 알렌은 아득히 먼 해상에서 지휘화를 쓴 용B 소환수에게 지시 내렸다.

『가자, 병사들아. 불태울 때다!』

『『『오오!』』』

용B 소환수들이 특기를 써서 불을 내뿜자 코를 찌르는 탄내가 연기와 함께 외벽 위에도 올라온다.

그것이 일제 공격의 신호가 됐다. 엘프 병사들도 용B에 이어서 화살을 쐈다.

『스킬을 써라! 아낌없이 몰아쳐야 한다!!』

"""""넷!"""""

장군과 지휘관급의 병력도 있었지만, 지휘화를 쓴 용B 소환수가 솔선해서 엘프 병사들을 지휘했다.

'지휘화나 병력화를 쓴 소환수는 행동 패턴이 장군이나 사령관처럼 바뀌네.'

해상에 있는 알렌이 소환수의 시야로 분석하던 중, 이번에는 전갈에 날개가 달린 모양새의 마수들이 몸을 뒤덮은 외골격에 접어 놓았던 뒷날개를 펼쳤다.

그리고 무려 수천에 달하는 벌레 계통의 마수가 일제히 하늘을 날기 시작했다.

"쏘아라! 안에 들여보내서는 안 된다."

"""넷!"""

지휘화를 쓴 용B에게 뒤처진 장군이 병사들에게 지시 내린다. 그 필사적인 기세에는 이유가 있었다.

과거에 엘프군이 패배했을 때는 하나같이 동서남북 중 어딘가 한 곳을 뚫려버렸다.

그곳으로 마수들 쏟아지면서 방어 태세가 무너지는 것이 이른바 일상적인 패배 패턴이었다.

라폴카 요새보다 두 배 높이의 외벽을 자랑하는 최북단 요새도 물량 공세를 못 버티고 함락당했다고 한다.

과거의 쓰디쓴 경험을 떠올리며 공포에 휩싸인 엘프 지휘관도 황급히 병사들에게 지시를 내렸다.

특히 날개가 달린 전갈 마수와 같은 적이 공중으로 날아오르면 높이에 따른 우위성을 잃어버리는지라 최우선으로 쏘아 떨어뜨리도록 지시했다.

'도라도라, 분노의 업화를 써라.'

『벌레 녀석들이 나와 같은 높이에 올라서려고 할 줄이야! 분수를 알도록 해라!!』

알렌이 각성 스킬 「분노의 업화」를 사용하도록 지시하자 지휘화를 쓴 용B 소환수는 굳이 명령하지 않아도 괜찮았다는 듯한 모습으로 빛을 집약시킨다.

그리고 섬광이 폭발하며 광선 형태의 불꽃이 똑바로 뻗어 나갔다. 그 직선상에 있던 상공의 수천 마리 마수는 작열의 불꽃에 휩쓸려서 흔적도 남기지 못한 채 사라져 간다. 꿈틀거리며 산맥을 기어 올라오던 마수들도 열선에 휘말려서 재가 되었고, 이윽고 녹아내린 산 표면의 암반에 떠밀려서 무로 돌아가버렸다.

"괴, 굉장하군. 엄청난 위력이다."

병사 하나가 너무나 충격적인 광경에 숨을 멈춘다.

『뭐 하고 있는가. 이 벽을 사수해야 한다!』

"네, 네엣!"

'느낌 괜찮네. 이렇게 쭉 싸우면 동쪽은 괜찮겠어. 지휘화를 쓴 도라도라의 각성 스킬을 벌써 소모해버렸지만, 또 공중으로 벌레들이 날아서 쳐들어오면 병력화를 쓴 도라도라들에게 각성을 부탁해야겠구나.'

각성 스킬은 꼬박 하루의 쿨타임을 요구하기 때문에 사용하는 타이밍이 가장 중요하다.

그다음으로 알렌은 서쪽 외벽의 상황에 의식을 기울였다.

그곳에서는 너무나도 이질적인 전투가 펼쳐지고 있었다.

『끼칫끼칫끼칫!』

『『끼칫끼칫끼칫!』』

지휘화를 써서 몸길이가 10미터에 달하는 벌레B 소환수가 병력화를 쓴 벌레B 소환수를 거느리고 벽의 바깥에 나가 있다. 외벽을 등 뒤에 두고 타원형의 진을 구성한 채 새끼 아리퐁을 최전선으로 내보내서 싸우는 중이었다.

"회복이 비어서는 안 된다! 반드시 사수하라!!"

"넷!!"

외벽 위에는 궁병과 거의 동일한 숫자의 회복 부대가 있다. 벌레 계통의 마수와 직접 지상에서 싸우고 있는 열 마리의 벌레B 소환수를 지원하기 위해서다.

'좋아, 좋아. 회복 부대는 아리퐁 부대 뒤쪽에서 자리를 잘 잡았고, 마수는 벽 바깥쪽 소환수를 우선해서 공격하는군. 장기전으로 끌고 가면 이길 수 있겠어.'

불을 뿜어서 마수를 쓸어버리는 용B 소환수로 구성된 동쪽과는 달리 서쪽에서는 벌레B 소환수들이 열심히 싸워주고 있다. 알렌의 작전에 따라 엘프의 회복 부대가 벌레B 소환수들과 새끼 아리퐁들에게 범위 회복 마법을 번갈아 걸어준다. 전원의 마력이 바닥나면 하늘의 은혜로 또 마력을 회복시켰다.

이렇게 되풀이하면 숫자에 제한이 있는 하늘의 은혜를 더욱 효율적으로 써서 장기간에 걸쳐 벌레B 소환수들에게 회복 마법을 걸어줄 수 있다.

벌레B 소환수가 각성 스킬 「산란」을 두 번 써서 2천 마리의 새끼 아리퐁이 태어났다. 지휘화 및 병력화를 쓴 벌레B 소환수뿐 아니라 새끼 아리퐁도 마수를 상대로 제법 잘 싸우고 있는지라 아군의 소환수는 별로 줄어들지 않았다.

'병력화를 쓴 새끼 아리퐁정도면 어중간한 공격은 전부 버틸 수

있겠군.'

지휘화와 병력화로 강화된 아리퐁에게서 태어난 새끼 아리퐁은 어미의 방어력 증가에 따라 강화된다. 게다가 물고기 계통의 버프와 엘프들의 보조 마법을 받아 더욱 튼튼해졌다. 결과적으로 방어력이 마수의 공격력을 크게 상회하기에 마수의 공격이 거의 통하지 않는 경지에 이르렀다.

후방에서 대기하는 아리퐁과 새끼 아리퐁은 저 멀리 적을 노리고 샤워기처럼 개미산을 흩뿌리고 있다.

특기 「개미산」은 벌레 계통 마수의 외골격조차 녹여버린다. 외골격을 잃어 방어력이 내려간 마수를 상대하는 것은 짐승이나 용 소환수만큼 공격력이 높지 않은 벌레B 소환수나 새끼 아리퐁들도 충분했다. 최전선의 새끼 아리퐁이 물렁해진 마수의 급소를 큰턱으로 깨물어 박살을 냈다.

엘프들도 벌레B 소환수를 향해 무리 지어 달려드는 마수를 우선해서 활로 저격했다. 방어력이 내려간 곳에 엘프의 전력을 담은 스킬이 적중되면서 일대에는 마수의 시체로 산이 만들어지고 있었다.

'여긴 여기대로 나중에 마석이랑 이것저것 회수하기 쉽겠군. 조금씩 외벽을 따라 이동시킬까.'

약간의 작전 변경도 고려했었지만, 서쪽의 외벽도 문제없다고 생각된다. 벌레B 소환수는 하루에 백 마리의 새끼 아리퐁을 낳는지라 스물네 시간 동안에 1천 마리 이상이 당하지 않는 한 숫자는 줄어들지 않는다. 지금 정도의 추이면 새끼 아리퐁의 숫자가 오히려 더 빨리 늘어날 것으로 예상된다.

'서쪽과 동쪽의 외벽은 느낌 괜찮고.'

동쪽의 상황을 점검한 뒤 알렌은 소환수의 시선 끄트머리로 해의 위치를 확인했다.

일출과 함께 마왕군과의 전투가 시작되었고, 이미 해는 중천을 지나가고 있다. 전투 개시부터 여덟 시간쯤 지난 것 같다.

"슬슬 시간이 됐군. 전투 태세를 유지하면서 이동을 개시하라!!"

"""넷!"""

지휘관의 지시에 따라 엘프 병사들은 전투를 지속하며 외벽에 설치되어 있는 계단을 내려가기 시작했다.

그러자 이번에는 다른 계단에서 새로운 병사들이 줄줄이 올라오며 막 내려간 병사들의 위치를 채워 나간다. 이렇듯 계단을 내려간 병사가 새로 올라온 병사들에게 전투 임무를 맡기고 나서도 계단 아래에서는 또 다음 부대가 대기 중이다. 여덟 시간을 내내 쭉 싸워서 지친 엘프 병사들은 곧장 라폴카 요새 중앙 부근에 설치된 휴게 시설로 향했다.

'좋은 흐름이야. 역시 엘프들을 못 쉬게 만드는 작전이었군. 알면 안 당하지.'

마왕군의 움직임은 이전에 대규모 군대로 쳐들어왔던 티아모 공방전과 명백하게 달랐다.

해양을 남진하는 마수는 알렌이 쉬지 못하도록 연속으로 공세를 퍼부었다. 마수보다 더 쉽게 지치는 인간 상대로는 유효한 작전이다.

라폴카에서도 똑같이 하루 종일 공격을 퍼부으며 요새를 함락시키고자 한다. 이토록 많은 숫자가 있다면 교대제로 전투 요원을 편성해서 하루종일 엘프들을 몰아칠 수 있다. 마왕군은 작전 실행이 무척이나 빨랐는데, 아마도 지휘 계통이 빈틈없이 확립되었기 때문일 테지.

알렌은 라폴카 요새 공방전보다 이틀 먼저 전투를 개시한지라 마왕군이 라폴카에서도 해양과 같은 작전을 채택하리라고 예상할 수 있었다. 그래서 알렌이 어제 전달한 작전은 라폴카에 배치된 대략 30만의 엘프 병사를 10만씩 나눠서 전투, 대기, 휴식을 여덟 시간마다 전환하는 방법이었다. 이세계의 전쟁에 3교대 근무 제도를 도입한 것이다.

병사들 중에는 한 번에 10만 정도만이 싸운다고 듣고 불안해하는 부류도 있었다. 따라서 지휘화를 쓴 소환수와 하늘의 은혜로 아낌없이 보조를 하고 스킬 사용 제한도 없애는 조치를 한 것도 알렌의 판단이다.

방금 전까지 사투를 펼치며 잔뜩 흥분했던 병사들은 가설 휴게 시설에서 휴식을 취하고 있다.

이러한 싸움에서는 잘 쉬면서 기력을 회복하는 것도 중요한 임무 중 하나다. 휴게 시설의 중앙에는 2미터쯤 되는 풀F의 각성 스킬인 「허브」를 써서 휴식을 도왔다.

『훌륭하시어요. 역시 알렌 님이셔요.』

건물 안 상황을 알렌과 함께 확인하던 연락 요원 영혼B가 감탄하며 소리 높인다.

지휘화를 쓴 새B 소환수가 하늘의 은혜와 함께 가져온 것. 그것은 풀F의 각성 스킬 「허브」로 만든 나무였다. 각성 스킬 「허브」는 풀F 소환수를 2미터쯤 되는 나무로 변환시키는데, 이 나무의 향에는 마력 자연 회복 속도를 여섯 시간에서 세 시간으로 줄여주는 효과가 있었다. 향이 퍼지는 범위는 반경 100미터. 이것을 요새 곳곳에 있는 휴게 시설에 설치했다.

또한 각성 스킬 「허브」 나무는 특기 「아로마」에서 계승받은 안식 효과를 가지고 있다.

그 효과는 알렌의 아버지 로단이 그레이트 보어에게 공격을 받아 중상을 입은 상태에서도 숙면할 수 있었던 전례를 통해 증명이 완료됐다. 실제로 흥분 상태였던 병사들은 바닥에 눕자마자 곧장 푹 잠들어버렸다.

'지금까지는 각 방면이 모두 순조롭지만, 남쪽 외벽의 섬멸 속도가 가장 느리긴 하네. 소환수 수가 적기도 하고 원거리 공격 수단도 부족하니까 어쩔 수 없나.'

다시금 알렌이 남쪽 외벽을 확인하니 지금도 전투가 펼쳐지고 있었다.

남쪽 벽 바깥에는 돌B 소환수를 네 마리 배치했지만, 그 전부에 벌레 계통의 마수들이 잔뜩 무리를 지어 달라붙어 있었다.

「ㅠㅠ…….ㅗㅗ」

말을 못 하는 돌B 소환수의 몸집은 지휘화를 쓴 개체가 20미터, 병력화를 쓴 개체도 15미터에 달한다. 벌레 계통의 마수들은 거대한 다리에 계속 짓밟혔다.

지휘화를 쓴 돌B 소환수의 내구력은 6000이고, 병력화를 쓴 돌B 소환수의 내구력은 4500. 여기에 물고기 버프의 회피율 상승과 대미지 경감, 엘프의 보조 마법에 따른 효과도 받고 있다.

B랭크 마수는 대략 1천 전후의 공격력을 보유하는 경우가 많기에 돌B의 내구력과는 다섯 배 이상 차이가 벌어진다. 이렇게나 차이가 크면 통상의 공격은 기본적으로 대미지가 들어가지 않는다.

'그렇지만 마수 중에도 스킬을 쓰는 녀석이 있으니까 내구력 무효나 방어력 저하 스킬은 조심해야겠지. 또 주의해야 하는 것은 가끔씩 나타나는 A랭크 마수인가.'

지휘화를 쓴 돌B 소환수가 자신의 키와 비슷한 외벽을 기어 올라가는 마수들을 둥근 방패로 긁어내듯이 떼어 떨궜다. 그것을 저지하고자 로브를 입은 해골이 후방에서 텅 비어 있는 돌B의 등을 향하여 붉은 보석이 끝부분에 달린 지팡이를 겨눴다.

'오? 저 녀석은 분명 A랭크 마수였지. 운이 좋네. 전반사를 준비해라.'

『…….』

해골의 지팡이 끝부분에 거대한 원형의 불꽃이 생성되었다가 돌B는 물론 벽 위쪽에 있는 엘프를 태워버리기 위해 날아들었다.

돌B는 벽을 긁어내던 방패로 마법 공격을 때려 반사했다. 위력이 더욱 높아져서 튕겨 날아간 불꽃은 전방의 광범위로 퍼져 나갔고, 해골도 주위의 벌레 계통 마수도 곧장 숯덩이 신세가 되어버렸다.

* * *

마수들은 해가 저물어도 마법 및 커다란 횃불로 불빛을 확보한 뒤 전투를 중지하지 않았다. 알렌의 예상대로 밤새도록 공격을 가할 작정이다.

열여섯 시간이 경과했기에 대기 중이던 병력이 최전선의 외벽에 올라 신속하게 임무 교대를 실시한다. 전투는 계속 이어져서 심야가 돼도 끝나지 않았다. 해상에서 싸우는 알렌도 같은 처지였기에 피로감이 적잖이 느껴졌다.

"자, 눈 좀 붙일까."

『네. 알렌 님. 저희에게 맡기고 편안하게 쉬어주시어요.』

영혼B 소환수가 알렌의 혼잣말에 성실히 대꾸해줬다.

'이제 85만 마리쯤 남았나. 닷새 뒤에 돌아간다고 했으니 효율을 더 끌어올려야겠군. 이렇게 마수들이 적극 덤벼주니까 내일 목표는 20만 마리로 올리자. 더 중심에 들어가서 싸울까?'

샤워를 끝낸 뒤 모르모 열매를 먹으며 이틀째의 전법을 반성하고 더 효율 좋은 섬멸 방법을 궁리한다. 이러한 점검과 실천을 통한 검증이 가장 즐겁다.

새B 소환수의 등 위에서 잠시 선잠에 들며 떠올린 생각이었다.

* * *

라폴카 요새 공방전이 시작되고 닷새가 지났다. 엘프 병사들은 자신들의 승리를 믿으며 죽기 살기로 싸우고 있다.

알렌은 정기적으로 하늘의 은혜 추가분을 새B 소환수에 실어 보냄으로써 라폴카 요새에서 하늘의 은혜가 바닥나지 않도록 신경 썼다. 하지만 30만 명이나 되는 엘프 병사들 중 대략 1할가량이 지난

315

닷새 사이에 목숨을 잃었고, 서서히 방어력이 약해지고 있는 상황이었다. 다만 닷새 동안의 공방전은 괴롭기만 한 것이 아니고 큰 성과도 거뒀다.

용B와 벌레B 소환수가 싸우는 동서쪽 외벽에서는 각각 50만 마리가 있었던 마수를 절반으로 줄이는 성과를 이루어 냈다. 닷새간 쉴 새 없이 싸워야 했던 전례가 없는 전투였지만, 회복 마법을 충분하게 쓸 수 있는 상황을 만들고 3교대 제도를 도입한 것과 피로를 알지 못하는 소환수의 가세가 효과를 거둔 듯싶다.

새끼 아리퐁은 당하는 수보다 늘어나는 수가 많았기에 3천 마리쯤 불어났다. 그 덕에 지금도 섬멸 속도는 계속 상승하고 있었다.

현 상황에서 마왕군의 방침에 변경된 것은 없었는지 요새의 모든 엘프들을 섬멸할 작정인 듯싶다.

마왕군은 남북에서 마수를 20만 마리씩 동서로 투입하여 전체적인 조정을 꾀하고 있다.

상공에서는 알렌의 동료들이 새B에 올라타 마수들과 열심히 싸우고 있었다. 새B 소환수 네 마리에 포르말과 소피, 킬과 세실이 짝을 이루어 탔고 드골라와 클레나는 단신으로 탄 상태다.

"느리군, 알렌. 슬슬 돌아올 때 아니냐?"

"곧 돌아올 거야. 어젯밤에 오늘은 돌아갈 수 있겠다고 말했는걸."

한창 전투 중 킬은 뒤쪽에 앉은 세실에게 알렌의 위치를 물었다.

알렌에게는 엘프들이 싸우기 편하도록 보조해주며 싸워달라는 말만 들었을 뿐이다.

"이 녀석, 뭐 하는 거냐……."

투덜투덜 혼잣말하며 킬은 상처 입은 엘프 병사를 발견한 뒤 곧바로 회복 마법을 걸어줬다.

근접전을 담당하는 클레나와 드골라는 새B 소환수 위에서 외벽을 기어오르고자 하는 마수의 등을 겨냥하며 잇따라 무기를 휘둘렀다. 두 사람은 엘프 병사가 감당하기 힘든 A랭크의 마수를 우선해서 쓰러뜨리는 등 외벽을 지키는 전법으로 싸우고 있다.

외벽을 노리는 적을 상대하던 클레나가 조금 떨어진 곳에 있었던 A랭크 마수 드래곤 세 마리가 외벽을 향해 돌진하는 모습을 발견했다.

"전방에서 드래곤 세 마리! 드골라도 부탁해!!"

"오냐!!"

클레나가 한 마리, 드골라와 포르말이 협력해서 한 마리를 제압했다. 하지만 나머지 드래곤 한 마리가 외벽에 급속도로 가까워졌다. 엘프 병사가 외벽 위에서 일제히 조준 사격을 날려도 대응할 시간이 부족했다.

"제가 맡겠습니다! 클레나 씨, 드골라 씨, 물러나주세요!!"

포르말의 뒤쪽에서 소피가 얼굴을 내밀며 모두에게 들리도록 소리를 높여 외친다. 곧이어 반지를 내구력 상승에서 마력 상승으로 바꿔 착용하자 이제 소피가 장비한 반지는 두 개 모두 마력을 1천씩 올려주는 구성이 됐다. 또한 하늘의 은혜를 쥐어 마력을 완전 회복한 뒤 두 손으로 지팡이를 꽉 붙들며 의식을 집중시켰다.

소피의 모습이 아지랑이처럼 일렁거리는 것을 멀리서 보고 확인한 뒤 클레나와 드골라는 서둘러 드래곤으로부터 떨어졌다.

"대정령이여. 저의 부름에 답해주소서."

소피가 탄 새B 소환수의 앞에 불꽃 덩어리가 생겨난다. 그 덩어리는 순식간에 팽창하면서 거대한 인간이 형태로 바뀌었다.

『……나는 불의 대정령 이프리트. 엘프의 아이야, 정령왕과 맺은 계약에 의거하여 나의 힘을 빌려주겠노라.』

소피는 엑스트라 스킬 「대정령 현현」을 써서 불의 대정령 이프리트를 이 세계에 현현시켰다. 입이 어디인지 짐작도 되지 않으나 목소리는 울려 퍼지는 것인지 또렷하게 들려온다.

"부탁드리겠습니다. 이프리트 님."

소피의 말을 신호로 이프리트가 온몸에 두르고 있던 불꽃을 더욱 격렬하게 이글거리며 불태운다. 또한 그대로 요새를 향해 들이닥치는 드래곤에게 돌진했다. 이프리트의 온몸이 드래곤의 복부에 깊이 박혔고, 곧바로 드래곤의 몸이 터져서 흩날렸다.

"……엄청난 위력이네."

불 마법을 사용하는 세실이 가장 놀랐다. 불에 내성이 있는 드래곤을 불로 폭발시키는 것은 세실이었다면 도저히 불가능한 일이다. 이어서 나머지 드래곤 두 마리도 어려움 없이 쓰러뜨린 뒤 다시 주변의 마수에게 향한다.

소피의 대정령 현현은 불·흙·바람·물 가운데 어느 한 대정령을 불러낼 수 있고, 대정령이 공격이나 회복 등 전투를 보조해준다. 쿨타임은 역시 하루다. 지속 시간은 마력 소비에 비례하기 때문에 소피가 마력 상승 링으로 반지를 교환했던 이유는 최대 마력을 올려서 모든 마력으로 엑스트라 스킬을 발동하기 위함이었다.

"오, 이번에는 이프리트구나."

소피의 뒤쪽에서 목소리가 들렸다. 그 목소리의 주인을 깨달은 소피는 기뻐하며 고개 돌린다.

그곳엔 지휘화를 쓴 새B 소환수에 올라탄 알렌이 있었다.

"알렌 님!"

별동대로 움직였던 기간은 불과 며칠뿐인데 왠지 무척이나 반갑다.

"아, 돌아왔구나."

킬이 타고 있던 새B 소환수가 알렌에게 접근하자 세실이 알렌의 새B 소환수로 이동했다.

최근엔 언제나 알렌의 뒤에 탑승했던지라 알렌의 뒤쪽 자리가 편해졌나 보다.

"역시 시간이 꽤 걸렸네?"

"그러게. 아직 섬멸이 다 끝나진 않았지만 이제 괜찮아."

알렌은 예정대로 라폴카에 돌아왔다. 아직 마수는 10만 마리 가까이 남아있지만, 마무리는 소환수만 남겨 놓아도 섬멸이 끝나리라고 판단한 뒤 새B에 탑승해서 서둘러 돌아온 것이다.

'자, 나머지 적은 아직 300만 마리쯤 되나. 역시 북쪽이 마수 숫자가 가장 많군. 섬멸하는 데 시간이 제법 걸리겠어.'

소환수의 공유로 전황 파악은 이미 끝났다. 남쪽은 지휘화를 쓴 돌B 소환수 네 마리만으로도 버틸 수 있기에 용B 소환수를 다섯 마리 추가했다.

"도라도라들, 가세해."

『『『예이!』』』

그리고 마수가 많은 북쪽에는 용B 소환수 일곱 마리를 새로 배치하고, 벽에 달라붙었던 마수들을 엘프 병사들이 휩쓸리지 않도록 세심하게 불살랐다.

'역시 졸병 사냥은 범위 공격이 있는 용B를 시키는 게 가장 빠르네'

"으음…… 분명 마왕군은 교대가 끝난 참이었지?"

"응? 두 시간쯤 전에 끝났어."

'아하, 그런가, 그랬구나.'

마왕군은 엘프 병사들을 지치게 만들기 위해 열두 시간에 한 번 전투원을 교대하고 있다. 즉, 저쪽은 2교대 제도다. 체력은 엘프보다 마수가 더욱 우위에 있다지만, 열두 시간이라면 이제껏 온종일 전력으로 싸운 시간과 다를 바 없다. 알렌은 여기에 주목했다.

"얘들아, 그럼 지친 마수들을 잡으러 가자. 더 싸울 수 있겠어?"

"와! 뭔가 알렌다워."

'뭐, 내가 말한 작전이니까.'

클레나는 알렌의 말을 듣고서 은근하게 기뻐했다. 지친 마수를 공격하자는 것은 알렌다운 작전이다.

"좋아, 가자고."

"가자!!"

클레나의 대답과 함께 알렌 파티는 새로운 표적이 있는 위치로 나아간다. 알렌이 라폴카 요새 공방전에 참가하며 동료들이 다시 활기를 되찾는 순간이었다.

제15화 대가와 맞바꿔서

라폴카 요새 공방전은 알렌이 합류하자 눈에 띄게 마수의 토벌 속도가 올라갔다. 알렌이 해상전에서 이탈한 뒤 라폴카 방면의 소환수 컨트롤에 전념할 여유가 생긴 것이 크게 작용했다. 그에 따라서 엘프 병력의 희생도 상당히 줄어들었다.

알렌은 연일 쇠약해진 부대를 공격하는 작전으로 동료들과 함께 싸웠다.

그렇게, 라폴카 요새를 포위했던 400만 마리의 마왕군은 완전히 사라졌다.

알렌이 라폴카 공방전에 참가하고 8일 후, 라폴카 요새에 마왕군이 쳐들어온 지 13일 후의 일이다.

열 배 이상의 마왕군을 상대로 승리했다는 사실에 엘프들은 환희했다. 요새 중앙에 천을 둘러준 뒤 매장되는 전우을 보며 눈물짓고 승리를 보고하는 엘프들을 볼 수 있었다.

마왕군은 라폴카 요새 공략을 위해 라폴카 요새 이북의 부대를 모두 소집했다. 그러한 부대를 섬멸했다는 것은 로젠헤임에서 마왕군의 위협이 사실상 사라졌다고 말할 수 있는 셈이다.

"자…… 다녀오도록 할까."

전투 중 목숨을 잃은 전우를 정중하게 추모한 엘프가 입을 다문 채 얼굴을 들어 올린다.

엘프 병사들에게는 아직 할 일이 남아있었다. 라폴카 요새 주변에 있는 마수의 주검을 처리하는 일이다.

마석과 소재 회수는 물론 부패하기 전에 신속하게 주검을 처분해야 한다.

동료의 죽음을 애도하면서 엘프 병사들의 작업은 계속된다.

알렌도 소환수를 써서 엘프들을 도왔다. 벌레B 소환수와 새끼 아리퐁에게는 해체와 운반을, 용B 소환수에게는 소각을 맡겼다.

로젠헤임 상륙 이전의 싸움과는 달리 동료를 잃어야 했던 싸움. 알렌은 묵묵히 마수 처리에 전념할 뿐이었다.

* * *

그로부터 이틀쯤 지난 뒤, 알렌 파티는 라폴카에서 할 일을 마치고 티아모로 복귀해서 여왕과 장군들에게 라폴카 공방전에 대해 보고했다.

"……이상입니다."

"그렇습니까. 정말 감사했습니다. 이 은혜는 반드시 보답하겠습니다."

기적과도 같은 승리의 보고에 말을 잃은 장군들을 대신해서 여왕이 각별히 예를 갖춰 말하며 머리를 깊이 숙인다.

"아닙니다. 엘프 여러분이 나라와 여왕 폐하를 위해 헌신적으로 싸워준 덕분입니다."

라폴카 요새 공방전의 과정에서 쭉 압도적인 활약을 펼친 알렌이 당연하다는 듯이 꺼내는 말이었다.

"……그런가. 정말 고맙네. 감사하네."

장군들이 그 말을 말없이 받아들이고 있는 와중에 루키드랄 대장군이 대표로 답례의 말을 전했다.

알렌이 오고 1개월 남짓 동안에 마왕군은 예비 부대도 포함해서 모두 자취를 감췄다. 매년 쳐들어오는 마왕군은 예년 같았다면 50만 정도였기에 이 짧은 기간 중 무려 열네 배의 마왕군을 쓰러뜨린 셈이다.

더 이상 정령왕의 예언이 진실이라는 것을 의심하는 자는 아무도 없었다.

그리고 알렌이 정령왕을 바라보면 변함없이 여왕의 무릎 위에서 반짝반짝 빛나며 잠든 채 새근새근 숨소리를 내고 있다.

'진화에 시간이 걸린다 쳐도 벌써 보름 이상을 자지 않았나? 아, 정령신이 되는거니까 「신화(神化)」인가. 푸흡.'

진화를 거듭하는 몬스터 수집 게임을 했던 기억이 떠올랐다. 알렌은 정령왕이 진화한 상태를 상상하며 무심코 웃고 말았다.

그 모습을 보고 있었던 여왕이 의아한 표정을 짓는지라 알렌은 황급히 마음을 가다듬고 이야기를 계속했다.

"여왕 폐하, 그리고 여러분. 감사의 말을 듣기에는 아직 빠릅니다."

"확실히, 수도 포르테니아는 아직 마왕군에게 점령당한 상태입니다."

"예. 마왕군에게서 포르테니아를 탈환하고 마신 레젤을 쓰러뜨려야 비로소 이번 전쟁이 종결되었다고 말할 수 있겠지요."

여왕은 고개를 연신 끄덕거리고 불현듯 무엇인가를 떠올렸는지 불안한 표정으로 알렌에게 물었다.

"그러고 보니 알렌 님, 지난번 안건 말입니다만……. 혹시 기암트 황제를 조금 무리한 요청으로 압박한 것은 아니었을까요?"

"엉? 무슨 소리야?"

드골라는 무슨 이야기인지 알아듣지 못했다. 다른 동료들과 같이 서로의 얼굴을 마주 바라본다.

"무슨 말씀이십니까, 여왕 폐하. 5대륙 동맹이라면 서로 도와야지요. 선행 투자를 한 덕분에 협의가 빨리 진행되어 다행입니다."

그 말에 동료들은 알렌이 또 「계략」을 꾸몄음을 깨닫는다.

세실이 알렌을 가볍게 콕콕 찔렀다.

"지난번 안건? 선행 투자? 무슨 소리니?"

'말을 안 했었구나.'

선행 투자란 알렌이 중앙 대륙에 배달한 하늘의 은혜를 말한다. 비밀로 할 의도는 딱히 없었지만, 모두 라폴카로 떠난 다음이었기에 지금 이때까지 말할 기회를 놓쳐버렸다.

"아. 사실은 마신 레젤을 쓰러뜨리기 위해서 중앙 대륙에 미리 선물을 보내놨었거든. 그리고 여왕 폐하께 따로 부탁을 드리기도 했고."

"응? 무슨 소리니?"

"지원군이 필요할 것 같아서 여왕 폐하가 기암트 황제 폐하에게 어떻게 부탁을 해볼 수 없을까 여쭤봤지."

"지원군? 중앙 대륙에서 지원군을 불러온다고?"

드골라가 아직도 이해를 못 하고 되묻는다.

"그건 그렇고 이렇게 말씀을 하신 이유는 지원군이 이미 도착했다는 뜻이겠군요? 그러면 빨리 오면 됐을 텐데요."

"어, 벌써 와있다고?"

이야기를 이제야 막 이해했는데 이미 지원군은 도착했다고 한다.

드골라가 동료들과 함께 고개 돌리자 알현장의 문이 열린다. 그리고 영혼B 소환수에게 시중을 받으며 옥색 머리카락의 청년이 들어왔다.

알렌의 동료들은 물론 저 청년의 얼굴을 알고 있었다.

"아이고~ 변함없이 선배를 거칠게 부려 먹는구나~. 알렌 군은 조금 더 연장자를 존중해주는 게 좋겠어."

"무슨 말씀이시죠. 와아~ 이렇게 먼 길을 로젠헤임의 위기에 맞서고자 와주시다니! 선배는 그릇이 큰 사람이구나~."

알렌과 청년은 싹싹하게 인사말을 주고받았다. 세실이 믿기지 않는 광경을 보고 여왕의 안전이라는 것도 잊어버린 채 커다란 목소리로 알렌에게 따져 묻는다.

"잠깐만! 어, 어째서 헤르미오스…… 헤르미오스 님이 여기에 나타난 거야!"

두 어깨를 붙잡고 마구 흔들어 대는 세실을 알렌이 일단 진정하라며 달래줬다.

"아, 간단하게 경위를 설명하자면……."

알렌은 중앙 대륙의 요새에 있는 헤르미오스에게 마신 레젤을 쓰러뜨릴 방법을 묻고 상담했던 시점부터 이야기를 시작했다.

그때 헤르미오스에게 들었던 마신의 힘은 알렌의 상상을 훌쩍 뛰어넘었다. 지휘화를 쓴 소환수를 동원하더라도 굉장히 힘든 싸움이

될 것 같다는 생각이 이야기를 듣자마자 가장 먼저 떠올랐었다. 어떻게든 쓰러뜨리더라도 동료들이 몇 명이나 희생된다면 견딜 수 없다.

그러므로 채택한 작전이 바로 로젠헤임 용사 소환이었다.

헤르미오스는 마신을 둘이나 쓰러뜨린 실적이 있고 마신에게 유효타를 가할 수 있는 엑스트라 스킬을 보유했다는 이야기를 들었을 때 알렌은 즉각 교섭의 근거를 마련했다.

하늘의 은혜를 잔뜩 가져다준 뒤, 여왕을 경유해서 기암트 황제에게 조건을 제시했던 것이다.

"조건? 어떤 조건이었는데?"

세실이 알렌에게 묻자 헤르미오스가 대신 답했다.

"10일짜리 용사 대여권이라더라. 내 가치는 엘프의 영약 1천 개였던 거야…….."

"용사님과 물물 교환……."

세실이 말을 잃었다. 세상에 하나뿐인 위대한 영웅인데 실상은 거래의 대가로 지불되는 처지인 데다가 결국 교섭이 성립되어버린 터라 헤르미오스는 풀 죽은 모습이다. 그 모습을 보고 알렌의 동료들은 무의식중에 동정이 담긴 눈으로 용사를 쳐다보고 말았지만, 알렌은 신경쓰지 않았다.

"로젠헤임은 힘든 싸움을 하는 와중이었잖습니까. 무상으로 귀중한 영약을 넘겨줄 수는 없는 노릇이니 제대로 대가를 받아야지요."

"대가라니……. 너 헤르미오스 님을 어떻게 데려온 거야? 설마…….."

세실이 헤르미오스를 힐끔거리며 알렌에게 주뼛주뼛 묻는다. 옥색의 머리카락이 마구 흐트러졌기에 마도선을 타고 온 느낌은 아니었다.

"얼마 전에 반투명한 여성이 불쑥 찾아오더니 느닷없이 큰 새에 태워서 데려가더라고. 이미 황제와 이야기를 마쳐 놓았다고 닦달하면서 말이야."

헤르미오스가 요새에 있을 때 겪은 상황을 가르쳐준다. 영혼B 소환수가 짧게 설명을 마친 뒤 일방적으로 새B 소환수에 태워서 데려왔나 보다.

"와아, 신속한 대응에 감사드립니다."

알렌은 헤르미오스에게 꾸벅 머리를 숙였다.

'야생 용사가 중앙 대륙에 있어서 잘됐어. 보스를 쓰러뜨리려면 보스 사냥에 필요한 파티를 짜야지.'

보스를 쓰러뜨리려면 신중하게 준비를 하는 것이 당연하다. 처음 상대하는 보스라면 더더욱 신중에 신중을 기하는 것이 마땅하다.

만약 이번에 기암트 제국이 용사를 보내주지 않기로 결정을 내렸다면 마신과의 대결을 몇 년 이후로 미뤘을 테고, 그동안 발생할 희생도 고려해야 하는 쓰디쓴 결단도 계획에 넣어뒀었다. 하지만 하늘의 은혜를 제공한 효과는 역시 효과적이었나 보다. 기암트 제국의 황제는 아주 흔쾌히 용사를 빌려줬다.

"그런데 중앙 대륙은 괜찮은 거야?"

세실은 헤르미오스가 빠져서 중앙 대륙의 전황이 기울어질 것을 염려했다.

"아, 그쪽은 문제없어. 걱정 안 해도 괜찮아."

하늘의 은혜 보급으로 전황은 이미 뒤바뀌었다. 헤르미오스는 이미 마왕군을 거의 다 물리쳤다고 이야기했다.

'승리가 거의 확정되었으니가 기암트 황제는 로젠헤임과의 관계를 우선한 거야.'

"그럼 이제부터 회의실로 가서 더 자세히 이야기를 나눠볼까요."

"그, 그럴까."

정작 당사자는 알지도 못하는 사이에 거래의 대가로 사용되었기에 충격을 받아 어깨를 축 늘어뜨린 헤르미오스의 등을 토닥여주고 알렌은 여왕에게 머리 숙인 뒤 알현장을 뒤로했다.

* * *

회의실로 이동한 알렌과 동료들은 곧바로 용사 헤르미오스와 마신과 싸우기 위해 의견을 주고받기로 했다.

알렌 파티가 착석하자 여왕과 시글 원수, 루키드랄 대장군, 정령사 가톨거가 실내에 들어왔다. 물론 회의에 참가하기 위해서였다.

이 회의에서 추후 로젠헤임의 미래를 바꿀 것이라고 표현해도 과언이 아닌 중요한 이야기가 오가게 된다. 열 명 이상의 인원으로 원탁에 둘러앉은 인물들의 얼굴은 몹시 진지했다.

먼저 먼 길을 고생하며 와준 헤르미오스를 격려하는 의미도 담아 식사를 안에 들여온다. 이른바 런치 미팅이다.

"와, 오랜만에 맛보는 엘프 요리다! 맛있겠네."

그렇게 말한 헤르미오스가 채소를 넉넉하게 넣은 요리를 먹기 시작했다. 평민 출신이라는 이유도 있어 딱딱한 예절에는 무심한 것 같다.

"오랜만이요? 그러고 보니 예전부터 좀 궁금했는데 말이죠."

알렌이 요리를 먹으며 말을 꺼냈다.

"응? 알렌 군, 뭐가?"

"헤르미오스 씨는 기암트 제국의 최전선에서 마왕군과 싸우고 있잖아요. 어떻게 로젠헤임이나 바우키스 제국에 갈 시간을 만들었던 거죠?"

'때때로 로젠헤임에서 마력 회복 링을 받아 오거나 바우키스 제국의 S급 던전에 다녀오기도 한 것 같은데……. 평소에 제대로 싸우는 게 맞나?'

순수한 흥미로 알렌은 용사에 대해 조사를 시도했다.

"아, 그건 말이야."

접시 위 요리를 입에 욱여넣으며 헤르미오스는 설명을 한다.

귀족의 예의범절을 배운 세실과 킬은 용사가 이런 사람이었냐고 깜짝 놀라는 모습이었다.

"뭐, 마왕군하고 1년 내내, 쭉 싸움만 하는 게, 아니니까. 사람들이 생각하는 것보다, 싸우지 않는 시간도, 의외로 꽤 길어."

헤르미오스는 입을 움직이면서 평소 용사의 활동이 어떤지 가르쳐줬다. 엘프와 다른 동료들도 보통은 들을 수 없는 용사의 이야기인지라 흥미진진하게 들었지만, 유일하게 클레나만은 오직 요리에 열중하고 있다.

헤르미오스의 이야기에 따르면 마왕군과 전투를 하는 기간은 이동, 작전의 공유, 전후 처리를 통틀어서 매년 2, 3개월 정도이며 헤르미오스 본인이 실제 전투에 나서는 시간은 더욱 짧다고 한다.

"그 이외의 기간에는 무엇을 하고 계시나요?"

"으음, 너는 세실 양이었던가?"

"네. 알렌의 파티 멤버인 세실이라고 해요."

알렌 이외에도 학원의 학장실에서 용사와 대면한 적은 있지만, 보통 알렌이 대화를 주도하는 까닭에 세실은 면식이 있는 정도였다. 용사 헤르미오스를 상대로 세실이 빈틈없이 자기소개를 했다.

"세실 양이구나, 잘 부탁해. 싸우지 않을 때는, 흠……. 제국에는 학원이 스무 곳 정도 있으니까 실기 지도를 맡아서 학원을 방문할 때가 많아."

"스물? 그렇게 커다란 학원이 스무 곳 이상이라고?"

"후후, 굉장하지? 하지만 이건 마왕에게 대항하기 위해 신설된 학원만 센 숫자거든. 제국에 있는 상업 학교나 귀족원도 포함하면 더 많아져."

놀라는 드골라에게 기암트 제국의 학교는 더 많이 있음을 헤르미오스가 알려준다.

듣자 하니까 마왕군이 나타나기 이전부터도 군사 학교는 있었는데 스무 곳이나 되지는 않았다고 했다. 마왕군에 대항하기 위하여 본래 있었던 군사 학교를 마왕군 특화 학원으로 전환한 뒤 그럼에도 부족했던 터라 학원을 쭉 신설해왔다던가.

'군사 대학이 스무 곳이나 있는 느낌인가. 분명 라타쉬 왕국과 달리 기암트 제국에는 세 종류의 학원이 있다고 했지…….'

알렌은 학원의 동급생이었던 리폴에게 들은 이야기를 떠올리고 있었다.

기암트 제국은 라타쉬 왕국보다 수십 배의 인구 및 영토를 자랑한다. 라타쉬에는 학원이 단 하나뿐인지라 애당초 분류가 따로 없지만, 기암트의 학원은 교육 과정이 서로 다른 세 종류로 나뉘어 있다고 한다.

첫 번째는 재학 기간 1년. 일반 병사용 전투 훈련만 실시한다.
두 번째는 재학 기간 3년. 일반 교양부터 세세한 전술까지 전반적인 교육을 실시한다.
세 번째는 재학 기간 5년. 귀족 및 귀중한 재능을 가진 인재에게 영재 교육을 실시한다.

알렌은 이 이야기를 들었을 때 대부분은 첫 번째 학원에 다니며 상관의 지시는 절대적이라는 자세와 전투 훈련만 철저하게 주입받은 뒤 전장에 보내는 걸까 생각했었지만, 5대륙 동맹이 정한 1국 1학원 제도는 두 번째 종류의 학원에서 실시하는 교육이 기본 방침이다. 헤르미오스도 두 번째 부류의 학원에서 교육을 받았다고 한다.

"그리고 장비를 맞추기 위해 국내나 타국의 던전에 드나들기도 하지. 그래서 바우키스 제국의 사정도 알고 있었던 거야."

헤르미오스는 본인의 지위 덕분에 대부분의 나라에서 얼굴만 보여줘도 입국이 가능하다.

"아하, 실비아 씨와 함께 행동하고 있다는 말씀이군요."

"실비아 씨? 알렌, 실비아 씨는 누구야?"

처음으로 듣는 이름에 클레나가 반응했다. 엘프의 식사를 먹으면서도 이야기는 잘 듣고 있었나 보다.

"아, 헤르미오스 씨가 파티를 짜서 활동하는 검성이야."

알렌이 클레나에게 가르쳐주자 헤르미오스도 고개를 끄덕였다.

"맞아. 작전에 따라 달라지는데, 기본적으로 열 명 정도로 파티를 짜서 행동하고 있어. 성녀와 대마도사, 그리고 검성이 기본적인 구성이려나."

'오, 전원을 희귀도 세 개짜리 직업으로 맞추는 건가. 그래서 상급 던전도 공략에 성공했고 장비도 좋은 물건을 구할 수 있었구나.'

마왕군과 전쟁을 하며 중요한 것은 당연히 승리인지라 더욱더 강해져야만 한다. 그러자면 더욱 강력한 장비를 획득하는 것이 중요한 과제이다. 노말 모드에서는 레벨이 금세 최대치까지 올라가버리기 때문이었다.

레벨이 더 올라가지 않으니 장비로 강해져야 한다는 것은 알렌도 떠올린 생각이었다. 중앙 대륙에서 제국이 융통성을 발휘하며 별 세 개짜리 인재를 적극 수집한다. 그리고 희귀 직업을 가진 파티가 S급 던전을 공략함으로써 더욱 강화되며, 이렇게 생긴 정예가 전장에서 활약하는 수순일 테지.

"감사합니다. 용사의 활동을 조금은 알 것 같군요. 그나저나 전장은 대강 정리가 끝났다고 말씀하셨는데 실제 상황은 어떠한가요?"

라폴카 요새 방어를 위해서 중앙 대륙 북부에 있던 소환수를 대부분 철수시켰던 터라 알렌도 현지의 구체적인 전황은 알지 못했다.

"아, 알렌 군이 가져다준 영약 덕분에 지난 10일간 대부분의 마수를 쓰러뜨렸어."

"대부분? 구체적으로 어느 정도인가요?"

마왕군은 마수가 지나치게 많이 죽어서 소모되면 도망치는 경향이 있다. 이런 특성은 학원에서 배웠는데 알렌은 실제 몇 번이나 목격하고는 했다.

"7에서 8할이려나. 나머지는 철수해서 추격 부대가 움직이고 있는 중이야. 영약이 꽤 남아서 아직 여유롭게 싸울 수 있기도 하고."

마왕군은 철수하면 반드시 숫자를 복구한 뒤 다시 쳐들어온다. 도망친 마수도 가능한 많이 쓰러뜨리고 싶다고 중앙 대륙 북부의 군상층부는 생각한 것 같다.

"그 후 중앙 대륙의 마왕군 중에 마족이나 마신은 발견되었습니까?"

이전에 같은 질문을 했을 때 헤르미오스는 「아직 모른다」라고 대답했었다.

"아, 상위 마족 하나랑 마족이 셋 있었어. 이미 쓰러뜨렸고."

"파티로…… 싸워서 이긴 겁니까?"

"맞아. 그래서 파티가 있는 거니까."

'아하, A랭크보다 센 상위 마족이나 더 강하다는 마신은 일반 병사가 도저히 감당을 못 하니까 용사는 파티를 만들어서 활동하는 건가. 그러다가 가끔 마신과 맞닥뜨리는 거고.'

기암트 제국에서는 보통 헤르미오스를 요새에 배치해서 다른 병사와 함께 싸우도록 쓰고 있지만, 상위 마족이나 마신이 출현하는 경우는 용사가 소수 정예 파티를 짜서 맞싸우는 작전을 전개하는가 보다.

'그러다가 검성과 성녀가 당하면 대체 인원을 채워주고.'

헤르미오스가 수월하게 활동할 수 있는 인원수가 아마도 열 명 전후이기에 동료가 당하면 제국에서 새로운 동료를 보충해주는 체계가 완성되어 있는 듯싶다.

이 때문에 제국은 별 세 개짜리 정예를 적극 수집하는 것이다.

"그래서 알렌 군의 소환수…… 맞지? 어떤 능력이 있는지 가르쳐줘."

"물론입니다. 이제부터는 서로가 등을 맡겨야 하니까요."

동료들이 놀란 표정을 짓고 알렌을 바라보고 있다. 이제껏 알렌은 가능한 한 다른 사람에게 소환 능력을 보여주지 않고자 애썼기 때문이다.

'그리고 보니 수험을 치를 때는 보여달라고, 보여주기 싫다고 꽤 실랑이가 있었지. 결국 보여주긴 했지만.'

알렌은 필요하다고 판단했을 때는 능력을 분명하게 드러내고, 필요하지 않다고 판단했을 때는 구태여 능력을 드러내지 않는다.

단순하게 한 가지 기준으로 판단을 내리고 있다.

이번에는 헤르미오스 없이는 이기지 못하리라고 판단했기 때문에 헤르미오스를 끌어들여서 마신과 싸우고자 했다. 따라서 소환에 대해 가르쳐주기로 결정은 했으나 당장 전투에 필요한 정보뿐이다.

"흐음~."

쭉 설명을 마치자 헤르미오스는 미적지근하게 반응할 뿐이었다. 전부 다 설명해주지 않았다는 것 정도는 훤히 알아본 듯한데 더 이상 물어보지는 않았다.

"또 뭔가 궁금한 것은 있습니까?"

"아니야, 없어. 뭐, 묻고 싶은 게 생기면 떠올랐을 때 다시 물어볼게."

헤르미오스는 그렇게 말하며 무엇인가를 납득한 것처럼 고개를 끄덕거린다.

"그러면 이후 작전을 구상해보죠."

"아니, 좀 신경 쓰이는 게 있어서 말인데."

"네, 무엇일까요?"

"지금은 다 같이 이야기를 나누고 있잖아? 하지만 이번 싸움은 나랑 알렌 군 둘이서만 나서는 게 맞겠지?"

"뭐, 뭐라고! 무슨 소리냐!!"

격노한 드골라가 벌떡 일어나서 탁자를 주먹으로 힘껏 내리쳤고, 탁자가 푹 파이면서 요리가 접시까지 공중에 떴다.

"그야…… 걸리적거린다는 뜻이지."

거칠게 성질부리는 드골라에게 헤르미오스는 쌀쌀맞게 답한다.

"뭐라고!"

드골라 이외에 알렌의 동료들은 「어떻게 된 거야?」라며 알렌을 보고 있다. 하지만 알렌 또한 헤르미오스의 그 말은 예상 밖이었다.

'흠……. 딱히 나도 용사랑 둘이서 싸우러 갈 생각은 아니었는데. 뭐, 어쨌든 지금 해야할 말은 지금 제대로 이야기하는 게 맞겠지.'

알렌은 동료들을 둘러보면서 말을 꺼냈다.

"헤르미오스 씨는 나와 둘이서 싸우러 가겠다고 말을 했는데, 갈지 안 갈지는 각자 스스로 결정해줬으면 좋겠어."

"마신과 싸울지를 스스로 결정해도 된다는 거야?"

예상외의 전개에 클레나는 어리둥절하고 있다.

"그런 뜻이야. 다만 이제부터 헤르미오스 씨에게 들은 마신의 힘에 대해서 이야기할 테니까 설명을 다 들은 다음에 결정해줘."

드골라는 알렌의 진지한 표정을 보고 일단은 다시 의자에 깊숙이 앉았다.

알렌은 이 자리에 있는 전원에게 헤르미오스가 이제껏 마신 다섯과 싸웠지만 쓰러뜨린 적은 둘뿐이라는 것, 그리고 검성과 성녀 등 희귀도 높은 동료로 구성된 파티였음에도 지속적으로 사망자가 발생했다는 것을 이야기했다. 헤르미오스는 눈을 감은 채 말없이 설명을 듣고 있었다.

알렌이 이야기를 마치자 회의실에는 긴 침묵이 이어졌다. 턱에 손을 가져다 대고 상념에 잠긴 자세를 하고 있었던 세실이 입을 열었다.

"……그렇구나. 버겁다는 것은 잘 알았어. 알렌은 마신과 대결했을 때 승률은 어느 정도 된다고 생각하니?"

승률은 A랭크 마수 등 강적과 처음으로 싸울 때 알렌이 자주 언급하는 말이다.

"아마 헤르미오스 씨가 있어도 기껏해야 반반일 거야. 마신이라고 해도 가진 무력은 꽤 차이가 나는 데다가 그중에는 엄청나게 강한 마신도 있다나 봐. 그뿐 아니라 마신 레젤이 상위 마신일 가능성도 있어."

"상위 마신?"

세실이 되묻는다.

"말 그대로 마신의 상위판이야. 이 녀석이 튀어나오면 못 이겨. 헤르미오스 씨도 예전에 상위 마족과 싸웠다가 많은 동료를 잃어버렸다더라."

"게다가 그 녀석들은 틀림없이 너희보다 훨씬 강했어."

알렌에 이어서 헤르미오스가 말을 덧붙였다.

"""……."""

전원이 또 쥐 죽은 듯이 조용해졌다. 이 싸움에서 이기지 못하면 전원 죽음을 맞이한다. 세계의 영웅 헤르미오스가 있어도 5할의 확률로 죽을지도 모른다. 그것이 알렌의 예측이었다.

침묵 속에서 팔장을 끼고 있는 드골라에게 헤르미오스가 말을 건넨다.

"드골라 군이라고 했지. 너는 어째서 마신이랑 싸우려는 거야? 넌 로젠헤임의 주민도 아니잖아?"

그 발언은 성질 급한 드골라를 타이르려는 듯이 무척이나 차분한 음색이었다.

"……동료니까."

"응?"

"동료의 나라가 공격받았지. 동료가 강적과 싸운다. 달리 이유가 필요해?"

"……그런가. 그렇구나."

드골라의 완고한 태도를 보고 헤르미오스는 포기했다는 듯이 대답했다.

"……알렌, 마신이 너무 강해서 도저히 상대할 수 없다면 어떻게 할 거야?"

클레나가 분위기를 바꾸려는지 알렌에게 묻는다.

"당연히 도망쳐야지. 도망치는 것 이외에 다른 선택지는 없어. 이제부터 할 회의는 어떻게 해야 잘 도망칠 수 있을까 작전을 짜는 게 목표라고 말해둘게."

"풉!"

알렌이 무척 당당한 표정으로 말하는지라 킬이 무심코 웃음을 터뜨렸다. 팽팽했던 분위기가 누그러진다.

"아니, 진지한 얘기거든? 헤르미오스 씨의 이야기를 들어보니까 이길 수 있다는 확신을 못 가지겠어. 엘프들에게는 미안한데 상황에 따라서는 수도 포르테니아를 탈환하는 것도 세계수를 다시 만나는 것도 몇 년 이후로 미뤄야 할 거야."

알렌이 의미하는 바는 요컨대 몇 년을 더 수행하면 마신을 뛰어넘는 힘이 갖춰진다는 뜻이다. 다만 이 말에서 알렌의 진짜 의도를 짐작할 수 있었던 인원은 같은 파티의 동료들뿐이었다.

"그, 그러면 정령왕님이랑 한 약속은 어떻게 되는 거야? 도대체 언제 대마도사가 될 수 있는데!"

'야, 본심이 튀어나왔잖아.'

세실은 몇 년이 지나도록 대마도사가 되지 못하는 경우를 상상했는지 노골적으로 허둥지둥하며 일어섰다. 알렌은 세실을 달래주고 도로 자리에 앉혔다.

"그건 문제없어. 왜냐하면 정령왕님과 한 약속은 이미 달성되었으니까."

"""어?"""

원탁에 둘러앉은 전원의 시선이 알렌에게 집중된다.

"잘 떠올려봐. 내가 약속한 것은 『로젠헤임을 구한다』였지? 포르테니아와 세계수의 탈환이 최종 목표는 아니었어. 지금은 많은 엘프들이 구원받았다는 인식이지."

알렌은 더 자세히 설명했다. 로젠헤임의 존망이 달린 위기는 이미 해결한 것과 마찬가지다. 무려 700만에 달하는 마왕군의 마수들을 거의 다 섬멸했다. 엘프들이 눈앞으로 맞이했던 멸망의 위기가 떠나간 지금, 로젠헤임의 3분의 2에 가까운 국토를 몇 년간 잃는 것쯤이야 별로 대단한 사건이 아니라고 말했다.

당분간 라폴카 요새를 국경선으로 두고 마왕군과 싸우게 될 수도 있겠지만, 현시점에서 쳐들어왔던 마왕군은 어느 정도 다 사냥한 만큼 또 금방 전쟁이 벌어지지는 않을 것이다.

"그렇구나. 맞는 말이네."

세실은 알렌과 정령왕 로젠이 나눈 대화를 떠올리고, 알렌이 무엇을 말하고자 하는지 이해한 것 같았다.

'달성 가능한 범위에서 구체적인 내용은 언급하지 않고 정령왕과 약속을 했으니까. 마신을 이길 수 있을지 장담도 못 하고.'

알렌은 정령왕으로부터 확실하게 보상을 받고자 했다. 그러려면 쓸데없이 과제를 늘릴 필요는 없다.

"물론 이 이상 많은 것을 바라지는 못합니다. 알렌 님의 말씀이 분명 맞습니다."

정령왕을 무릎에 얹은 여왕이 로젠헤임을 대표해서 답했다. 방금 전까지 알렌이 「마신이 있기 때문에 전쟁은 아직 끝나지 않았습니다」라고 말했던 것은 전혀 개의치 않는 듯하다.

"알렌 군은 정말 신기한 사고방식을 갖고 있구나. 이렇게 강한데 사고방식도 유연하니까 솔직히 좀 무서워. 하지만 만용을 부리면서 무모하게 몰아치는 사람보다는 괜찮네."

헤르미오스는 알렌의 생각에 찬성했다.

"지금까지 거듭 말씀드렸는데, 조금이라도 안정성을 높이고 가능한 이기기 위해 노력할 겁니다. 다만 무척이나 버거운 대결이 되리라는 것 하나는 엘프 여러분도 꼭 알아주시길 바랍니다. 그럼 헤르미오스 씨, 시작 전에 제 파티의 기본 정보를 알려드리자면……."

알렌의 말에 시글 원수도 루키드랄 대장군도 특별히 말을 덧붙이지 않았다. 목숨 바쳐서 죽음을 각오하고 싸우라는 말은 못 할 터이고, 아직 결정은 나지 않았으나 마신과 대결할 때 소피도 참가하리라는 것은 쉽게 상상할 수 있을 테니까.

알렌은 우선 파티의 전투 방식 등을 설명하기 시작했다. 헤르미오스는 적당히 추임새를 붙여 가면서 열심히 알렌의 이야기를 들었다. 중간에 헤르미오스가 동료의 말도 들어보고 싶다고 말을 꺼내자 드골라 및 세실도 대화에 참가해서 전위, 후위, 각각의 입장에서 이야기를 했다.

대략 한 시간쯤 이야기를 들은 뒤 헤르미오스는 빙그레 미소 지었다.

"그런가, 고마워. 어느 정도 파악은 했어. 다음은 회의실이 아니라 바깥에 나가서 진행해도 될까?"

실제로 몸을 움직이는 것이 더 좋다며 헤르미오스가 일행을 재촉했다.

"연계로 움직임을 맞춰보자는 말인가요?"

"그런 이유도 있는데, 너희의 진짜 힘을 겪어보고 싶거든. 잠깐 바깥에 나가서 너희의 실력과 전법을 보여줘. 내가 상대해줄 테니까."

"좋습니다. 무술 대회에서는 저만 대결을 했으니까요."

알렌은 찬성했다. 말로 떠들기보다 실제로 부딪쳐봐야 훨씬 잘 이해된다. 마신과 싸우기 위해서는 연계가 중요하다. 헤르미오스는 드골라를 똑바로 바라봤다.

"드골라 군이라고 했지."

"엉?"

"아깐 굉장히 위세 등등하던데. 내가 이를 악물어야 할 실력은 당연히 갖고 있겠지?"

헤르미오스는 허리에 찬 검의 자루에 손을 얹으며 드골라를 도발했다.

"……."

드골라는 말없이 발밑에 놓아두었던 도끼를 어깨에 짊어지고 헤르미오스와 함께 회의실 바깥으로 나간다.

"뭔가 좀 험악한데? 괜찮을까?"

두 사람의 뒤를 따라가면서 클레나가 걱정하는 표정으로 알렌에게 귓속말했다.

"헤르미오스 씨도 드골라가 죽지 않기를 바라는 거야."

알렌은 헤르미오스의 마음을 짐작할 수 있었다.

일동은 건물에서 조금 떨어진 위치에 있는 광장으로 향했다.

"전위는 검성과 도끼잡이인가. 알렌 군의 파티는 진짜 소수구나."

헤르미오스는 모두를 둘러보면서 한마디 중얼거렸다.

"바우키스 제국으로 돌아간 동료가 한 명 더 있습니다만. 뭐, 적기는 하죠."

"그래, 드골라 군부터 시작해볼까. 먼저 엑스트라 스킬을 보여줄래?"

"……."

드골라는 대답을 하지 않았다.

그 모습을 보고 헤르미오스도 무엇인가 알아차린 듯했다.

"아하, 그랬군. 잘 알고 있겠지만 설마 엑스트라 스킬도 못 쓰면서 마신과 싸우려는 생각을 하진 않겠지?"

그렇게 말하며 허리에 꽂아 두었던 금색으로 빛나는 오리하르콘 검을 뽑는다.

"……."

"뭐야, 말을 안 하네. 덤벼봐. 좀 맞다보면 안이한 생각도 고쳐질 거야."

헤르미오스가 드골라를 계속 도발했다.

드골라는 도끼를 꽉 움켜쥐고 전력으로 몸을 던졌다.

* * *

"역시 드골라 군은 여기에 남는 게 좋겠어."

"……시, 시끄러워. 무조건 간다."

티아모의 광장 중앙에서는 오늘도 드골라가 바닥에 엎드린 채 거하게 숨을 토하고 있다.

드골라가 헤르미오스의 도발에 넘어가고 매번 얻어터진다. 그런 광경을 알렌 파티는 벌써 사흘이나 봐왔다.

'드골라의 엑스트라 스킬은 결국 안 되는 건가. 슬슬 결단을 내려야 할 때군.'

검성 드베르그와 특훈을 하며 엑스트라 스킬의 사용법을 익혔던 클레나처럼 드골라도 엑스트라 스킬 사용법을 깨달아주지 않을까 기대했었는데 사흘으로는 어려웠나 보다.

"헤르미오스 씨, 학원에서도 엑스트라 스킬을 쓸 수 있을 때까지 몇 년씩 걸리는 학생이 있다고 들었습니다. 습득 과정에 기간 차이가 생기는 이유는 무엇입니까?"

학원에서 실기 지도를 담당하고 있는 헤르미오스에게 가까이 달려가서 알렌은 무엇인가 각성의 힌트가 될 만한 것은 없는지 물어봤다. 드골라가 헤르미오스에게 머리 숙이고 조언을 구할 것이라는 생각은 도저히 들지 않았다.

"으음~ 지력이나 마력이 높은 직업은 습득이 빠르다는 말이 있기는 해. 마력을 쓰는 방법이 엑스트라 스킬의 감각이랑 비슷하기 때문이라는 가설이 일반적이려나. 따라서 검사나 도끼잡이는 습득이 느린 편이지. 스킬의 습득 속도도 마법사가 검사보다 꽤 빠르잖아?"

'아하, 듣고 보니까 맞는 말이야. 역시 교관 역할로 여기저기 학원을 돌아다닌 경험자답군.'

알렌은 헤르미오스의 분석에 자신의 경험을 적용해보고 납득했다.

어릴 적부터 쭉 마도사에게 교육을 받은 세실뿐 아니라 승려 킬도 두세 달 교회에 다니며 스킬을 습득했다고 들었다. 그러나 클레나와 드골라는 학원에서 스킬 습득에 관한 교육을 착실하게 받았는데도 상당히 긴 시간이 걸렸던 것을 기억하고 있다.

"그렇군요, 알 것 같습니다. 하지만 클레나는 드베르그 씨와 특훈을 하고 하루 만에 엑스트라 스킬을 쓸 수 있게 되었습니다만."

"……."

드골라가 숨을 깊숙이 들이마시며 말없이 알렌과 헤르미오스의 대화에 귀를 기울이고 있다.

"뭐, 아무것도 생각을 안 하는 사람……. 표현을 안 가리고 말하자면 바보 같은 사람일수록 엑스트라 스킬 익히는 속도가 더 빠르다는 것이 제국의 통설이야."

"흐엥?"

클레나가 자기한테 하는 말이냐며 대꾸를 하는 와중에 일동은 「바보」라는 아무 꾸밈도 없는 직설적인 말에 놀라서 무심코 클레나를 쳐다본다. 클레나만 혼자서 거듭 감탄하며 헤르미오스의 이야기를 듣고 있었다. 모르모 열매를 베어 물면서 「그랬구나, 그랬구나」라고 고개를 끄덕거리는 모습을 보면 동료들은 저절로 납득하게 됐다.

"그런 관점에서 말을 하자면 드골라 군은 머리가 딱딱하다고 할까, 상식에 사로잡혀 있다고 할까……."

"이것저것 생각이 너무 많다는 뜻인가요?"

"비슷하네. 어떡할래, 계속할 거야? 내 대여 기한은 이제 7일 남았는데."

'양극단이구나. 지력이 높은 사람이거나, 아니면 고민을 안 하는 유연성이 있는 사람인가.'

굳이 「대여 기한」이라는 표현을 쓴 발언에서 헤르미오스는 자신이 거래 대가로 취급받은 것을 지금도 마음에 담아 두었음을 알 수 있었다.

"이미 작전도 다 결정됐고, 너무 오랫동안 여기에서 시간을 보내 봤자 별 의미는 없겠지요. 내일은 포르테니아를 향해 출발합시다."

"알았어. 내일 출발이구나."

세실이 가장 먼저 고개를 끄덕거렸다. 알렌의 동료들은 결국 전원이 마신 레젤과의 싸움에 참가하겠다고 나섰다. 거기에 헤르미오스를 더한 작전도 거듭 상의한 끝에 잘 마무리가 되었다. 오로지 드골라의 특훈을 위해서 시간을 할애할 순 없는 노릇이었다.

헤르미오스에게 들은 말인데, 클레나처럼 능력치 증가 계통의 엑스트라 스킬을 발동해도 스킬을 쓸 수 있냐고 물어봤더니 사례가 별로 없다고 했다. 별로 못 들어본 이야기인지라 정말 어려운지 기암트 제국에 확인하려면 또 시간이 필요하다던가.

알렌 파티는 헤르미오스를 더해서 현 상황에 갖출 수 있는 최대 전력을 근거로 하여 작전을 세세하기 점검해 나갔다.

* * *

다음 날 아침, 여왕과 장군들에게 출발 인사를 나눈다.

"나는 안 가도 괜찮겠나?"

로젠헤임 최강의 남자, 정령사 가톨거가 헤어질 때 다시 말을 꺼내며 확인했다.

"네, 저희끼리만 가도록 하겠습니다. 가톨거 씨는 라폴카 요새의 경비를 잘 부탁드리겠습니다."

"그런가……. 알겠네."

이번 작전의 참가 인원에 가톨거는 포함되지 않았다. 가톨거 본인은 마신 토벌에 참가하고 싶은 듯한데 로젠헤임과 여왕의 안위를 고려하면 알렌이 맡긴 임무도 중요하다. 가톨거는 마지못해서 결정을 받아들이겠다는 느낌이었다.

'결국 정령왕은 반짝반짝 상태에서 달라진 게 없네. 아무튼 간에……'

여왕의 무릎 위에서 잠든 정령왕으로부터 시선을 올려 여왕과 눈을 마주했다.

"여왕 폐하."

"네."

"저희의 목적은 마신 토벌입니다. 격렬한 전투의 끝에 포르테니아가 사라질지도 모릅니다만, 괜찮으시겠습니까?"

"물론입니다. 로젠헤임에서 재앙을 물리치기 위해서라고 생각하면……."

"감사합니다. 이제 전력으로 싸울 수 있겠습니다."

목적은 마신 레젤을 쓰러뜨리는 것. 그러자면 포르테니아가 불타서 잿더미가 될지라도 힘의 사용을 자제할 생각은 없다.

"구국의 영웅들에게 정령왕의 가호가 있기를 기원합니다."

마지막으로 여왕이 두 손을 가슴 앞에서 맞잡고 알렌 파티가 무사하기를 기원했다. 알렌과 동료들은 여왕에게 깊숙이 머리 숙였다.

건물을 뒤로하고 새B 소환수에 쭉 올라타서 알렌의 파티 일곱 명은 포르테니아를 목표로 날아간다.

헤르미오스는 작전을 위해 전날에 이미 출발했다.

출발 후 이틀째 저녁 무렵에는 라폴카 요새에 도착할 수 있었다. 엘프들이 매일같이 토벌에 전념한 덕에 주변의 마수들은 깔끔하게 정리가 끝났다. 알렌의 소환수도 솔선해서 마수의 해체 및 소각을 도왔고, 마신과의 싸움에 대비하여 마석을 회수한 뒤 그날은 라폴카 요새에서 밤을 보냈다.

다음 날 아침 라폴카에서 출발하자 저녁때에는 포르테니아가 눈에 보였다. 저녁노을에 비치는 세계수는 무척 환상적이고 가까이에서 보면 나무의 거대함에 압도된다.

"포르말은 이제부터 별동대로 움직여줘."

알렌은 작전에 근거하여 척척 지시를 내렸다.

"그래, 소피아로네 님을 잘 부탁한다."

알렌은 고개를 끄덕거린 뒤 새B 소환수를 새로 소환했고, 포르말은 거기에 올라타 상공에서 대기한다.

나머지 여섯 명은 새B 소환수들에게 탑승한 채 포르테니아의 높은 외벽을 넘어 도시 안쪽으로 날아들었다. 목적지는 이전에 영혼B 소환수가 마신과 대치했었던 도시 중앙에 있는 신전이다.

마신 레젤은 신전의 안쪽, 여왕의 옥좌에 있었다.

"……아무도 없네."

100만 명은 살지 않을까 생각되는 넓은 포르테니아를 내려다보며 세실이 중얼거린다.

2개월 이상 전에 함락되어 도시의 곳곳에서 불길이 치솟았는지 지금 와서는 숯처럼 타서 눌어붙어 있다. 본래는 엘프의 나라다운 정서와 역사감이 가득 넘치는 목조 건물이 쭉 늘어서 있는 아름다운 곳이었을 텐데 지금은 어디에도 사람의 모습이 보이지 않는다.

"마수도 없군. 건물 안쪽에 대기시켰나?"

마수가 돌아다니며 알렌 파티를 요격할 것이라고 생각했었는데 아무런 반응이 없다.

단지 적막한 광경이 펼쳐져 있을 뿐이다.

'숨어서 우리를 방심시키려는 의도인가……?'

아무도 없는 도시의 신전 앞쪽에 내려선 알렌 파티는 주의 깊게 새B 소환수에서 내린 뒤 안으로 들어갔다.

단층 구조의 신전은 목조 건물이며, 수명이 몇백 년은 되었을 것 같은 한 그루의 나무로 지어졌다. 두껍고 꼿꼿하게 솟은 기둥이 동일한 간격으로 배치되었고, 기둥이 떠받치는 높은 천장이 있을 뿐이다.

안쪽에는 정령왕을 모시는 제단이 있고 중앙에 옥좌가 있다. 그곳에, 알렌을 새빨간 눈으로 주시하는 이형의 존재가 앉아있었다. 옆쪽에 이전에 놓쳤던 마족 네프틸라가 알렌 파티를 노려보면서 서있다.

『드디어 왔군. 네가 알렌인가?』

"맞아. 너를 쓰러뜨리려고 왔다, 마신 레젤."

『쓰러뜨린다……? 너에게는 아무 공포도 없단 말이더냐.』

평가를 하듯 알렌을 뚫어져라 쳐다본다.

"고작 마신한테 신의 선택을 받은 내가 질 리 없잖아?"

알렌은 얼마 전 영혼B가 멋대로 쏟아냈던 표현을 빌려서 일부러 거만한 태도를 취했다.

『오호, 무지하기에 두려움을 모르는 건가……. 개방자도 인간 녀석들 틈에서 지내면 자기 자신을 잘못 판단하게 되는가 보군.』

알렌의 말에 히죽 입꼬리를 끌어 올리며 마신 레젤은 천천히 자리에서 일어났다.

제16화 마신 레젤과의 싸움

"엉? 개방자라는 말은 나한테 한 거냐?"

알렌은 뜬금없는 소리를 꺼내는 마신 레젤에게 짜증을 낸다.

'오호, 일어서니까 꽤 크네. 키가 2.5미터는 되겠어. 몸집을 보면 엘프다운 구석은 없군. 무기는 가지고 있지 않은 것 같은데, 저런 몸이니 전위 타입이겠지?'

알렌은 짜증을 부리면서도 마신 레젤의 몸을 위부터 아래까지 철저히 관찰했다. 물리 공격이 특기인 전위인가, 마법이 특기인 후위인가. 알렌은 상대의 전투 방식을 가능한 한 상세히 파악하는 버릇이 있다.

마신 레젤이 이전에 영혼B 소환수를 마법으로 없앴던 것을 떠올렸다. 외형과 과거 정보를 감안하면 전위도 후위도 가능한 타입의 적일까.

『흥. 전혀 아무것도 모르는구나.』

'개방자에 대해서 정작 가르쳐주는 게 아무것도 없네. 뭐, 됐어. 조금 더 도발해보자.'

"여유로운 척 하지 마라, 난 전부 들었다고. 너, 다크 엘프라던데? 전직해서 마신이 되는 방법이 있나? 나한테도 가르쳐줘라."

『……오호.』

마신 레젤의 표정이 점점 달라진다. 옆쪽에 있는 네프틸라가 숨을 멈췄다.

"뭐야? 안색에 좀 달라졌네? 세계수를 갖고 싶다고 지껄이다가 추방당하고 결국 로젠헤임에 쳐들어왔잖냐. 세계수가 잘 보이는 포르테니아는 많이 즐겼냐?"

『엘프 여왕에게서 들었나? 세계수는 본래 우리의 소유였다. 엘프 녀석들이 독점했을 뿐이지.』

애써 차분하게 돌려주는 대답과 달리 마신 레젤의 목소리에는 노기가 어려 있었다.

"그렇지 않아요! 세계수는 줄곧 엘프가 관리를 맡아왔습니다!!"

두 사람이 대화 나누던 중 분노를 터뜨리며 소피가 끼어든다.

'이런. 소피야, 네가 화내면 어떡하니.'

『흥, 너는 하이 엘프…… 로젠헤임의 왕족인가. 기도의 무녀의 후손도 아무것도 모르는군. 정말 엘프들이 세계수를 관리했다고 진심으로 믿는 것인가?』

세계수는 엘프와 다크 엘프들 모두에게 소중한 대상이었나 보다. 특별히 고마움을 느끼지 않는 알렌은 저들의 사정을 알지 못한다. 그건 그렇고 마신 레젤이 세계수를 「다크 엘프의 소유」라고 단언했는데, 어떻게 된 일일까. 여왕은 비슷한 말을 아무것도 해주지 않았다.

어쩌면 다크 엘프가 정말 세계수를 관리했던 시절이 수천 년 전에 있었을까.

혹은 마신 레젤이 아주 먼 옛날에 다크 엘프가 세계수를 관리했었다는 거짓말을 진실인 양 믿게 되었을 뿐인지도 모른다. 진짜 사실이 무엇인지는 알 수 없고, 알렌이 이제부터 수행해야 할 임무는 아무엇도 달라지지 않았다.

"뭐라 떠드는지 난 모르겠다. 하지만 네가 마수를 데리고 몇백만이나 되는 엘프를 죽인 사실은 분명하지."

『……분명 그것은 사실이군. 앞으로도 더 많은 엘프가 죽음을 맞이할 것이다. 그러기 위하여 내가 이곳에 있다. 자, 너는 어찌할 테냐?』

"물론 너를 쓰러뜨려서 전쟁을 끝낼 거다!!"

알렌의 말을 신호로 전원이 전투태세로 이행한다.

이곳에 오기 전 필요한 보조는 전부 다 마쳐 두었다. 클레나와 드골라는 무기를 들어 올리고 킬은 회복 준비를 한다.

마신 레젤과 네프틸라도 공격 태세를 취하고자 했을 때, 알렌이 고속 소환으로 선수를 쳤다.

네프틸라의 바로 옆쪽에 지휘화를 쓴 용B 소환수가 나타났다. 지휘화를 써서 20미터로 커다래진 용B 소환수에게 이 신전은 너무 작았는지 신전의 지붕은 용B 소환수가 움직이기만 해도 떨어져 나갔다. 용B가 아랑곳않고 각성 스킬「분노의 업화」를 사용했다.

지휘화를 쓴 용B 소환수가 빛을 응축한 주둥이로 광선 비슷한 불꽃을 뿜어내자 불꽃은 즉각 신전에 넓게 퍼지며 마신 레젤과 네프틸라를 휩쓸었다.

목조 건물인 신전은 불꽃을 견디지 못하고 숯덩이가 됐다. 커다란 통나무 기둥도 몇 개쯤 불타 무너졌고, 신전은 한순간에 반파되었다.

『마족을 1마리 쓰러뜨렸습니다. 경험치를 7200000 획득했습니다.』

'좋아, 네프틸라는 잡았다. 마신 레젤 하나만 남았구나.'

네프틸라는 아마도 어떤 공격을 받았는지도 알지 못했을 것이다.

저번에는 지휘화 스킬이 해방되지 않은 상태였기에 소환수의 공격을 아슬아슬하게나마 회복 마법으로 상쇄할 수 있었겠지만, 일격 필살의 위력이라면 아예 대응이 불가능했겠지. 마도서의 표지에는 마족을 하나 쓰러뜨렸다는 로그가 담담하게 표시된다.

『오호, 네프틸라를 일격에 쓰러뜨렸나.』

그러나 불꽃 속에서 마신 레젤이 천천히 모습을 드러낸다. 본체는 커녕 장비한 방어구조차 흠집 하나도 없이 멀쩡했다.

'대미지 제로냐고.'

저 천연덕스러운 태도를 보고 전위의 동료들이 멈칫거린다.

"클레나, 드골라, 강적이다! 정타를 맞지 않게 조심해!!"

"알았어!"

"그래!"

클레나와 드골라는 무기를 다시 쥐고는 마음을 분기시키며 돌격을 감행한다.

마신 레젤은 귀찮다는 듯이 손을 치켜들었다.

"끄흡!"

"꺼흑!"

마신 레젤의 주먹이 클레나의 무기와 격돌했다. 그러자 클레나가 못 버티고 날아가버린다. 거의 동시에 드골라도 공중을 날았다.

"킬, 회복은 드골라를 중심으로 해줘."

"그래, 알고 있어."

지휘화를 쓴 용B의 각성 스킬을 마신 레젤에게 쏟아부었는데도 타격이 거의 없었다.

알렌은 세실과 킬이 위치한 후위와 클레나와 드골라가 위치한 전위의 사이로 이동해서 중위의 위치에 섰다. 고속 소환으로 돌C 소환수의 특기 「대역」과 각성 스킬 「자기희생」을 쓰며 클레나와 드골라가 죽지 않도록 체력 관리를 최우선했다.

클레나와 드골라는 물고기B 소환수의 특기 「터틀 실드」 및 각성 스킬 「터틀 배리어」를 이미 받았기에 마신 레젤의 공격은 분명 6할이나 감소되어야 한다. 그럼에도 방심하면 당할 수밖에 없는 공격을 마신 레젤은 안색도 바뀌지 않고 펼치고 있다.

'이런데도 진짜 실력은 아직인 느낌인가? 엑스트라 스킬을 쓰기 전에 승부를 낼 방법은…….'

상위 마족 글라스터조차 엑스트라 스킬은 위협적이었다. 마신이 엑스트라 스킬을 발동하면 전멸도 각오해야 할 것이다. 가능한 한 빨리 승부를 내고 싶었다.

"클레나, 엑스트라 스킬을 써!"

"응, 알았어."

대답하는 동시에 클레나의 온몸이 아지랑이처럼 굴절되기 시작한다.

『오호, 엑스트라의 문인가.』

클레나의 변화를 가까이에서 목격했는데도 마신 레젤은 동요하는 기색이 전혀 없었다. 그뿐 아니라 클레나를 향해 간격을 좁혀 다가들었다.

마신 레젤이 엑스트라 모드의 클레나에게 의식을 집중한 그때였다.

『좋아, 포르말도 엑스트라 스킬을 부탁한다.』

새F 소환수의 각성 스킬 「전령」을 써서 1킬로미터 떨어져 있는 포르말에게 지시 내린다.

반파된 신전의 틈으로 천천히 활을 겨누는 포르말은 온몸이 아지랑이처럼 굴절되고 있었다.

포르말이 엑스트라 스킬 「빛의 화살」을 발동하자 시위에 메긴 화살은 빛덩어리를 응축시키며 빛나기 시작했다.

그리고 신전 빈틈으로 마신의 심장 부근을 등 방향에서 노리며 아직 광채를 유지하고 있는 화살을 혼신의 힘으로 쏘아 날렸다.

빛의 화살은 궤도를 수정하면서 마신 레젤의 등 뒤쪽 심장 부근에 직격했고, 마신 레젤의 온몸이 순간 경직됐다.

그 순간 클레나는 간격을 단숨에 좁혀 마신 레젤의 목을 노리고 두 손으로 꽉 쥔 대검을 휘둘렀다.

"이얏!!"

클레나의 엑스트라 스킬 「한계 돌파」가 목 부위를 타격했다.

'오? 무방비한 목에 직격했다! 해치웠나?'

『……그렇군. 보이는 대로 어린아이였나. 실력 차이도 알지 못할 줄이야.』

클레나의 대검은 마신 레젤의 목에 닿은 채 미동조차 없이 멈춰 있다. 압도적인 무력을 자랑하며 학원 도시의 던전과 로젠헤임의 전쟁에서도 쭉 활약했던 클레나의 엑스트라 스킬 「한계 돌파」가 전혀 통하지 않는다. 알렌의 동료들에게 절망감이 들이닥쳤다.

"클레나! 공격을 멈추지 마! 계속 몰아쳐!!"

"응! 알았어!!"

스멀스멀 퍼져 나가는 절망감을 지워 없애려는 듯이 알렌은 지시 내렸다. 하지만 클레나가 같은 부위를 몇 번이나 노려 공격해봐도 전혀 피해를 주지 못했다.

'……예상 이상으로 내구력과 공격력에 차이가 있어.'

마신이 얼마나 강한지는 헤르미오스에게 미리 들어서 알고 있었다. 어느 정도의 고전은 예상했었지만, 클레나와 마신 레젤의 능력치 차이는 상상 이상이었다.

대미지는 공격하는 자의 공격력과 공격을 받는 자의 내구력으로 결정된다. 더 엄밀하게 말하자면 아래와 같은 조건이 복합적으로 반영된 뒤, 최종적인 대미지가 판정된다.

· 자신의 능력치와 무기 공격력의 합계에 스킬 및 엑스트라 스킬에 따른 효과를 계산한 위력
· 공격을 받는 개체의 능력치 및 방어구의 내구력 합계, 물리 내성 등 물리 대미지의 감소
· 급소를 노린 크리티컬

클레나의 「한계 돌파」는 서글프게도 마신 레젤과의 능력치 차이를 절실하게 깨닫는 일격이었다. 마신 레젤과 거리를 좁히거나 떨어뜨리거나 하면서 클레나는 여전히 검을 휘둘러 몰아치고 있다.

엑스트라 스킬은 일단 사용하면 하루를 대기해야 한다. 그 때문인지 클레나에게서 조바심이 보이기 시작했다.

엑스트라 스킬 발동 중 스킬을 사용할 수 있도록 죽기 살기로 시행착오를 거듭하고 있는 듯하다. 현 상황의 압도적인 무력 차이가

클레나를 몰아세우고 있는 것어다.

마신 레젤은 클레나의 처절한 공격을 벌레라도 쫓는 것처럼 맨손으로 튕겨 내고 있다. 마신 레젤의 가뿐한 움직임과 대검으로 혼신의 일격을 날리는 클레나의 움직임은 전혀 어우러지지 않았다.

"모, 못 하겠어……."

숨을 몰아쉬는 클레나의 주위를 뒤덮었던 아지랑이 비슷한 현상이 사라져 간다. 결국 엑스트라 스킬이 끝나버렸다.

『엑스트라의 문은 닫혔는가. 검성일지언정 결국 문 앞에 멈춰 선 자다. 기껏해야 이정도의 힘이었나.』

"문 앞에 멈춰 선 자?"

『그렇다. 문을 열고 뛰어넘은 자만이 개방자라고 불린다. ……너처럼 말이지.』

'문을 열기 때문에 「개방자」라고 부르는 건가. 그러면 엑스트라 스킬은 혹시…….'

마신 레젤의 말에서 알렌은 이 세계의 이치를 더 깊이 있게 이해했다.

이 세계에는 노말 모드, 엑스트라 모드, 헬 모드같이 몇 가지 모드가 있다.

그리고 엑스트라 스킬이라고 불리는 노말 모드가 사용할 수 있는 특별한 스킬이 있다.

마신 레젤과 싸울 때까지 줄곧 두 가지 의문을 갖고 있었다. 하나는 모드와 스킬 사이에 양쪽 다 「엑스트라」라는 표현이 쓰였다는 것. 다른 하나는 알렌이 엑스트라 스킬을 사용할 수 없다는 것이다.

다만 지금의 알렌은 알 수 있었다.

엑스트라 스킬은 엑스트라 모드의 힘을 잠시나마 빌릴 수 있는 능력을 가리키는 말이다. 이것이 마신 레젤이 말한 「엑스트라의 문」을 연 상태에 해당한다.

또한 개방자는 언제나 문을 열어둔 자, 요컨대 엑스트라 모드로 이 세계에 존재하는 자를 가리키는 말이다. 알렌의 고속 소환과 지휘화는 엑스트라 모드에 속한 능력이었다. 이 같은 전제를 세우면 알렌에게 엑스트라 스킬이 주어지지 않은 이유도 설명이 가능하다. 애당초 엑스트라 스킬이 언제나 발동하고 있기 때문에 사용 가능, 불가능의 잣대로 생각하는 것 자체가 틀린 셈이었다.

헬 모드에서는 성장 과정 중 엑스트라 스킬과 동등한 스킬을 습득할 수 있고 쿨타임의 제약과 관계없이 활용 가능하다. 따라서 굳이 스킬과 다른 항목에 표시할 이유도 없다.

＊　＊　＊

"잠깐만, 저 녀석 너무 세잖아! 알렌, 어떡할 거야?!"

이것저것 사고를 거듭하고 있던 알렌이 세실의 목소리에 정신 차린다. 전투 개시부터 줄곧 마법을 쏘아 날리며 세실이 알렌에게 지시를 요청하고 있었다.

"그래, 상대가 예상 이상으로 강하네. 퇴각할 필요가 있겠어."

알렌과 세실의 이야기를 듣고 있었던 마신 레젤이 미소를 띤다.

『흥, 어쭙잖은 작전은 이제 끝인가. 어림없다! 이제와서 놓아줄 것 같나!』

그 표정을 보고 이번에는 알렌이 히죽 웃었다.

'좋아, 완전히 방심 상태에 들어갔군.'

그때, 세 개의 머리가 달린 케르베로스처럼 생긴 짐승B 소환수 한 마리가 망가진 천장의 빈틈으로 뛰어 들어왔다. 흉악한 엄니를 드러내며 마신 레젤의 등을 노리고 일직선으로 들이닥친다.

『크르르!』

『흥, 등을 노리는 수작에 몇 번이나 당해주겠나!!』

마신 레젤이 짐승B 소환수를 한쪽 손으로 간단하게 쳐낸다. 짐승 B 소환수는 일격에 빛나는 거품으로 바뀌어버렸다.

『이딴 졸병을 몇 마리 꺼내더라도…….』

알렌을 향해 마신 레젤이 무엇인가 말을 하고자 했던 그때였다.

빛나는 거품이 사라지자 그 너머에서 금색 갑옷을 입은 옥색 머리카락의 청년이 나타났다. 손에는 금색의 검을 쥐고 있다.

용사 헤르미오스가 짐승B 소환수의 등 뒤쪽 사각에 숨어있었던 것이다.

뜻밖의 습격에 놀란 마신 레젤이 처음으로 허둥거렸다.

『네, 네놈은 헤르미오스?! 어, 어째서 여기에…….』

"응, 맞아. 이제 죽을까?"

헤르미오스는 한마디만 하고 지근거리에서 엑스트라 스킬을 발동했다.

"신절검!!"

『꺼흑!!』

온몸에 아지랑이를 두른 헤르미오스가 마신 레젤의 등에 오리하르콘 검을 찔러 넣었다.

마신 레젤의 가슴부터 방어구까지 관통하고 검이 튀어나왔다.

헤르미오스는 계속 밀어붙여서 마신 레젤을 바닥에 내리찍었다. 그 충돌의 여파로 바닥에 깔린 석판이 넓은 범위의 원형으로 분쇄되었고 마신은 지면 깊숙이 파묻혔다. 주위가 정적에 감싸인다.

'여전히 터무니없는 위력이군. 클레나는 도저히 당할 수 없는 상대였지만 말이야.'

"……괴, 굉장해."

클레나가 마신 레젤을 일격에 처단한 신절검을 보고 감동한다.

헤르미오스는 마신 레젤의 등에 찔러 넣었던 검을 유유히 뽑아낸 뒤 휘둘러서 검에 묻은 보라색 피를 떨쳤다.

"……알렌 군의 작전이 성공했구나. 덕분에 확실하게 쓰러뜨릴 수 있었어."

"아뇨, 저희야말로 도움을 받았습니다."

알렌은 파티의 힘만 가지고는 마신을 쓰러뜨리는 것이 불가능하리라 판단한 뒤에는 헤르미오스의 엑스트라 스킬 「신절검」에 의지하기로 했다. 하지만 한 가지 문제가 있었다.

신절검도 한 번 사용하면 하루의 쿨타임을 요구한다. 확실하게 마신의 급소를 적중시키기 위해서는 마신 레젤의 방심을 유도하고 그 틈을 노릴 필요가 있었다.

따라서 이번 작전에서 가장 중요한 요소는 용사의 소재지를 아무에게도 알리지 않는 것이었다. 헤르미오스가 로젠헤임에 있다는 것은 마왕군은 물론이고 로젠헤임 및 중앙 대륙에도 아는 인물이 거의 없다.

마신 레젤은 티아모와 라폴카에서 마왕군을 격퇴한 알렌과 일행들이 단지 자만해서 이곳 수도까지 진입을 감행했다고 생각하고 있었을 것이다. 스스로 죽기 위해서 온 알렌 파티가 온갖 작전을 전개하고도 전혀 상대가 되지 못함을 깨닫고 절망에 찬 표정을 지었을 때. 그때야말로 마신 레젤에게 빈틈이 생겨나는 순간이었다.

포르말과 클레나의 엑스트라도, 세실의 공격 마법도 전부 다 방심을 유도하기 위한 미끼였던 것이다.

헤르미오스는 오리하르콘 검을 검집에 집어넣으며 알렌과 동료들을 칭찬했다.

"파티 전원이 미끼 역할을 맡는 작전이잖아. 보통은 떠올리지도 못할걸? 게다가 끝까지 제 몫을 해내줬고…… 좋은 동료를 두었구나."

"네, 그렇죠."

이번 작전은 알렌 혼자서도 실행할 수 있었다. 다만 동료가 모두 따라와주었기에 더욱 확실하게 성공률을 끌어올렸다고도 말할 수 있다. 파티 전체에 힘의 차이를 과시하고 절망을 안겨주었다고 생각할수록 마신은 자만하고 방심하기 때문이다. 이 작전을 회의실에서 발언했을 때, 위험을 돌아보지 않고 성공을 믿으며 따라와준 동료들 한 사람 한 사람의 얼굴을 알렌은 쭉 둘러봤다.

다만 감상에 잠기기에는 아직 일렀다.

'뭐지, 꽤 버티는데?'

알렌은 마도서 표지에 표시되는 로그를 아까부터 계속 확인했었는데 마도서에는 로그가 전혀 출력되지 않았다.

"헤르미오스 씨, 마무리를 짓도록 하죠."

"어라, 아직 안 죽었어?"

알렌의 말에 헤르미오스가 허리에 찬 검을 다시 뽑으려고 한 때였다.

『……용사를 데려왔단 말인가. 그렇군, 철저하게 준비한 뒤 임한 대결이었나. 너희 덕분에 셋 있는 심장 중 하나가 망가져버렸다.』

헤르미오스의 뒤쪽 푹 파인 지면에서 귀에 익은 목소리가 들려온다.

"세상에?! 아직도 죽지 않았다는 거야?"

세실이 너무 놀라서 소리 지르는 와중에 가슴 부위를 대검으로 관통당했던 마신 레젤이 천천히 몸을 일으켰다.

이제 마무리를 짓기만 하면 끝이라고 생각했었던 알렌도 다른 동료들도 동요하며 무기를 손에 들고 경계 태세를 갖춘다.

『뭐 하나. 이제 안 덤비는 건가? 그렇다면 잘 보도록 해라. 나는 힘을 얻기 위해서 모든 것을 버렸다!! 나는 세계수를 손에 넣기 위하여 개방자가 되었다!!』

마신 레젤의 몸이 방어구를 망가뜨리고 팽창해서 점점 더 거대해졌다. 다리는 육식 공룡처럼 두껍고 거대해졌고, 등에서는 파충류를 연상케 하는 날개가 자라났다. 또한 어깨와 겨드랑이에서 새로운 팔이 생겨나 여섯 개가 되었다. 마수와 닮은 안면으로 꿈틀꿈틀하며 변화하는 저 얼굴에서 엘프의 면모가 사라져 간다.

그것은 마치 온몸으로 증오를 체현한 듯 보이는 끔찍한 모습이었다.

"이, 이런, 좀 위험한데? 내가 시간을 끌 테니까 도망칠 방법을 마련해봐."

헤르미오스가 그렇게 말한 뒤 검을 꽉 쥐고 마신 레젤에게 다가갔다.

『흥, 고작 용사 따위가! 문도 넘어서지 못한 것들이 몇 명 모이든 나의 상대는 되지 못한다!!』

오른쪽 세 개의 팔이 주먹을 쥐고 헤르미오스를 가격했다.

"꺼흑!!"

헤르미오스가 마신 레젤에게서 가장 멀리 떨어진 킬과 세실보다도 더 뒤쪽의 벽면까지 날아갔다. 굉음과 함께 벽이 분쇄되고, 잔해물 속에서 헤르미오스는 움직이지 못했다.

『누구도 살아 돌아가지 못하리라!』

그렇게 말한 뒤 변신을 마친 마셴 레젤은 알렌 파티를 향해 기세를 쏟아냈다. 알렌은 즉각 하늘의 은혜를 써서 헤르미오스의 체력을 완전 회복시킨 뒤 마신 레젤을 똑바로 주시했다.

"개방자가 되면 엑스트라 스킬을 따로 쓸 필요는 없어. 어때, 내가 맞았어?"

『……그렇군. 지금의 태도가 진짜 네녀석인가. 속임수를 썼군.』

"속임수는 서로 마찬가지 아니야? 마신 주제에 죽은 척이나 하고 말이야."

『흥, 이기면 그만이다. 그렇지 않나?』

헤르미오스의 엑스트라 스킬 「신절검」을 맞은 마신 레젤은 바닥에 엎드린 채 방심을 유도해서 알렌 파티를 습격하려고 했던 것 같다.

'마무리를 짓자고 말했기 때문에 죽은 척을 그만두었을 테고.'

알렌은 뒤쪽에 쓰러진 헤르미오스의 기척을 확인하면서 마신 레젤을 도발했다.

"몇천 년 넘게 살아온 녀석이 어린애한테 속고 어린애를 속이냐? 꼴사납군. 아니면 마신이 됐을 때 성장이 멈추는 건가?"

『……이제 되었다. 쓸데없이 시간을 끌지 마라. 어차피 다 의미없는 짓이니. 죽어라.』

마신 레젤은 알렌의 시간 끌기를 눈치챈 것 같은데 그냥 가만히 놓아두었다. 하늘의 은혜를 써서 회복된 헤르미오스가 전선에 복귀했다.

"미안하다……. 다들, 간다!"

"응, 이기자!"

용사 헤르미오스가 압도적인 힘에 날아갔던 이 상황에서도 클레나의 사기는 약해지지 않는다.

『그래, 어차피 헛짓이다. 내가 느꼈던 절망을 보여주마!!』

전선으로 돌아온 헤르미오스의 호령이 전투 재개를 알리는 신호로 울려 퍼졌다. 클레나와 드골라도 헤르미오스와 함께 응전해봐도 마신 레젤과의 역량 차이는 변신하기 전보다 더욱 분명해진 상태였다. 마신은 더 이상 클레나와 드골라의 공격을 방어하지도 않는다. 두 사람의 공격은 딱딱한 소리를 울릴 뿐이었다.

'큰일이야. 피해를 받아주는 소환수가 순식간에 사라져버려.'

돌C 소환수로 동료가 받는 대미지를 경감시키고 있지만, 한 차례 동료의 대미지를 받아줄 때마다 곧장 빛나는 거품이 되어 사라져버린다.

'큰일이다, 도저히 무리야. 역시 엑스트라 스킬 신절검이 아니면 마신에게 아무 타격도 못 줘. 게다가 이번에는 마신 레젤도 진짜 힘

을 드러냈잖아. 어설프게 도망치려다간 다 죽는다.'

마신 레젤도 헤르미오스가 펼치는 공격에는 그나마 반응하고 있지만, 몹시 여유롭게 쳐내는 지라 전혀 상대가 되지 않는다.

"소피!"

"네, 네엣. 알렌 님."

"미안한데 시간이 필요해. 대정령을 현현시켜주겠어?"

이대로 가면 피해가 누적되다가 전멸이다. 그런 결말을 피하기 위해 알렌은 소피에게 엑스트라 스킬 「대정령 현현」을 사용하도록 부탁했다.

지휘화를 쓴 B랭크 소환수보다 압도적으로 강한 대정령을 방패로 써서 어떻게든 이곳으로부터 도망치고 싶었다.

"그, 그게, 아까부터 계속 시도를 하고 있습니다만, 이상하게 응답이 없어서……."

"뭐?"

"죄, 죄송해요. 최근에 이런 경우는 없었습니다만."

'엥? 하필 이 상황에 무응답이라니? 이보쇼, 빨리 나와!'

위기는 엎친 데 덮친다는 게 이런 경우일까. 하필 이러한 상황에서 최근은 거의 사라진 엑스트라 스킬의 불발이라니.

"알았어. 일단 반응이 있을 때까지 시도해줘."

"네, 네엣."

소피와 대화 나누는 동안에도 전황은 더욱 악화되어 갔다. 한 방 한 방이 무거운 공격 앞에서 죽기 살기로 버티는 헤르미오스, 클레나, 드골라의 전선은 붕괴 직전이었다.

결국 클레나가 나가떨어지고, 그 틈으로 마신 레젤이 중위에 있던 알렌에게 들이닥쳤다.

"미러, 막아라!!"

즉각 마신 레젤과 사이에 지휘화를 쓴 돌B 소환수를 소환했다.

『네프틸라에게 이미 들었다. 이 녀석은 상대의 공격을 튕겨낸다더군?』

마신 레젤은 담담하게 말한 뒤 돌B를 피해 우회해서 알렌에게 접근했다. 곧이어 알렌의 복부에 주먹이 틀어박혔다.

"꺼흑!"

알렌이 주먹을 맞고 피를 토하며 바닥을 굴러 나가떨어진다.

'역시 능력이 들통났나. 어쩐지 원거리 공격을 안 쓴다 했어.'

마신 레젤이 강력한 원거리 공격을 쓰는 순간을 알렌은 줄곧 기다리고 있었다. 다만 육탄전으로만 싸우는 마신 레젤을 보면서 아마 알렌의 능력을 보고받았을 것이라고 어느 정도 예상은 하고 있었다.

역시 마법을 튕겨내는 것을 경계했나 보다.

세차게 나가떨어지면서도 하늘의 은혜로 체력을 회복했다. 클레나도 완전 회복되어 전선에 복귀했지만, 상황이 특별히 호전되는 것은 아니었다.

'자, 결단할 때가 왔네. 내 목숨과 맞바꿔서 시간을 끄는 정도는 가능하려나.'

알렌이 목숨과 맞바꿔서라도 마신으로부터 동료들을 피난시키고자 마음먹었을 때, 이번에는 드골라가 신전에 널리 울려 퍼지는 충격음을 만들어 내며 나가떨어지더니 알렌의 옆으로 굴러갔다.

"드골라, 괜찮아?!"

하늘의 은혜를 써서 드골라의 체력을 모두 회복시켰다.

"그래, 멀쩡하다."

"다행이다……. 유감이지만 힘들 것 같으니까 이제부터는 내가……."

알렌의 말을 가로막고 누운 자세 그대로 드골라는 히죽 웃었다.

"뭔가 그립지 않냐."

"응?"

"개척촌에서 말이다, 클레나 쟤 체력이 말도 안 되니까 나랑 알렌은 둘 다 기진맥진했었지? 그때도 둘이 마당에 같이 자빠져서 하늘을 올려다봤잖냐……."

개척촌에서 열심히 기사놀이에 하던 무렵에 클레나를 상대해주다가 헐떡헐떡 지친 알렌과 드골라는 분명 둘이서 개척촌의 하늘을 올려다봤던 기억이 있었다.

"응? 갑자기 무슨 소리야?"

"알렌 넌 그때부터 신기한 녀석이라고 생각했다. 진짜 굉장한 녀석이었다니까?"

"그러니까 아까부터 갑자기 무슨 소리야?"

'제발 이상한 플래그 좀 세우지 마.'

"내가 시간을 끌 테니까 기회를 노려 도망쳐라. 마을에 있는 아버지한테 학원에 간 다음 한 번도 고향에 돌아가지 않아서 미안했다고 전해줄 수 있겠냐? 알렌, 약속한 거다."

자기가 할 말만 마친 뒤 드골라는 천천히 일어나서 클레나와 헤르미오스가 싸우고 있는 마신 레젤을 향해 달음박질친다.

"야, 드골라!!!"

이제 알렌의 목소리도 들리지 않는가 보다.

"으아아아아아아아아아아아!!!"

드골라는 전력으로 마신 레젤을 향해 달렸다. 이제 엑스트라 스킬을 써야 한다는 모든 부담감도 드골라의 머리에서 깔끔하게 싹 날아가 없어져버렸다.

자기 가족의 앞날은 분명 알렌이 책임지고 돌봐줄 것이다. 모든 생각이 드골라의 머리에서 빠져나가고, 머리가 텅 비어버렸다. 이제는 틀림없이 꽉 잡고 있는 아다만타이트제 큰 도끼의 무게도 느껴지지 않는다.

그저 오로지 마신 레젤에게 이 도끼를 때려박겠다는 단 하나의 집념이 드골라를 몰아세우고 있었다.

『흥, 졸병 주제에, 슬슬 죽어라.』

죽음을 각오하고 돌격하는 드골라를 보고도 코웃음 치는 마신 레젤이 주먹을 꽉 쥔다. 마신 레젤을 불과 몇 걸음 남겨 놓은 곳까지 다가갔었을 때, 드골라의 온몸이 아지랑이처럼 굴절되기 시작했다.

"처먹어라아아아아아아아아아아!!!"

『음?』

드골라의 기백에 눌려서 마신 레젤이 오른쪽 두 개의 팔로 방어 자세를 취했다.

드골라는 무심히 모든 힘을 도끼에 실어 전심전력의 일격을 펼친다.

『크헉!! 이, 이럴 수가!!!』

마신 레젤의 팔이 순식간에 분쇄되었다. 게다가 도끼가 대각선으

로 어깨부터 파고 들어갔다. 남은 오른쪽 팔 하나로 어떻게든 뽑아 내고자 악을 썼지만, 드골라의 공격에 위력에서 지고 있는 모양새였다.

도끼는 더욱 깊숙이 파고 들어갔고, 끝내 가슴까지 절단한 드골라의 엑스트라 스킬 「전심전력」으로 펼친 일격이 마신 레젤을 바닥에 무릎 꿇렸다.

"죽어라아아아!!"

『졸병이, 건방떨지 마라!!』

마신 레젤이 하나만 남은 나머지 오른쪽 팔을 도끼에서 떼어 수도 (手刀)를 만들더니 드골라의 배를 찌른다. 알렌은 아다만타이트 갑옷을 부순 흉악한 손톱이 드골라의 등으로 뚫고 나오는 광경을 목격했다.

"프헉!!!"

"드골라!!!"

피투성이가 되어 드골라가 나가떨어졌다. 고함지르면서도 알렌은 즉시 하늘의 은혜로 드골라의 체력을 완전 회복시켰지만, 반응이 없다.

바닥에 충돌하여 쓰러진 자세에서 움직임이 없는 드골라를 향해 알렌은 달렸다.

"야! 일어나! 드골라!!"

공격을 받은 드골라의 배를 살폈다.

배에 생겨난 상처는 분명 하늘의 은혜로 완치되었는데 의식이 돌아오지 않았다.

'제발, 무사해줘.'

목 부위를 진단해보니 맥박이 없고 호흡도 없었다.

"킬, 신의 물방울을 써줘!!"

"그, 그래!!"

멀리서 망연자실하고 있던 킬에게 알렌이 소리 질렀다.

킬이 서둘러 달려와서 드골라의 가슴에 손을 올린다. 그리고 눈을 꾹 감고 의식을 집중하며 기도하는 킬의 몸이 천천히 아지랑이처럼 일렁거린다.

"반드시 성공시켜줘."

'이럴 때 실패는 진짜 안 된다고.'

그렇게 말하며 드골라를 킬에게 맡긴 뒤 알렌은 다시 마신 레젤을 돌아봤다.

꼼짝 못 하는 킬과 드골라를 위해서라도 이 위치를 반드시 사수해야 했다.

『저, 저딴 졸병에게, 또 하나 심장이 망가지게 될 줄이야…….』

마신 레젤은 한쪽 손을 둘 잃었다. 게다가 세 개가 있다는 심장 중 다른 하나도 드골라의 공격에 망가져버린 것 같다. 대량의 피를 흘리며 비틀비틀 힘겹게 일어선다.

"클레나 양, 몰아치자!!"

헤르미오스는 지금이 기회라고 클레나에게 외쳤다.

"응! 알았어!!"

클레나도 드골라의 안부가 걱정되었으나 지금 자신이 해야 할 일을 떠올리고 마신 레젤에게 검을 겨눴다.

마신 레젤은 심장을 둘, 팔도 둘 잃었으나 변함없이 대결을 그만 두려고 하지 않았다. 그뿐 아니라 클레나와 헤르미오스가 펼치는 근거리 타격에 알렌의 소환수, 세실의 마법, 포르말이 쏘는 원거리 저격이 더해져도 마신은 모든 공격을 받아넘기고 있다.

지금 알렌의 파티에 드골라정도의 결정력을 가진 공격을 펼칠 수 있는 인원은 존재하지 않는다. 마신 레젤은 유일하게 1만의 공격력에 달한 헤르미오스의 공격만을 신경쓰며 방어를 계속했다.

그동안에도 드골라가 베어버렸던 상처 부위가 꿈틀거리고 있다. 아무래도 잃어버린 팔을 재생시키려는 의도로 보인다.

'이런, 팔이 재생되면 방금 전 상황으로 돌아간다고.'

압도적 강자인 마신 레젤을 상대로 알렌은 사력을 다해 타개책을 궁리했다.

"부, 부탁드립니다! 대정령님, 나와주세요!!"

소피는 아까부터 죽기 살기로 애원하고 있다.

지금 상황에서 비장의 수단이 될 수 있는 것은 지휘화를 쓴 소환수보다도 더욱더 강한 대정령의 지원임은 거의 틀림없다. 급박한 위기 상황 속에서 소피는 엑스트라 스킬 「대정령 현현」을 발동시키고자 하고 있었다.

"소피, 이제 괜찮아. 차라리 회복을……"

알렌이 소피에게 회복을 맡아달라고 부탁하려던 때.

"나, 나타났어요!!"

모든 마력이 빠져나가는 감각과 함께 소피의 얼굴에 안도의 표정이 떠오른다.

"대정령이…… 나타난 건가?"

빛 덩어리가 점점 형태를 이루어 간다. 그것은 이제까지 현현했던 어느 대정령보다도 작았다.

마치 조그만 동물, 더 정확하게는 하늘다람쥐와 똑같았다.

"이…… 이분은…….'

소피도 알렌도 눈이 휘둥그레졌다.

『오, 하면 된다고 알렌 군도 말했었는데 무슨 일이든 도전은 하고 볼 일이구나. 하하.』

"다, 당신께서는……. 저, 정령왕님?"

『응, 기도의 무녀의 후손아. 무엇을 바라니?』

『무, 무슨 짓이냐!! 정령왕이 우리의 싸움에 참전하다니! 이 세계의 이치를 깨뜨릴 작정인가!!』

정령왕의 현현을 목격한 마신 레젤이 항변의 말을 쏟아부었다.

정령왕은 마신 레젤을 돌아보면서 조금 발끈하는 말투로 반론했다.

『그게 무슨 소리지? 먼저 신의 이치를 깨뜨리고 신역을 침범한 것은 너희 마신들 아니었어? 어휴, 정령신의 경지에 오르는 것을 견디기를 잘했어. 지금의 후손이 가진 힘으로 정령신 현현은 역시 어려웠을 테니까. 하하.』

'계속 자고 있었던 게 우리에게 힘을 빌려주기 위해서 정령신이 되는 순간을 늦췄다는 말인가?'

그렇다면 정령왕은 여왕의 무릎 위에서 20일 이상이나 흘러넘치기 직전의 힘에 저항했음을 의미한다.

알렌은 느긋하게 잠이나 자고 있다고 생각했었는데 정말 뜻밖의 이야기였다.

"정령왕님, 힘을! 동료를 구할 힘을 빌려주십시오!"

그 말을 들은 정령왕은 조금 겸연쩍어하는 표정을 짓는다.

『뭐, 거창하게 물어봐놓고 민망한데. 내가, 요컨대 정령왕 로젠이 구사하는 힘은 「정령왕의 축복」으로 이미 고정되어 있어서. 바로 써 줄게. 하하.』

그렇게 말한 뒤 정령왕은 공중에서 엉덩이를 흔들기 시작했다. 알렌도 동료들도 저 귀여운 동작에 무심코 눈길을 빼앗긴다.

곧이어 무수히 많은 빛의 거품이 눈처럼 푸슬푸슬 떨어졌다.

그 거품에 닿은 동료들 전원의 몸이 빛을 발했다.

"괴, 굉장해. 힘이 넘치고 있어!!"

세실이 내면에서 끓어 올라오는 힘에 놀란다.

'와! 전원의 능력치가 3할이나 올라갔어!'

알렌이 마도서로 전원의 능력치를 확인하니 모든 능력치가 3할이나 상승한 상태였다.

『로, 로젠! 또 우리의 소망을 방해하는 것인가!!』

『물론이야. 세계수를 피로 더럽히려고 한다면 나는 몇 번이든 너희의 앞에 나타날 거야. 하하.』

정령왕 로젠이 유체였을 때부터 시작의 무녀였던 엘프와 함께 다크 엘프를 상대로 싸워왔다는 이야기는 아마도 진짜 사실이었나 보다. 마신 레젤은 클레나와 헤르미오스에게 응전하면서 정령왕을 노려봤다.

알렌이 이 기회를 놓치지 않고자 다음 한 수를 생각하려고 했을 때, 정령왕이 무엇인가 말하고 싶은 표정으로 알렌을 본다.

『으음~ 알렌 군한테 너무 조언을 하면 에르메아 님께서 혼내실 것 같은데…….』

알렌은 잡아먹을 듯한 기세로, 또한 단호하게 잘라 말했다.

"아니요, 저는 입 다물 테니까 절대 혼나지 않습니다. 꼭 조언을 부탁드립니다."

『또 장담할 수 없는 소리를……. 그럼 한마디만. 내 축복은 쿨타임을 한 번만 없애준단다. 하하.』

이러면 다 알아들을 수 있지? 정령왕은 다른 곳을 보면서 시치미를 뗐다.

알렌은 곧장 큰 목소리로 전원에게 소리 질렀다.

"모두들 들어! 엑스트라 스킬을 한 번 더 쓸 수 있어!!"

이곳에 있던 전원이 일순간 알렌이 한 말의 의미를 이해하지 못했지만, 「바보 멍청이」 클레나만큼은 벌써 엑스트라 스킬을 발동해서 온몸이 아지랑이처럼 일렁거렸다.

"진짜다!! 이, 이번에야말로!!"

클레나는 어떻게든 엑스트라 스킬 「한계 돌파」 발동 중에 스킬을 쓰고 싶은지 자꾸 신음을 한다.

"끙!! 왜, 왜 안 되는 거야?!"

하는 수 없이 마신 레젤과 다시 맞서지만, 엑스트라 모드에 들어간 클레나도 아직은 모든 능력치에서 뒤떨어지는 상태였다. 몇 번이나 나가떨어지면서도 클레나는 죽기 살기로 스킬 사용을 시도했다. 몇 번이나 마신 레젤과 맞서 싸웠던 클레나는 지금 이 순간에 스킬 발동을 성공시킨다면 우위에 설 수 있음을 온몸으로 느끼고 있다.

알렌은 마음속으로 클레나를 응원하며 킬에게 말을 걸었다.

"어때, 킬! 가능하겠어?"

"아니, 실패한 것 같아."

킬은 유감스러워하며 고개를 흔든다. 드골라는 눈을 꾹 감은 채 잠든 사람처럼 움직임이 없었다.

"정령왕 덕에 한 번 더 신의 물방울을 쓸 수 있을 거야. 그러니까 반드시 소생시켜줘."

"그래, 알았어. 반드시 소생시킬게."

진지하게 답하고 킬은 입을 꽉 다물더니 다시 기도하는 자세를 취했다. 알렌은 킬에게 드골라를 맡긴 뒤 전투 중 회복 담당이 사라진 빈자리를 메우는 데 전념했다. 소피 혼자서 마신 레젤을 상대로 회복 마법이 부족할 것은 뻔했다.

『클레나 양.』

조바심을 내는 클레나의 뒤쪽에서 정령왕이 말을 건넨다.

"으, 응?"

『동료의 말을 믿자. 알렌 군은 뭐라고 말을 했었지? 저 녀석은 거짓말을 하지 않았어. 하하.』

알렌에게는 은근히 쌀쌀맞을 때가 많았는데 클레나에게는 상황에 맞는 조언을 해줬다.

'그래, 잘했다. 맞는 말이야.'

알렌은 이전에 클라네에게 했던 발언을 최대한 큰 목소리로 다시

한번 외쳤다.

"클레나! 스킬은 반드시 쓸 수 있어!"

"으, 응. 알았어!!"

'헬 모드인 내가 원하는 때에 스킬을 쓸 수 있잖아. 엑스트라를 발동한 클레나가 노말 모드의 스킬을 사용하지 못할 이유는 절대로 없어.'

알렌의 말을 믿고 클레나가 죽기 살기로 대검을 휘두른다.

『대체 언제까지 영문도 모를 짓거리를 할 셈인가!!』

스킬 사용을 시도하고자 하는 클레나에게 마신 레젤은 분명하게 조바심을 느끼고 있었다.

"꺼흑!"

정령왕의 등장으로 당황했기 때문인가, 대미지가 축적됐기 때문인가. 이제 마신의 공격은 클레나에게 치명상을 가하지 못했다. 클레나는 마신의 공격을 막아내면서도 스킬 이름을 외치며 대검을 계속 휘둘렀다.

'큰일 났군. 클레나의 엑스트라 스킬이 끝나버리겠다.'

"클레나, 뭐 하는 거야!! 드골라도 엑스트라 스킬을 썼는데!!"

알렌이 클레나를 다그친다.

"쓸 수 있어! 나는 쓸 수 있어!"

이제 클레나의 귀에는 알렌의 말밖에 들리지 않았다.

『의미 없다!!』

마신 레젤은 고함을 지르며 클레나를 잡으려다가 주저했다. 방금전 졸병이라고 생각했던 인간 아이에게 팔 두 개와 심장을 하나 빼앗겼던 참이다.

멈춰 서서 클레나를 보던 마신 레젤은 오한에 휩싸였다. 클레나의 대검이 쩌적쩌적 소리를 내며 벼락을 응축시키기 시작했다.

"호뢰검(豪雷劍)!!"

『큭!』

클레나의 공격에 맞은 마신 레젤이 고통으로 얼굴을 일그러뜨린다.

'오, 드디어 공격이 통했어!'

정령왕의 축복과 엑스트라 스킬의 능력치 상승이 더해진 클레나의 스킬은 마신 레젤의 내구력을 드디어 뛰어넘었다. 스킬 발동의 기세를 그대로 이어 나가며 클레나는 헤르미오스와 연계 공격을 개시한다.

'오! 드디어 이기는 구도가 만들어졌군. 엑스트라 스킬아, 끊기지 말고 버텨줘라.'

알렌은 기도하는 듯한 심정으로 클레나와 헤르미오스의 싸움을 지켜봤다.

『끄흑!』

두 사람의 연계기에 의해 나머지 하나 남았던 오른팔이 무참하게 부서졌다. 그럼에도 알렌은 드골라의 엑스트라 스킬 「전심전력」이 더 높은 위력을 발휘한다고 생각했다.

"해, 해냈다!!"

"클레나 군, 안 돼. 한눈팔지 마. 이렇게 몰아넣은 이상 내 일격으로 끝장을 낼 수 있을 것 같아."

엑스트라 스킬을 한 번 더 사용할 수 있는 것은 헤르미오스도 마찬가지였다. 마신 레젤의 얼굴에서 드디어 조바심이 나타나기 시작했다.

『나는 모든 것을 버리고 마신이 되었다. 절대, 절대로 패배할 수 없다.』

그렇게 말을 꺼낸 뒤 클레나와 헤르미오스를 튕겨내려는 듯이 거대한 날개를 펼치고 갑작스레 하늘 높이 날아올랐다. 신전에서 멀어져 간다.

'엣, 도망친다고? 진짜?'

알렌의 당혹감은 잠시뿐이었다.

상공에서 왼팔 세 개를 하늘로 치켜든 마신 레젤의 머리 위쪽에 거대한 암흑의 구체가 만들어지기 시작했다. 아무래도 강력한 마법으로 신전과 함께 싹 날려버리고자 의도하는 것 같다.

'오? 척 봐도 터무니없는 위력이군. 이런 게 진짜 마지막 일격이겠지. 과연 반사가 가능할까? 아니, 더 확실하게…….'

"세실, 마신 레젤의 위쪽에 소운석을 떨어뜨릴 수 있겠어?"

"무슨 소리니! 도시가 사라져버리면 어쩌려고?"

세실은 엑스트라 스킬 「소운석」의 사용을 망설이고 있었다. 이런 곳에 소운석을 떨어뜨리면 수도 괴멸을 피할 수 없다.

"괜찮아. 여왕 폐하에게 직접 허가를 받았잖아. 게다가 저 녀석 마법에 상쇄될테니 아마도 피해가 너무 커지지는 않을 거야."

'아마, 어쩌면.'

"알았어."

세실은 결정을 내린 뒤 마력을 집중시켰다.

"프티 메테오!"

칠흑빛의 거대한 마법 구체에 지지 않을 만큼 거대하고 새빨갛게 타오르는 바위가 마신 레젤의 머리 위쪽에서 낙하한다.

'오! 프티 메테오도 정령왕의 축복 덕분에 꽤 많이 커졌군!!'

『이, 이럴 수가!! 너희는, 수도가 어떻게 돼도, 상관없단 말인가! 으음, 끄으윽!』

마신 레젤은 인간이 이런 방법으로 대응할 줄은 상상도 못 했나 보다.

거대한 바위 덩어리를 자신이 만든 칠흑빛 마법 구체로 상쇄시키고자 하지만, 위력이 비등비등한지라 경직 상태에 머무른다.

"그럼 헤르미오스 씨. 표적이 움직이지 못하니까 잘 부탁드리겠습니다."

알렌은 빈틈투성이가 된 마신 레젤을 올려다보며 헤르미오스에게 눈짓을 했다.

"뭐, 알렌 군답네."

헤르미오스는 절레절레 고개를 젓고 검을 어깨에 올리며 투척 자세를 취한다.

그동안에도 헤르미오스의 몸은 아지랑이처럼 굴절되기 시작했다.

"간다~! 신절검!"

헤르미오스가 오리하르콘 검을 전력으로 투척한다.

『아니?! 나의 심장이!!』

검이 마신 레젤에게 빨려 들어가는 것처럼 보였다. 마지막 심장을 꿰뚫었나 보다.

그렇게 모든 심장을 잃은 마신 레젤의 몸에서 검은 연기가 새어 나오면서 힘도 점점 빠져나간다. 마력을 유지하지 못하게 된 마신의 머리 위쪽으로 자신의 마법으로 만든 구체와 세실의 엑스트라 스킬 「소운석」 두 개가 떨어지고 있다.

쭉 내려온 두 개의 구체는 천천히 도시의 일부를 붕괴시키며 마신 레젤을 지면에 처박아버렸다.

제17화 세계수 아래에서

마신 레젤을 집어삼킨 두 개의 구체는 도시 일부를 완전히 괴멸시키고 나서야 겨우 모든 에너지를 방출하고 사라졌다.

"드골라, 바로 회복시켜줄게!"

클레나가 드골라의 곁으로 달려가서 도구 주머니 안의 회복약을 꺼내려고 했지만, 주머니의 내용물은 마신 레젤과의 격렬한 대결 중 이미 텅 비어버렸다. 누구보다 클레나 본인이 잘 알고 있었을 텐데 그럼에도 도구 주머니를 거꾸로 들어서 무엇인가 떨어지는 것이 없는지 위아래로 흔들었다.

클레나와 드골라는 알렌이 마을을 떠난 이후부터 쭉 함께 기사놀이를 했던 사이다. 떨어지는 눈물을 훔칠 겨를도 없이 빈 도구 주머니를 반대쪽으로 뒤집는다.

"킬, 빨리 회복 마법을 걸어줘. 알렌, 내 회복약은 다 써버렸어. 빨리 드골라한테 회복 마법을 써줘!"

동료들이 주위에 모여서 둥글게 원을 만들고 드골라를 봤다. 알렌은 무척 차분하게 드골라의 이름을 불렀다.

"마신이 있는 곳까지 가서 확인할 거다. 드골라, 안 일어나면 놓고 간다?"

세 개의 심장을 전부 꿰뚫렸는데도 아직껏 마도서에는 마신을 쓰러뜨린 로그가 표시되지 않았다.

"……."

"드골라? 뭐 하냐, 자고 싶어서 그래?"

바닥에 누운 채 드골라는 아무런 말도 꺼내지 않는다.

"엥? 알렌, 무슨 소리야? 드골라는 무사한 거야?"

알렌이 킬을 쳐다보니 킬은 난처해하며 어깨를 으쓱거렸다.

"킬이 드골라한테 써준 두 번째 엑스트라 스킬은 틀림없이 성공했어."

마도서를 살펴보며 알렌이 말을 꺼내자 클레나 이외의 모두는 상황을 이해하고 안도했다.

"킬?"

무슨 뜻이냐며 클레나가 킬을 쳐다본다.

"정령왕의 축복을 받은 덕분에 이번에는 제대로 성공했어. 그런데 왜 안 일어나지?"

"성공했다고?"

"그러니까 드골라는 무사히 살아난 게 맞긴 맞는데……."

"지, 진짜?!"

클레나는 킬에게 말을 듣고서 드골라의 몸에 뛰어들어 있는 힘껏 흔들기 시작했다.

그 모습을 보며 알렌은 킬의 엑스트라 스킬인 「신의 물방울」의 효과에 대해 분석한다.

엑스트라 스킬 「신의 물방울」에 사망자를 소생시키는 효과가 있다는 것은 알고 있었다. 로젠헤임의 전쟁 및 학원 도시에서 킬은 한 명이라도 많은 사람을 소생시키고자 했기 때문이다. 확률이 일정하지는 않으나 전세의 게임에서 지력에 따라 확률이 변동하는 소생 마법이 있었던지라 「신의 물방울」도 마찬가지라는 것을 금방 알아차릴 수 있었다.

【엑스트라 스킬 「신의 물방울」의 특징】

· 사망자를 1명 소생.

· 사망 이후로 긴 시간이 경과하면 소생 불가.

· 소생 확률은 지력 1000에 1할, 지력 3000에 3할.

· 쿨타임은 1일.

'아마 이번에 드골라가 두 번째 소생으로 살아난 건 정령왕의 축복에 있는 능력치 상승 효과로 킬의 지력이 대폭 올라가서겠지. 그건 그렇고 킬의 지력을 어떤 방법을 써서라도 1만까지 올려줘야겠다. S급 던전에 진입하면 처음 목표는 지력 상승 반지의 탐색이 되겠네.'

분석 결과와 이후의 과제를 기록하고 알렌은 마도서를 닫았다.

"감사합니다. 정령왕님, 덕분에 동료가 살았습니다."

『괜찮아. 별거 아니야. 하하.』

보통의 대정령이라면 이미 현현이 끝나 사라졌을 시간인데도 정령왕은 어째서인지 지금껏 소피의 어깨에 올라가 있다. 알렌은 정령왕에게 깊숙이 머리 숙였다.

"자, 잠깐만, 알렌. 드골라가 깨어나질 않아."

클레나는 계속 드골라를 힘껏 흔들어 댄다.

"아니, 드골라의 체력은 완전히 회복됐어. 이유는 잘 모르겠는데 그냥 안 일어나는 거야."

"엥? 드골라……."

클레나가 두 손에서 힘을 빼내고 동료들은 새삼 드골라를 바라봤다. 아까부터 알렌이 드골라에게 말을 걸었던 이유는 드골라의 체력이 마도서에서는 이미 완전히 회복되었기 때문이다.

알렌이 드골라의 얼굴을 들여다보자 드골라의 두 팔이 뻗어 나와서 알렌의 옷깃을 거머쥐었다.

"……드골라도 엑스트라 스킬을 썼는데."

눈을 감은 채 드골라가 중얼거린다.

"응?"

드골라는 눈을 번쩍 뜨더니 방금 전까지 클레나가 했던 것처럼 이번에는 알렌을 마구 흔들어 댄다.

"다 들었다, 알렌! 클레나한테 『드골라도 엑스트라 스킬을 썼는데』라고 말했겠다!"

'응? 그런 소리를…… 했던가?'

아무래도 드골라는 이미 소생이 성공했는데도 삐쳐서 계속 누워 있었나 보다.

듣자 하니까 소생에 성공해서 의식이 돌아오고 있던 와중에 알렌의 말이 들렸다던가.

"아, 그게…… 미안해."

"흥."

드골라는 알렌에게서 손을 떼고 천천히 일어섰다. 막 소생했기 때문인지 엑스트라 스킬 「전심전력」을 발동한 영향인지 다리에 아직 힘이 잘 들어가지 않는 모습이었다.

"드골라!!"

그러자 클레나가 드골라의 품으로 뛰어들었다. 드골라는 자신을 걱정해주고 살아있어서 기뻐해주는 동료들의 반응이 많이 부끄러운가 보다. 드골라는 종반의 대결에 참가하지 못했던 것을 사과했다.

"아무튼, 마신은 쓰러뜨린 거냐?"

"아, 완전히 마무리까지 짓진 못했어. 지금 어떻게 됐나 또 확인이 필요하지."

"소피아로네 님, 무사하십니까?!"

"자, 아직 마신 레젤은 살아있어. 확실하게 마무리를 짓자!!"

"웅!"

알렌의 말에 클레나가 대답했다. 새B 소환수에 타서 마신 레젤이 있는 곳으로 향한다.

'꽤 처참한데.'

알렌이 상공에서 마신이 추락한 주변을 살펴보니 피해는 상상 이상이었다.

"이런, 세실? 너무 심하지 않았어?"

"얘가, 왜 남 탓을 하는 거야! 알렌 네가 시켜서 쓴 마법이거든!!"

알렌의 뒤쪽에 탄 세실이 목을 꽉꽉 조른다.

"수, 숨 막혀……."

세실의 소운석과 마신 레젤의 마법 구체가 한데 떨어져서 터무니없는 위력으로 폭발했음을 짐작할 수 있겠다. 낙하지점을 중심으로 주변 일대가 둥글게 푹 파여서 포르테니아의 대략 3분의 1이 깨끗하게 사라져버렸다. 그리고 낙하지점 주변의 넓은 범위는 소운석과 마법 구체가 떨어진 충격으로 건물이 무너져서 처참한 상황이다.

"오, 찾았다!!"

알렌 파티가 새B 소환수에서 내리고 푹 꺼진 중심부에 가까이 다가갔더니 마신 레젤이 누워 있었다.

『…….』

마신은 말없이 하늘을 올려다보고 있다. 세실의 엑스트라 스킬 「소운석」과 자신의 마법에 맞아 온몸에 몹시 큰 상처를 입은 데다가 오른 가슴에는 헤르미오스의 오르하르콘 검이 깊숙이 박혀 있다.

이러고도 아직껏 살아있다는 것이 믿기지 않았다.

"……마신 레젤."

알렌이 뽑아든 검을 지닌 채 조용히 말을 건넸다. 마신 레젤은 더 이상 몸을 일으킬 체력도 남지 않은 것 같다.

『왔느냐……. 잠시만 더 이대로 놓아두거라.』

"그래."

알렌은 답한 뒤 검을 칼집에 꽂았다.

"잠깐만, 알렌?!"

알렌의 뒤쪽으로 따라온 세실이 이 행동에 놀랐다.

"괜찮아. 더는 움직이지도 못해. 몸이 붕괴되기 시작했어."

"어?"

세실이 마신 레젤의 온몸을 잘 살펴보니 몸의 곳곳에서 칙칙한 연기가 피어오르고 있다. 마족 글라스타나 야고프와 마찬가지로 쓰러뜨리면 재가 되어서 사라질 뿐, 이 세상에 아예 시체도 남기지 못하는가 보다.

마신 레젤이 올려다보는 곳에서는 세계수가 바람에 흔들거리고 있다.

『근사한 나무로구나. 먼 땅에 있는 동포들에게도 보여주고 싶었다……』

마신 레젤은 세계수를 눈에 새겨 넣으려는 듯이 바라봤다.

"마신 레젤. 이런 게 네가 바라는 결과였나?"

알렌은 참지 못하고 물어봤다.

세계수를 탈취하지도 못했고 몸마저 헛되이 재가 되어서 부스러지고 있다. 어디를 어떻게 살펴봐도 만족할 만한 결과는 아닐 텐데도 세계수를 바라보는 저 표정은 묘하게 만족스러워 보인다.

『약속의 땅에서 죽을 수 있는데 딱히 나쁠 건 없지 않겠나. 다만 여전히 꿈을 이루지 못한 동포들을 생각하면……』

마신 레젤의 몸 전체가 더욱 빠르게 붕괴되고 있었다.

"그런가."

『기도의 무녀의 후손이여. 잘 기억해 두도록 해라. 내가 죽어도 제2, 제3의……. 아니, 다 부질없군.』

"레젤?"

소피는 처음 대면했던 순간의 격한 증오가 레젤의 눈동자에서 사라지고 있음을 느꼈다.

레젤은 마지막으로 남은 손 하나를 필사적으로 하늘을 향해 뻗고자 하고 있었다.

『그런가. 아직 다다르지 못하는가. 나는 올버스를 위하여……. 미안하다.』

레젤은 몸이 붕괴되어 가는 이 상황에서도 무엇인가를 떠올리는 듯 보였다. 그러나 마신 레젤이 무엇을 말하는지 알렌과 동료들은 정확하게 들을 수 없었다.

혼잣말하며 손을 치켜든 채 무엇인가를 붙잡고자 하다가 곧 몸이 완전히 무너져 내린다.

마신 레젤은 조용히 재가 되어서 사라졌다.

『마신을 1마리 쓰러뜨렸습니다. 레벨이 67로 올랐습니다. 체력이 50 올랐습니다. 마력이 80 올랐습니다. 공격력이 28 올랐습니다. 내구력이 28 올랐습니다. 민첩성이 52 올랐습니다. 지력이 80 올랐습니다. 행운이 52 올랐습니다.』

'레벨이 올라갔다? 남은 경험치가 아직은 꽤 많았을 텐데. 그나저나 경험치가 표시되지 않네. 혹시 마신을 쓰러뜨리면 무조건 레벨이 오르는 건가?'

알렌은 마신 레젤과 대결을 하며 알아낸 것을 마도서에 기록하고, 잿더미 속에서 오리하르콘 검을 회수하는 헤르미오스를 멍하니 보고 있었다.

"왜 그래? 알렌."

클레나가 말을 걸어온다. 이런 때 알렌은 대체로 깊이 생각에 잠긴 상태다.

"아, 어쩌면 엑스트라의 문이라는 게 정말로 있고 그 문을 지나가면 엑스트라 모드로 바뀌는 게 아닐까 하고 생각하는 중이었어."

"엥~ 손이 여섯 개나 생겨버리겠네."

클레나가 손을 휙휙 흔들며 대답했다.

'정령왕이라면 당연히 이런 체계도 잘 알고 있겠지만……'

알렌은 소피의 어깨 위쪽에 올라앉은 정령왕에게 물어보려다가 문득 행동을 멈췄다. 언제나 온화했던 정령왕이 무척 험악한 낯빛으로 허공을 바라보고 있다.

'무슨 일이지……?'

알렌이 말을 건네고자 했을 때 갑자기 정령왕의 온몸에서 빛이 쏟아졌다.

"정령왕님?! 서, 설마 정령신으로!"

소피가 눈앞에서 광채를 보고 놀라서 소리질렀다.

빛을 내뿜는 정령왕은 소피의 어깨에서 천천히 떨어졌다. 빛은 점점 거대해지고 그와 동반하여 빛 속에 보이는 정령왕의 윤곽이 순식간에 사족 보행의 짐승으로 형체를 변화시켰다. 이제껏 신화를 억제해왔던 정령왕이 마신을 토벌하여 기운을 해방하고 정령신이 되었나보다.

이윽고 빛이 멎으며 정령신의 모습이 분명하게 드러났다.

'오, 이게 정령신인가. 어딘가 곰 비슷하게 생겼네.'

모두가 아연실색하고 있는 와중에 정령신은 유유히 하늘을 올려다보며 아무도 없는 허공에 말을 건넸다.

『하하. 훔쳐보다니, 취미가 고약한걸. 이만 나오는 게 어때?』

정령신은 알렌 파티의 놀라는 반응은 아랑곳않고 아무것도 없는 하늘에 말을 걸었다.

『이런, 들켜버렸네. 그냥 잠깐만 보고 갈 생각이었는데…….』

"앗?! 잠깐, 넌 누구야!!"

갑자기 어릿광대 같은 차림을 한 인물이 허공에서 나타나자 놀란 세실이 무의식중이 소리질렀다. 가면을 쓴 탓에 누구인지 알아볼 수는 없지만, 인간은 아닌 것 같다.

다만, 용사 헤르미오스만은 상대의 모습을 보고 노골적으로 경악했다.

"이, 이럴 수가! 상위 마신 큐벨이 왜 여기에!!"

헤르미오스는 저 어릿광대를 알고 있는 눈치였다. 아마도 큐벨이라는 이름을 가지고 있고 상위 마신인가 보다.

'엥, 상위 마신……?'

말할 필요도 없이 방금 전에 쓰러뜨린 레젤의 상위에 해당하는 마신이라는 뜻이다.

『이게 누구십니까. 용사 헤르미오스 님, 오랜만에 또 뵙는군요. 반가워라.』

상위 마신 큐벨은 그렇게 말한 뒤 정중하게 머리 숙였다.

헤르미오스는 이제껏 본 적이 없는 예리한 눈초리로 상대를 주시하고 있다.

"뭐 하러 왔나."

그 목소리는 평소와 달리 유난히 두껍고 날카로우며 박력이 가득했다.

『괜찮아. 정령신이 있는 이 상황에서 싸우진 않아. 게다가 얼마 전에도 넌 분명히 살려서 보내줬잖아?』

"네, 네놈!!"

헤르미오스가 칼자루에 손을 얹은 그때, 곰과 비슷한 모습으로 바뀐 정령신 로젠이 대화에 끼어들며 상위 마신 큐벨에게 조금씩 다가갔다.

『그래서 뭐 하러 왔을까? 어떻게 대답하느냐에 따라…… 만약의 사태도 벌어질 수 있거든. 하하.』

'오! 정령왕님~ 해치워라, 해치워.'

『에이, 방금 말했잖아. 마왕군의 참모로서 이번 패배의 이유를 조사하고 있을 뿐이야. 진짜로 다른 목적은 없어! 나도 정령신이랑 싸우면 뼈가 쑤실테니까 말야.』

『흐음~? 뼈만 쑤시고 말지 시험해봐도 좋은데. 하하.』

그렇게 말한 뒤 곰의 모습으로 서 있는 정령신이 엄니를 드러내며 광폭한 표정을 짓고 상위 마신 큐벨을 도했한다.

'드디어 마왕군의 참모까지 등장했군. 그렇다면 레젤은 간부조차 아니었다는 건가?'

그토록 아슬아슬한 상태에서 기적적으로 쓰러뜨린 마신 레젤이 간부조차 아니었다면 마왕군의 조직은 대체 얼마나 큰 규모로 이루어져 있을까.

『무서워라, 무서워. 그건 그렇고 레젤은 소질이 있는 녀석이었는데 당해버리다니 유감이야. 결국은 가장 소중한 것을 끝내 버리지 못했나 봐.』

잿더미가 되어 조금씩 바람에 날려 사라져 가는 마신 레젤을 보고 일단은 유감스럽게 생각하는 것 같기는 하다. 다만 가면을 착용해서 표정은 알 수 없음에도 망가진 장난감을 보는 태도일 뿐 자애와 같은 감정은 전혀 느껴지지 않는다.

"……."

동료들이 경계 태세를 갖춘 와중에 알렌은 갑작스럽게 나타난 상위 마신을 상대로 어떻게 행동해야 할지를 묵묵히 생각했다.

하지만 상위 마신 큐벨은 주위 분위기를 전혀 신경 쓰지 않는다는 듯이 줄곧 시선을 마신 레젤의 재로 보내고 있다.

'저게 강자의 여유인가. 오, 이쪽을 봤어.'

『아무튼……. 이중에 알렌 군이 있겠지요? 자, 손을 들어주세요~.』

"……."

알렌을 포함해서 아무도 대답을 하지 않았다.

『어라라~ 무서워하지 말고 나서주세요. 자, 한 걸음 앞으로 나와 볼까!』

상대를 경계해서 알렌은 굳이 이름을 밝히지 않았다. 다른 동료들도 경계 태세를 풀지 않았다.

상위 마신 큐벨은 이상하다며 이곳에 있는 전원에게 시선을 옮겼다.

'광대 같구나. 흠, 어쩔 수 없군.'

"……알렌은 없습니다."

모두 침묵하는 와중에 알렌이 비통한 표정으로 말을 꺼냈다.

『엥?』

상위 마신 큐벨이 알렌에게 시선을 준다.

동료들은 알렌이 연기를 시작했음을 깨닫고 계속 태세를 유지했다.

"알렌은 저희를 위해 스스로를 희생해서 마신을 쓰러뜨려주었습니다……. 흔적도 남기지 못하고 떠나가버렸죠."

그렇게 말한 뒤 거대한 구덩이를 가리켰다.

『엑, 진짜? 그러면 알렌은 산산조각이 나서 죽어버린 거야?』

"네. ……마신은 너무 강했습니다. 더 이상 저희에게 희망은 없습니다. 이제 만족합니까?"

'통하나? 부탁한다. 알렌은 이만 잊어다오.'

『뭔 헛소리냐! 네가 알렌이지? 흑발은 네 녀석 하나잖냐! 알렌, 너 때문에 작전을 입안했던 내 입장까지 위험해졌다고!!』

두 손으로 주먹을 쥐어 하늘 높이 쳐들고 발을 동동 구르면서 상위 마신 큐벨이 전력을 다해 불만을 말했다.

'들켜버렸나. 그나저나 이 녀석이 이번 침공을 계획한 녀석이었군.'

"……."

정체가 분명하게 드러나자 알렌은 「내가 알렌인데 어쩌라는 거야」라고 말하는 듯이 상위 마신 큐벨과 눈싸움을 했다. 그러다가 불현듯 상대가 기세를 누그러뜨렸다.

『흠흠, 뭐, 괜찮아. 또 너를 죽이러 오는 마신이 있을 것 같기는 한데, 그때는 알아서 잘 놀아줘. 또 보자~.』

상위 마신 큐벨은 손을 흔들고 발밑부터 천천히 사라져 갔다.

'들켜버렸군. 뭐, 어쩔 수 없지.'

상위 마신 큐벨이 사라지자 주변에 침묵이 내려앉았고, 침묵을 견디지 못한 세실이 입을 열었다.

"알렌, 어떻게 할 거야?"

"응? 글쎄. 일단은 복귀하자. 헤르미오스 씨도 같이 돌아가죠."

이렇게 알렌 파티는 마신 레젤을 쓰러뜨리고 여왕이 기다리는 티아모로 돌아갔다. 마신 레젤 토벌의 소식을 들은 여왕은 알렌과 동료들에게 진심에서 우러나온 감사의 뜻을 전한 뒤 부하에게 곧장 모든 도시 및 피난소에 로젠헤임의 승리를 알렸다.

2개월간 이어졌던 힘든 전쟁의 나날이 끝을 맞이하는 순간이었다.

* * *

마신을 토벌하고 사흘쯤 지난 날의 아침. 알렌 파티는 여왕이 기다리는 알현장으로 안내를 받아 입장했다. 여왕이 로젠헤임을 대표하여 정식으로 감사의 말을 전하고 싶다는 이유였다.

'군사 회의에서는 못 봤던 장로들도 있네.'

이제까지는 여왕과 군부의 장군들뿐이었지만, 내정을 담당하는 장로들도 동석을 했다. 이번 자리도 장로들은 정치적인 의미를 포함해서 참가하고 있다.

"먼저 로젠헤임을 대표해서 감사의 말을 전합니다. 정말 감사했습니다."

"아뇨. 아직도 할 일이 잔뜩 남았는데, 마지막까지 도와드리지 못해서 죄송할 따름입니다."

"무슨 말씀이십니까. 마수뿐 아니라 마신까지 쓰러뜨리고 저희 엘프들을 세계수의 곁으로 돌려보내주신 사례는 반드시 하겠습니다."

헤르미오스도 이 자리에 같이 있는데 여왕은 계속 알렌을 보면서 말을 걸어왔기에 알렌이 나서서 대화를 주고받는다. 헤르미오스 또한 이러한 자리는 별로 익숙하지 않았는지 전적으로 맡기려고 하는 기색이었다.

"으음, 그 말씀 말입니다만……. 마신은 용사 헤르미오스가 쓰러뜨렸습니다. 이 점은 꼭 잊지 말아주시기를 부탁드리겠습니다."

알렌의 말에 장군과 장로들이 술렁거렸다. 마신을 쓰러뜨린 인물이 헤르미오스임을 저들이 분명하게 알게 된 것은 이때가 처음이다.

'실제로 마신의 심장 두 개를 박살내고 마무리를 지은 사람은 용사잖아? 나머지 한 개는 드골라가 부쉈지만.'

알렌은 여왕에게 최초 보고를 할 때 마신 토벌의 공적은 모든 측면에서 헤르미오스에게 있다고 이야기를 했다. 영웅으로 받들어 지는 입장이 되면 자유롭게 행동하기 어려워진다. 그러다가 S급 던전에 못 가게 된다면 곤란한 것은 자신들이었다.

알렌은 해야할 일이 잔뜩 있다는 사실을 이번 전쟁에서 절감했다.

마신은 강했다. 결과적으로는 이겼으나 기적과 다를 바 없다. 게다가 지금 실력으로는 상위 마신은 도저히 이기지 못한다. 지금 중요한 과제는 자유롭게 움직일 수 있는 재량권과 S급 던전을 돌면서 동료들과 함께 강해지는 것이다.

『알렌 군답네. 하하.』

그렇게 말한 하늘다람쥐 모습의 정령신이 소피의 어깨 위에서 둥실둥실 이동하여 엘프 여왕의 무릎 위쪽에 내려섰다. 정령신은 아무래도 정령왕이었던 시절의 하늘다람쥐와 정령신이 되었을 때의 곰까지 두 가지 모습으로 지낼 수 있는 것 같다. 티아모로 돌아온 이후, 정령신은 엘프 여왕뿐 아니라 소피의 어깨 위에서 지내는 때가 많아진 것 같다.

"아뇨, 저는 정령신님과 전쟁 중 맺은 약속을……. 파티 전체를 별 네 개로 올려주신다는 더할 나위가 없는 포상을 받을 예정이니까요."

알렌은 일부러 호들갑스럽게 말을 늘어놓았다.

『그런 소리를 했었던가? 뭔가 기정사실을 만들려고 하는 것 같네. ……뭐, 나의 귀여운 엘프들을 구해주기도 했으니 괜찮아. 하하.』

확실히 정령신은 별 네 개 직업으로 만들어준다는 말까지 하지는 않았다. 별 네 개는 엄연히 상한의 이야기였고, 별을 한 개씩 올릴 수 있다고 말했을 뿐이었다. 그러나 알렌이 약삭빠르게 「별 네 개로 만들어달라」라고 부탁했음에도 굳이 거절하지는 않았다.

'좋았어. 이제 하나 남았다. 이것도 거절하지 말아줘.'

"감사합니다. 그리고 하나 더. 저는 얼마 전『눈앞의 저 소년이 몇 번이나 나를 대신하여 활약한 덕분이다』라고 정령신님께서 하셨던 말씀이 머리에서 도저히 떨어지지 않습니다."

그렇다. 처음 온몸에서 빛을 발했을 때 정령왕이 분명히 한 말이었다.

『하하? 또 무슨 소리를 꺼내려고?』

"아뇨, 별 대단한 이야기는 아닙니다. 저는 정령신님의 신화를 도와드린 보답은 무엇일지 못 견디게 기대하고 있을 뿐이니까요."

거기까지 말하자 다른 사람들 모두 무엇을 말하려는 것인지 안 듯했다.

『보답이라니……. 내가 마신전에서 꽤 도움이 되지 않았나? 하하.』

"오오, 그랬죠! 아직 감사의 말을 드리지 못했습니다. 엘프를 구하기 위해 오랜만에 최전선으로 나와주셔서 정말 감사했습니다!"

알렌이 거추장스러운 감사의 말을 꺼낸다. 정령신이 힘을 빌려준 이유는 어디까지나 엘프를 위해서라면서.

정령신의 조력은 알렌 파티에게 주는 보답에 들어가지 않는다는 말이다.

""".....""""

알렌이라는 인물을 알지 못하는 장로중에는 정령신의 어전에서 이게 웬일이냐며 노골적으로 미간을 찌푸리는 자도 있었다. 여왕도 장군들도 어째서 이런 상황에서 말리려 들지 않느냐고 생각하는 것 같다.

『……전에도 한 말인데, 모드 변경은 절대로 안 해줄 거야.』

"하지만, 마신은 가능하다고……."

『절대로 안 해줘. 에르메아 님께서 나를 없애버릴 거야.』

정령신은 알렌의 말을 가로막고 모드 변경 요청을 딱 잘라 거절했다.

'「불가능하다」가 아니라 「안 해준다」라고 말한 시점에서 뭔가 방법이 있긴 있겠구나. 에둘러 힌트를 준 거야. 정령신 나름의 보답 같아서 괜찮군.'

"알겠습니다. 모드 변경은 다른 방법을 찾아보겠습니다."

알렌은 물러나자 알현장에 있는 일동은 가슴을 쓸어내렸다.

마신과의 대결을 거쳐 알렌은 엑스트라 모드, 엑스트라 스킬의 의미를 이해했다. 그리고 엑스트라 모드에 들어선 마신의 무력도 몸소 목격했다. 이제는 모드 변경의 방법을 찾는 모험이 필수임을 확신할 수 있었다.

S급 던전 이외에도 목표가 생긴 덕분에 가슴이 자꾸 두근두근 뛰

어오른다.

『아이고…… . 그러면 내가 정령신이 되면서 새롭게 얻은 능력이 있으니까 그것으로 보답해주면 될까?』

독심술을 쓸 수 있는 정령신이 추가 보답을 챙길 마음이 가득한 알렌의 사고를 읽고 체념했는지도 모르겠다.

『별 다섯 개짜리 직업으로 전직시켜줄게. 하하.』

"와아! 전원을…… ."

지레짐작하는 알렌을 정령신이 달랜다.

『에이, 아니지. 한 명이야. 알렌 군의 동료 중 한 명만. 그렇게 많은 인간을 별 다섯 개로 만들어주는 건 불가능해. 하하.』

알렌의 동료들 전원을 별 네 개로 만들어줄 뿐 아니라 한 명은 별 다섯 개짜리 직업으로 만들어주겠다는 뜻이다.

'큭, 전원은 무리인 건가. 세계에 존재하는 별 다섯 개 재능의 숫자에 제약이 있어서일까, 아니면 정령신의 힘이 부족해서일까. 어쨌든 간에 한 명이라면 이미 결정됐군.'

엑스트라 모드로 변경해주지 못하는 것과 마찬가지로 모종의 제약이 있어서일까 생각이 든다.

"그러면 클레나를 부탁드립니다."

"엥? 나?"

"이번 마신전에서 전위가 붕괴되면 힘들어진다는 것을 알았어."

별 다섯 개짜리 용사 헤르미오스가 같이있었는데도 마신에게 방어선을 뚫려 중위에 있던 알렌에게까지 공격이 들어왔다. 이것은 클레나와 드골라의 힘이 부족했기 때문이었다. 전위에게는 직접 공격뿐 아니라 적에게서 후위를 지켜야 하는 중요한 임무가 있다. 이후도 마신과 싸워야 할 것을 상정하겠다면 전위의 강화는 동료 전체의 생존과 직결된다.

드골라라면 앞으로 세 번 전직이 가능하니 클레나는 별 다섯 개짜리로 두 번 전직을 시켜주면 맞아떨어지겠다.

『뭐, 전직할 때 누구로 할지 말해주면 돼. 하하.』

"감사드립니다."

『그럼 약속한 대로 전원을 지금 전직시켜줘도 괜찮을까?』

"물론이죠. 잘 부탁드립니다."

'나를 제외하고 레벨 1로 돌아가니까 레벨은 어딘가에서 또 올려야겠군.'

『그럼 소피 군부터.』

정령신도 소피는 애칭으로 불러주려나 보다.

"네, 네엣."

『소피 군은 정령 마도사구나.』

"감사합니다!"

그렇게 말한 뒤, 여왕의 무릎에 있던 하늘다람쥐 모양의 정령신이 허공에 떠서 허리를 흔들었다.

'정령왕의 축복과 모선은 같은 느낌인가?'

변함없이 이런 움직임을 보여주는 정령신은 무척 귀엽다.

소피의 몸이 빛났다.

'오! 정령 마도사가 됐다.'

알렌은 재빨리 스테이터스를 확인했다.

【이 름】소피아로네	【지 력】452
【연 령】48	【행 운】420
【가 호】정령신	【스 킬】대정령 〈1〉, 불 〈1〉
【직 업】정령 마도사	【엑스트라】대정령 현현
【레 벨】1	【경험치】0/10
【체 력】362	· 스킬 레벨
【마 력】811	【대정령】1
【공격력】299	【 불 】1
【내구력】329	· 스킬 경험치
【민첩성】422	【 불 】0/10

알렌은 반지의 추가 수치를 제외한 상태에서 레벨 1로 돌아간 소피의 능력치가 상당히 높다는 것을 알아차렸다. 레벨 1의 능력치는 한 자릿수나 두 자릿수 초반이 대부분이라고 기억하고 있는데, 소피의 능력치는 이미 세 자릿수에 달했다.

'능력치 중 절반은 계승된 건가. 진짜 고맙네!'

아무래도 상한에 달한 능력치의 절반은 레벨 1의 능력치로 계승되나 보다. 게다가 소피의 나이 아래쪽에는 다른 동료들에게는 없는 정령신의 가호가 추가되었다. 능력치 계승도 가호 덕분일까. 마신 레젤과 한창 싸우던 중에 추가된 것 같은데, 지금은 아직 효과를 알 수 없었다.

'엑스트라 스킬은 계승되고 직업 스킬은 사라졌군. 직업 스킬이 사라진 건 아쉽네.'

엑스트라 스킬은 「대정령 현현」에서 변함이 없다. 아마 전직을 해도 새로운 엑스트라 스킬이 추가되거나 변경되지는 않는가 보다.

그리고 불이나 물의 정령 마법 표기가 스테이터스에서 사라졌다. 이것들은 다시 한번 처음부터 스킬을 익히라는 뜻이라고 생각해야겠다.

'다른 부분은 새로 레벨을 성장시키면서 알 수 있겠지.'

『그럼 다음은 포르말 군이구나. 너는 궁호야. 하하.』

"네."

아직 검증하고 싶은 부분이 많이 있었다. 알아낸 것, 검증하고 싶은 것을 마도서에 기록하면서 포르말이 전직하는 모습을 관찰했다.

소피와 마찬가지로 전직해서 레벨이 1로 돌아갔고, 스킬의 표기는 리셋되었다.

그리고 능력치는 역시 활잡이 최고 레벨이었을 때와 비교해서 절반이었다.

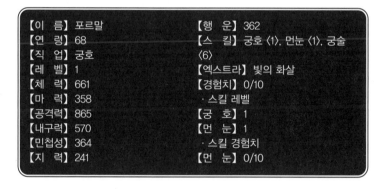

```
【이  름】 포르말            【행  운】 362
【연  령】 68               【스  킬】 궁호 〈1〉, 먼눈 〈1〉, 궁술
【직  업】 궁호                      〈6〉
【레  벨】 1                 【엑스트라】 빛의 화살
【체  력】 661              【경험치】 0/10
【마  력】 358                  · 스킬 레벨
【공격력】 865              【궁  호】 1
【내구력】 570              【먼  눈】 1
【민첩성】 364                  · 스킬 경험치
【지  력】 241              【먼  눈】 0/10
```

'그래, 소피와 비슷한 느낌인가. 그럼 정령신의 가호로 능력치 절반을 계승한 게 아니구나. 원거리 공격의 화력이 올라가면 큰 도움이 될 거야.'

소피와 마찬가지로 반지를 뺀 상태에서 기록했다. 능력치 절반 계

승 효과로 원거리 공격 담당인 포르말의 공격력이 상당히 올라갔다.

『다음 진행할게. 다음은 클레나 군이구나. 하하.』

"네!"

'오? 검성 다음은 뭘까?'

정령신이 클레나를 전직시켰다.

"어때?"

클레나의 전직 결과를 확인하고자 알렌과 동료들이 마도서를 들여다봤다.

"검왕! 클레나가 검왕이 됐어."

알렌이 직업 명칭의 인상에서 소년의 마음을 자극받고 소리 높였다.

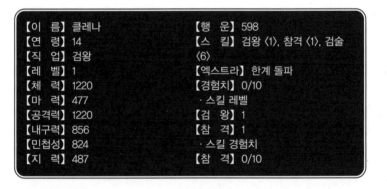

'으핫! 레벨 1인데 공격력이 1200이나 되잖아? 지금 당장 마더가르쉬랑 싸워도 쓰러뜨릴 수 있지 않나?'

별 세 개짜리 검성의 다음은 검왕이었다. 그리고 알렌은 클레나의 능력치를 보고 경악했다. 검성 레벨 60의 능력치의 절반을 계승했기 때문에 경이적인 수치를 자랑하고 있다.

"와, 와아."

클레나가 손을 쥐었다 폈다 하면서 힘의 변화를 확인하고 있다.

『응응, 능력치가 갑자기 바뀌었잖아. 예전이랑 몸 움직임이 많이 다를 테니까 조심하도록 해. 그럼 다음은 드골라 군이구나. 드골라 군은 광전사야.』

"광전사!!!"

'또 뭐지. 자꾸 두근두근 가슴이 뛰네. 광전사라면 버서커인가?'

모두를 대표해서 알렌이 계속 놀라고 있다. 알렌의 마음속에서 도 끼잡이는 버서커의 이미지가 있었던 터라 광전사라는 직업의 명칭 이 와닿는다.

"오! 광전사인가. 나쁘지 않군."

드골라도 웃음이 멈추지 않는가 보다. 「광전사」라는 말에는 소년 의 마음을 자극하는 마력과 같은 울림이 있어서겠지.

정령신의 전직 모션에 이어 드골라가 반짝반짝 빛난다.

【이　름】 드골라	【행　운】 392
【연　령】 14	【스　킬】 광부(狂斧) 〈1〉, 혼신 〈1〉,
【직　업】 광전사	도끼술 〈6〉
【레　벨】 1	【엑스트라】 전심전력
【체　력】 661	【경험치】 0/10
【마　력】 358	·스킬 레벨
【공격력】 871	【검　왕】 1
【내구력】 573	【혼　신】 1
【민첩성】 362	·스킬 경험치
【지　력】 241	【혼　신】 0/10

드골라의 레벨 1 스테이터스도 마도서에 기록했다.

별 한 개였던 드골라는 앞으로 두 번을 더 전직할 수 있다.

『다음은 세실 군이구나. 세실 군한테는 두 개의 선택지가 있어. 현자와 대마도사인데, 어느 쪽이 좋은지 선택해.』

'오, 마도사에서 직업이 나뉘는구나. 직업 트리가 갈라지는 경우도 있는 건가.'

"응? 대마도사만 있는 게 아니구나. 으음~ 어느 쪽이 좋으려나?"

세실이 고민을 한다.

"내 생각에는 대마도사가 좋아. 회복 담당은 소피랑 킬이 있기도 하고 급할땐 나도 회복해줄 수 있잖아."

알렌은 세실이 대마도사가 되어주기를 바랐다. 대마도사는 공격 마법에 특화된 직업이며 광범위 화력을 기대할 수 있다.

"그래? 알렌이 대마도사가 더 좋다면 그렇게 할게."

세실은 알렌의 희망 사항을 들은 뒤 원래 생각했었던 대마도사를 선택했다.

『대마도사구나. 좋아, 시작할게.』

그렇게 말하고 정령신은 세실을 대마도사로 전직시켜줬다.

```
【이  름】세실 그란벨          【행  운】480
【연  령】14                 【스  킬】대마도 〈1〉, 불 〈1〉, 격투 〈3〉
【직  업】대마도사           【엑스트라】소운석
【레  벨】1                  【경험치】0/10
【체  력】514                 ·스킬 레벨
【마  력】868                【대마도】1
【공격력】330                【불 마법】1
【내구력】421                 ·스킬 경험치
【민첩성】510                【불 마법】0/10
【지  력】1195
```

'흠흠. 세실은 체력과 내구력이 낮으니까 전직해서 체력과 내구력이 올라가주면 꽤 든든하지.'

계승 덕분에 약점에 해당하는 능력치가 제법 상승한 것은 꽤 보탬이 되는지라 마도서를 들여다보며 진심으로 기꺼워했다.

"진짜로 대마도사가 됐어? 잠깐만, 알렌. 나도 보여줘."

"그래, 진짜로 됐어."

알렌의 마도서를 들여다보며 자신이 대마도사가 되었는지를 세실은 직접 확인하고 있다.

꿈까지 꾸며 바랐던 대마도사가 되어 기뻤을 테지.

"대마도사야! 됐어, 해냈어!! 으흐흐!"

아까부터 동료들이 떠들며 알렌의 마도서를 확인하는데 당연히 다른 사람에게는 마도서가 안 보이기에 여왕과 장군들은 왜 이러는지 몰라 은근히 의아해하는 표정을 짓고 있었다.

『다음은 킬 군이구나. 킬 군도 선택지가 둘 있어. 성자나 무승이야.』

"나도 두 개가 있는 건가. 으음~."

'그렇군, 공격도 가능한 무승인가, 아니면 회복 특화의 성자인가.'

"킬은 돈의 성자니까 성자가 좋지 않을까?"

알렌은 세실의 말에 납득했다. 돈을 무척이나 좋아하는 킬은 동료들에게서 「돈의 망자」를 살짝 비틀어서 「돈의 성자」라고 불리고 있다. 세실이 직업 명칭의 인상만으로 「성자」를 선택했다.

"엉? 세실, 무슨 뜻이냐!"

"말 그대로의 뜻인데."

"뭐, 맞기는 하지. 킬은 회복 특화의 직업을 골라주면 든든할 거야."

앞서 세실에게 대마도사를 권했듯이 킬에게는 회복 특화의 성자가 되어주면 좋겠다고 알렌은 넌지시 부탁했다.

'졸병 사냥이라면 만능 직업이 편하고 좋겠지만, 마신과 맞서 싸우려면 전법이 아예 달라지니까.'

지난번 마신전은 헤르미오스와 정령신의 조력에 더하여 가장 중요한 국면에서 엑스트라 스킬을 성공시켰던 드골라와 엑스트라 스킬 발동 중 다른 스킬을 사용할 수 있게 된 클레나 덕에 기적적으로 승리를 거둘 수 있었다. 이후의 승률을 높이기 위해서는 기적에 의지하지 않고 제각각 직업과 역할에 특화되도록 성장시키는 것이 중요하다.

"그런가. 네, 성자로 하겠습니다."

『성자구나. 좋아, 전직시킬게.』

정령신은 킬의 직업을 성자로 바꿔줬다.

```
【이  름】킬                          【행  운】602
【연  령】14                          【스  킬】성자 〈1〉, 회복 〈1〉, 검술 〈3〉
【직  업】성자                        【엑스트라】신의 물방울
【레  벨】1                           【경험치】0/10
【체  력】394                          · 스킬 레벨
【마  력】750                         【성  자】1
【공격력】299                         【회  복】1
【내구력】421                          · 스킬 경험치
【민첩성】480                         【회  복】0/10
【지  력】661
```

"와아!"

킬도 성자가 되어 상당히 기뻐보였다.

몸을 툭툭 두드리며 자신의 능력치 변화를 확인하고 있다.

"좋아. 모두 다 전직이 끝났네."

'전원이 원래 가졌던 직업을 더욱 특화시킨 느낌이야. 전투 중 연계는 예전이랑 똑같이 해도 괜찮겠어.'

· 클레나, 검왕.

· 세실, 대마도사.

· 드골라, 광전사.

· 킬, 성자.

· 소피, 정령 마도사.

· 포르말, 궁호.

알렌이 더욱 믿음직스럽게 성장한 동료들을 바라보던 중 정령신

409

이 뜻밖의 말을 꺼냈다.

『한 명 더 남았어. 자, 헤르미오스 군.』

"응? 나 말이야?"

'오? 용사도 전직시켜주는 건가? 마신 토벌을 도와준 포상이려나.'

『마신을 쓰러뜨리기 위해서 같이 싸워준 보답의 의미도 있는데, 헤르미오스 군의 전직은 에르미아 님께서 의지를 표명하셨어. 바꿔줄게.』

"어? 창조신님이 내 전직을?"

알렌과 동료들은 헤르미오스와 정령신의 대화를 묵묵히 듣고 있다. 그건 그렇고 「바꿔준다」는 무슨 뜻일까.

정령신을 보고 있자니 이제까지 폭신폭신한 하늘다람쥐 모습이었던 정령신이 허공에서 힘을 쭉 빼내며 굳어버렸다. 곧이어 이제까지 들었던 것과 명백하게 다른 중성적인 목소리가 몸에 깊숙이 스며들면서 들려왔다.

『나는 창조신 에르메아입니다. 용사 헤르미오스여, 나의 아이들을 지키기 위해 지금까지 잘 싸워왔습니다. 정말 감사합니다.』

"앗! 에르메아 님!"

킬이 창조신 에르메아의 등장에 놀랐다.

'으엥? 창조신 에르메아가 정령신 로젠한테 씌었다!'

일동이 놀라는 와중에 헤르미오스만은 태연하게 창조신이 썬 정령신과 마주하며 겸허하게 말을 주고받는다.

"아니요, 제가 해야할 일을 했을 따름입니다."

『헤르미오스여, 이제껏 수많은 고난으로 가득 찬 길을 걸어왔던 그대에게도 전직의 기회를 드리겠습니다. 영웅왕이 되어 앞으로도 나의 아이들을 지켜주십시오.』

여기까지 말한 뒤 정령신의 손이 헤르미오스를 향한다. 이어서 따뜻한 빛이 헤르미오스를 감싸 안았다.

문득 빛이 사라지고 나서도 헤르미오스는 본래 모습 그대로였다. 외형은 달라지지 않았으나 분명 「영웅왕」으로 전직이 이루어졌을 것이다.

『헤르미오스 군의 새로운 직업은 「영웅왕」이구나. 하하.』

헤르미오스가 전직을 마치자 정령왕의 말투가 원래대로 돌아왔다. 창조신은 떠나가버렸나 보다.

'별 다섯 개짜리 용사의 상위 직업은 영웅왕인가. 창조신이라서 별 여섯 개까지 가능한 건가?'

알렌은 마도서에 창조신이 개입한 헤르미오스의 전직에 대해 기록했다.

"영웅왕인가……."

전직이 끝나 영웅왕이 된 헤르미오스는 상념에 잠기기 시작했다.

그러다가 알렌을 쳐다봤다.

"하실 말씀이 있습니까? 헤르미오스 씨."

"예전에 알렌 군이 한 말을 떠올렸어. 절망의 너머를 극복하는 방법은 꼭 있을 거는 말을."

'절망의 너머인가, 학원 무술 대회에서도 들은 말이군.'

헤르미오스는 새로운 직업을 얻어 천진난만하게 웃는 알렌의 동료들을 바라보고 있었다. 아마도 이런 식으로 강해지는 방법도 있

411

다는 것이 무척이나 놀랍나 보다. 게다가 헤르미오스도 영웅왕이라는 새로운 직업을 얻어 성장을 이루었다.

"그렇습니다. 그러니 즐기면서 성장하기 위한 수단을 끈질기게 모색해야겠죠. 그러지 않으면 절망의 너머를 극복할 수 없습니다."

"즐기면서…… 훗, 알렌 군답네."

헤르미오스가 그렇게 말한 뒤 미소 지었다.

'응응, 용사가 강해지면 나야 고맙지. 이제 중앙 대륙은 용사님한테 맡길 수 있겠다.'

헤르미오스는 전직을 해도 용사다운 용사일 것이라고 알렌은 생각했다. 이제 곧 중앙 대륙으로 돌아갔다가 즉각 바우키스 제국에 가서 S급 던전을 공략할 것이다. 당면 목표인 장비을 맞추고 동료들의 직업 랭크를 올려주고 싶다.

'메르르하고도 합류해서 이후 계획을 상의해야지.'

메르르는 잘 지내고 있을까. 드워프가 다스리는 바우키스 제국도 100만 마왕군의 군세에 침공을 받았지만, 골렘을 활용할 수 있는 메르르는 분명 전장에서도 대활약하며 전공을 세웠을 것이다.

"여왕 폐하. 혹시 바우키스 제국의 전황은 알고 계십니까?"

알렌이 여왕에게 바우키스 제국의 현 상황을 확인했다.

"걱정하지 마세요. 전황은 바우키스 제국이 우위를 점한 채 흘러가고 있다고 바우키스 황제에게 얼마 전 연락도 받았습니다. 전부 다 엘프의 영역 덕분이라면서 말이지요."

"그랬군요. 다행입니다."

거기까지 말한 뒤 엘프의 여왕이 난처한 표정을 드러냈다.

"다만, 엘프이 영약이 더 많이 필요하다는 말을 하더군요."

'오호, 바우키스 제국도 욕심을 내는구나. 마침 잘됐군.'

다른 동료들이 알렌의 표정을 알아본다. 심술궂은 생각을 하고 있다는 조짐이다.

"엘프의 영약을 원한다면 조건이 있다고 전해주십시오."

'좋아, 바우키스 제국에 들어가는 과정은 쉽게 해결할 수 있겠군.'

"예? 아, 알겠습니다. 바우키스 황제에게 잘 말을 전하도록 하지요. 알렌 님, 로젠헤임에서 당분간 머무를 계획이십니까?"

가능하면 승리로 인도했을 뿐 아니라 엘프들을 구원해준 영웅들을 위해 행사를 열고 싶다고 여왕은 말했다.

"아뇨. 마왕군과의 싸움은 아직 끝나지 않았습니다. 저희가 해야할 일은 무척이나 많지요. 그러니 내일 당장에라도 중앙 대륙으로 돌아가고 싶은 마음입니다."

'포르테니아가 엉망진창으로 박살났다는 사실을 들키기 전에 복귀해야지.'

"그렇습니까……."

엘프 여왕은 유감스럽다는 대답을 했다.

이렇게 마왕군이 이끄는 수백만에 달하는 마수와 그것들을 지휘하는 마신, 마족과의 싸움은 로젠헤임의 승리라는 결과를 남긴 채 종결되었다.

아울러 알렌은 바우키스 제국의 S급 던전 공략에 임하고자 동료들과 함께 또다시 행동을 개시하기로 했다.

특별 수록 에피소드 ① 레젤의 과거

1000년 전, 로젠헤임 남쪽에 있는 대륙에서.

이 대륙에는 습기가 많은 늪지부터 삼림, 초원 등 다양한 기후와 환경이 존재한다.

그리고 대륙의 동쪽에는 광대한 사막이 있었다.

사람을 거부하려는 듯이 확연하게 더욱 가혹한 환경 속에서 외따로 툭 커다란 나무가 자라나 있다.

거목의 주위에는 녹색의 초목이 가득하고, 그런 초목이 가득한 환경을 지키기 위함인지 높은 외벽이 둘러싸고 있다.

이 외벽 안쪽에서, 다크 엘프들은 초목을 심고 밭을 일구며 생활을 영위하고 있었다.

이곳은 다크 엘프의 마을이다.

마을의 중심이 되는 거목— 세계수와 비교하면 절반의 크기에도 미치지 못하는 나무의 옆쪽에 목제 건조물이 있다.

이 마을을 다스리는 자들이 사는 주택이다.

건물의 한 공간에 다크 엘프들이 수십 명 모여 있었다.

한 단계 바닥을 높게 만들어 놓은 안쪽에는 하이 다크 엘프가 한 명 앉아있다.

얼굴에는 깊게 주름이 졌고, 은발은 고불고불하여 상당한 고령으로 보인다.

저 남자가 바로 다크 엘프들의 왕이다.

왕이 책상다리를 하고 앉은 다리 안쪽에 칠흑빛으로 가지런히 털이 난 족제비가 몸을 둥글게 말고 새근새근 숨소리를 내고 있었다.

왕과 비슷하게 고령의 다크 엘프가 맞은편에 앉아서 잔뜩 일그러뜨린 표정으로 떠들어 댄다.

"왕이여, 본인에게도 친서를 보여주시구려!"

"그, 그래. 확인하게나."

왕에게 건네받은 편지를 읽고 다크 엘프는 눈을 부릅떴다.

"어, 어찌 이따위 말을?! 왕이여, 국교 회복 따위 절대로 받아들여서는 아니되오!!"

고령의 다크 엘프가 왕에게 노여움이 담긴 목소리로 외쳤다.

편지는 다크 엘프 노인의 손안에서 구겨져버렸다.

지금 이 자리에서는 장로 회의라는 절차가 진행되고 있다.

엘프와 마찬가지로 다크 엘프도 장로를 중심으로 하는 회의 과정을 만들었다.

여왕제를 채택한 엘프와는 달리 다크 엘프의 마을을 다스리는 자는 왕이다.

마을의 왕은 장로들이 외치는 「절대로 받아들여서는 아니되오」라는 발언을 복잡한 표정을 지은 채 듣고 있다.

사태의 발단은 어제 엘프의 사절이 대륙을 건너서 다크 엘프의 마을을 방문한 시점으로부터 시작된다. 문지기가 엘프의 사절이 다크 엘프의 왕을 만나고 싶다는 요청을 거부하자 사절은 여왕의 친서를,

즉, 국교 회복을 바라는 내용으로 왕에게 쓴 편지를 건넸던 것이다.

어째서 엘프가 보낸 국교 회복의 제안을 알자 다크 엘프의 장로들이 화를 내는 것인가. 그 이유는 먼저 엘프와 다크 엘프가 쌓아온 역사를 설명해야 한다.

지금으로부터 수천 년 전, 다크 엘프들은 기도의 무녀가 엘프들 사이에서 나타난 이후 쭉 엘프와 싸운 전쟁에서 패배를 거듭해왔다.

패배에 또 패배가 이어지면서 결국 2000년 전 다크 엘프의 숫자가 만 아래로 줄었지만, 그럼에도 항전에 임했다.

그 결과, 최종적으로는 모든 다크 엘프들이 포박당했고 엘프들은 평화를 받아들이거나 혹은 추방을 선택하여 로젠헤임으로부터 떠날 것을 요구했다.

『평화가 아닌 추방을 원한다.』

그것이 다크 엘프들의 답이었다.

그렇게 지금의 대륙에 다다른 다크 엘프들은 원래 있었던 대륙의 주민들과는 교류를 거부한 채 이 같은 사막에서 정령 마법을 활용하여 마을을 만들었던 것이다.

"1000년이나 관망했던 주제에!"

"우리의 힘을 감시하기 위해서요! 아니, 처음부터 감시했었을 테지!!"

"엘프의 외교관에게 어찌 마을 출입을 허용할 수 있겠는가!"

"쳐들어올 구실을 만들어줄 뿐이다! 왕이여, 무조건 거절해야 하오!!"

장로들이 분노를 드러내며 왕에게 발언했다.

"수교는 필요없다는 말인가?"

"물론입니다. 일체의 양보도 없이 모조리 거절해주십시오!!"

마을의 왕이 대구하자 장로 중 하나가 즉답했다.

엘프 여왕이 보낸 친서에는 서로의 나라와 마을에 외교관을 두고 정기적으로 사절단을 파견하여 교류를 재개하자고 적혀있었다.

그리고 정치적인 교류뿐 아니라 교역 등 경제적인 교류도 재개하기를 바란다는 내용이 쓰여 있었다.

장로들은 경제적인 교류는 물론이거니와 정치적인 교류도 거절해야 한다며 입을 모아서 말했다.

"불쑥 이러한 소리를 꺼낸 이유는 분명 우리가 힘을 회복하고 있음을 두려워한다는 증거요!"

장로 중 하나가 단언하자 다른 장로들이 「옳소, 옳소」라면서 찬동한다.

다크 엘프들은 몹시 호전적이었다.

과거를 잘 아는 인물일수록 엘프에 대한 증오를 잊지 못한다.

1000년이나 되는 긴 시간 동안에 엘프에게 증오를 품은 채 10만 명을 넘는 규모까지 인구를 회복시켰다.

엘프와 마찬가지로 아이가 잘 태어나지 않는 다크 엘프는 마을 안쪽에서 죽기 살기로 번영을 위해 노력해왔던 것이다.

그 노력은 엘프들의 입장에서는 불안을 조장하는 이유가 되었음이 틀림없다.

당대 여왕이 국교 회복을 제안한 데 대한 장로들의 반응도 완전히 어긋난 예측이라고 말할 수는 없겠다.

호전적인 다크 엘프와 대조적으로 엘프는 정치적인 줄다리기를 특기로 한다.

힘을 회복하고 있는 다크 엘프의 상황을 알기 위해서라는 이유도 이번 제안에 포함되었다는 것은 분명하다.

"아까부터 왜 줄곧 말이 없는가, 레젤이여! 자네도 같은 생각일 테지!!"

장로회를 구성하는 인원 중 하나, 레젤에게도 대화에 참가할 것을 요구했다.

레젤은 다른 장로들과는 외형이 달랐다.

다른 장로들은 회색 머리카락에 적갈색 눈동자, 갈색의 피부를 가지고 있지만, 레젤은 은발과 금색 눈동자, 갈색의 피부를 가지고 있다.

그리고 무엇보다도 장로들이 인간으로 비유하자면 일흔 살이나 개중에는 백 살에 가까운 노인과 같은 외형인 데 반하여 레젤은 마흔을 지난 장년으로 보이는 젊은 외형으로 보이는 인물이었다.

왜냐하면 레젤은 마을의 왕과 똑같은 하이 다크 엘프이기 때문이다.

"수교를 맺어도 좋다. 단, 세계수의 아래에 다크 엘프들이 최후를 맞이할 수 있는 시설을 만든다는 조건을 덧붙여보는 것은 어떻겠나."

레젤은 조건을 붙여 수교를 체결하면 어떻겠냐고 제안했다.

분명히 로젠헤임으로부터 어느 정도의 양보는 끌어낼 수 있을 것이라고 말했다.

"조, 조건이라니! 네, 네 녀석은 이전에는 항전이 옳다고 발언했잖은가!! 아이가 생겨 마음을 달리 먹었나!! 이, 이 겁쟁이 녀석!!"

장로는 지나치게 분노한 나머지 방금 구겨버렸던 친서를 레젤에게 던졌다.

찬성하리라고 생각했던 레젤이 누그러진 태도를 보였기에 분노의 대상이 마을의 왕으로부터 레젤로 바뀌었다.

"흐흑, 아, 아버님, 무서워요."

친서를 집어 던지는 광경을 보고 레젤의 옆에 앉았던 어린 하이 다크 엘프 아이가 겁에 질렸다.

레젤에게 가까이 다가붙는 이 아이의 이름은 올버스.

"무서워하지 마라, 올버스. 넌 이미 열다섯 살이 되지 않았더냐. 마을의 모두를 위한 방법을 생각하고 고민하는 과정이란다."

레젤은 집어던진 친서에도 겁먹은 아이에게도 눈을 돌리지 않고 자신의 자식 올버스에게 말을 건넨다.

하이 다크 엘프의 성년은 쉰 살이지만, 레젤은 어린 올버스를 장로회에 참가시키고 있다.

"네, 아버님."

그렇게 답한 뒤 떨면서도 굳세게 처신하는 올버스. 비록 장로회에서 발언은 허락되지 않을지언정 진지한 표정으로 회의를 지켜봤다.

* * *

그로부터 한나절쯤 시간이 지나갔다.

천천히 해가 저무는 와중에도 장로회는 계속된다.

이미 친서에 적힌 국교 회복의 제안은 거절하기로 결론이 나왔지만, 이후 엘프를 상대로 어떻게 대응할지 세부 방침을 결정해야 한다.

그러던 중 레젤은 책상다리를 한 자신의 다리에 무게를 느꼈다.

"올버스?"

"으, 으음~."

레젤이 발치에 시선을 주니 올버스가 레젤의 다리를 베개 삼아서 자고 있었다.

게다가 올버스는 칠흑빛 족제비를 안는 베개처럼 끌어안고 있었다.

언뜻 보기에는 입가에 미소가 지어지는 광경이겠지만, 지금은 중대한 장로 회의를 진행하고 있는 중이다.

레젤은 어깨를 흔들어 깨우고자 올버스에게 천천히 손을 뻗었다.

그러나 올버스에게 손을 대려는 뜻은 이루어지지 않았다.

"죄, 죄송합니다. 레젤 님! 바로 올버스 님을 재워드리고 오겠습니다!"

레젤의 손에서 올버스가 자꾸자꾸 멀어져 간다.

"그래."

회의실에 있던 다크 엘프 시종이 잠들어버린 올버스를 보고 품에 안아서 회의실 바깥으로 데려갔다.

결국 엘프에게 대응하기 위한 구체적인 결론을 내리지 못한 채 이날의 회의는 끝났다.

* * *

회의가 끝나고 겨우 자신의 방에 돌아왔을 때, 레젤은 방구석에서 인기척을 느꼈다.

"큐벨인가."

레젤은 아무것도 없는 위치를 노려보면서 말을 건넸다.

『아차, 대단하네. 벌써 들켜버렸어.』

"흥."

방구석에서 광대 같은 차림새에 가면을 뒤집어쓴 남자가 튀어나왔다.

큐벨. 1000년 후에는 마왕군의 참모가 될 상위 마신 큐벨이다.

『후후, 아직도 경계하고 있구나. 그래, 어땠어? 결론은 나왔어? 하루를 기다려달래서 기다려줬는데.』

경계하며 노려보는 레젤과 마주한 채 큐벨은 손짓, 발짓을 섞어서 경박한 태도로 이야기했다.

"결론이 나올 리 있겠는가. 어차피 힘없는 우리는 선택지부터 제한되어 있거늘."

아직껏 엘프들과의 사이에는 압도적인 힘의 격차가 있다.

구체적인 대항책 따위 이대로 토의를 거듭해봤자 나올 리 없다고 자조하며 대답을 한다.

『어라라, 그렇구나.』

"왕도 장로도 나이를 너무 먹었다. 지금 장로들이 도대체 무엇을 할 수 있겠나."

레젤은 장로회 중에 자리에서 일어나지는 않았다.

다만 회의에 얼마나 많은 시간을 소모한들 마음속으로는 쓸데없는 짓이라는 생각도 하고 있었다.

『어휴, 걱정되겠네. 아무튼, 어떡할래? 내 제안은 거절해버리는 거야? 엥~ 싫어~.』

"거절은 하지 않는다. 힘을 준다지 않았더냐?"

『물론이야. 나를 따라오면 엄청난 힘을 가질 수 있어.』

그러니까 내 제안을 거절하지 말라며 손짓, 발짓으로 큐벨은 말했다.

"좋다, 힘을 내놔라. 나는 엘프를 멸망시키고⋯⋯."

레젤은 거기에서 말이 막혔다.

『멸망시키고?』

"아무것도 아니다. 개인적인 이유일 뿐."

레젤은「올버스에게 세계수를 보여주겠다」라는 말을 되삼켰다.

눈앞에서 광대처럼 행세하는 이 남자를 완전히 신용하지는 않을 뿐더러 자식에 대해 언급하고 싶지 않았기 때문이었다.

"좋아, 가볼까. 이제 괜찮지?"

큐벨은 마을을 떠나자고 말한다.

"그렇게 하지."

일순간 아이의, 올버스의 얼굴이 머릿속을 스쳤다.

『어라? 가족이랑 작별 인사는 안 해도 괜찮아? 분명 아이가 있지 않았나?』

큐벨이 은근히 레젤의 마음속을 꿰뚫어 보는 것처럼 말을 건넨다.

"괜한 짓이다. 어서 출발하지."

하지만 레젤은 제안을 물리쳤다.

마지막으로 잠든 얼굴이라도 보고 싶기는 했으나 머리를 흔들어 미련을 쫓아냈다.

지금 올버스의 얼굴을 보면 결단이 흔들려버릴 것 같았으니까.

그렇게 레젤은 큐벨과 함께 다크 엘프의 마을을 뒤로했다.

* * *

별하늘 아래에서 레젤은 큐벨의 뒤를 쫓아 사막을 걷고 있다.

"어디까지 걸을 셈이지?"

『그러게. 이쯤 왔으면 괜찮으려나?』

레젤의 불만에 찬 발언에 큐벨이 동의한다.

큐벨은 뒤에서 걷는 레젤과 마주하며 몸을 반전시켰다.

그리고 손을 주머니에 넣어서 구슬처럼 생긴 물건을 꺼내 든다.

"그것이 나를 마신으로 바꿔주는 건가?"

별하늘 아래에서도 알아볼 수 있을 만큼 새카만 구슬이었다.

구슬에서 어둠이 흘러넘치고 있다.

정말 마신이 될 수 있는지 확신을 가지지 못한 레젤은 큐벨을 의혹의 눈으로 노려봤다.

『물론이야. 숫자에 제한이 있는 귀중한 마신석이지.』

자기 입으로 귀중하다는 말을 늘어놓으면서도 공기놀이를 하듯 마신석을 던지기 시작한다.

"그것을 어떻게 쓸 셈인가. 빨리 해주면 좋겠다만."

레젤은 사람을 어리둥절하게 만드는 큐벨의 언동에 더욱 조바심을 느끼고 있었다.

『이렇게 하면 돼.』

쿠웅.

"무, 무슨 짓을?! 끄아앗!!"

큐벨은 미소 지으며 레젤의 가슴에다가 마신석을 있는 힘껏 쑤셔 박았다.

가슴에서 엄청난 피가 흘러내리고, 레젤은 지면에 엎어졌다. 그리고 몸에서 이변이 발생했다.

육체가 옷을 찢어발기며 변모되어 간다.

『응, 심장이 셋으로 분열됐구나. 어라라, 희귀 사례인걸.』

큐벨은 단지 실험동물을 보는 듯한 말투로 냉정하게 관찰한다.

『끗, 끄아아아앗!! 크, 크아아악!!』

그런 큐벨의 말도 변모의 과정에 있는 레젤에게는 이미 들리지 않았다.

절규와 함께 뿔이 자라나고, 팔이 여섯 개로 늘어나고, 하반신은 파충류처럼 변화했다.

점점 더 사악해지는 얼굴에서는 이성의 흔적이 느껴지지 않았다.

레젤의 마음속에서 소중하게 아꼈던 것이 마치 몸의 변모에 맞추려는 듯 부서지고 있었다.

하나하나가 갈아서 뭉갠 것처럼 허물어진다.

『후후, 모든 것을 버렸어. 너는 내 계획을 위해 활동해줘야 해. 머지 않았어. 머지않아 대망의 마왕이 탄생할 것 같거든.』

눈앞에서 고통에 잠겨 몸부림치며 마신이 되어 가는 레젤을 바라보면서 큐벨은 경쾌하게 춤을 추었다.

특별 수록 에피소드 ② 정령의 연회

알렌 파티는 레젤을 쓰러뜨린 아직 수도 포르테니아에서 머무르고 있었다.

전직도 마쳤겠다, 당일에 바로 로젠헤임을 떠나서 메르르와 합류한 뒤 바우키스 제국에 있다는 S급 던전으로 가고 싶다는 것이 알렌의 생각이었다.

그러나 내일 곧바로 로젠헤임이 멸망할 수도 있는 상황에서 구원받은 엘프들이 여왕을 필두로 승리의 연회를 열고 싶다는 요청을 했다.

게다가 세계수의 아래에서 연회를 개최하고 싶다며 알렌 파티를 붙잡았다.

엘프들에게 있어 세계수 아래에서 행사를 개최하는 것은 신에게 제사를 올리는 일과 비슷한지도 모르겠다.

전직 후 레벨을 올리기 위해서 수도 포르테니아 주변의 마수 사냥을 마쳤던 이유도 있어서 안전하게 포르테니아로 엘프들을 맞아들일 수 있었다.

여왕과 장로, 장군들, 그 밖에 포르테니아에서 여왕을 수행하는 엘프들은 저녁 무렵에 포르테니아로 도착했다.

그리고 마신 레젤과 싸웠던 여왕의 거처에서 연회가 거행되었다.

"자, 여러분. 긴 고난이 저희를 시련에 들게 했었습니다. 그러나 알렌 님, 헤르미오스 님을 비롯한 영웅분들 덕분에 저희 엘프는 마침내 오늘 이날을 맞이하였습니다."

짝짝짝짝.

승리의 연회를 시작하는 인사인지라 여왕이 알렌과 헤르미오스에게 감사의 말을 전하고 있다.

"다행이군. 정말 다행이야. 이는 기적과 마찬가지일세."

여왕의 말에 새삼스럽게 승리를 실감한 루키드랄 대장군이 엉엉 울음을 터뜨렸다.

장군들에게 맡길 작전을 전체적으로 지휘하는 입장이었기에 이제야 긴장을 풀고 마음을 놓았나 보다.

"그럼 알렌 님, 이곳에 있는 모두에게 한마디 부탁드립니다."

마도서를 들여다보며 동료들의 능력치 증가에 대한 검증을 진행하고 있었던 알렌에게 여왕이 말을 건넸다.

연회의 인사로서 여왕 다음으로 한마디를 요청받은 것은 알렌의 공적이 너무나도 컸기 때문일 테지.

고개를 끄덕여서 수긍한 뒤 알렌이 여왕의 옆으로 이동하여 입을 열었다.

"이 같은 연회에 초대해주셔서 정말 감사합니다. 마신과의 대결의 여파로 수도 곳곳이 크게 훼손되었습니다만, 재건을 위한 활동에 적극 동참하겠사오니 앞으로도 함께 곤경을 극복해서 나아갑시다!"

수도 포르테니아의 건물을 파괴한 것은 자신들이 아니라 어디까지나 마왕군이라는 사실을 강조하는 것도 잊지 않는다.

그 발언에 알렌의 동료들은 쓴웃음을 짓는다.

"마왕군의 잔당으로부터 엘프를 구출해준 활약에 진정 감사드리네. 이제야 겨우 엘프들이 자신들의 땅에 돌아갈 수 있겠어."

그 후로 용사 헤르미오스에게도 한마디를 요청하고, 시글 원수도 인사를 했다.

장로 중에서도 한 명이 대표로 짧게 인사한 뒤, 드디어 연회가 시작되었다.

연회의 분위기가 한창 고조되는 와중에 술을 마시지 않는 알렌은 과실주를 마시면서 감사의 뜻을 전하고자 말을 걸어오는 엘프들을 응대했다.

바깥이 꽤 어두워졌구나 싶어서 문득 바깥을 바라봤다.

"응? 뭐지?"

이미 꽤 어두워졌는데도 세계수가 아직 보인다는 것을 깨달았다.

뭔지 몰라도 수많은 물체가 세계수의 주변을 비추고 있다.

무엇인가가 각양각색의 광채를 발하며 불규칙적인 움직임으로 세계수와 그 주위에서 날아다니고 있는 듯했다.

"저 광경은, 정령님이 엘프들의 마음에 호응해서 같이 즐거워하고 계시네요."

소피가 알렌의 의문에 대답해줬다.

전세의 기억을 떠올리며 반딧불이와 같은 생물을 예상했는데 정령들이었다.

소피의 이야기에 따르면 세계수의 가지에 자리를 잡고 살아가는 정령과 로젠헤임 대륙에 있는 정령들이 이번 승리의 연회에 같이 참가하며 발생한 현상이라고 한다.

엘프들은 오랜만에 포르테니아로 귀환했고, 또한 환희에 휩싸인 채 연회를 진행하고 있다.

그런 엘프들의 감정에 호응하는 것처럼 정령들 나름대로 연회에 참가하고 있다는 설명이었다.

"그랬구나. 승리의 연회라기보다는 정령의 연회 같네. 정령들이 모인 세계수 아래에서 연회를 하고 싶었던 건가."

"그 말씀이 맞아요. 저희는 정령과 함께 살아가니까요."

엘프와 정령의 유대감이 잘 전해지는 광경 같다고 알렌은 생각했다.

"오호. 어쩌면, 흠흠. 더 가까이 가서 구경해볼까?"

"어머? 알렌치고는 별일이네. 저런 광경에 흥미를 가지다니."

저 멀리 빛나는 정령들을 보고 싶다고 말하는 알렌에게 알렌답지 않은 일면을 느낀 세실이 끼어들었다.

알렌은 돈이나 오락에 흥미가 없어서 딱히 아름다운 것에 가치를 부여할 만한 인물은 아니라고 생각했기 때문이다.

"으엥, 어디 가려고?"

욕구에 따라 두 손에 음식을 쥐고 있었던 클레나가 알렌과 세실, 소피의 대화에 관심을 가졌다.

클레나와 드골라는 바깥 풍경보다도 연회에 나온 요리에 열중하고 있었다.

"그래, 맞아. 이왕 온 김에 정령들을 보러 가자."

"와! 정령!!"

'잠깐 자리를 비우려면 역시 루키드랄 대장군에게 정령을 보러 다녀오겠다고 말 한마디는 남겨야겠지.'

초대를 받아 참석한 연회 자리인 만큼 일단은 보고를 하자는 생각이 들어 루키드랄 대장군에게 「정령을 보러 다녀오고 싶다」라고 말했더니 「오오, 멋진 생각이오. 자, 편하게 정령님을 뵙고 인사를 나누시구려」라고 대답해주었다.

아무래도 알렌이 정령에게 관심을 가져준 것이 연회에 참가해준 것 이상으로 기뻤나 보다.

다른 동료들도 알렌과 함께 잠시 연회장을 떠나서 정령들이 있는 곳에 가보기로 했다.

다 같이 밤길을 걸어간다.

신전은 세계수의 근처에 건설되어 있었던 터라 썩 멀지는 않았다.

"뭔가 굉장하군."

가까운 곳까지 오자 동물과 아이의 모습을 지닌 정령들이 반짝반짝 빛나며 허공에서 춤추고 있는 광경이 뚜렷하게 보엿다.

"오? 드골라도 이런 걸 예쁘다고 생각하는구나."

"엉? 칭찬으로 하는 말 아니지?"

알렌이 세실에게 들었던 말을 이번에는 알렌이 드골라에게 한다.

"에이, 나쁜 뜻으로 한 말은 아니야. 흠, 색깔 차이는 속성의 차이인가?"

『킥킥.』

그렇게 알렌과 파티원들이 티격태격하는 모습을 보고 정령들이 웃으며 반응하는 것 같았다.

이것저것 살펴보다가 특히 소피의 주위에 모인 정령의 수가 많음을 깨달았다.

알렌과 다른 동료들보다 소피에 대한 반응이 꽤 좋은 듯싶다.

"그런데 소피, 정령사가 되면 이런 정령이랑 계약을 맺을 수 있다는 게 맞아?

과거에 기도의 무녀는 유체였던 정령신 로젠과 계약을 맺었다고 한다.

정령사는 소환사와 달리 본래부터 존재하는 정령과 어떠한 계약을 맺어 활약하는 직업인지 생각해봤다.

"아마도, 맞을 거예요. 다만 저 또한 상세한 내용은 아직 모른답니다."

정령 마도사로 전직했어도 소피는 아직 정령사는 아닌 까닭에 자세한 능력은 알지 못한다는 설명이었다.

"잠깐만. 알렌, 너 무슨 꿍꿍이니."

이때 세실은 늦게나마 알렌이 어째서 정령을 보러 가자는 말을 꺼냈는지를 깨달았다.

무엇인가 깊이 생각에 잠긴 얼굴로 분석하는 모습은 소환수를 고찰할 때 자주 보여주었으니까.

일단 틀림없이 아름다운 광경이라든가 정령을 만나고 싶기 때문이라는 로맨틱한 이유 때문은 아닐 것이다.

"아니, 흔치 않은 기회잖아? 이렇게나 정령이 많이 나타났다면 직접 접촉을 해보기에 좋은 환경 아니겠어?"

알렌은 동료들에게 설명했다.

앞으로 반년에서 1년쯤 지나면 소피는 또 전직을 거쳐 정령사가 될 예정이다.

이후 목표로 설정한 S급 던전은 학원에 다녀야 했던 시절보다도 경험치 효율이 더 좋겠지.

지금 미리 좋은 정령을 점찍어 놓는다면 나중에 전직했을 때 곧장 정령과 계약을 맺을 수 있다.

이왕 연회가 개최되어 수많은 정령들이 모여든 상황이니까 지금이라면 효율이 좋으리라고 생각했던 것이다.

"글쎄요? 저도 자세히는 알지 못하거든요."

정령 마법사에서 정령 마도사가 된 소피도 계약에 대해서는 잘 모르나 보다.

"모르는 건가. 그럼 가톨거 씨한테 계약 방법을 자세하게 물어봐야겠네."

승리의 연회 자리에는 정령사 가톨거도 참가했다.

"그러면 내가 불러올게."

알렌의 작전을 이해한 킬이 가톨거를 불러오기 위해서 왔던 길을 되돌아간다.

"자, 남은 과제는 어떻게 붙잡느냐인데. 호로우, 주변을 살펴봐줘."

『호~!』

"잠깐만, 붙잡으면 안 되지. 정령님이잖아."

세실이 알렌의 행동을 나무라고 있는 와중에 하늘하늘 춤추듯 노니는 정령들을 더 자세히 관찰하고자 새D 소환수를 보내서 특기 「밤눈」을 사용했다.

"어때? 정령이 보여?"

흥미진진한 모습으로 클레나가 묻는다.

"뭔가 세계수에 맺힌 열매 주위로 모여있는 녀석들이 많네."

"그것은 세계수의 열매랍니다."

"아, 분명 엘프의 영약을 만들 때 원료로 쓰인다고 했던 열매지. 잠깐만, 에리들. 몇 개 잘 익은 열매를 따서 가져와줘."

『네. 가져다드리겠 · 사 · 와요.』

세계수의 열매가 엘프의 영약을 만들 때 원료로 쓰인다는 사실을 떠올렸다.

아마도 정령들은 세계수의 열매를 좋아하는 것 같다.

전세 때도 먹이용 고기를 써서 몬스터를 동료로 만드는 게임을 즐겼던 경험이 있다.

이 세계에서는 세계수의 열매를 쓰면 정령이 동료로 들어올 것이라고 쉽게 상상할 수 있었다.

뚝, 뚜욱.

수많은 열매가 세계수에 맺혀 있었기에 조금은 괜찮겠지 싶어 영혼B 소환수에게 잘 익은 열매를 따서 가져오도록 지시했다.

"뭔가 달콤하고 좋은 냄새가 나는군."

드골라가 세계수의 열매에 코를 가져다 대고 킁킁거리자 달콤한 냄새가 코를 가득 채워줬다.

"왜 그래? 이제 정령을 붙잡을 수 있는데."

다 같이 정령을 붙잡기 위해 세계수의 열매를 한 사람당 한 개씩 들려줬는데 소피가 무척 어색해하는 표정을 하고 있었다.

"저, 저기요. 사실 세계수의 열매는 마음대로 따면 안 되는데요."

"응?"

의아한 표정을 짓는 알렌에게 소피가 계속 설명해줬다.

듣자 하니까 세계수의 가지를 부러뜨리거나 열매를 채집하는 행위는 로젠헤임에서는 중죄라고 한다.

"어, 그랬어? 뭐, 우리는 그냥 정령에게 열매를 주고 말 생각이니까."

중죄에 해당한다는 말을 듣고서 세실은 알렌이 저지른 사고인데도 허둥지둥 변명했다.

결코 자신들을 위해서 세계수의 열매를 딴 것이 아니었다고.

어쩐지 로젠헤임에서 알렌과 같이 지내다 보면 수도가 파괴되질 않나, 세계수의 열매를 따서 가져오질 않나, 자꾸만 죄가 무거워지는 것 같다고 생각했다.

"저 말이 맞아, 소피. 우리는 기운찬 정령을 찾기 위해서 잠깐만 빌리는 거야. 드골라도 달콤한 냄새가 난다고 먹어버리면 안 된다?"

"거참, 내가 먹을 리 없잖냐."

이 상황에서 덥석 먹어버리는 바보는 없다며 드골라는 불만에 찬 표정이다.

그때였다.

아삭아삭.

"엥?"

동료들을 대표해서 알렌이 말했다.

마치 과일을 베어 먹는 것 같은 소리가 옆쪽에서 들려온다.

돌아봤더니 클레나가 달콤한 냄새를 풍기는 세계수의 열매를 본능에 따라 먹고 있었다.

"세, 세상에?! 세계수의 열매를!!"

소피의 얼굴에서 핏기가 싹 가신다.

지난 1000년 정도 세계수의 열매를 먹은 엘프는 단 한 명도 존재하지 않았기 때문이었다.

볼을 빵빵하게 부풀린 클레나에게 동료들의 시선이 집중된다.

"엥? 맛있는데?"

클레나도 질책이 담긴 동료들의 시선을 못 견디고 모두에게 세계수의 열매를 권하려고 한다.

조금 진지하게 알렌이 주의를 주고자 마음먹었을 때 발소리가 들려왔다.

"가톨거 씨를 데려왔다."

횃불을 한 손에 든 킬이 가톨거와 함께 다가온다.

"애들아, 다들 알지!"

"네, 알렌 님!"

알렌의 반사적인 호령에 소피가 대답했다.

"으헹? 꺄아앙?!"

알렌과 동료들은 모두 저절로 몸이 움직여졌다.

마신 레젤과 대결했을 때보다 더한 동료들과의 일체감을 느낀다.

클레나가 절규하는 가운데 증거 인멸을 위하여 아직 절반쯤 남은 세계수의 열매를 다 같이 전부 클레나의 입속에 욱여넣었다.

"소피아로네 님? 무슨 일 있으십니까?"

더 맛을 즐기고 먹고 싶었다고 중얼거리며 눈물이 맺힌 눈으로 삼키는 클레나를 보지 못한 채 가톨거가 소피에게 말을 건넨다.

"아, 아니요. 저를 위해서 일부러 와주셔서 감사합니다. 오호호."

"네, 네에. 그나저나, 무슨 용건이십니까? 정령을 동료로 받아들이고 싶으시다고요?"

어색하게 웃으며 얼버무리는 소피에게 위화감을 느끼면서도 불려온 이유를 확인한다.

"사실은 정령사가 되었을 때를 위해……."

그렇게 말한 뒤 소피는 다시 진지하게 가톨거를 부른 이유를 설명했다.

"그렇군요. 확실히 정령의 힘을 빌려서 사용하기 위해서는 정령과 마음을 열고 소통할 수 있어야 합니다. 저도 세계수 아래에서 정령과 친숙해질 때까지 꽤 오래도록 기다린 경험이 있지요."

세계수의 열매를 미끼로 쓰면 어떻겠냐고 가톨거가 말을 덧붙이면서 지금 하는 행동이 틀리지는 않았다고 알려줬다.

미리 사이가 좋아지면 나중에 정령사가 되었을 때 계약을 맺은 뒤 곧바로 정령의 힘을 빌려서 쓸 수도 있다는 듯싶다.

"어떤 정령이 좋을까요?"

"글쎄요. 정령사가 계약 가능한 것은 유체 정령이온지라……. 아, 근처에 샐러맨더가 있군요."

정령사가 계약 가능한 것은 유체 정령으로 제한되나 보다.

근처에 붉게 빛나는 큰도롱뇽처럼 생긴 녀석이 보인다.

가톨거도 계약을 맺은 불 속성의 유체 정령이라고 했다.

"오, 그런 건가. 괜찮네. 세계수의 열매다. 먹어라, 먹어."

드골라가 세계수의 열매를 근처에서 부유하고 있는 불 속성의 유체 정령 샐러맨더에게 가져다 댔다.

『아응아응.』

불 속성의 유체 정령 샐러맨더가 코를 킁킁거리며 소리를 내고 세계수의 열매를 커다란 입으로 베어 먹기 시작했다.

그 순간, 드골라가 세계수의 열매를 입으로 무는 불 속성의 유체 정령을 붙잡고자 두 손으로 끌어안았다.

마치 클레나 마을에서 뿔토끼를 붙잡는 듯한 모양새였다.

"좋아, 붙잡았다!"

"무, 무슨 짓인가?! 어서 놓아주게!!"

몸을 거세게 구부러뜨리며 날뛰는 불 속성의 유체 정령을 드골라는 계속 끌어안고 있다.

"어엉? 잘 붙잡았는데?"

가톨거가 허둥지둥 드골라에게 정령을 놓아주도록 외쳐도 무슨 문제가 있냐며 드골라는 이해하지 못한 듯하다.

곧이어 불 속성의 유체 정령 샐러맨더를 뒤덮은 붉은색 빛이 점점 더 강해진다.

『아웃아웃.』

불 속성의 유체 정령 샐러맨더는 드골라에게 항의하는 것처럼 커다랗게 울었다.

"어라, 아뜨뜨? 으퍄아아!!"

새빨갛게 타오른 불 속성의 유체 정령 샐러맨더가 자기 자신을 불덩어리로 바꾸자 드골라는 커다란 불꽃에 휘말렸다.

"흠. 활기 넘치는 정령이구나."

"누가 물 좀 끼얹어줘!"

드골라가 바닥을 굴러다니며 불을 끄려고 하는 와중에도 알렌은 기운 넘치는 정령을 찾아냈다며 만족하는 기색이다.

드골라에게 붙은 불꽃은 가톨거가 계약한 물 속성의 유체 정령이 생성한 물을 끼얹어서 진화해줬다.

이렇게 세계수의 아래에서 알렌 파티와 정령들의 연회는 계속 이어졌다.

■ 작가 후기

이 책을 구입해주셔서 감사합니다.

여러분 덕에 드디어 헬 모드 4권을 간행하는 날을 맞이했습니다.

전부 다 여러분께서 응원해주신 덕분입니다.

거듭 반복하는 말입니다만 정말 감사드립니다.

매번 후기에서 두껍다, 두껍다 말을 하면서도 이번 4권 또한 비슷하게 두껍게 마무리되었습니다.

본문의 쪽수만 헤아려도 상당한 분량입니다만, 글자 수가 꽤 많은 특별 수록 에피소드를 두 개나 추가하는 것을 허락받았습니다. 양해해주신 담당 편집자님, 감사합니다.

본편만으로는 도저히 전달할 수 없었던 부분을 이번에 쓴 특별 수록 에피소드로 실었습니다.

첫 번째 에피소드는 레젤의 과거에 대한 이야기입니다.

마신이 되기 전 레젤의 과거를 꼭 다루고 싶었습니다.

로젠헤임에서 싸운 이유는 무엇이었는가, 배경을 더 자세히 이해할 수 있으셨을 겁니다.

두 번째 에피소드는 정령에 대한 이야기입니다. 4권은 엘프와 정령이 테마입니다만, 본편에서는 정령왕을 제외하고 정령이 거의 등장하지 않았던 것이 아쉬웠다는 생각이 들었습니다.

따라서 4권의 마무리로 어울리는 에피소드를 추가하고자 하는 마음이었습니다.

후기를 쓰는 김에 이번에도 작가인 하무오의 반평생에 대해 언급해보고 싶습니다.

하무오가 어째서 「소설가가 되자」에 소설을 연재하기 시작했는가 그 이유는 1권의 후기에서 이미 말씀을 드렸습니다.

이번에는 하무오의 인생에서 소설을 쓰기 위한 밑바탕이 되었다고 여겨지는 에피소드를 소개해드리고자 합니다.

어디까지나 스스로 떠올린 생각인지라 진실 반, 과장 반으로 들어주십시오.

하무오의 부모님은 전근을 자주 다니는 직업을 갖고 있었기에 규슈 안에 있는 현을 이곳저곳 넘나들면서 전근이 반복되었습니다.

몇 년에 한 번쯤 되는 빈도로 유치원, 초등학생 시절에 전근을 체험했었지요.

전근 자체에는 일절 불만이 없었습니다만, 한 사건이 초등학교 저학년 시절에 발생했습니다.

이 사건을 계기로 해서 학생 시절의 전근은 마지막이 되었습니다.

전근이 많다는 이유도 있어 회사에서는 복리 후생으로 사택을 제공해주었습니다.

다수의 전근 지역에 준비되어 있는 사택에는 준공 연수가 얼마 안 된 깔끔한 신규 건물도 있었고 그렇지 않은 건물도 있었습니다.

그렇지 않은 사택에서 살게 되었을 때 화산이 폭발하는 것처럼 어머니의 인내가 한계에 도달했던 것입니다.

"나, 이런 ○○한 집에서 살고 싶지 않아. 집을 사자! 여보!!"

"아, 알았어. 주말에 집을 보러 가자. 그러니까 제발 진정해, 여보."

지금 아버지가 근무하는 회사를 지키기 위해 일부러 숨김표를 썼습니다만, 이런 대화가 단란한 가족 사이에서 일어났던 것입니다.

이른바 「하무오 집안, 사택에 대한 불만으로 집을 구입하다」 사건입니다.

여기저기 부동산을 돌아보면서 여기로 하자고 새로 토지를 분양받은 단독 주택에서 하무오는 사건 이후로 2년쯤 뒤에 살게 되었습니다.

집을 건설하고 형제가 몇 명이나 있는 환경에서도 끝까지 키워주신 부모님께는 이루 감사의 말을 다 올릴 수 없습니다.

그리고 사택 생활에서 자택 생활로 바뀐 하무오에게 한 가지 문제가 생겼습니다.

집에서 학교가 너무 멀다는 것입니다.

새롭게 살기 시작했던 자택은 산의 중턱을 깎아서 만들었는지 기슭 부근의 초등학교까지 거리가 꽤 멀었습니다.

물론 멀어봤자 집에서 학교까지 1.5킬로미터쯤 되었다고 기억합니다.

전철이나 배에 타서 이동하는 초등학생과 비교하면 딱히 먼 거리도 아닙니다. 다만 하무오의 행동이라고 할까, 머리를 쓰는 방식에 변화가 발생했습니다.

그것은 통학 중 평소에 읽는 만화 및 애니메이션을 가지고 망상을 하는 버릇이었습니다.

인상에 남은 장면이나 좋았던 장면을 회상하고 이야기의 다음 내용을 상상하는 것이 통학 중 습관으로 자리 잡았지요.

머릿속에서 등장인물을 움직이거나 자신이었다면 어떻게 했을까 이야기를 생각해보는 것은 무척이나 즐거웠습니다.

중학교도 고등학교도 자택에서 먼 곳으로 다닌 하무오는 이 습관을 제법 길게 유지했습니다.

이야기를 만들어 내기 위한 사고방식은 이때의 습관이 뿌리가 되었으려나, 라고 생각합니다.

만약 아이가 소설가가 되어주기를 바라는 분이 계신다면 오래된 사택에서 거주하는 것을 추천드립니다.

그럼 본서의 후기는 이만 줄이도록 하지요.

만화판 헬 모드도 1권이 출간되었습니다. 막 연재된 분량도 뜨거운 전개를 보여주고 있지요.

놀랍게도 만화판 헬 모드의 연재 속도를 올려주시겠다는 이야기도 들었습니다.

만화가 텟타 엔지 선생님, 정말 감사합니다.

아무쪼록 헬 모드의 세계관을 만화로도 즐겨주시면 좋겠습니다.

다음은 5권에서 또 만나도록 하죠.
계속해서 하무오를 응원해주시면 기쁘겠습니다. 감사합니다.

헬 모드 4
~파고들기 좋아하는 게이머는 폐급 설정 이세계에서 무쌍한다~

초판 1쇄 발행 2024년 1월 20일

지은이_ Hamuo
일러스트_ Mo
옮긴이_ 김성래

발행인_ 최원영
편집장_ 김승신
편집진행_ 권세라 · 최혁수 · 김경민 · 최정민
편집디자인_ 양우연
관리 · 영업_ 김민원

펴낸곳_ (주)디앤씨미디어
등록_ 2002년 4월 25일 제20-260호
주소_ 서울시 구로구 디지털로 26길 111 JnK디지털타워 503호
전화_ 02-333-2513(대표)
팩시밀리_ 02-333-2514
이메일_ lnovellove@naver.com
L노벨 공식 카페_ http://cafe.naver.com/lnovel11

Hell mode ~yarikomizukino gamerwa haisetteino isekaide musosuru~ Vol.4
By Hamuo, Mo
© 2021 by Hamuo, Mo
First published in Japan in 2021 by EARTH STAR Entertainment Co.,Ltd
Korean translation rights arranged with EARTH STAR Entertainment Co.,Ltd
through Shinwon Agency Co.

ISBN 979-11-278-7389-9 04830
ISBN 979-11-278-6500-9 (세트)

값 11,000원